HEYNE

Die Chroniken des Raben

Erstes Buch:	Zauberbann
Zweites Buch:	Drachenschwur
Drittes Buch:	Schattenpfad
Viertes Buch:	Himmelsriss
Fünftes Buch:	Nachtkind
Sechstes Buch:	Elfenmagier

Die Legenden des Raben

Erstes Buch:	Schicksalswege
Zweites Buch:	Elfenjagd
Drittes Buch:	Schattenherz
Viertes Buch:	Zauberkrieg
Fünftes Buch:	Drachenlord
Sechstes Buch:	Heldensturz

JAMES BARCLAY

Zauberkrieg

Die Legenden des Raben

Viertes Buch

Deutsche Erstausgabe

WILHELM HEYNE VERLAG
MÜNCHEN

Titel der englischen Originalausgabe
SHADOWHEART (Part 2)
Deutsche Übersetzung von Jürgen Langowski

FSC
Mix
Produktgruppe aus vorbildlich bewirtschafteten Wäldern und anderen kontrollierten Herkünften
Zert.-Nr. SGS-COC-1940
www.fsc.org
© 1996 Forest Stewardship Council

Verlagsgruppe Random House FSC-DEU-0100
Das für dieses Buch verwendete FSC-zertifizierte Papier *München Super* liefert Mochenwangen.

Deutsche Erstausgabe 03/2007
Redaktion: Rainer Michael Rahn

Printed in Germany 2007
Titelillustration: Jakob Werth
Umschlaggestaltung: Nele Schütz Design, München
Karte: Franz Vohwinkel
Satz: Christine Roithner Verlagsservice, Breitenaich
Druck und Bindung: GGP Media GmbH, Pößneck

ISBN 978-3-453-52215-2

www.heyne.de

Für meine beiden ältesten Freunde
Peter Robinson und John »George« Cross.
Mehr als drei Jahrzehnte,
und es geht weiter …

BALAIA DER
Nord-
bucht
Sunatas Zän
Sethe-Fluss
Terenets
Torn-Wüste
Parve
Baravale-Tal
Kernland der
Wesmen
(unerforscht)
Zentral-
tempel der
Wrethsires
Augsee
Leionu
Himmels-
see
Garan-
Berge
N
W
E
S
Südstrom
Garan-
Berge
Südmeer

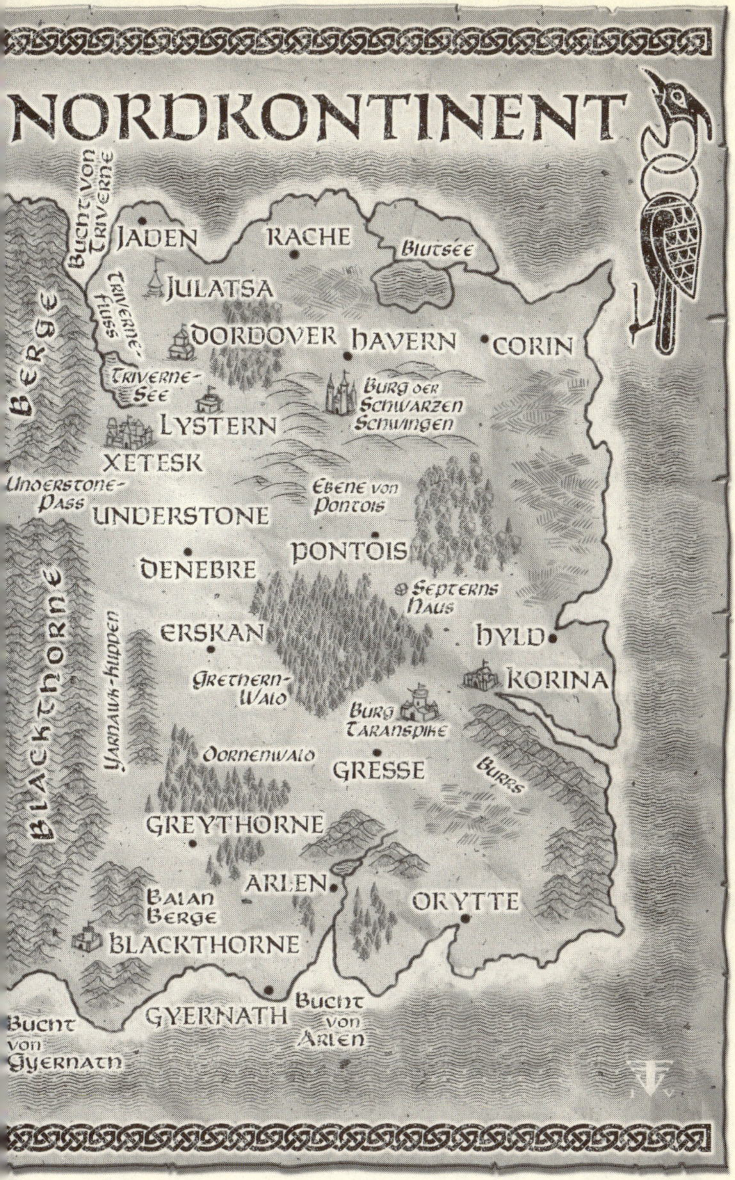
NORDKONTINENT
Bucht von Triverne
Jaden
Rache
Blutsee
Berge
Triverne-Fluss
Julatsa
Dordover
Havern
Corin
Triverne-See
Burg der Schwarzen Schwingen
Lystern
Xetesk
Understone-Pass
Understone
Ebene von Pontois
Pontois
Denebre
Septerns Haus
Blackthorne
Yarnawk-Kuppen
Erskan
Hyld
Korina
Grethern-Wald
Burg Taranspike
Dornenwald
Gresse
Burrs
Greythorne
Arlen
Orytte
Balan Berge
Blackthorne
Gyernath
Bucht von Arlen
Bucht von Gyernath

Hier sind wohl keine Überraschungen zu erwarten. Ich danke meinem unermüdlichen Redakteur und Freund Simon Spanton, der immer bereit war, zu diskutieren und mit Ratschlägen auszuhelfen, gelegentlich auch mal mit einem Bier. Die hervorragende Herausgeberin Nicola Sinclair konnte wider Erwarten bei der Presse großes Interesse wecken; und nicht zu vergessen mein Agent Robert Kirby, der nie den Mut verlor. Ich danke euch für alles, was ihr für mich getan habt.

Auch dieses Mal unterstützten mich Dick Whichelow und Dave Mutton mit produktiver Kritik. David Gemmell und Peter Hamilton steuerten wertvolle Ratschläge für die geschäftliche Seite des Schriftstellerlebens bei. Ariel leistete ausgezeichnete Arbeit an meiner Website (vor allem an *theravengazetteer.com*). Rob Bedford, Gabe Chouinard und Sammie von *sffworld.com* haben sich für mich eingesetzt. Und nicht zuletzt möchte ich auch allen danken, die sich die Zeit genommen haben, mir in Zusammenhang mit dem *Raben* eine E-Mail zu schreiben.

Personenverzeichnis

DER RABE	Hirad Coldheart, Barbarenkrieger
	Der Unbekannte Krieger/Sol
	Thraun, Gestaltwandler
	Ry Darrick, Kavallerist und Schwertkämpfer
	Denser, Magier aus Xetesk
	Erienne, Magierin aus Dordover
DIE KOLLEGIEN	Dystran, Herr vom Berge, Xetesk
	Ranyl, Meistermagier im Kreis der Sieben, Xetesk
	Myx, ein Protektor
	Suarav, Hauptmann der xeteskianischen Kollegwache
	Chandyr, Kommandant der xeteskianischen Truppen
	Nyam, xeteskianischer Seniormagier
	Vuldaroq, Erzmagier, Dordover

	Heryst, Lordältester Magier, Lystern
	Izack, Kommandant der lysternischen Kavallerie
	Pheone, Hohe Magierin, Julatsa
DIE ELFEN	Myriell, Al-Drechar
	Cleress, Al-Drechar
	Rebraal, Anführer der Al-Arynaar
	Auum, Anführer der TaiGethen
	Evunn, Kämpfer in Auums Tai-Zelle
	Duele, Kämpfer in Auums Tai-Zelle
	Dila'heth, Elfenmagierin
	Die Krallenjäger
BALAIANER, WESMEN UND EIN DRACHE	Blackthorne, Baron
	Devun, Anführer der Schwarzen Schwingen
	Diera, Frau des Unbekannten Kriegers
	Tessaya, Lord der Paleon-Stämme
	Riasu, Lordhüter am Understone-Pass
	Sha-Kaan, der Große Kaan

Erstes Kapitel

Myx wurde langsamer, damit der Rabe und die TaiGethen zu ihm aufschließen konnten. Wie Hirad sofort bemerkte, veränderte sich vor ihnen die Natur des Tunnels oder zumindest dessen Ausgestaltung. Er drehte sich um und vergewisserte sich, dass alle noch da waren.

»Wo ist Auum?«, fragte er verwundert.

»Er hilft uns«, erklärte Rebraal. »Er wird später zu uns zurückkehren.«

»Auf welche Weise hilft er uns?«

»Er jagt die Jäger«, sagte Rebraal. »Das ist besser für ihn selbst und für uns.«

»Hoffentlich hast du recht damit.«

Sie hatten an einer Stelle angehalten, wo sich das Erscheinungsbild der Wände unvermittelt änderte. Von hier an gab es keine Pastellfarben mehr, sondern nur noch eine dunkle, fleckige Holzvertäfelung, die das Licht dämpfte und dem Tunnel eine düstere Ausstrahlung verlieh.

»Was hat das zu bedeuten?«

»Der nächste Verteiler«, sagte Myx. »Oder vielmehr seine Grenze. Sie sind nicht alle gleich.« Er gestattete sich ein

Lächeln. »Manche unserer früheren Herren besaßen mehr Stilgefühl als andere.«

Er führte sie zum Ende des Ganges. Trotz der magischen Verstärkung waren auf dem Holz stellenweise Moos und Schimmel gewachsen. Hirad fuhr mit dem Finger darüber und spürte die Feuchtigkeit, dann zog er den Handschuh wieder an. Vor einer dunkelblau gestrichenen Tür drehte Myx sich zu ihnen um.

»Dort drinnen könnten wir auf Schwierigkeiten stoßen«, warnte er die Gefährten.

»Wessen Kammer ist es?«, fragte der Unbekannte.

»Sie gehört Laryon. Oder besser: gehörte ihm«, berichtete Myx. »Später wurde sie dann Dystrans Bereich zugeschlagen.«

»Tja, es wird mir ein Vergnügen sein, den ganzen Müll auszuräumen«, sagte der Unbekannte.

Er zog sein Schwert. Laryon. Ein Name, den der Rabe nie vergessen würde. Der Meistermagier Laryon hatte sein Leben geopfert, um den Unbekannten zu befreien, damit dieser die Protektorenmaske ablegen konnte. Er hatte sich stets für die Befreiung der Protektoren ausgesprochen und war deshalb von den Protektoren, ganz im Gegensatz zu den meisten anderen xeteskianischen Magiern, wirklich geachtet hatten. Er war schon sechs Jahre tot, doch sein Geist lebte weiter.

Myx wollte die Tür öffnen.

»Halt mal«, unterbrach Denser ihn. »Bist du sicher, dass da nichts passiert?«

»Die Tür ist mit Explosionssprüchen und Sperren gesichert, die aber nicht auf mich ansprechen. Sobald sie geöffnet ist, sind die magischen Sicherungen unwirksam.« Er wandte sich an den Unbekannten. »Halte dich bereit, Bruder.«

»Der Rabe, Vorsicht jetzt!«, warnte der Unbekannte. »Da drin wartet nichts Gutes auf uns. Thraun, du bleibst draußen, bis wir aufgeräumt haben.«

Myx öffnete die Tür, Laternenlicht fiel in den Gang heraus. Fluchend knallte er die Tür sofort wieder zu. Das Brüllen eines Spruchs ließ die Balken beben, und die Luft draußen kühlte sich merklich ab.

»Drei Ziele«, sagte er. »Los.«

Dieses Mal stemmte er einen Fuß gegen die Tür und warf sie ganz auf, rannte hinein und riss seine Waffen vom Rücken. Hirad und der Unbekannte folgten ihm sofort.

»Myx, nein!«, rief der Unbekannte, als er den ehemaligen Protektor zögern sah. »Mach Platz!«

Vor ihnen standen zwei Magier und ein Mann, der weder Magier noch Soldat war. Die Rabenkrieger schlitterten über das Eis, das sich nach dem Spruch auf dem Boden gebildet hatte. Der Unbekannte nahm sich zuerst die Magier vor, die jeden Versuch aufgaben, noch einmal Sprüche zu wirken, und sich zur Flucht wandten. Für eine besonders elegante Kampfweise blieb keine Zeit, er stach dem ersten Magier einfach seine Klinge in die Seite, ehe dieser auch nur einen Schritt getan hatte. Hirad war neben ihm und erwischte das Bein des zweiten. Seine Klinge schnitt durch das Fleisch bis auf den Knochen, der Magier ging mit einem Schmerzensschrei zu Boden. Bevor sie sich dem dritten Mann zuwenden konnten, hatte ihn ein Elfenpfeil erledigt.

Der Unbekannte machte dem verstümmelten Magier den Garaus und sah sich um.

»Der Raum ist sauber. Thraun, du kannst jetzt hereinkommen. Der Letzte schließt die Tür.« Mit hochgezogenen Augenbrauen sah er sich um. »Was, zum Teufel, soll das hier?«

So seltsam der Anblick auch war, sie befanden sich allem

Anschein nach in einem Hausflur. Wie der Gang draußen war auch der Flur mit Holz vertäfelt und mit Wandbehängen geschmückt. An den Wänden standen Tische mit verschiedenen Utensilien, ein Teil des Mobiliars war allerdings beim Kampf zu Bruch gegangen. Drei Türen gingen vom Flur ab, am hinteren Ende führte eine Treppe nach oben.

»Laryon war schon immer anders als die anderen.«

»Sol, es tut mir leid«, sagte Myx.

»Nein, entschuldige dich nicht. Du kannst nicht in ein paar Augenblicken deine ganze Ausbildung abschütteln. Leite uns an, und wir kämpfen, wo immer es nötig ist.«

»Wir müssen hier durch«, erklärte Myx. »Dystran hat hier unten eine große Forschungsgruppe und eine ständige Wache eingesetzt. Hier geht etwas Wichtiges vor.«

Wie um seine Worte zu bekräftigen, waren weiter oben auf der Treppe Bewegungen zu hören.

»Gibt es weitere Ausgänge?«, fragte der Unbekannte.

»Es gibt drei«, antwortete Myx. »Wir müssen jedoch in jedem Fall die Treppe hoch.«

»Da hinauf?«, staunte Hirad.

»Vergiss nicht, dass wir immer noch unter der Erde sind. Es mag wie das Innere eines Hauses aussehen, aber es gibt keine Fenster und keine Gärten.« Myx wandte sich wieder an den Unbekannten. »Wir sollten uns zuerst um die Räume in diesem Stockwerk kümmern.«

»Darrick, hast du Vorschläge?«

»Häuserkampf war kein Teil meiner Ausbildung, Unbekannter«, erklärte Darrick. »Aber ich würde zunächst die Türen und die Treppe sichern.«

»Einverstanden. Rebraal, könntest du das weitergeben? Thraun, Denser, bleibt vorerst bei den Elfen. Wir brauchen einen Magier, der einen Schild wirken kann. Los jetzt. Sie werden oben bald etwas unternehmen.«

Myx deutete auf die einzelne Tür auf der linken Seite. »Forschung.«

Der Unbekannte nickte und führte Hirad und Darrick weiter. Hinter ihnen folgte Sian'erei, die schon einen Spruch wirkte.

»Schild steht.«

»Lass ihn stehen und bleib hinter uns«, sagte Hirad. »Wir wollen dich nicht verlieren.«

»Ihr braucht einen Bogenschützen«, wandte Rebraal ein. »Widersprich mir nicht.«

»Wollte ich auch nicht.«

Der Unbekannte versetzte der Türklinke einen Tritt, dass die Balken krachten. Der Riegel brach, und die Tür flog mit einem Knall auf. Er und Hirad gingen in die Hocke, Rebraal zielte auf den Bereich, den er überblicken konnte. Der Raum war verlassen, in der Mitte stand ein langer Tisch, auf dem sie Papiere und ein kompliziertes hölzernes Modell sahen.

»Umkehren«, befahl der Unbekannte. Sie wichen zurück und drehten sich um. »Thraun, geh hinein, Denser, du gibst Deckung. Myx?«

»Die beiden anderen Türen führen in einen Salon.«

»Rebraal, geh nach links in eine gute Schussposition, wir ziehen auf der anderen Seite das gegnerische Feuer auf uns.«

An den wartenden TaiGethen vorbei führte sie der Unbekannte den Gang hinunter. Die Gesichter der Elfen blieben ausdruckslos, während sie mit gespannten Bogen die Treppe bewachten. Die Magier hatten bereits Schilde gewirkt.

»Alles bereit?«

Hirad nickte und beschloss, dieses Mal die Tür vorsichtig zu öffnen. Ein Armbrustbolzen schlug in die gegenüberliegende Wand.

»Schräg links, ein Ziel, roter Stuhl!«, meldete Hirad und stürmte als Erster hinein.

Die Rabenkrieger kämpften nun in einem eleganten Salon, in dem es Teppiche, Stühle, Sofas, niedrige Tische und sogar einen Kamin gab. Der Armbrustschütze hatte sich hinter einen Stuhl geduckt und lud gerade nach. Neben ihm standen drei Magier. Sie wollten Sprüche wirken, dabei kam jedoch nichts heraus, denn ihre Arme zitterten vor Anstrengung, und ihre Mienen verrieten, dass sie große Angst hatten.

»Ach, du meinte Güte.« Hirad setzte über ein Sofa hinweg, Darrick folgte ihm, und der Unbekannte wich nach rechts aus.

Rebraals Bogen summte, und sein Pfeil traf die Hand des Armbrustschützen und nagelte sie an den Schaft seiner Waffe. Der Elf folgte den anderen in den Raum und legte schon den nächsten Pfeil ein. Hirad landete auf den Füßen, zog das Schwert schräg nach unten und schnitt dem vorderen Magier den Hals durch. In einem blutigen Schauer ging der Mann zu Boden. Darrick bohrte seinem Gegner einfach die Klinge durchs Herz, während der Unbekannte mit dem dritten Magier kurzen Prozess machte.

Drei weitere Tote, ein Soldat außer Gefecht gesetzt. Der Unbekannte zog den Überlebenden am Lederwams hoch.

»Rede. Wie viele sind noch hier?«

»Das weiß ich nicht. Zehn?« Das Blut strömte aus seiner Wunde, und er versuchte, die verletzte Hand zu stützen. Er wimmerte vor Schmerzen. »Man hat uns befohlen, diese Räume zu bewachen. Ihr dürft nicht hinaus. Sie wussten, dass ihr hier entlangkommen würdet.«

»Wer?« Der Unbekannte schüttelte den Mann heftig, der schmerzvoll keuchte.

»Alle.« Irgendwie schaffte er es, zu lächeln.

Der Unbekannte ließ ihn fallen, und Hirad schlug ihn mit dem Heft seines Schwerts bewusstlos.

»Meinst du, er hat die Wahrheit gesagt?«

Myx schaute zur Tür herein. »Das ist gut möglich.«

»Wir müssen schleunigst verschwinden. Wir können nicht warten, bis ...«

Auf dem Flur war ein warnender Ruf zu hören. Bogen summten, und eine Feuerkugel der Al-Arynaar glühte. Daraufhin ertönten oben weitere Rufe, Armbrustbolzen wurden abgefeuert, und schließlich flammte ein grelles blaues Licht auf. Myx hatte einen halben Schritt in den Raum getan und wollte sich gerade umdrehen, als der Spruch einschlug. Die Explosion ließ die Wände wackeln, und der Protektor flog quer durch den Raum, prallte gegen die Wand und rutschte zu Boden. Blaue Flammen versengten den Türrahmen.

Draußen auf dem Flur schrien die TaiGethen, die jetzt in der Falle saßen. Ein brennender Elf taumelte an der Tür vorbei und brach zusammen.

»Was war das?« Hirad wollte zur Tür, doch Sian'erei hielt ihn auf.

»Wir haben schon wieder den Mana-Strom verloren«, sagte sie. Tränen quollen aus ihren Augen. »Sie hatten keinen Schutzschild mehr.«

Die Schritte vieler Menschen trampelten die Treppe herunter.

Auum führte seine Tai tiefer und tiefer in die Katakomben hinein. Denser hatte recht gehabt. Die Gänge waren chaotisch angelegt, doch obwohl sie sich tief unter der Erde befanden, hatten die Gebete seinen Elfen Kraft geschenkt, und nun betrachtete er die Tunnel und Abzweigungen wie die Pfade im Regenwald. Tiere hinterließen ihre Spuren auf den bevorzugten Routen, und bei Menschen war es nicht anders.

Sie hatten die Richtung bestimmt, in die sich der Rabe bewegte, und einen Weg gewählt, der oberhalb und rechts von den Rabenkriegern verlief. Zwar kamen sie nur auf Umwegen voran, doch die Xeteskianer hatten genügend Spuren hinterlassen. Aufgewühlter Staub auf dem Boden, Streifen von Fingern, die über Wände geglitten waren, eine glänzende Fläche, wo Kleidung den Stein berührt hatte. Leicht zu übersehen, wenn man nicht genau wusste, worauf man achten musste.

Auum lief fünf Schritte vor Duele, Evunn und weiteren fünf Kriegern. Seine Tai hielten die Bogen bereit, er selbst hatte den Beutel mit den Jaqrui geöffnet und ein Kurzschwert in die rechte Hand genommen. Er machte sich Sorgen, weil seinen Tai bald die Pfeile ausgehen würden. Zwar hatte er seine eigenen Pfeile den Gefährten überlassen, doch nach einer ausgedehnten Jagd wäre ihre Munition erschöpft.

Vor und hinter ihnen waren Feinde unterwegs. Die Tai bewegten sich geräuschlos und ohne ein Wort. Gesten und Zeichen reichten ihnen völlig aus, um sich zu verständigen. Auum beschleunigte seine Schritte. Er wollte die Gruppe erledigen, die sich vor ihnen befand. Die Gegner hatten es offenbar eilig, es waren mindestens zwanzig, und sie legten auf Heimlichkeit keinen Wert, da sie sich für die Jäger und nicht für die Gejagten hielten.

An einer Gangkreuzung blieb er stehen. Links lagen offenbar größere Höhlen, von dort wehte Luft heran, die mehr Platz zum Zirkulieren gehabt hatte und etwas frischer roch. Wahrscheinlich ein weiterer Verteiler. Auf dem Gangboden lag jedoch eine unberührte Staubschicht. Interessant, dass niemand dorthin abgebogen war. Er blickte nach rechts. Die Feinde waren immer noch deutlich zu hören. Sobald er die Ecke erreicht hatte, winkte er seinen Tai, ihm in einem gewissen Abstand zu folgen.

Auum rannte los. Wie viele andere war auch dieser Gang von einem blauen Licht erfüllt und mit bleichen Zeichnungen geschmückt. Der Tunnel stieg leicht an und beschrieb eine Rechtskurve. Auum nahm die Witterung auf. Der Gang war kurz. Gleich darauf huschte er um die Ecke und spürte links eine Öffnung, bevor er sie sah. Ihr Ziel war jetzt sehr nahe. Am Ende der Kurve sah er, keine zehn Schritte vor sich, gerade noch den letzten Stiefel hinter einer Biegung nach links verschwinden.

Er wählte die davor liegende Abzweigung nach links, bewegte sich parallel zu den Gejagten und lauschte angestrengt. Hinter ihm drohte keine Gefahr, die Geräusche kamen ausschließlich von rechts. Die Hinweise, die er für seinen Angriff brauchte, fand er in den Luftströmungen: Ein Quergang zweigte nach rechts ab und führte in einem Bogen zurück zu den Feinden. Die Tai schlossen rasch auf.

Aus der Richtung, in die sie gehen wollten, hörte Auum eine Explosion. Sie wurde durch die Felsen gedämpft, doch die Druckwelle, die durch die Gänge lief, verriet ihm, dass der Ursprung nicht weit entfernt sein konnte. Die Feinde reagierten sofort auf den Lärm und rannten los. Für Auum war dies von Vorteil. Die Gegner waren jetzt direkt vor ihm und kreuzten von rechts nach links den Gang, in dem er sich mit seinen Kriegern befand. Die Xeteskianer konnten ihn nicht sehen, denn er blieb am Rande ihres Gesichtsfeldes, und sie hatten ohnehin nur Augen für den Weg, der direkt vor ihnen lag. Im Dschungel würden sie nicht lange überleben.

Als Auum vier Schritte von der Gangkreuzung entfernt war, rannten die beiden letzten Soldaten vorbei. Er zögerte keine Sekunde, zog einen Jaqrui aus dem Beutel und ließ den flüsternden Wurfstern fliegen, der den Hinterkopf eines Mannes traf, Haut und Knochen durchschlug und im Gehirn stecken blieb. In einem Schauer von Blutstropfen taumelte der Mann gegen die Gefährten, die vor ihm liefen.

Duele und Evunn nutzten die Verwirrung sofort aus. Links und rechts flogen Pfeile an Auum vorbei und fällten zwei weitere Gegner. Auums Klinge grub sich ins Kreuz eines Mannes, der bisher nicht einmal bemerkt hatte, was über seine Freunde hereingebrochen war. Er ging in die Knie, rutschte noch ein Stück weiter und hob beide Arme. Auum riss ihm den Kopf zurück und schnitt ihm die Kehle durch.

Erst jetzt reagierten die anderen Soldaten. Rufe hallten durch den Gang, Offiziere brüllten Befehle, und die ersten Kämpfer zogen die Schwerter aus den Scheiden, um sich den Gegnern zu stellen. Auum nutzte das Überraschungsmoment, so gut er konnte. Er zog die zweite Klinge aus der Scheide und stach sie einem Soldaten in den Hals, drehte sich auf dem rechten Fuß um die eigene Achse und trat mit dem linken Bein abwärts zu. Der Tritt brach einem weiteren Soldaten das Kniegelenk, und nun sprang Auum einen Schritt zurück, um sich vor den anrückenden Gegnern in Sicherheit zu bringen.

Duele hatte seinen Bogen fallen lassen und stand bereits neben ihm, Evunn schoss unterdessen einen weiteren Pfeil ab, der von einem Kettenhemd abglitt und im Arm eines ganz anderen Soldaten stecken blieb. Hinter der Truppe bereitete ein Magier einen Spruch vor. Natürlich konnte der Magier keinen vernichtenden Spruch wirken, ohne zugleich seine eigenen Männer zu töten, und so setzte Auum unbeirrt den Angriff fort.

Die Xeteskianer waren vor Schreck wie gelähmt und leisten kaum Widerstand. Drei Gegner bemühten sich, eine geordnete Formation einzunehmen, doch es gelang ihnen nicht, und so focht jeder für sich, so gut er eben konnte. Die TaiGethen kannten keine Hemmungen. Auums Klingen zuckten schneller hin und her, als das bloße Auge folgen konnte, wehrten einen halbherzigen Schwertstoß ab und brachten einem Soldaten eine tiefe Schnittwunde im Gesicht bei. Geduckt unterlief Auum einen gegnerischen Schwerthieb und stach einem anderen Mann seine Klingen in die Brust. Die beiden Xeteskianer gingen zu Boden. Auch Duele erledigte im Handumdrehen einen Gegner, der mit aufgeschlitzter Kehle inmitten eines Blutschwalls in sich zusammensackte.

Die Xeteskianer zauderten. Wer vorne stand, brannte natürlich nicht darauf, das Schicksal zu teilen, das die Kameraden so schnell ereilt hatte. Auum setzte sofort nach, als sie sich zurückzogen. Über einen niedrig geführten Schlag sprang er hinweg, drehte sich bei der Landung um sich selbst und brach dem Soldaten mit einem aufwärts gerichteten Tritt die Nase.

Sie wollten schon aufgeben, als der Magier seinen Spruch wirkte und dabei eine Geste machte, als wollte er einen unsichtbaren Schädel packen und zerquetschen. Evunn schrie auf. Er ließ den Bogen fallen, presste die Hände an die Schläfen und sackte zusammen. Sein gequältes Keuchen war das einzige Lebenszeichen.

Zwischen ihnen und dem Magier standen mindestens zehn Männer. Es waren zu viele.

»Duele, beschäftige sie.«

Auum wich rasch sechs Schritte zurück und konnte beobachten, wie Duele sich gegen zwei Männer gleichzeitig zur Wehr setzte. Elegant bewegte er sich und wusste seine beiden Schwerter gegen die schweren Waffen der Gegner geschickt einzusetzen. Evunn lag hilflos am Boden und starrte Auum flehend an, weil er hoffte, der Anführer könne seine Schmerzen linden. Vor ihnen spreizte der Magier abermals die Hände und führte sie zusammen.

Auum rannte los. Zwei Schritte vor den Kämpfenden sprang er hoch, um den Schwertern zu entgehen. Wie ein Speer flog er über die Soldaten und den Magier hinweg, überschlug sich in der Luft und kam mit beiden Füßen auf. Dann fuhr er herum, zog die Klingen über Kreuz und trennte dem Magier beinahe den Kopf vom Hals.

Sie hatten keine Zeit, sich auszuruhen. Evunn war außer Gefecht gesetzt. Auum wurde wütend. Das war ein Gefühl, das er sonst eher unterdrückte, doch jetzt beflügelte es ihn; es stachelte ihn an, sich schneller und präziser denn je zu bewegen. Er griff an und dankte Tual, die seine Bewegungen ebenso lenkte wie die seines Tai auf der anderen Seite. Im Namen von Yniss brachten sie Tod und Vernichtung über die Feinde.

»Halte die verdammte Tür geschlossen!«, rief Hirad Darrick zu, als abermals ein wuchtiger Spruch einschlug, dass sich die Balken bogen. Das Holz qualmte inzwischen, doch der General hatte den Tisch gegen die Tür geschoben und drückte mit aller Kraft dagegen. Rebraal war bei ihm und wartete.

Am zweiten Zugang, nahe der Treppe, hielt Hirad die Xeteskianer in Schach. Der Gang war voller Soldaten, überall Blut und verkohltes Fleisch. Drei Tote lagen vor den Füßen des Barbaren. Aus einer Schnittwunde auf seiner Stirn tropfte ihm das Blut in die Augen.

Die Magier konnten weder ihn noch Thraun, der ihm gegenüber die Feinde in der Forschungskammer bekämpfte, mit Offensivsprüchen erreichen. Doch die Reihe der feindlichen Schwertkämpfer nahm kein Ende. Weiter hinten kümmerte sich der Unbekannte um Myx, doch er musste sich bald wieder in den Kampf einschalten. Sian suchte unterdessen das Mana-Spektrum ab und hoffte wie alle anderen, das julatsanische Mana werde sich wieder stabilisieren.

Hirad versetzte seinem Gegner mit gestrecktem Bein einen Tritt und zwang ihn zurückzuweichen. Der Mann rutschte im Blut aus, doch sofort nahm ein anderer seinen Platz ein und griff Hirad mit einem Zweihandschwert an, wobei er den Türrahmen als Deckung für seine offene Flanke benutzte. Der Barbar winkte ihn zu sich.

»Du wirst sterben wie alle deine Freunde«, sagte er.

Der Soldat schluckte den Köder nicht, sondern beschränkte sich darauf, die Stellung zu halten. Hirad trat näher und führte einen Streich von unten nach oben. Der Soldat wich unsicher zurück und wollte zurückschlagen, verfehlte ihn aber deutlich. Sofort trat Hirad noch näher an ihn heran und nutzte die Blöße, die der Gegner sich gab. Der Mann wich noch weiter zurück und traf mit seiner Klinge abermals nur die leere Luft, als Hirad lächelnd auswich.

»Netter Versuch.«

Wieder erschütterte ein Spruch die Tür, die Darrick hielt. In der Mitte brach das Holz, die Splitter flogen durch den Salon. Der Tisch bebte, und Darrick wurde ein Stück zurückgeschoben.

»Pass auf!«, warnte Hirad ihn. »Sie werden es wieder mit Kraftkegeln versuchen.«

»Wir müssen irgendwie das Blatt zu unseren Gunsten wenden«, sagte Rebraal.

»Dann lasst es uns versuchen.« Die Stimme des Unbekannten klang laut und nahe in Hirads Ohren. »Wenn wir schon untergehen, dann wenigstens mit ihrem Blut in unserem Gesicht.«

Hirad grinste seinen Gegner an, der ihn herauslocken wollte.

»Ich komme gleich, mein Junge, du wirst schon sehen.« Er hob die Stimme. »He, Thraun, ist bei dir alles klar?«

Das Kreischen eines xeteskianischen Soldaten war Antwort genug. Thraun warf ihm mit wilden Raubtieraugen einen kurzen Blick zu. Sein Haar war vor Schweiß verfilzt. Dann nahm ein weiterer Feind die Position des gefallenen Kameraden ein, und der Kampf ging weiter.

Auum hörte ganz in der Nähe den Einschlag eines weiteren Spruchs. Seiner Sache wieder sicher, bog er nach rechts ab und führte die Gefährten einen steil ansteigenden Gang hinauf. Evunns Bogen hatte er sich über die Schulter geschlungen, die Pfeile hatte er aus den Leichen gerissen und in seinen eigenen Köcher gesteckt. Evunn selbst hing benommen zwischen ihm und Duele. Ohnmächtig war er nicht, doch er redete unzusammenhängend und nahm seine Umgebung nicht mehr wahr. Beinahe lief er sogar aus eigener Kraft, doch er stolperte viel zu oft, und so war es einfacher, ihn mitzuschleifen. Er starrte ins Leere, und seine Arme, die Auum und Duele sich über die Schultern gelegt hatten, zuckten hin und wieder.

»Yniss schickt uns eine weitere Prüfung«, sagte Auum.

»Ich frage mich, ob es nicht Ix ist, der uns heute Nacht seine Macht zeigt«, erwiderte Duele.

Das war durchaus möglich. Der launische Gott des Mana-Elements zerstörte gern Yniss' Werke und lachte entzückt über die Nöte seiner Diener. Auum war jedoch entschlossen, als Letzter und am lautesten zu lachen. Sein Zorn war verflogen, sobald vor ihm der letzte Xeteskianer mit weit aufgerissenen Augen voller Angst an seinem eigenen Blut erstickt war. Was nun an die Stelle seines Zorns trat, war womöglich noch gefährlicher.

Vor ihm erklang ein Stimmengewirr. Irgendjemand stieß

einen Schmerzschrei aus, jemand rief Befehle, dann tappten eilige Schritte. Stahl klirrte, und er konnte den Geruch von Feuer und den Gestank des Todes wahrnehmen. Durch einen düsteren Gang, wo die Lichtsprüche schwächer und die Schatten etwas tiefer waren, rannte er in Richtung des Lärms.

Der Gang veränderte sich. Die TaiGethen erreichten eine Kreuzung, deren Wände mit Holz vertäfelt waren. Auum schob den Kopf um die Ecke. Zwei Wächter standen vor einer offenen Tür und spähten in den Raum dahinter. Narren waren sie. Hinter ihnen ertönten Kampfgeräusche.

»Wir haben sie gefunden«, verkündete Auum.

Sie legten Evunn ab. Er hatte nicht genug Kraft, sich zu sträuben, sondern lächelte nur leicht und schloss die Augen.

»Zwei Gegner«, sagte Auum. »Ich übernehme den linken.«

Die TaiGethen sprangen geschmeidig und mit gespannten Bogensehnen um die Ecke herum. Die Soldaten spürten die Gefahr und drehten sich gleichzeitig um, hoben die Armbrüste und wollten feuern, doch der Tod war schon zu nahe, und ihre Reaktion kam viel zu spät.

Zweites Kapitel

»Lass sie beim nächsten Angriff die Tür zerstören und halte dich bereit«, sagte der Unbekannte Krieger.

Darrick machte sich darauf gefasst zu sterben. Der Unbekannte eilte zu Hirad zurück, der immer noch denselben Soldaten beschäftigte und dafür sorgte, dass der Türrahmen versperrt blieb, damit die Gegner keine Armbrustbolzen abschießen konnten. Rebraal wartete, den letzten Pfeil eingelegt, neben Darrick.

Es war eine Verzweiflungstat, doch ihnen blieb nichts anderes übrig. Die versperrte Tür würde bald bersten, und sobald sie nachgab, waren sie den magischen Angriffen schutzlos ausgeliefert. Ihre einzige Chance bestand darin, die Magier zu erwischen und sich in den Nahkampf zu stürzen, damit von der Treppe her keine Sprüche mehr gewirkt und keine Armbrüste abgefeuert werden konnten. Dies wiederum bedeutete, dass sie mit Messern und Dolchen arbeiten mussten. Es war lange her, dass Darrick diese Kampfweise das letzte Mal geübt hatte. Gleich würde sich herausstellen, ob er und die anderen noch wendig und geschickt genug waren, um das Gefecht zu überleben.

Myx stand wieder auf den Beinen, und Sian hatte sich einigermaßen erholt, auch wenn sie ihre Magie noch nicht wieder einsetzen konnte. Sie mussten ausbrechen. Thraun ermüdete allmählich, und Hirad wollte keinen Rabenkrieger wehrlos seinem Schicksal überlassen. Wenn schon, dann wollten sie kämpfend untergehen.

Darrick holte tief Luft, als es draußen auf dem Gang vorübergehend still wurde. Nur Hirads Schmähungen und Thrauns Schwerthiebe waren noch zu hören. Jetzt oder nie.

»Der Rabe, macht euch bereit«, sagte der Unbekannte. Seine Stimme klang so beruhigend, dass Darrick einen Moment lang beinahe glaubte, sie würden es überleben. Dann bemerkte er Hirads Gesichtsausdruck, und ihm wurde klar, dass die Rabenkrieger tatsächlich daran glaubten.

Sie hatten viel öfter als er selbst dem Tod ins Antlitz geblickt, überlegte Darrick. Nicht einmal in der Garnison von Understone oder auf dem Schlachtfeld vor Septerns Haus hatte er ernsthaft daran gedacht, dass er sterben könnte.

Hier drinnen sah es ganz anders aus, seit Ranyls Hausgeist durchs Fenster geflohen war.

Er bemerkte das Blitzen der Sprüche, wenige Augenblicke bevor die Tür endgültig zusammenbrach. Darrick und Rebraal standen gut gedeckt links und rechts neben der Tür und blieben unverletzt. Sie zählten bis drei und warteten ab, bis der Kraftkegel sich wieder auflöste.

»Los jetzt!«, rief der Unbekannte.

Rebraal trat in die Türöffnung und schoss den Pfeil ab, der einen Magier mitten in die Brust traf, ehe seine Soldaten ihn abschirmen konnten. Darrick holte tief Luft und stürmte hinaus, der Unbekannte und Hirad folgten ihm in den Kampf.

Sein Herz stockte, als er sah, dass überall Xeteskianer waren. Der Gang war breit genug für drei Männer mit Langschwertern, doch jetzt standen nur zwei vor ihm. Hinter ihm war der Zugang zu den Katakomben von den grässlich entstellten, schmorenden Leichen der TaiGethen und der Al-Arynaar-Magier versperrt, vor ihm lauerte der Feind. Wächter waren im Gang postiert, Verstärkungen warteten auf der Treppe. Viele hatten sich mit Armbrüsten bewaffnet, die sie gerade anlegten. Die Magier blieben im Hintergrund. Zwei standen links und rechts neben der Treppe, weitere warteten auf den Stufen.

Er stürzte sich auf die vordersten Xeteskianer. Ein Bolzen zischte an ihm vorbei und blieb in der Tür stecken. Rebraal war neben ihm und bewegte sich mit erstaunlicher Geschwindigkeit; er hatte den Bogen abgelegt und kämpfte jetzt mit Kurzschwert und Dolch.

»Bleibt beisammen und achtet auf die Flanken«, rief Darrick, als ringsum im engen Raum Rufe ertönten. Er blockte zwei rasch nacheinander geführte Schläge ab, drängte seinen Gegner zurück und suchte nach einer Lücke in der Deckung. »Gebt den Magiern keine direkte Sichtverbindung.«

Darricks Gegner machte seinen ersten Fehler und versuchte es mit einem weiten Schwinger. Der General kam ihm zuvor, trat in den Schlag hinein, blockte den Schwertarm ab und durchbohrte mit dem Dolch in der rechten Hand das Herz des Mannes, der schaudernd zusammenbrach. Dann versetzte Darrick ihm einen Stoß, um die Kämpfer hinter ihm aus dem Gleichgewicht zu bringen.

Der ehemalige General hatte keine Zeit, die Erfolge seiner Waffenkunst zu bewundern. Er sprang über den Toten hinweg und duckte sich gleich wieder, um in Deckung zu bleiben. Einige Feinde hatten das Gleichgewicht verloren, doch Rebraal hatte sich mit seinem ersten Gegner mehr Zeit gelassen, und jetzt war Darricks rechte Flanke ungedeckt.

Eine Klinge zuckte, er fing die Klinge im letzten Moment mit dem Griff seines Dolchs ab und drückte sie nach unten. Er blickte nach links, worauf sein zweiter direkter Gegner mit einem ungeschickten Schlag reagierte. Ein dritter gesellte sich zu den beiden, konnte aber, da er zu weit rechts stand, noch nicht eingreifen. Darrick war dankbar dafür.

Er wich mit einer wiegenden Bewegung einem weiteren von rechts geführten Schlag aus. Die Klinge zischte knapp an seinem Gesicht vorbei. Die Gegenbewegung trug ihn wieder nach vorn, doch als er auf seinen Gegner eindringen wollte, sah er sich von einem Schlag behindert, der seinen linken Oberarm treffen sollte. Er reagierte mit der rechten Hand und trieb dem Mann unter den Rippen die Dolchklinge tief in den Leib.

Einen Moment später stach der zweite Xeteskianer zu. Darrick war nicht schnell genug, und die Klinge durchdrang seine Rüstung und brachte ihm eine Schnittwunde an der Hüfte bei. Die Wunde brannte höllisch, und er spürte, wie das Blut floss. Vor Schmerzen grunzte er und wich zurück.

»Rebraal, ich brauche dich.«

»Bin schon da.« Sein Kurzschwert hackte Darricks Gegner die rechte Hand ab, der Dolch traf das Gesicht und bohrte sich ins Auge. Dann nahm er Anlauf, trat zu und warf den kreischenden Mann auf den Rücken. »Darrick?«

»Ich werde es überleben«, sagte der ehemalige General.

Obwohl sein rechtes Bein nass vor Blut war, griff er wieder an.

Auum und Duele nahmen ihre Bogen auf den Rücken und hoben Evunn wieder auf. Ihr Tai-Bruder wehrte sich nicht. Er kam kurz zu sich und wurde gleich wieder ohnmächtig, sein Kopf sank auf die Brust. Auum fürchtete um Evunns Leben, durfte sich aber von dieser Furcht nicht beirren lassen. Während sie an den zwei toten Wachen vorbeigingen, versuchte er, seine Gedanken zu ordnen. Duele zog die Pfeile aus den Leichen, dann liefen sie weiter zum Verteiler.

Der Lärm voraus hatte zugenommen. Zwar schlugen keine Sprüche mehr ein, doch jetzt waren die Geräusche eines Nahkampfes zu hören. Es sah tatsächlich so aus, als befänden sie sich nun im Innern eines Hauses. Die Wände waren mit Holz vertäfelt und mit Gemälden geschmückt, vom schmalen Flur zweigten mehrere Türen ab, die alle verschlossen waren. Auum entschied sich, sie vorerst zu ignorieren und seine Tai möglichst rasch ins Kampfgebiet zu führen.

Vor einer leeren Nische bedeutete er Duele, Evunn allein zu übernehmen, während er weiterschlich. Der Gang endete vor einer nackten Wand, auf der rechten Seite befand sich ein ähnlicher Treppenabsatz mit weiteren Türen. Er ging in die Hocke und spähte um die Ecke. Am Ende des Ganges sah er eine Treppe, vor der sich mehr Xeteskianer drängten, als er zählen konnte. Zu beiden Seiten standen Türen weit offen. Laut drangen ihm die Geräusche von Kampf und Tod in die Ohren, und dazwischen vernahm er die Stimmen der Menschen, die er kannte. Einer schrie lauter als alle anderen. Hirad Coldheart.

Wenige Augenblicke später war er wieder bei Duele.

»Wir müssen ihn zurücklassen. Es gibt Arbeit für uns.«

»Hier?«

Auum blickte auf Evunn hinab, dessen Geist sich schon wieder trübte. »Ihm kann kaum mehr passieren, als ihm schon zugestoßen ist.«

Er kniete nieder und küsste Evunn auf die Lippen. Dann nahm er den Kopf des verletzten Elfen aus Dueles Schoß und legte ihn sachte auf den Boden. Evunns Beine ragten in den Gang hinein, doch das war ein Risiko, das sie eingehen mussten.

»Wir werden dich nicht im Stich lassen, Bruder. Verlasse uns nicht. Yniss wird dich schützen.« Er richtete sich auf, zog sein Kurzschwert und öffnete den halb leeren Beutel mit den Jaqrui. »An diese Männer will ich keine Pfeile verschwenden. Sie sind weniger als Tiere und verdienen keine Achtung. Wir greifen an.«

Die beiden TaiGethen huschten davon, Evunn blieb zurück. Ihre Gebete waren bei ihm, doch ihre Gedanken richteten sich auf den Kampf. Ihr Gefährte hatte nur eine Chance, wenn ein Magier ihn behandelte. Welchen Spruch der Xeteskianer auch eingesetzt hatte, er hatte Evunns Gehirn geschädigt.

Auum bedeutete Duele, neben ihm zu laufen. Ohne auch nur einmal im Schritt innezuhalten, drehte Auum die Klinge herum und stach sie einem Feind in den Hals, der röchelnd zu Boden ging. Ein erstickter Schrei entrang sich seiner zerstörten Kehle. Trotz des Kampflärms hatten es die Soldaten bemerkt und drehten sich um. Ihr Schicksal ereilte sie mit einer Geschwindigkeit, der sie nichts entgegensetzen konnten.

Auums Jaqrui heulte. Es war nicht die Zeit, um heimlich vorzugehen. Jetzt wollten sie Angst und Schrecken verbreiten. Die sichelförmige Klinge traf das Opfer über dem Gürtel im Bauch. Dueles Wurfstern grub sich in den Arm eines anderen Gegners. Beide schrien und wollten ihre Gefährten zu Hilfe rufen. Es war zu spät, die TaiGethen kamen über sie wie ein Wirbelsturm.

Duele nahm die zweite Klinge und zog sie dem Gegner durchs Gesicht. Auum suchte sich einen guten Stand und stieß den nächsten mit einem mächtigen Tritt zurück. Ein Schritt, und er versetzte ihm einen Schlag in den Nacken, dann stieg er über den stürzenden Mann hinweg. Er stach bereits dem Xeteskianer dahinter das Schwert in den Schenkel, als die Gegner noch nicht einmal ihre Verteidigung abgestimmt hatten.

Auum kämpfte ohne einen bewussten Gedanken und erreichte jene Ebene, auf der er sich selbst beinahe wie einen Fremden beobachtete. Er sah alles und wusste, dass Tual jede einzelne Bewegung dirigierte. Sie waren so langsam, diese Xeteskianer. Hilflos fuchtelten sie im engen Raum mit ihren schweren Klingen herum. Sie sollten für ihre Taten bezahlen. Jeder, der starb, tat Buße für die Verbrechen, die sie am Elfenvolk insgesamt und im Besonderen an Evunn und all jenen TaiGethen verübt hatten, die infolge der Entscheidungen ihrer Meister gefallen waren.

Eine kalte Ruhe überkam Auum. Seine Klinge arbeitete innerhalb der Deckung eines weiteren Feindes und durchbohrte dessen Auge. Seine freie Hand blieb unterdessen nicht untätig, er ballte sie zur Faust, um Nasen und Münder zu zerschmettern, er öffnete sie, um den Handballen auf eine Stirn oder Brust zu dreschen oder um mit gestreckten Fingern eine Luftröhre zu zerquetschen.

Sie kamen ihm nicht einmal nahe. Tänzelnd brachte er sich in Sicherheit, ehe sie zurückschlagen konnten, teilte leichtfüßig Tritte gegen Knie und Fußgelenke aus und fand rasch das Gleichgewicht wieder, um abermals zuzuschlagen oder Hieb auf Hieb zu unterlaufen.

Er hörte das Flüstern im Kopf – das Mantra, das den Göttern gewidmet war, denen er diente. Wieder und wieder hörte er es ohne Unterlass: Dienen will ich über den Tod hinaus und alles behüten, was ihr erschaffen habt.

Auums Klinge blockte einen Angriff ab, er wich einem zweiten Hieb aus, entging geduckt einem Armbrustbolzen und tötete einen weiteren Mann.

Wieder rückte er vor.

Thraun heulte und stieß sein Schwert einem Xeteskianer seitlich in den Kopf. Zitternd blieb es stecken, als der Mann vor ihm zusammenbrach. Der Gestaltwandler riss einen Dolch aus der Scheide und stürzte zur Tür, um einen weiteren hilflosen Wächter niederzumachen.

So musste es sein. Vor ihm, in dem Kampfgetümmel, das zu einer wilden Prügelei auf Leben und Tod ausgeartet war, liefen der Unbekannte und Hirad Gefahr, von den Feinden überwältigt zu werden. Blut rann aus einer Schnittwunde auf Hirads Stirn, seine beiden Arme waren verletzt, und während Thraun zuschaute, riss ein Schwertstreich seine Rüstung über der Brust auf. Das Leder färbte sich dunkel. Doch Hirad war alles andere als gelähmt. Die Schmerzen schienen ihn eher zu beflügeln, denn er griff sofort an und stach dem Gegner beide Waffen in die Brust.

Hinter Thraun wachte Denser über Erienne. Sein Mana-Vorrat war erschöpft, doch er schützte sie mit dem Schwert, falls Thraun fiel. Aber Thraun würde nicht versagen.

Er biss seinem Opfer die Nase ab, stach ihm das Messer in den Oberschenkel und legte ihm einen Arm um den Hals, um ihn an sich zu ziehen. Sosehr sich der Wächter auch wehrte, er konnte nicht entkommen. Einen Moment später stach Thraun ihm den Dolch durch die ungeschützte Schulter bis tief in den Brustkorb hinein.

Abermals knurrte der Gestaltwandler, ließ das Opfer fallen und suchte sich den nächsten Gegner, den er töten konnte. Er roch und schmeckte das Blut und den Tod. Erinnerungen an den Wald und die Jagd stiegen in ihm auf. Die Schmerzen über seinen Verlust trieben ihn weiter. Er wollte das Rudel, mit dem er jetzt lief, nicht wieder verlieren. Nie wieder, so lange er lebte.

Die Kämpfer vor ihm wollten zurückweichen, doch der Druck von der anderen Seite des Ganges ließ ihnen keinen

Raum. Thraun bellte, sah die Angst in ihren Augen, bleckte die blutigen Zähne und griff an.

»Kommt doch her!«, rief Hirad. »Glaubt ihr Bastarde wirklich, ihr könntet mich kriegen?«

Sein ganzer Körper war von Schweiß und Blut bedeckt. Jeder Atemzug brannte in den Lungen, die Arme und Beine zuckten vor Schmerzen, in seinem Kopf hämmerte es. Überall lagen Leichen auf dem Boden, sodass er kaum noch stehen konnte. Als er die Schnittwunde auf der Brust abbekommen hatte, war er gestrauchelt, und es hätte ihn beinahe das Leben gekostet. Er spürte die Wunde jedes Mal, wenn er zuschlug, und obwohl er schon viele Gegner erledigt hatte, rückten immer mehr nach.

Er fing den Blick eines verängstigten blutjungen Soldaten auf und knurrte. Der Bursche wich seitlich aus und brach im nächsten Moment zusammen, gefällt vom wuchtigen Schlag des Unbekannten gegen seine Schläfe. Die Klügeren hatten inzwischen die Schwerter abgelegt und drängten sich im begrenzten Raum, um jeweils zu zweit oder gar zu dritt einen Rabenkrieger anzugreifen.

Er und der Unbekannte wehrten sich nach Kräften und benutzten ihre Gegner als Schilde gegen die Armbrüste und Magier, die nicht schießen und keine Sprüche wirken konnten, weil sie sonst ihre eigenen Leute getroffen hätten. Er fürchtete allerdings, ein Seniormagier oder ein Meister des Kreises der Sieben könnte in den Kampf eingreifen. Sie waren durchaus fähig, individuelle Ziele zu treffen, wo auch immer sie sich befanden.

Davon durfte er sich jedoch nicht beirren lassen. Er schlug zu, erwischte den Arm eines Wächters und spürte, wie sich das Messer tief in dessen Fleisch bohrte und Sehnen und Muskeln durchtrennte. Der Mann keuchte und ließ die Klinge fallen. Hirad setzte nach, packte das Heft seines Dolchs fester und schlug es dem Mann auf den Mund. Zähne brachen, Blut spritzte aus der aufgeplatzten Lippe und dem zerfetzten Zahnfleisch. Gleich danach folgte seine linke Hand und jagte dem Gegner das Messer in den Schritt. Sofort drehte er das Messer noch einmal herum, ehe er es herauszog. Der Wächter ging zu Boden, presste die Hände auf die Wunde und war kampfunfähig.

Nicht zum ersten Mal verschwamm sein Blick. Er wischte sich das Blut aus dem Gesicht. Ein Faustschlag traf seine Wange, er taumelte einen Schritt zurück. Ein Schwert näherte sich bedrohlich, und er hatte keine Verteidigungsmöglichkeit mehr. Doch die Klinge erreichte ihn nicht. Ihr Besitzer zuckte heftig und stürzte. Aus seinem Hinterkopf ragte eine gekrümmte Metallklinge.

Hirad blickte zur Treppe hoch. Dort oben herrschte Panik, und aus gutem Grund. Die TaiGethen hatten wieder in den Kampf eingegriffen und bewegten sich so schnell, dass man kaum mit dem Auge folgen konnte. Jeder Hieb traf sein Ziel.

»Ja!«, rief Hirad. »Ja!«

Neue Energie durchflutete ihn. Er blickte nach rechts. Der Unbekannte drosch seinem Gegner die Faust aufs Kinn, der Schlag riss den Mann von den Beinen und warf ihn gegen die beiden Soldaten, die hinter ihm standen. Darrick rief Rebraal etwas Aufmunterndes zu. Das Blatt wendete sich zu ihren Gunsten.

Ein Magier wich auf den Treppen vor ihnen zurück. Hirad knurrte, doch zwischen ihm und dem Mann standen noch einige Feinde. Er unterlief die Deckung eines Soldaten, duckte sich unter einem weiten Schwinger hindurch und versenkte mit einem aufwärts geführten Stich sein Messer im Bauch des Mannes. Ohne innezuhalten, stieß er den Sterbenden zur Seite, schlug einem anderen Soldaten, der auf den Unbekannten losgehen wollte, die Faust ins Gesicht und drang weiter vor.

Der Rabe würde siegen, der Kampf wäre bald vorbei.

Vuldaroq und Heryst hatten sich über die Nachrichten aus Xetesk gefreut. Ihre Spione im Dunklen Kolleg waren sehr geschickt und gut getarnt, und die Herren der Kollegien hatten sich, jeder in seinen Gemächern, bequem niedergelassen und in einer gemeinsamen Kommunion erfahren, wie der Überfall der Elfen Chaos und Vernichtung über Xetesk gebracht hatte.

Sie waren pikiert, weil man es versäumt hatte, sie vorher zu konsultieren, zeigten sich aber zufrieden angesichts des Zerstörungswerks, und Vuldaroq sah nicht den geringsten Grund, mürrisch zu reagieren. Nun ja, beinahe jedenfalls. Er war nicht sehr angetan von der Al-Arynaar-Magierin, von der die Kommunion ausgegangen war. Die lysternischen und dordovanischen Magier hatten sie unter Druck gesetzt und gedrängt, direkt mit den jeweiligen Herrschern zu reden. Anscheinend war die Frau jedoch der Ansicht, die Angelegenheiten der Elfen gingen niemanden sonst etwas an. Vuldaroq war es nicht gewohnt, auf diese Weise behandelt zu werden. Auch Heryst war nicht erbaut, doch das lysternische Oberhaupt hatte gute Gründe, nicht zu laut zu protestieren. Er hatte den Raben entkommen lassen, und diese Peinlichkeit war nicht so leicht aus der Welt zu schaffen.

»Wann erwartet Ihr die Rückkehr Eures Kommandos?« Vuldaroq staunte immer noch, dass jemand so leicht in die Stadt und sogar ins Kolleg eindringen konnte, doch offenbar war genau dies geschehen.

»Das ist uns nicht bekannt«, entgegnete Dila'heth. »Vielleicht kehren sie überhaupt nicht zurück. Wir vermögen es nicht zu sagen.«

»Dennoch seid Ihr sicher, dass sie ihre Aufgaben im Kolleg erledigen«, bohrte Vuldaroq.

»Eure Spione können Euch sicher mehr darüber berichten. Die Nachricht, dass die Bibliothek überfallen wurde, ist gewiss ein sehr gutes Zeichen. Auum wird lieber sterben, als das Aryn Hiil zu verlieren, falls er es dort gefunden hat.«

Sie wirkte sehr müde. Der Druck auf die Belagerungstruppen, das zweite Versagen des julatsanischen Manas, die Belastung, mit den Anführern zweier Kollegien zu sprechen, all das forderte seinen Tribut.

»Es tut mir leid, dass wir Euch so sehr beanspruchen«, warf Heryst ein. Sanft wie Balsam, der auf eine Wunde träufelte, berührten seine Gedanken Vuldaroqs Geist. »Wir haben jedoch noch weitere Fragen. Wollten Eure Brüder dem Dunklen Kolleg nicht während ihres Einsatzes so viel Schaden wie möglich zufügen?«

»Euer Streit geht uns nichts an. Wir sind hier, um zurückzuholen, was uns gestohlen wurde«, entgegnete Dila'heth. »So war es von Anfang an, und sobald wir Gewissheit haben, werden wir uns nach Norden wenden und Julatsa aufsuchen, wie Euch bereits bekannt ist.«

»Selbstverständlich«, lenkte Vuldaroq ein. »Und wir möchten Euch aus ganzem Herzen für jede Hilfe danken, die Ihr uns gebt. Unser Herz wird stets für das Elfenvolk schlagen.«

»Seid nicht so herablassend, Dordovaner«, sagte Dila'heth. »Eure Konflikte haben Calaius Schaden zugefügt. Xetesk mag jetzt gerade der Hauptschuldige sein, doch keiner von Euch ist völlig ohne Schuld.«

»Junge Dame, ich …«, wollte Vuldaroq sagen.

»Ich denke, Vuldaroq wollte Euch nur wissen lassen, dass wir Euch für Euer Eingreifen ewig dankbar sein werden. Wir haben Eurem Land nicht absichtlich Schaden zugefügt und wollen dafür sorgen, dass es nicht noch schlimmer wird, indem wir das gegenwärtige Regime in Xetesk beseitigen.«

»Verzeiht mir«, sagte Dila. »Dieser Krieg hinterlässt bei uns allen seine Spuren.«

»So ist es«, sagte Vuldaroq. »Fühlt Euch bitte nicht angegriffen.«

»So habe ich es nicht empfunden.«

»Gut«, sagte Vuldaroq. Er holte tief Luft. »Da wäre noch etwas. Wie wir hörten, gab es Kämpfe in den Türmen und Katakomben von Xetesk, auch wenn wir aus offensichtlichen Gründen keine Einzelheiten erfahren konnten. Ich wusste gar nicht, dass die Elfen auch diese Bereiche angreifen wollten.«

»Das tun sie auch nicht. Der Ra...« Dila unterbrach sich, doch es war zu spät.

»Wie bitte?« Vuldaroq war nicht sicher, ob er richtig gehört hatte.

»Es gibt noch andere Ziele im Kolleg«, beeilte Dila sich zu sagen. »Ich habe nicht alle Gespräche der TaiGethen mit ihren Ratgebern verfolgt.«

»Bei diesen Ratgebern handelt es sich offenbar um die Rabenkrieger«, erwiderte Vuldaroq beiläufig.

»Das habe ich nicht gesagt«, gab Dila'heth kühl zurück. »Wenn es weiter nichts zu besprechen gibt – ich muss morgen wieder einen Krieg führen.«

»Euch ist sicher bekannt, dass die Verbündeten den Raben suchen«, sagte Heryst. »Sie sind Kriminelle, die festgesetzt werden müssen.«

»Sie sind die Freunde der Elfen«, erwiderte Dila vorsichtig.

»Und was soll das heißen?«, fragte Vuldaroq.

»Das heißt, dass ich sie nicht denen ausliefern würde, die

ihnen etwas antun wollen, selbst wenn ich wüsste, wo sie sind.«

»Sie sind Geächtete«, sagte Vuldaroq.

»Sie haben fast im Alleingang das Volk der Elfen gerettet. Ihr Opfer spricht sie in den Augen der Elfen von jedem Verbrechen frei.«

»Sagt mir«, bohrte Vuldaroq, »sind sie nun in Xetesk oder nicht?«

»Ihr habt gehört, was ich zu sagen hatte«, erwiderte Dila. »Soll ich es wiederholen?«

»Wir werden uns wieder sprechen, wenn Ihr nicht mehr ganz so müde seid«, sagte Vuldaroq.

»Ich glaube nicht.«

Die Verbindung brach ab, und Vuldaroq war mit Heryst allein.

»Ich denke, damit hat Eure Demütigung einen krönenden Abschluss gefunden, Lord Heryst.«

»Spart Euch die ermüdenden Sticheleien, Vuldaroq. Wir haben wichtige Dinge zu besprechen.«

»Ach, wirklich?« Vuldaroq lächelte vor sich hin, doch das Lachen sollte ihm rasch vergehen.

»Die Rabenkrieger sind mehr als ein bloßes Ärgernis und eine Bande von Flüchtlingen«, fuhr Heryst fort. »Fahrt nicht gleich aus der Haut und vergesst zunächst einmal, was passieren mag, wenn sie aus Xetesk fliehen können. Überlegt Euch vielmehr, was geschehen wird, wenn ihnen die Flucht *nicht* gelingt. Ich will Euch nicht wie einen Narren behandeln. Ihr habt, genau wie ich, die Gerüchte vernommen, die sich um Erienne ranken. Es scheint so, als säße sie im Dunklen Kolleg fest. Dystran weiß, was wir beabsichtigen. Was, wenn sie nun gefangen wird?«

Vuldaroq überlegte. »Wir müssen sie retten. Zum Wohle von ganz Balaia.«

»In der Tat«, stimmte Heryst zu. »Es geht um mehr als um Euren oder meinen Vorteil. Wenn sie das ist, was wir glauben, dann wird sie sich nicht so leicht ausschalten lassen wie ihre Tochter.«

»Doch in wessen Hände wird sie fallen?«

Heryst seufzte. »Das dürfte kaum das Problem sein, solange es nicht Xetesk ist. Bitte, Vuldaroq, lasst uns nicht darüber streiten. Es ist für uns beide zu wichtig.«

»Sie ist eine Dordovanerin«, sagte Vuldaroq. »Sie gehört mir.«

»Wenn sie eine Magierin des Einen ist, dann gehört sie niemandem. Genau das ist das Problem.«

»Wenn Ihr sie fangt, dann werdet Ihr sie mir ausliefern«, verlangte Vuldaroq.

»Macht Euch nicht lächerlich. Jeder Versuch, sie zu fangen, muss ein gemeinsamer Versuch sein. Und die Belohnung muss geteilt werden«, erwiderte Heryst.

»Aber wenn sie nun flieht und Euch in die Hände fällt?«

»Oder Euch?«

»Vielleicht müssen wir uns darauf einigen, dass wir in diesem Punkt uneins sind«, sagte Vuldaroq.

»Vuldaroq!« Herysts Stimme hallte schmerzhaft laut im Schädel des dordovanischen Erzmagiers. »Dies ist kein Streit über Nachschubwege oder die Kommunikation auf dem Schlachtfeld. Dies betrifft die Zukunft von ganz Balaia. Es geht um ein Balaia, in dem wir beide das Gleichgewicht wiederherstellen wollen. Oder irre ich mich etwa?«

Vuldaroq schwieg

Drittes Kapitel

Was als verzweifelter Ausbruchsversuch begonnen hatte, endete in einem Gemetzel. Von den TaiGethen hinter ihnen in Panik versetzt, hatten die xeteskianischen Wächter die Flucht nach vorn angetreten und sich dem Raben genähert. Im hin und her wogenden Gedränge konnten sie jedoch ihre Armbrüste nicht mehr anlegen, was Thraun und dann auch Hirad die Möglichkeit gab, bis zu den wehrlosen Magiern vorzustoßen.

Der Barbar zog die Dolchklinge aus der Brust des letzten noch stehenden Mannes und ließ den Sterbenden fallen. Die anschließend einsetzende Stille war beinahe körperlich spürbar, außer schwerem Atmen war jetzt nichts mehr zu hören. Hirads ganzer Körper tat weh, Blut rann aus sechs verschiedenen Schnittwunden, und die schlimmste, die auf der Brust, brannte vom Schweiß, der hineingelaufen war.

»Wir sollten uns in Bewegung setzen«, sagte der Unbekannte, obwohl seine Körperhaltung verriet, wie erschöpft er war.

Sein Körper und sein Gesicht waren mit Blut verschmiert,

das größtenteils nicht sein eigenes war. Unter einem Ohr hatte er eine klaffende Wunde, seine Arme waren glitschig vor Blut und mit Kratzern übersät. Darrick, der neben ihm stand, war aschfahl unter dem roten Blutspritzern und presste eine Hand auf die Hüfte. Rebraal starrte wie unter Schock ins Leere, vielleicht staunte er auch nur, dass sie überlebt hatten.

Auum drängte sich durch die Leichen und die tödlich Verwundeten.

»Denser?«

Hirad deutete zum Forschungsraum und folgte dem Tai-Gethen mit seinem Blick. Der Elf wandte sich an Denser, packte ihn am Arm und deutete zur Treppe.

»Evunn«, sagte er, als reichte dies als Erklärung aus.

»Was?« Denser, der Eriennes Haare gestreichelt hatte, fuhr gereizt auf.

»Bitte!« Auum runzelte die Stirn und seufzte. Er rief Rebraal zu sich und stieß einen Wortschwall in der Elfensprache aus. Irgendetwas in seiner Stimme ließ Hirad aufmerken. Rebraal war bereits zur Treppe unterwegs.

»Evunn«, erklärte Rebraal im Gehen. »Er wurde von einem Spruch getroffen.«

»Da ist er nicht der Einzige«, erwiderte Hirad grimmig.

»Nein, aber er lebt noch. Auum sagt, sein Geist sei nicht mehr anwesend.«

»Oh, nein«, murmelte Denser. Er eilte aus dem Forschungsraum. »Diese Bastarde, das ist grausam.«

»Was ist es?«, fragte Hirad verwirrt. Er konnte sich kaum noch auf den zitternden Beinen halten und lehnte sich an die Wand.

»Geistschmelze«, sagte Denser. »Das muss es gewesen sein.«

Auum folgte ihm hinaus. Hirad fasste seinen Arm und

deutete auf die verkohlten Leichen der Elfen an der Tür. »Es tut mir leid«, sagte er.

Auums Augen flackerten leicht, und unter der verschmierten Farbe spielten seine Gesichtsmuskeln. Dann blickte er zur Treppe, wo Duele und Rebraal mit Denser warteten. Er ging langsam zu den Toten, und Hirad bedeutete Darrick, ihm Platz zu machen. Einige Augenblicke schaute er auf sie hinunter. Sie hatten sich im Tod zusammengekrümmt, als die Feuerkugeln sie erfasst hatten. Sechs TaiGethen und zwei Al-Arynaar-Magier. Sie waren bis zur Unkenntlichkeit verkohlt. Kleidung und Haut waren verbrannt, Knochen und Sehnen lagen blank.

Ehrfürchtig kniete Auum vor jedem nieder, legte ihm eine Hand auf den Kopf, sprach ein paar Worte und küsste den lippenlosen Mund. Als er sich umdrehte und aufstand, sah Hirad den Kummer und Zorn in seinen Augen.

»Wir sind hier nicht sicher«, warnte Myx. Schwer auf Sian'erei gestützt, kam er aus dem Salon herüber.

Hirad blieb seine sarkastische Bemerkung im Hals stecken. Eine Hälfte von Myx' Gesicht war verbrannt und voller Blasen, ein Auge angeschwollen und geschlossen. Auf der gleichen Seite war auch seine Rüstung zerfetzt, Blut quoll aus den offenen Stellen. Er zuckte bei jedem Atemzug zusammen, wenn die Luft in seine versengten Lungen eindrang. Der Barbar nickte und bot sich an, ihn zu stützen, damit Sian entlastet wurde.

»Thraun, kannst du Erienne tragen?«, fragte er.

Thraun nickte und humpelte mit der blutenden Nase in den Forschungsraum zurück. Auf seiner Hose unterhalb des rechten Knies hatte sich ein dunkler Fleck gebildet. Hirad sah einen Moment zu, wie der Gestaltwandler Erienne aufhob, bevor er sich umdrehte und die Treppe hochstieg.

»Sage mir bitte, dass wir dem Ausgang nahe sind«, flehte er.

»Nein«, antwortete Myx. »Sie wussten, dass wir hier entlangkommen würden, weil ich bei euch war, und sie werden erkennen, in welche Richtung ich mich bewege. Wenn wir uns beeilen, sind wir aber vielleicht schon am Ausgang, ehe sie uns wieder einholen.«

Hirad zog die Augenbrauen hoch. »Wir sind nicht in der richtigen Verfassung für einen langen Marsch.«

»Es gibt keinen anderen Weg«, entgegnete Myx. »Dies ist unsere einzige Chance.« Er hustete und verzog das Gesicht. Vor seinem Mund entstand ein feiner roter Nebel.

»Immer mit der Ruhe, Myx.«

Vom Treppenabsatz her waren laute Stimmen zu hören. Auum machte Denser offenbar Vorwürfe, und Rebraal versuchte, so gut wie möglich zu übersetzen.

»Sage ihm, dass ich ihn nicht heilen kann. Das ist nicht so einfach«, sagte Denser.

»Er sagt, deine Magier haben ihm das angetan, und du kannst es wieder in Ordnung bringen.«

»Vielleicht. Aber nicht hier und jetzt.« Densers Gesicht lief rot an, er stand kurz vor der Explosion.

Auf diese Erklärung reagierte Auum äußerst erbost und zielte mit dem Finger irgendwo in den Flur. Der Unbekannte beschleunigte seine Schritte.

»He!«, rief er. »Genug. Das gilt für euch alle.« Irgendetwas lag in seiner Stimme, das alle Sprachbarrieren überwand. »Danke. Also, Denser – stirbt er?«

»Nein. Er schwebt im Augenblick nicht in Lebensgefahr.«

»Schwindet er dahin?«

»Langsam.«

»Wären ein paar Stunden mehr oder weniger ein gravierender Unterschied?«

»Eigentlich nicht.«

»Also gut.« Der Unbekannte wandte sich an Auum. »Rebraal, übersetze für Auum – und das ist mein letztes Wort: Wir können Evunn jetzt nicht helfen, doch er wird nicht sterben. Wir tragen ihn hinaus, wie wir Erienne tragen werden. Aber wenn wir uns nicht sofort in Bewegung setzen, wird keiner von uns entkommen. Also gehen wir, und zwar sofort. Myx, wohin müssen wir?«

»Folgt mir.« Myx und Hirad marschierten los und gingen am Ende des Treppenabsatzes nach rechts zu einer scheinbar völlig nackten Wand. Myx langte in die Illusion hinein und schob eine Abdeckung zur Seite. »Hier wird ständig weitergebaut. Falls Dystran nicht hier entlangkommt, erspart uns dieser Weg etwas Zeit.«

Das Licht war schlecht, reichte aber aus. Boden und Wände waren uneben und noch nicht bearbeitet, die Decke hing oft dicht über ihren Köpfen. Myx musste sich sogar bücken. Stellenweise waren die Kammern bereits vollendet, doch an vielen anderen Stellen sahen sie noch die Markierungen an den nackten Wänden.

Da bisher nur die wichtigsten Verbindungsgänge fertig gestellt waren, konnten sie sich leicht orientieren. Myx führte sie mehr oder weniger geradeaus, zuerst abwärts und dann wieder nach oben. Der Weg schien endlos, und mit jedem Schritt wuchs Hirads Nervosität angesichts ihrer Hilflosigkeit.

Einen Arm hatte Hirad um Myx' Hüfte gelegt, um den angeschlagenen Protektor zu stützen, in der anderen Hand hielt er die Klinge. Er versuchte, die Schmerzen in der Brust zu ignorieren, und lauschte angestrengt, ob Feinde anrückten. Jede Gangbiegung und Kreuzung konnte Schauplatz eines möglichen Hinterhalts sein.

Doch es war schwierig, ständig aufmerksam zu bleiben,

und sie wurden immer langsamer. Myx' Atem ging gequält, und die Verbrennungen an seinen Beinen waren schlimmer, als er zugeben wollte. Thraun trug humpelnd Erienne und weigerte sich, sie dem Ungekannten zu überlassen. Darrick musste sich auf Rebraal stützen, seine Hüfte blutete unablässig. Die noch lebenden TaiGethen trugen ihren verletzten Bruder. Nur Denser und Sian waren äußerlich unversehrt. Hirad konnte nur ahnen, was sich in ihren Köpfen abspielte.

Mit der Zeit wurde es dunkler, und schließlich tröpfelte vor ihnen Wasser, beides Hinweise auf versagende Sprüche. Anscheinend waren die Arbeiten bei Beginn des Krieges eingestellt worden. Auf einmal stolperte Myx und sank auf die Knie. Er keuchte, als seine Rüstung über die Verbrennungen scheuerte.

»Komm schon, großer Kerl«, sagte Hirad. Frisches Blut quoll aus der Wunde auf seiner Brust, als er den Protektor hochzog.

»Augenblick noch«, erwiderte Myx mit belegter Stimme.

Hirad fürchtete um ihn. Es waren nicht die Beine, die versagt hatten. Der Protektor atmete stoßweise und unter Schmerzen, sein Gesicht war von Schweiß bedeckt, und er zitterte am ganzen Körper. Hinter ihnen ergriff Auum das Wort, und Rebraal übersetzte.

»Wir werden verfolgt.«

»Mist«, quetschte Myx heraus. »Es ist Dystran, es kann nicht anders sein.« Er rappelte sich auf und ging eilig weiter. »Es ist nicht mehr weit. Kommt mit.«

Er lief jetzt vor Hirad und stützte sich immer wieder an der Wand ab. Der Rabe tappte blind hinterher. Wenn Myx ausfiel, waren sie verloren. Hirad wusste nicht, wie vielen Biegungen sie folgten und wie viele Steigungen und Neigungen sie überwanden, er zählte nicht die abzweigenden

Seitengänge. Mit gesenktem Kopf, jeder Schritt eine Belastung für seine Wunden, lief er und vergewisserte sich, sooft er konnte, dass die Freunde nicht den Anschluss verloren. Die Verfolger hörte er nicht, doch er sah Rebraals gehetzten Gesichtsausdruck und wusste, dass sie nahe waren.

Vor ihnen wich das schwindende blaue Licht schließlich einem dunstigen grauen Schimmer.

»Ein Tunnelspruch, der ebenso versagt wie das Licht«, erklärte Denser im Laufen. »Es sollte hier so hell sein wie die Sonne.«

Das Platschen der Wassertropfen wurde lauter, schließlich bildete sich ein stetiges Rinnsal, das sich in Pfützen sammelte. Der Boden war trügerisch und schlammig, die Wände waren zerklüftet. Scharfe Felskanten ragten aus dem feuchtem Lehm hervor.

»Wo sind wir?«, fragte der Unbekannte.

»Außerhalb ... der ... Stadt.« Myx hatte Mühe, die Worte hervorzustoßen. »Nicht mehr weit.«

Er sollte recht behalten. In den Ausläufern des grauen Lichts wandte Myx sich in einen kurzen, unvollendeten Seitengang, der vor einer scheinbar nackten Wand endete. Wieder tastete er in der Illusion herum und schob eine Platte zur Seite. Er wartete, bis sie alle durch waren, dann verschloss er sie wieder.

»Denser, kannst du den Ausgang versperren?«, fragte er.

Denser schüttelte den Kopf. »Kaum. Ich kann es versuchen, aber es wird nicht viel nützen. Danach bin ich dann völlig erschöpft.«

Er trat vor und wirkte den Spruch.

»Was ist mit Erienne?«, fragte Hirad.

»Was ich hier auch mache, wir brauchen einen weiteren Magier, der mir hilft, und zwar bald.«

»Ich habe eine Idee. Mach dir deshalb keine Sorgen, Denser, ich werde mich darum kümmern«, versprach Hirad. »Aber wo sind wir eigentlich?«

Myx deutete in den Gang, in dem sie sich jetzt befanden. Er war vollendet und gut beleuchtet und wurde offenbar häufig benutzt. Rechts lag eine leere, kalte Kammer. Zehn Schritte vor ihnen stand ein großer, mit Leder verstärkter Korb, an dessen Henkel ein Seil befestigt war, auf dem Boden. Das andere Ende des Seils verschwand in einem Schacht in der Decke.

»Oh, wundervoll«, murmelte Hirad.

»Izack sagte, sie bekämen irgendwie Vorräte in die Stadt«, sagte der Unbekannte. »Anscheinend hatte er recht damit.«

Myx nickte. Sein Atem ging jetzt etwas ruhiger, doch er hatte immer noch Schmerzen. »Das obere Ende ist hinter einer Illusion verborgen. Es gibt dort auch ein Gitter, damit keine Tiere hineinfallen. Der Schacht endet in einem Dickicht aus Ginster und Farn westlich der Stadt. Es hat sich als nützlich erwiesen.«

»Was ist das sonst? Ein Lüftungsschacht?«

»Ja. Es gibt sechs. Vier wurden versiegelt, der zweite ist nicht weit von hier entfernt.«

Denser drehte sich um. »Ich habe bei der Tür getan, was ich konnte, aber es wird sie nicht lange aufhalten. Erst recht nicht, wenn Dystran bei ihnen ist.«

»Na gut, dann wollen wir uns in Bewegung setzen.« Der Unbekannte betrachtete Seil und Korb und starrte nach oben in die Dunkelheit. »Thraun, wir steigen als Erste hoch, Sian bleibt zwischen uns. Anschließend ziehen wir Evunn und Erienne mit dem Korb hinauf. Denser, du begleitest Erienne. Auum oder Duele bleiben bei Evunn. Wir müssen beten, dass das Seil hält, aber es scheint kräftig genug zu sein. Danach klettert ihr anderen nacheinander hoch, so schnell ihr könnt. Die Übrigen wehren die Angriffe ab, so gut es eben geht. Wenn es übel wird, dann ruft, und ich komme wieder runter. Los jetzt.«

Er deutete auf Thraun. Der Gestaltwandler übergab Erienne an Denser, der sie mitten in den Korb stellte. Der Korb war gerade groß genug, dass sie beide aufrecht stehen konnten. Thraun stieg auf die Kante des Korbes, packte das Seil und verschwand im etwa fünf Fuß weiten Schacht. Sie hörten, wie er sich gegen die Seiten stemmte. Staub und Sand rieselten herab. Gleich nachdem er verschwunden war, folgte ihm Sian'erei.

»Wie hoch?«, fragte der Unbekannte.

»Das weiß ich nicht«, erwiderte Myx. »Wir sind nicht auf der untersten Ebene. Mehr als fünfzig Fuß auf jeden Fall. Oben gibt es eine Umlenkrolle auf einem Ausleger, den man über den Schacht schwenken kann.«

Der Unbekannte zog die Augenbrauen hoch. »Die Tatsache, dass dies die besten Neuigkeiten sind, die ich gehört habe, seit wir hier eingetroffen sind, sagt eine Menge aus.«

Es schien eine Ewigkeit zu dauern, bis sie endlich hörten, dass Thraun das Gitter herausnahm. Der Unbekannte kletterte als Nächster hoch.

»Halte dich bereit, Denser. Sobald wir oben so weit sind, ziehen wir euch hoch.«

»Alles klar.«

Hirad drehte sich zur Illusion um und malte sich aus, wie eine Horde von Xeteskianern in ihre Richtung getrampelt kam.

»Wie weit sind sie noch hinter uns?«, fragte er Rebraal.

»Inzwischen haben sie uns fast erreicht.«

»Also gut«, sagte Darrick, »dann wollen wir uns organisieren. Myx, mach Platz und setz dich. Du musst deine Kräfte für die Kletterpartie schonen.«

Myx wollte Einwände erheben, doch ein Pochen an der Vertäfelung ließ ihn innehalten.

»Los jetzt, Myx«, zischte Hirad. »Darrick, ich passe hier unten auf.«

»Nein, Hirad, du bist verletzt.«

»Du etwa nicht?«, knurrte Hirad. »Ich bleibe hier, Rebraal wird mich unterstützen.«

Der Anführer der Al-Arynaar nickte und machte einen Schritt, wurde aber von Auum zur Seite gestoßen.

»Na gut«, sagte Darrick knapp. Wieder schlug jemand gegen die Tür. »Rebraal, komm mit mir auf die andere Seite des Korbes. Wir können es uns nicht erlauben, hier in die Zange genommen zu werden.«

Die Kämpfer stellten sich auf. Hirad warf Auum einen Blick zu und nickte dankbar. Der TaiGethen sprach einige Worte, die Hirad für ein Gebet vor dem Kampf hielt, und zog ein einzelnes Kurzschwert. Unbändig brannte das Feuer in seinen Augen.

»Dass du mir hier unten nicht stirbst, Coldheart«, sagte Denser.

»Ich tu, was ich kann«, versprach Hirad.

Wieder ein Aufschlag, schwerer dieses Mal.

»Das war ein Spruch«, sagte Denser.

»Wie lange brauchen sie noch, bis sie durchbrechen?«

»Ich fürchte, das schaffen sie, bevor wir alle hier verschwunden sind.«

Hirad wartete. Dieses Mal verspürte er nicht den gewohnten Kitzel vor dem Kampf. Er stand dort, weil er seine Gefährten beschützen musste, nicht mehr und nicht weniger. Doch auch dieses Wissen konnte die Schmerzen in seinen Gliedern, das Stechen seiner Wunden und die Erschöpfung nicht beseitigen. Er dachte daran, dass sie unten bleiben und kämpfen mussten, damit die anderen Rabenkrieger entkommen konnten, falls die Xeteskianer zu früh durchbrachen. Irgendjemand würde sich opfern müssen.

Er packte das Schwert fester und lächelte grimmig. Wenigstens konnte er sich auf diese Weise wieder zu Ilkar gesellen. Eher, als er es erwartet hätte, aber dennoch eine Aussicht, die er begrüßte und nicht fürchtete.

Wärme erfüllte Hirads Geist. Sha-Kaan drang behutsam in seine Gedanken ein.

Ich bin überhaupt nicht erfreut, solche Gedanken aufzufangen, sagte der Große Kaan.

Mir war nicht klar, dass du mich spüren kannst, sagte Hirad.

Am Rande nahm er wahr, dass die Schläge auf das Holz wuchtiger wurden. Schwertkämpfer versuchten, die Balken zu schwächen, damit es Dystran leichter fiel, den Schutzspruch zu durchdringen. Offenbar verfügte Denser selbst in dieser geschwächten Verfassung noch über beachtliche Kräfte.

Allerdings sind es Gedanken, die ich von einem Mann wie dir erwarten würde, Hirad Coldheart, fuhr der Drache fort.

Den Tod zu akzeptieren, war mein Weg, ihn zu meiden, sagte Hirad.

Ich ... Sha-Kaan unterbrach sich. *Das ist doch sicher ein Scherz, oder?*

In gewisser Weise schon. Sha-Kaan, dieser Kontakt kommt mir in diesem Augenblick sehr gelegen. Ich muss dich bitten, uns zu helfen.

Sprich.

Wir wissen, dass eine Al-Drechar ermordet wurde.

Myriell, bestätigte Sha-Kaan.

Eriennes Geist hat dabei Schaden genommen. Sie ist jetzt bewusstlos, und Denser hält die Stürme zurück. Er ist jedoch erschöpft und kann ihr nicht mehr die Hilfe geben, die sie braucht. Cleress muss uns unterstützen, sie muss unbedingt bei Erienne und in ihrem Geist sein, sonst verlieren wir Erienne.

Ich werde tun, was ich kann. Cleress schläft unter dem Einfluss eines Spruchs, doch sie ist von den Xeteskianern befreit. Wenn sie erwacht, werde ich dort sein.

Danke. Und was dich angeht, so haben wir die Informationen, die wir brauchen. Wenn wir herauskommen, können wir es vollbringen.

Wieder strömten Wärme und Freude durch Hirads Geist. *Dann, schwacher Mensch, solltest du unbedingt dafür sorgen, dass du überlebst. Ich werde meinen Drachenmann brauchen, wenn ich heimkehre.*

Ich werde tun, was ich kann.

Das weiß ich.

Der Kontakt brach ab, und Hirad kam wieder zu sich. Unablässig hämmerten die Gegner an die Tür, und der ständige Druck zeigte Wirkung. Knarrend und krachend verschwand hinter ihm der Korb, der Denser und Erienne trug, im Schacht. Er konzentrierte sich wieder auf die Tür, die Auum die ganze Zeit nicht aus den Augen gelassen hatte.

Wieder ein Aufprall, und die Illusion zerfiel.

»Kann das denn sein?«, fragte Hirad.

»Anscheinend«, sagte Darrick, der auf der anderen Seite stand.

Hirad betrachtete jetzt eine schlichte und schwere Platte aus dunkler Eiche. Auf der linken Seite klaffte ein Spalt in der Wand, der die Schiebetür aufnehmen konnte. Allerdings hatte Dystran wohl nicht die Absicht, sie auf normale Weise zu öffnen. Sobald der Schutzspruch beseitigt war, konnte er die Tür aufbrechen. Jetzt schon war das Holz verzogen und dem Bersten nahe, und nur Densers Spruch hielt es noch an Ort und Stelle. Hirad wich drei Schritte zurück, Auum folgte seinem Beispiel. Er begriff, dass es gefährlich werden konnte, wenn sie zu nahe an der Tür standen.

Das Hämmern der Waffen ging weiter, während Dystran sich anscheinend sammelte. Hinter Hirad kam der Korb klappernd wieder herunter und klatschte auf den Boden. Er war jetzt nass, vom Seil tropften Wasser und Schlamm. Duele und Evunn waren im Nu im Korb. Duele zog einmal fest am Seil, um das Signal zu geben, und schon schwebten sie hinauf. Dieses Mal ging es schneller, weil offenbar auch Denser mit am Seil zog.

»Kommt schon, kommt schon«, murmelte Hirad. Das Hämmern an der Tür hörte auf. »Jetzt geht es los.«

Auum packte sein Schwert fester, wandte sich halb ab und machte sich auf die Explosion der Tür gefasst. Dystrans Kraftkegel schlug gegen die Platte und drang tief ins Mana-Geflecht des Schutzspruchs ein. Blaues Licht züngelte über die Fläche, ein Luftstrom wehte ihnen entgegen, und die Tür kippte langsam in den Raum.

Hirad fragte sich einen Moment, warum das Holz nicht gesplittert war, dann stürzte Myx an ihm vorbei, warf sich gegen die Tür und rammte sie in die Öffnung zurück.

»Helft mir«, sagte er.

Auch Hirad und Auum lehnten sich gegen die Holzplatte. Sie war warm. Die Gegner auf der anderen Seite pressten mit aller Kraft, waren aber durch den schmalen Gang behindert.

»Rebraal«, rief Hirad, »wenn der Korb runterkommt, bist du der Nächste.«

»Nein …«

»Doch«, fauchte Hirad, dessen Arme unter einem erneuten Aufprall zitterten. »Du kletterst schneller als wir. Darrick, du folgst ihm. Das Seil hält euch beide.«

»Verstanden.«

Hirad hörte die widerwillige Antwort, doch im Gegensatz zu Rebraal war Darrick klar, wer hier unten das Kommando hatte.

Der Druck auf die Tür nahm zu. Draußen waren Rufe zu hören, die weitere Männer nach vorn befahlen. Unaufhaltsam bewegte sich die Platte. Myx drehte sich um, stemmte die Beine auf den Steinboden und presste die Schultern flach gegen das Holz. Auum und Hirad drückten links und rechts neben ihm. Hirad blickte zum Gesicht des Protektors hoch, sah den Schweiß auf seiner Stirn und wusste, dass ihnen nicht mehr viel Zeit blieb, ehe ihn die Kräfte verließen.

Der Korb kam krachend herunter und knackte bedenklich beim Aufprall.

»Rebraal, los!«, rief Hirad.

Der Elf sprang, packte das Seil und kletterte. Darrick sah ihm nach. Das Gesicht des ehemaligen Generals war kreidebleich, er hatte eine Menge Blut verloren.

»Verliere nicht das Bewusstsein, ehe du oben bist«, sagte er.

Darricks Gesicht war wie versteinert. »Das schaffe ich«, sagte er.

»Noch drei«, sagte Hirad. »Das wird spannend.«

Auf einmal ließ der Druck auf die Platte nach, und sie glitt mit einem Knall in die alte Position zurück. Hirad wäre es lieber gewesen, wenn der Druck geblieben wäre. In der einsetzenden Stille war Dystrans Stimme unnatürlich laut.

»Lasst mich durch, ihr Idioten, ich erledige das jetzt.«

»Nicht gut«, murmelte Hirad.

»Wir haben keine Zeit mehr«, sagte Myx.

»Richtig«, sagte Hirad. »Auum, du gehst hoch.« Der Tai-Gethen sah ihn an. »Ein Spruch kommt. Geh jetzt.«

Auum nickte, er hatte verstanden und zollte Hirad seinen Respekt. Dann steckte er das Schwert in die Scheide und sprang zum Seil hoch.

»Jetzt du, Hirad«, sagte Myx.

»Das Seil wird keine vier Leute halten.«

»Dir bleibt nichts anderes übrig.«

»Du kommst mit. Ich lasse dich nicht hier zurück.«

Myx erwiderte seinen Blick. »Ich werde nicht nachgeben. Geh jetzt. Sol versteht es. Wir sind eins.«

»Sie werden dich umbringen.«

»Wir sind eins!«

Hirad zögerte, doch Myx hatte sich schon abgewandt. Es war falsch, es war nicht nötig. Er betrachtete das Seil, das sich spannte und zuckte, bis zum Zerreißen belastet von den kletternden Männern. Hirad stieg auf den Rand des Korbes.

»Der Rabe wird dir helfen«, sagte er. »Du musst mitkommen.«

»Nein.«

Hirad schnitt unter sich das Seil durch, steckte das Messer ein und stieg hoch, so schnell er konnte.

»Zieht!«, rief er. »Darrick, sie sollen ziehen! Myx, komm schon, du schaffst es.«

Unter Hirad färbte sich die Kammer blau, ein Luftstoß fegte den Schacht hinauf und ließ ihn hin und her pendeln. Myx flog durch den Raum wie eine achtlos weggeworfene Puppe, Splitter der Eichenplatte prasselten wie ein Regenschauer auf ihn ein. Darauf folgten aufgeregte Rufe der Soldaten, die sich unter dem Schacht sammelten und Armbrüste anlegten.

»Oh, verdammt«, sagte Hirad. »Zieht mich hoch, zieht!«

Bolzen zischten herauf und prallten von den Wänden des Schachts ab, einer bohrte sich seitlich in seinen Stiefel. Hand über Hand kletterte er schneller denn je und drückte sich auch mit den Beinen hoch. Dabei dehnte und zerrte er die Brustverletzung, bis frisches Blut floss.

Unter dem Schacht hatten die Armbrustschützen inzwischen nachgeladen, doch sie kamen nicht mehr dazu, ihre Waffen abzufeuern. Von irgendwo kam Myx herbeigestürzt und ging mit gesenktem Kopf und ausgebreiteten Armen auf die Schützen los, um sie zur Seite zu schieben. Darauf waren Kampfgeräusche zu hören, doch Hirad konnte nichts mehr sehen, weil sich endlich das Seil zu bewegen begann. Rasch wurde er nach oben gezogen. Allerdings hörte er noch, dass die Geräusche unten viel zu bald schon wieder abbrachen.

Hirad schloss einen Moment die Augen, bevor er den Kopf nach oben drehte. Frische Luft drang in seine Lungen, Regentropfen prasselten ihm ins Gesicht. Er hörte den Wind über dem Ausgang des Schachts heulen. Es war ruhig gewesen, als sie nach Xetesk eingedrungen waren, und jetzt hatte ein Unwetter eingesetzt. Irgendwie fand er es sehr passend.

Viertes Kapitel

Dystran starrte in den Lüftungsschacht und zog den Kopf ein, als das Seil wie erwartet herunterfiel. Sie waren vorerst entkommen, und dies machte ihn wütend wie noch nie. Allerdings empfand er auch einen gewissen Respekt. Sie waren binnen vier Tagen aus zwei Kollegien geflohen, und er konnte sich erinnern, dass sie einige Jahre zuvor etwas Ähnliches schon einmal in Dordover getan hatten, um den Katalysator für Dawnthief aus der Gruft zu stehlen.

»Außerordentlich«, sagte er leise. »Wirklich außerordentlich.«

Er wollte schreien, um sich schlagen und irgendetwas tun, um seine Frustration auszutoben. So untypisch es für ihn war, er hielt sich zurück und drehte sich zu seinen Männern um. In ihren Gesichtern sah er Furcht, Schock und Erleichterung, aber auch ängstliche Erwartung. Sie warteten auf seine Reaktion, sie rechneten damit, dass er ihnen Vorwürfe machte. Er konnte es nicht.

Vor seinen Füßen lag der tote Myx. Ein Jahrzehnt lang hatte er den Protektor gekannt, erst jetzt sah er dessen Gesicht. Ein Mann. Wie leicht es gewesen war, diese Tatsache zu verdrängen. Er wirkte friedlich im Tod, sein Gesicht war entspannt, die Augen geschlossen. Die wunden roten Stellen verblassten allmählich.

Dystran fürchtete den Verlust der Protektoren. Mit ihnen verlor Xetesk eine Grundlage seiner Unbesiegbarkeit. Der politische Wille, die alte Ordnung wiederherzustellen, war nicht vorhanden, was auch seine eigene Position schwächte.

Kopfschüttelnd blickte er ein letztes Mal den Schacht hinauf. Wie oft hatte er schon gehört, man dürfe den Raben nicht unterschätzen? Er hätte auf die Warnungen hören sollen. Staub, den die Füße der Männer und das Seil von der Wand gekratzt hatten, rieselte ihm ins Auge, und er musste blinzeln. Die Flüchtigen waren außerhalb der Stadt, aber nicht außerhalb seiner Kontrolle. Noch nicht, wenn er rasch und entschlossen handelte.

Es gab so viel zu organisieren und zu tun. Das Kriegsglück hatte sich gegen Xetesk gekehrt, und er sah sich unter Zugzwang. Glücklicherweise war seine Hand immer noch stark. Er wandte sich wieder an die Männer.

»Lasst uns hier verschwinden. Wer Lust hat, das Durcheinander aufzuräumen, das unsere Freunde hinterlassen haben, kann sich in der Kuppel einfinden, sobald er einen ordentlichen Schluck getrunken hat. Suarav übernimmt die Einteilung. Wer dazu keine Lust hat, soll sich bis zur Morgendämmerung zurückziehen.«

Die Männer nickten.

»Mylord?«, meldete sich einer.

Dystran drehte sich zu dem Soldaten um, dessen Namen er nicht kannte.

»Sprich.«

»Wir werden sie erwischen, nicht wahr? Wir haben in dieser Nacht so viele Freunde verloren.«

Dystran lächelte traurig. »Ja, ich weiß«, sagte er. »Ich werde alles in meiner Macht Stehende tun, um sie zu fassen. Sie haben uns angegriffen, und es tut mir leid um die Freunde, die ihr verloren habt. Wir nahmen an, niemand könne herein und wieder hinausgelangen, und wir haben uns geirrt. Das ist eine harte Lektion, nicht wahr? Wir könnten hier verharren und sagen, was für ein Pech es doch gewesen sei, dass wir sie nicht erwischt haben. Der Rabe würde allerdings einwenden, es sei keineswegs Glück oder Pech im Spiel gewesen, und wir müssen wohl akzeptieren, dass sie recht haben. Kommt mit, ich führe euch hinaus.«

Ark stand am frühen Morgen in der warmen Luft. Er konnte nicht schlafen und dachte sogar, er könne es vielleicht nie wieder. Herendeneth war wieder still, doch alles hatte sich verändert.

Die Luft strich über sein Gesicht, und er konnte nicht anders, als seine nackte Haut betasten. Sie juckte, wo die Maske sie wund gescheuert hatte. Zum Glück verhinderte die Salbe die Entstehung von Infektionen. Fasziniert verfolgte er mit den Fingern die Konturen seines Gesichts. Es war so ungewohnt, im Freien zu stehen und der Nacht sein Gesicht zu zeigen. Er konnte das Gefühl nicht ganz abschütteln, dass er eines Tages dafür würde büßen müssen.

Es wäre schön gewesen, wenn er das Gefühl hätte genießen können, doch die einzige Freude, die er je gekannt hatte, war das vereinte Bewusstsein seiner Brüder im Seelenverband gewesen. Dies war jetzt für immer vorbei, denn seine Seele war zu ihm zurückgekehrt. Das Gebet war erhört worden, doch der Preis war ein Verlust, der ihm das Herz schwer machte und eine tiefe Einsamkeit in ihm entstehen ließ.

Die Freiheit, so zu sein wie alle anderen Menschen. Er fragte sich, was er damit anfangen sollte, und suchte zum tausendsten Mal den Kontakt zu seinen Brüdern, fand jedoch nur Schweigen. Er drehte sich um. Vier standen mit wehendem Haar hinter ihm im warmen Wind. Sie trugen noch die dunkle Kleidung und die Rüstungen, die nicht zu den unmaskierten Gesichtern passen wollten. Gesichter, die seine eigene Verwirrung widerspiegelten.

»Wir haben Arbeit, meine Brüder«, sagte er.

Sie nickten. »Wir sind eins«, entgegneten sie.

Sie folgten ihm ins Haus, das sich dunkel vor dem Nachthimmel erhob. Der Drache Sha-Kaan saß noch auf dem zerstörten Dach, sein großer Körper war ruhig, und den Kopf hatte er ins Haus gestreckt, um die noch lebende Al-Drechar zu schützen. Niemand außer den Elfendienern durfte sich ihr nähern.

Sie gingen durch die Flure zu den Privatgemächern, in denen vor kurzem so viel Blut vergossen worden war. Der Blick des Drachen lud sie ein, sich zu nähern. Er kannte ihre Gedanken und Wünsche.

»Ich werde nur den Frieden akzeptieren«, erklärte Sha-Kaan. »Es wird keine Bedrohungen mehr für Cleress oder Sols Angehörige geben.«

Die Worte, die der riesige Mund hervorbrachte, duldeten keinen Widerspruch. Der Große Kaan hatte getötet, um die Schwachen zu schützen, und er würde es wieder tun.

»Wir stehen auf deiner Seite«, sagte Ark. »Wir sind eins.«

»Ich weiß von eurem Verlust«, erwiderte Sha-Kaan, »doch der Gewinn ist größer. In meinem Land genossen eure Brüder die Freiheit.«

»Cil«, keuchte Ark. Ein weiterer Protektor, der genau wie Sol aus dem Seelenverband entkommen war, den man jedoch für verloren gehalten hatte.

»Ja«, bestätigte Sha-Kaan. »Er ist einer von dreien.« Einen Moment schwieg er, und nur sein Atem erfüllte wie ein tosendes Feuer den Raum. »Auf dieser Insel gibt es noch einige, die mich bedrohen könnten«, sagte er. »Zusammen sind sie mächtig.«

Äxte wurden aus den Rückenklammern genommen.

»Wir verstehen«, sagte Ark. »Sie sind nicht mehr unsere Meister.«

Die Beseitigung einer Bedrohung. Es war das, was die Protektoren am besten konnten.

Das Unwetter hatte starken Wind und peitschenden Regen nach Xetesk gebracht, doch nach den engen Katakomben roch die Luft frisch und belebend. Einige wundervolle Augenblicke lang war es Hirad egal gewesen, wo sie waren. Er hatte sich flach in den Matsch gelegt und tief die Luft eingeatmet, die endlich nicht mehr nach Tod stank, während der Regen seinen schmerzenden Körper wusch, auf sein Gesicht prasselte und das Blut von der Rüstung spülte.

Schließlich hatte er sich auf die Ellenbogen hochgedrückt, als sein Körper etwas ruhiger und der Schmerz nur noch ein dumpfes Pochen war. Die Realität hatte ihn sofort wieder eingeholt. Sie saßen in einem Dickicht aus Ginster und Farn, wie Myx es beschrieben hatte. Die Dornenbüsche schufen eine solide Barriere rings um die kleine Lichtung, auf der der Schacht endete, und hielten auch etwas den Wind ab. In drei Richtungen liefen niedrige Gänge ins Dickicht.

Thraun wiegte Erienne in den Armen, während Denser, Auum und Duele sich um den liegenden Evunn drängten. Die Farbe in den Gesichtern der Elfen war verschmiert und lief in Bächen herunter. Ihre Qual war unter der zerstörten Tarnung deutlich zu sehen.

Darrick stand ganz in der Nähe, seine Füße ragten bis in die Illusion hinein, die das Gitter so gut verbarg, dass ein unbefangenes Auge auch aus nächster Näher nichts erkennen konnte. Sian'erei hockte unter einem Ginsterbusch, wo sie vergeblich Schutz vor dem Regen gesucht hatte. Von Rebraal und dem Unbekannten war nichts zu sehen, doch den Geräuschen nach erkundeten sie das Unterholz.

»Wie weit erstreckt sich dieses Dickicht?«, fragte Hirad, als der Unbekannte zurückkehrte.

»Nun, der Schacht wurde mit gutem Grund hier angelegt«, berichtete der Unbekannte. »Etwa fünfzig Schritte östlich der Stadt gibt es eine kleine Klippe. Sie fällt zwanzig Fuß tief ab, was völlig ausreicht, um jedermann abzuhalten. Nach Süden erstreckt sich der Einschnitt etwa eine Meile an einem kleinen Hügel entlang, nach Norden schätzungsweise ebenso weit. Im Westen ist Rebraal unterwegs, und da er noch nicht zurück ist, vermute ich, dass der Ginster dort eine mindestens zweihundert Schritt breite Barriere bildet. Von dort bringen die Xeteskianer ihre Vorräte herein. Es ist raffiniert gemacht, das muss man ihnen lassen.«

»Kommt mir vor wie ein guter Ort, um eine Pause einzulegen«, sagte Hirad. Darrick war das ironische Grinsen des Barbaren entgangen.

»Ich glaube, das wäre eine ausgesprochen schlechte Idee«, wandte der General ein. »Dystran weiß, wo wir herausgekommen sind. Er will uns aufhalten. Ich fürchte, wir müssen jederzeit mit Angriffen von Hausgeistern rechnen. Es wird beginnen, sobald er seine Kräfte organisiert hat.«

»Meinst du denn, wir sollen uns lieber der Gnade der Lysternier oder Dordovaner ausliefern?«, fragte Hirad.

»Nein«, antwortete Darrick.

»Oder vielleicht lieber dem, was von der Armee der Schwarzen Schwingen noch übrig ist?«

»Hirad, du bist keine Hilfe«, sagte Darrick.

Hirad blinzelte dem Unbekannten zu. »Wahrscheinlich sind wir sogar stark genug, um sie zu besiegen. Was haben wir? Erledigte Magier, verletzte Kämpfer und einen Schwerkranken. Also kein Problem.«

»Hirad, hör auf damit«, ermahnte ihn der Unbekannte. Er hatte eine Hand gehoben und gebot auch Darrick Schweigen. »Was unser Barbar auf seine grobe, taktlose Weise sagen will, ist, dass wir einen Ort brauchen, an dem wir uns wenigstens ein paar Stunden lang ausruhen können. Wir sind zu angeschlagen, um sofort zum Lager der Al-Arynaar zu gehen. Wir dürfen aber auch nicht hinter den Xeteskianern sein, wenn sie sich entschließen, die Belagerung zu durchbrechen.«

»Das ist mir alles bekannt«, entgegnete Darrick ziemlich bissig.

»Ja«, antwortete Hirad, »und du hast eine Verletzung, die schwerer ist, als du zugeben willst.«

»Ich werd's überleben«, sagte der General.

»Das reicht leider nicht«, erwiderte Hirad.

»Was willst du damit sagen?«

»Ich will damit sagen, dass du uns als Krüppel nicht viel nützt. Du könntest dir selbst helfen, indem du dich zunächst einmal hinsetzt. Und dann denke über einen Ort nach, an dem wir einigermaßen sicher ausruhen können.«

Darrick sah Hirad böse an, setzte sich aber trotzdem neben ihn. »Vieles hängt von Denser ab«, sagte er.

»Ist das nicht immer so?«, gab Hirad zurück.

»Und von Sian«, fügte Darrick hinzu. Die Elfenmagierin schaute auf. »Kannst du einen Spruch wirken?«

»Das wird schwer.« Sie rang um Worte. »Das Mana ist dunkel. Schwach.«

»Das klingt nicht ermutigend«, sagte der Unbekannte. »Denser, wie sieht es bei dir aus?«

»Meine Kräfte sind erschöpft.« Er kam zum Unbekannten herüber. »Evunn geht es nicht so schlecht, wie ich befürchtet habe, doch er braucht bald einen Magier, der die Geistschmelze versteht und den Schaden beheben kann. Es ist ein Spruch, den nur die Seniormagier beherrschen, und mein Spruch, der Eriennes Geist schützt, lässt nach. Ich muss ausruhen und das Dämonentor aufsuchen, um möglichst rasch meine Reserven aufzufrischen. Doch die Aussichten dafür stehen schlecht. Das ist noch nicht alles. Ich hatte dort unten in Laryons Verteiler etwas Zeit, mir einige Theorien anzusehen. Sie haben es auf Dimensionsverbindungen und die damit verbundene Macht abgesehen, und mir hat die Richtung, in die sie geforscht haben, überhaupt nicht gefallen.

Wir sollten die Verbündeten warnen. Vielleicht erinnert ihr euch an die Dimensionsverbindung, die Xetesk vor einigen Jahren in Understone eingesetzt hat. Die Gegner müssen vorbereitet sein. Alles in allem würde ich sagen, dass unsere Lage entsetzlich bis verzweifelt ist. Der einzige Lichtblick besteht darin, dass die Hausgeister bei diesem Wetter nicht fliegen können. In diesem Sturm ist zu viel Energie, und das stört ihre Sinne.«

»Wohin sollen wir jetzt gehen?«, fragte Hirad. »Keiner von uns kann kämpfen, und wir haben keinen Magier, der Sprüche wirken kann. Außerdem müssen wir Erienne tragen.«

»Wie ich schon sagte …« Denser warf einen Blick zu Erienne. Thraun hockte bei ihr und schützte ihr Gesicht vor dem Regen. »Erienne ist unsere größte Sorge. Sie kämpft allein gegen das Eine, bis Cleress aufwacht. Dieser Sturm hier ist nichts gegen das, was geschehen wird, wenn Cleress ihr nicht helfen kann, und ich wage gar nicht daran zu denken, welcher Schaden ihrem Geist zugefügt wird.«

»Sie ist stark.« Thraun schaute einen Moment auf. »Sie kämpft.«

»Ich weiß, Thraun, aber ich kann nicht bei ihr sein. Es ist nicht …« Denser ließ den Satz unvollendet, und die Verzweiflung, die er sonst zu verbergen suchte, war ihm jetzt deutlich anzusehen. Er stand hilflos da, der Regen prasselte nun heftiger auf ihn herab. Er machte eine hilflose Geste. »Sie ist da drin allein. Wenn ich sie nun verloren habe?«

Hirad kam mühsam auf die Beine, stellte sich vor Denser und packte ihn an den Schultern.

»Wir werden niemanden verlieren«, sagte er. »Nicht dieses Mal. Wir können es schaffen, das alles hier. Wir sind …«

»Ich weiß«, sagte Denser, und sein Lächeln war schwach, aber echt. »Wir sind der Rabe.«

»Vergiss das ja nicht. Sie ist nicht allein, und du bist es auch nicht.«

Rebraal war während des Wortwechsels zurückgekehrt und sah nach Evunn.

»Wir werden Folgendes tun«, entschied der Unbekannte. »Die Elfen kehren zu ihren Kampflinien zurück. Evunn braucht Hilfe, die er dort vielleicht bekommt. Wir müssen hier verschwinden und uns verstecken. Darrick, wie weit kannst du laufen? Hirad, Thraun, was ist mit euch? Übertreibt aber bitte nicht.«

»Nicht die Entfernung, sondern das Wohin ist die entscheidende Frage«, warf Darrick ein. »Wir sind auf der falschen Seite der Stadt herausgekommen, und wir sind den Mauern zu nahe. Unter normalen Bedingungen würden wir meiner Ansicht nach für den Marsch etwa drei Stunden brauchen. In vier Stunden beginnt die Morgendämmerung. In einem weiten Umkreis ist nichts zu finden, was man als gute Deckung bezeichnen könnte. Entweder wir gehen zu den Al-Arynaar, oder wir verschanzen uns hier. Es nützt ja nichts, wenn wir den halben Weg schaffen und im Tageslicht geschnappt werden.«

Er hatte recht, und alle wussten es. Hirad betastete seine Brust. Die Blutung hatte aufgehört, doch er hatte eine Menge Blut verloren. Solange die Schnittwunde nicht wenigstens teilweise verheilt war, konnte er nicht kämpfen. Darrick humpelte immer stärker, und Thrauns Hosenbein war dunkel vor Blut. Vier Stunden reichten nicht aus.

»Dann müssen wir hierbleiben.«

»Nein.« Rebraal trat in ihre Mitte. »Das ist zu gefährlich. Jeden Abend kommen hier Vorräte herein.«

»Was schlägst du vor?«

»Wir laufen mit Evunn voraus. Sian wird bei euch bleiben, und ihr geht so schnell wie möglich. Die Krallenjäger werden euch finden. Wir schicken Hilfe. Hilfe der Elfen.«

»Wir dürfen uns nicht in offenem Gelände erwischen lassen«, wandte der Unbekannte ein.

»Die Krallenjäger finden euch vorher.«

Hirad zuckte mit den Achseln. »Was bleibt uns anderes übrig?«

Dystran hatte die blutgetränkten Schuhe gewechselt und Gesicht und Hände von Schweiß und Dreck befreit, bevor er sich mit seinen noch lebenden leitenden Magiern getroffen hatte. Sie sahen so schlecht aus wie Ranyl, der trotz der frühen Stunde am Treffen im kleinen Festsaal teilnahm.

Der Herr vom Berge betrachtete die müden, erschöpften und bleichen Gesichter. Der Kreis der Sieben war zerstört. Zwei waren getötet worden, einer in den Gängen durch einen Angriff der TaiGethen, ein weiterer vom Raben. Auch Kestys und Gylac waren gefallen, und damit standen die Magier, die in der Dimensionsmagie und der Überlieferung der Elfen die größte Erfahrung besaßen, nicht mehr zur Verfügung. Die Magier, die die Dimensionsverbindung erforscht hatten, fielen nun ebenfalls aus. Sie waren in Laryons Verteiler niedergemetzelt worden. Die Götter mochten wissen, wie viele andere umgekommen waren. Suarav und Chandyr hatten noch keine Meldung über die toten Kollegwächter und Reservisten gemacht, doch es musste eine beinahe dreistellige Zahl sein.

Verständlich, dass die Teilnehmer der Versammlung schockiert am Tisch saßen. So große Verluste, verursacht von so wenigen Gegnern. Dystran betrachtete sie der Reihe nach. Suarav und Chandyr saßen nebeneinander mit dem Rücken zur Tür, die draußen von Wachen gesichert wurde. Der ovale Tisch war nur zur Hälfte besetzt. Ranyl, der seine Katze auf den Schoß genommen hatte, war der Einzige, der Ruhe ausstrahlte. Die übrigen Angehörigen des Kreises, Dessyn, Prexys und Hyloch, waren nach der Nacht in den Katakomben erschüttert. Sie alle wussten, dass sie nur noch lebten, weil sie dem Raben und den TaiGethen nicht begegnet waren.

»Meine Herren«, begann Dystran, nachdem ein Diener ihm einen Becher süßen Kräutertee eingeschenkt und sich zurückgezogen hatte. »Mir ist klar, wie Ihr Euch alle fühlt, und mir ist bewusst, wie verlockend es wäre, Schuldzuweisungen zu verteilen. Wir wollen dieser Verlockung nicht erliegen. Der Sinn dieser Versammlung besteht darin, möglichst schnell zu bestimmen, wie groß die Schäden auf unserer Seite sind, zu klären, welche Maßnahmen wir ergreifen wollen, und wenn möglich vor der Dämmerung noch ein paar Stunden Ruhe zu finden.«

»Wir müssen herausfinden, warum unsere Sicherheitsmaßnahmen versagt haben«, sagte Dessyn, der Meister des Seelenverbandes. Er war ein Mann in mittleren Jahren mit starken magischen Fähigkeiten, aber ohne echte Willenskraft.

»Ich war der Ansicht, ich hätte mich klar ausgedrückt«, widersprach Dystran. »Diese Untersuchungen müssen wir vorerst aufschieben. Vielleicht darf ich Euch daran erinnern, dass sich vor den Toren unserer Stadt zahlreiche Feinde versammelt haben, die entschlossen sind, den Krieg zu gewinnen. Es ist unsere Pflicht, sie abzuwehren, und wenn wir über fehlerhafte Sicherheitsmaßnahmen nachdenken, kommen wir diesem Ziel keinen Schritt näher. Außerdem wissen wir bereits, wie sie herein- und wieder hinausgekommen sind.«

Dessyn wollte etwas sagen und hatte schon halb einen Finger gehoben, der auf Suarav zielen sollte. Dystran unterbrach ihn.

»Es reicht, Dessyn. Hätte einer von uns vorhergesehen, dass Denser und die anderen Rabenkrieger in Xetesk auftauchen und zusammen mit den Elfen am Überfall teilnehmen würden, dann wäre dieses Treffen nicht nötig geworden. Zeigt nicht mit dem Finger auf andere, wenn Ihr selbst das erste Ziel sein könntet. Suarav wusste nichts vom Zugang durch das Lager. Bis zu dieser Nacht gab es keinen Nichtmagier, der davon wusste. Aber nun sagt mir, wo sind die Protektoren?«

»Wir sind nicht über jeden einzelnen im Bilde«, erwiderte Dessyn, dessen Gesicht angesichts der Zurechtweisung rot angelaufen war. »Einige sind in der Stadt verschwunden, andere haben versucht, Xetesk zu verlassen. Siebenunddreißig befinden sich derzeit noch im Kolleg. Wir halten sie in den Unterkünften fest.«

»Wie viele laufen demnach frei herum?«

Dessyn wandte sich an Chandyr. »Kommandant?«

»Da meines Wissens nur Myx in den Katakomben getötet wurde, könnten noch achtundsechzig unterwegs sein, auch wenn ich glaube, dass es weniger sind. Ich gehe davon aus, dass sie nicht loyal sind, aber auch keine unmittelbare Bedrohung darstellen.«

»Nun gut«, sagte Dystran. »Chandyr, Ihr müsst Euch bei denen Gewissheit verschaffen, die wir festhalten. Ich vermute wie Ihr, dass sie nicht gegen uns kämpfen werden. Sorgt dafür, dass sie anständig behandelt werden. Sie sind ein Problem, das wir uns selbst eingehandelt haben, und wir werden ihnen mit Achtung begegnen. Niemand wird verletzt oder gezwungen, etwas gegen seinen Willen zu tun. Sorgt dafür, dass sie dies verstehen, und dass dies auch in der Stadt verbreitet wird. Verschwendet keine Kräfte auf die Suche nach den Vermissten. Wir wollen hoffen, dass sie freiwillig zu uns zurückkehren. Der nächste Punkt ist die Forschung.«

Wenn überhaupt möglich, dann wurden die Gesichter am Tisch noch länger, als sie es schon waren. Dystran achtete nicht darauf.

»Übersetzung der Elfentexte?«

»Unvollendet«, sagte Ranyl. »Und da Gylac und sein Assistent tot sind, hätten wir große Mühe, irgendeine Theorie zu überprüfen oder unsere Forschungen zu vollenden, selbst wenn das Aryn Hiil und die zugehörigen Schriften nicht entwendet worden wären.«

»Also eine Katastrophe«, sagte Dystran. »Wir wollen das zurückstellen, da wir im Augenblick sowieso nichts daran ändern können. Wie sieht es mit den Dimensionsverbindungen und dem interdimensionalen Energieaustausch aus?«

»Nun, Kestys hat demonstriert, dass die Verbindung zum Seelenverband ohne Risiko aufgehoben werden konnte«, sagte Prexys trocken. »Das lässt immerhin vermuten, dass unsere Berechnungen hinsichtlich der Ausrichtung der Dimensionen korrekt waren.«

Dystran mochte Prexys. Er war alt, älter sogar als Ranyl, und vertrauenswürdig, weil er keine Ambitionen zeigte, sich zum Herrscher aufzuschwingen. Nicht mehr. Sein Alter hatte seinen zynischen Geist noch weiter geschärft, aber dieses Mal war Dystran der Einzige, der über seine Bemerkung lächelte.

»Das ist doch schon mal etwas. Hat jemand die Forschungsräume in Laryons Verteiler untersucht?«

»Dort wurde nichts beschädigt, Mylord«, berichtete Prexys. »Im Gegensatz zu Eurer eigenen Basis. Dort wurden die meisten Unterlagen zerstört oder entwendet.«

»Was ist verschwunden?«

»Oh, eigentlich nicht viel«, sagte Prexys mit hochgezogenen Augenbrauen. »Die neueste Karte, die Anleitungen für Suchsprüche und die Forschungen zur Struktur der Tore.«

»Nicht viel«, murmelte Hyloch. »Man bedenke nur den Schaden, den sie angerichtet haben.«

»Es ist nicht hoffnungslos«, sagte Dystran. »Ein Rückschlag, weiter nichts. Grundsätzlich ändert sich nichts, allerdings sind wir gezwungen, schnell zu handeln.«

»Sie haben die Grundlage für alles andere mitgenommen«, sagte Hyloch.

»Aber nicht die Methode für das, was wir am dringendsten brauchen.« Dystran sah, dass sie es nicht verstanden. Er lehnte sich zurück. »Wir wollen ein Stück zurückgehen zu den Luftschächten. Suarav, erläutert Euren Plan.«

Suarav schien überrascht. »Also …«

»Es wird uns alle interessieren«, fügte Dystran hinzu.

»Oh, gewiss, Mylord.« Er sammelte sich. »Sie werden in diesem Augenblick abgesperrt. Wir müssen davon ausgehen, dass die Nachschubwege gefährdet sind, und dass die Luftschächte dem Feind einen Zugang bieten könnten.«

»Damit seht Ihr das Ausmaß unserer Probleme. Wir können zwar zurückschlagen, müssen unserer Sache aber sicher sein. Ich glaube, wir haben nur eine Möglichkeit. Unterbrecht mich, falls Ihr anderer Ansicht seid.« Er spreizte die Finger. »Ihr seid müde, deshalb will ich mich kurz fassen. Damit uns das Glück wieder hold ist, und um unsere Pläne hinsichtlich der Herrschaft über Balaia und Calaius zu verwirklichen, müssen wir die Elfenschriften zurückbekommen. Angesichts des wahrscheinlichen Ziels, zu dem sich der Rabe und die noch lebenden Elfenmagier begeben werden, müssen wir außerdem möglichst schnell den Belagerungsring durchbrechen.

Ich möchte Euch alle daran erinnern, dass die julatsanische Magie zwar geschwächt, aber noch lange nicht tot ist. Um das Gleichgewicht endgültig zu unseren Gunsten zu verändern, muss sie vollends ausgeschaltet werden. Dies bedeutet, dass wir jeden Versuch vereiteln müssen, das Herz zu bergen. Habe ich mich bis hierher deutlich ausgedrückt?«

Sie nickten und murmelten bejahend, einer machte eine zustimmende Geste.

»Gut. Meine Freunde, so weit ist es nun gekommen. Unsere neu entwickelte Magie ist nicht erprobt, und nicht einmal die Theorien sind vollständig entwickelt. Wir haben jedoch keine Zeit mehr zu verlieren. Wir müssen uns eingestehen, dass die Elfen uns übertölpelt und die Rabenkrieger uns besiegt haben. Daher ist es sinnlos, die Belagerungskräfte weiter hinzuhalten, denn wir können die Forschungen sowieso nicht fortsetzen. Lebenswichtiger Nachschub kommt nicht mehr herein, also werden wir bald in eine Notlage kommen.

Deshalb, Kommandant Chandyr, werdet Ihr die gewissenhaft erarbeiteten Pläne für unseren Vorstoß sofort in die Tat umsetzen. Bitte berichtet mir so bald wie möglich über die Verfassung der Hausgeister, der Leibwächter, der Magier und der Meuchelmörder. Sobald dieser verdammte Sturm nachlässt, können wir die Hausgeister hinausschicken, die ich für eine mächtige Waffe halte. Hauptmann Suarav, Ihr werdet dabei assistieren und zugleich die Pläne für die rückwärtige Verteidigung umsetzen. Ihr wisst, wie lange Ihr uns möglicherweise verteidigen müsst. Das Zahlenverhältnis wird klar werden, sobald die Belagerung durchbrochen ist. Kommandant, Ihr habt leider nicht mehr so viel Zeit, wie ich Euch eigentlich geben wollte. Einen Tag und eine Nacht, um genau zu sein.

Ich werde persönlich die letzten Arbeiten an den Dimensionssprüchen überwachen und entscheiden, welcher Spruch eingesetzt wird, wenn die richtige Zeit naht. Ihr, meine Lordmagier, solltet Euch ausruhen. Sammelt Eure Willenskraft und Eure Macht. Unterrichtet die ausgebildeten Magier über das, was nun kommt, und befreit sie von ihren sonstigen Pflichten, damit sie sich erholen können. Wer Fehler macht, kann nicht mit meiner Nachsicht rechnen.

Übermorgen in der Morgendämmerung werden wir diesen Bastarden zeigen, mit wem sie sich angelegt haben. Gibt es sonst noch Fragen?«

Fünftes Kapitel

Am Ende vollbrachte der vom Einen ausgelöste Sturm noch mehr, als nur die Hausgeister am Boden zu halten. Der Himmel blieb bis weit nach Anbruch der Morgendämmerung düster. Erschöpft schleppten die verwundeten Rabenkrieger Erienne, die nach wie vor keine Anstalten machte, wieder zu sich zu kommen. Quälend langsam hatten sie sich einen Weg durch den Ginster und dann über offenes Land gesucht, zuerst nach Westen, dann nach Süden und schließlich wieder nach Osten zum Lager der Al-Arynaar.

Zwar bemühten sie sich, wenn möglich im Schatten von Tälern, Bäumen oder Büschen zu bleiben, doch sie liefen ständig Gefahr, von lysternischen oder dordovanischen Streifen entdeckt zu werden. So war der Marsch körperlich wie geistig sehr anstrengend, und das Unwetter bildete eine passende Ergänzung der Schwierigkeiten, mit denen sie zu kämpfen hatten.

Nach etwa einer Stunde tauchte das erste Krallenjägerpaar auf. Vielleicht war es sogar mehr als eines, Hirad wusste es nicht genau zu sagen. Der Regen schlug ihnen von vorn ins Gesicht, und der Wind behinderte ihre Bewegungen, bis sie nur noch mühsam schlurfen konnten. Der Barbar hatte die Führung übernommen, doch nach dem Blutverlust durch die Wunde in der Brust war ihm etwas schwindlig, und bei jedem Atemzug fuhr ein stechender Schmerz durch seine Lungen. Der Unbekannte ging neben ihm, einen Arm um Darricks Hüfte gelegt. Der General hatte Schwierigkeiten, seine Hüfte war inzwischen steif, und seine ganze Seite schmerzte bis zum Hals und zum Gesicht hinauf. Der Blutverlust, der mit den primitiven Bandagen nicht zu verhindern gewesen war, gab Anlass zu großer Sorge.

Hinter ihnen hatte Thraun mit seinen riesigen Armen Erienne umschlungen und schützte sie, so gut es ging, vor dem Regen, während Denser neben ihm vor Kälte und Erschöpfung schauderte. Seinen Mantel hatte er um seine Frau gewickelt. Sian'erei war bei ihnen, eine einsame und gebeugte Gestalt, verloren in schrecklichen Ängsten angesichts des drohenden Untergangs der julatsanischen Magie.

Der Panther war aus dem Dunklen und gegen den Wind gekommen und hatte sich mit seinem feuchten Fell an Thrauns unverletztem Bein gerieben. Gleich darauf war ein zweiter rechts von ihnen aus dem Unterholz aufgetaucht, und nicht lange danach erschienen ihre unverwechselbaren Elfenpartner. Groß und langgliedrig, unglaublich anmutig, die schwarz und weiß bemalten Gesichter unberührt vom Regen.

Hirad empfand eine Erleichterung, die ihn selbst überraschte. Die Rabenkrieger waren froh, die Richtung wechseln zu können, als die Führer ihnen den Weg nach Südosten wiesen. Ein Krallenjägerpaar blieb bei ihnen, das andere übernahm die Vorhut und hielt im Gelände Ausschau nach guter Deckung und nach den Spuren von Patrouillen der

Verbündeten. Das Krallenjägerpaar, das bei ihnen blieb, wich nicht von Eriennes Seite. Der Panther trabte leichtfüßig neben Thraun, der Elf ging auf der anderen Seite. Das sonst so unbewegte Elfengesicht war in tiefe Falten gelegt, und er ließ sie keinen Moment aus den Augen, als könnte er ihren inneren Aufruhr spüren.

Hirad entspannte sich – nicht nur, weil die Krallenjäger sie vor allen Angreifern rechtzeitig warnen würden, sondern auch, weil er es musste. Er konnte nicht länger gegen seine Müdigkeit ankämpfen. Seine Brust war eiskalt und schmerzte entsetzlich, sein ganzer Oberkörper fühlte sich an, als wäre er mit Eisenstangen geprügelt worden, und seine Beine waren bleischwer und wollten ihm kaum noch gehorchen. Die einzige Möglichkeit, sich weiter anzutreiben, bestand darin, sich in sein Inneres zurückzuziehen und sich einzig und allein darauf zu konzentrieren, einen Fuß vor den anderen zu setzen.

Als sie etwas mehr als zwei Stunden gelaufen waren, musste er seine ganze Willenskraft aufbieten, um nicht einfach umzukippen. Er spürte, dass auch der Unbekannte an die Grenzen seiner Kräfte stieß. Allerdings wurde der große Mann zusätzlich durch Darrick behindert, den er stützte. Der General konnte kaum noch aus eigener Kraft laufen, doch sie wollten nicht aufgeben, nichts durfte sie aufhalten. Nicht der Wind, der ihnen Schmutz und Blätter ins Gesicht warf, nicht der Regen, der die Kleider schwer machte und ihre Körper auskühlte.

»Kannst du reiten?«, fragte der Unbekannte auf einmal. Seine Stimme war gerade laut genug, um das Unwetter zu übertönen.

»Ich würde jeden küssen, der mir ein Pferd schenkt, ich würde das Pferd küssen und mit einem einzigen Satz auf seinen Rücken springen.«

»Das will ich sehen.«

Hirad hob den Kopf und bemerkte, so unglaublich es schien, dass der Unbekannte lächelte. Der große Mann nickte, und Hirad folgte seinem Blick. Vor ihnen, unter einer Baumgruppe halb verborgen, stand eine Gruppe Elfen auf dem Abhang eines kleinen Hügels. Jeder hielt ein Pferd am Zügel, und die Tiere grasten friedlich oder blickten gelassen in die Runde. Nein, nicht alle waren Elfen – einer, der neben Rebraal stand, war größer und breiter als die anderen.

»Blackthorne«, sagte Hirad.

»Ich habe gehört, dass Bärte die Haut wund reiben«, sagte der Unbekannte. »Mach den Mund lieber wieder zu.«

Hirad lachte. Ein kurzes Lachen war es, das eine neue Schmerzwelle durch seine Brust schießen ließ. Die Elfen und Blackthorne führten ihnen die Pferde entgegen. Der Barbar blieb stehen und sah sich um. Am liebsten wäre er an Ort und Stelle zu Boden gesunken, doch ihm war klar, dass er dann vielleicht nie wieder würde aufstehen können. Thraun wirkte sehr erleichtert, und auch Densers Miene hellte sich ein wenig auf.

»Könnt Ihr vielleicht ein Pferd gebrauchen?«, fragte Blackthorne, als er vor ihnen stand.

»Jetzt, da Ihr es erwähnt – ich denke schon«, antwortete Hirad.

Blackthornes dunkle Augen funkelten, doch sein Gesichtsausdruck war ernst, als er die Rabenkrieger betrachtete.

»Kommt mit«, sagte er. »Wir dürfen keine Zeit verschwenden. Ihr braucht Hilfe, Ihr alle.«

Hirad nickte. »Den Kuss bekommt Ihr dann später.«

»Wie bitte?«

»Schon gut«, sagte der Unbekannte und fasste Blackthorne am Arm. »Wir werden Euch das nicht vergessen.«

Es dauerte lange, bis Erienne bemerkte, dass die Welt, die sie gekannt hatte, verschwunden war. Es dauerte lange, bis sie überhaupt irgendetwas bemerkte. Das Wachbewusstsein war keine Selbstverständlichkeit mehr, dachte sie. Aber konnte sie überhaupt denken? Womöglich war es nur ein Traum, was bedeutet hätte, dass sie sich ihrer Lage nicht unbedingt bewusst war. Sie hatte kein Gefühl dafür, dass sie atmete oder überhaupt noch am Leben war. Ihre gewohnten Sinne verrieten ihr nichts. Sie hätte tot sein können.

Je länger sie darüber nachdachte, desto stärker wurde ihr Eindruck, sie sei tatsächlich dem Tod geweiht. Ihre Erinnerungen waren zersplittert. Nicht die an ihre Vergangenheit – die waren klar wie eh und je. Doch irgendwann hatte ein Übergang stattgefunden, und vor allem zwischen Myriells markerschütterndem Schrei und dem Wiedereinsetzen ihrer Denkprozesse waren die Erinnerungen zusammenhanglos und wirr.

Einiges war noch da – gedämpfte Rufe und Schmerzen, stark wie noch nie, die ihr Bewusstsein marterten. Stimmen im Dunklen. Ein eigenartiger Geruch wie von brennendem Lack. Ein Gefühl, als werde ihr Bewusstsein von einem engen Netz umfangen, das sich immer weiter zusammenzog.

Mit diesem Gefühl erwachte sie wieder – mit dem Gedanken, dass sie sich wehren musste. Da sie keine Ahnung hatte, wie viel Zeit vergangen war, konnte sie auch nicht sagen, wie lange ihr Bewusstsein bereits angegriffen wurde. Ein Angriff war es aber ganz sicher. Als hätte es die ganze Zeit auf einen Fehler gewartet, hatte das Eine sofort auf Myriells Tod reagiert, sobald seine Macht nicht mehr unterdrückt wurde.

Eine Kraft, die viel zu stark war, als dass sie kontrolliert oder umgelenkt werden konnte, hatte in Erienne getobt, ihr Bewusstsein als Brennpunkt benutzt und sich auf die Elemente ringsum gestürzt. Doch das Eine hatte sich nicht völlig ungehindert austoben können. Irgendetwas hatte es von außen blockiert. Denser. Er musste es sein, denn nur er begriff es. Unter allen, die ihr beigestanden hatten, war nur er dazu fähig.

Zum ersten Mal seit einer Zeit, die ihr wie eine Ewigkeit vorkam, verspürte sie eine Wärme in ihrem Bewusstsein. Sie tastete sich vor und suchte behutsam nach Cleress, doch die Al-Drechar war nicht da. Vielleicht war auch sie schon tot. Wahrscheinlich sogar. Das bedeutete, dass Erienne das Eine allein bekämpfen musste. Nicht, um es zu besiegen, sondern um es ihrem Willen zu unterwerfen. Sie stellte sich eine riesige Spinne vor, deren Körper, so groß wie ein Berg, auf ihrem Bewusstsein hockte. Acht Beine hielten sie umschlungen und pressten sie zusammen. Mit ihrer begrenzten Erfahrung konnte sie nicht hoffen, sich von dem Körper ganz zu befreien, doch sie musste die Einschnürung beseitigen. So versuchte sie vor ihrem inneren Auge, ein oder zwei Beine wegzuschieben. Sie musste das Eine beschäftigen und aus dem Gleichgewicht bringen.

Die Frage war nur, wie sie das schaffen sollte.

Was hatten Myriell und Cleress ihr erzählt? Sie suchte in ihren Erinnerungen. Ihr Geist war umwölkt, das Eine hatte sie ganz umfangen und zerrte an ihren Kräften, es saugte ihr die geistige Energie aus und benutzte sie. Es griff sie an. Das Eine war allerdings kein denkendes Wesen, und es war gefährlich, es sich auf diese Weise vorzustellen. Das hatten ihr die Elfenfrauen immer wieder eingeschärft. Eigentlich war es kaum mehr als ein Kanal für jene Elementarkräfte, denen ihr Bewusstsein zugleich als Brennpunkt diente.

An diesem Punkt hatte sie Schwierigkeiten, die Erklärungen der Elfenfrauen zu verstehen. Einerseits war es kein denkendes Wesen, doch es musste etwas Eigenständiges und Lebendiges sein, denn sonst hätte es nicht von ihrer sterbenden Tochter auf sie selbst übergehen können. Der entscheidende Punkt, so hatten es die Elfenfrauen erklärt, sei die Tatsache, dass das Eine ein richtungsloser Kanal war. Eriennes Bewusstsein musste zugleich sein Hüter und sein Brennpunkt sein. Die Rolle des Hüters war diejenige, die am schwersten zu erlernen war. Es kam darauf an, dem Einen jede Möglichkeit zu nehmen, willkürlich Energie aufzusaugen und als zerstörerische Kraft wieder auszusenden.

Genau das hatten die Al-Drechar getan. Sie hatten dem Einen den Zugang zu den Elementen verwehrt. In diesem Punkt unterschied es sich von allen anderen magischen Kräften. Das Mana war normalerweise ungeordnet und ungerichtet und in seinem natürlichen Zustand ungefährlich. Auch Erde, Luft, Feuer und Wasser waren im Grunde harmlos. Das Eine gab diesen Elementen jedoch eine Richtung, und das Bewusstsein des Magiers, in dem es lebte, verlieh ihnen einen Brennpunkt und ein Ziel.

Um die Spinnenbeine fortzuschieben, musste sie also ihren Geist auf die richtige Weise bündeln und die Kontrolle wieder an sich reißen. Wie bei jeder anderen Magie kam es auf die Visualisierung an. Sie musste vor ihrem inneren Auge die Umrisse sehen, die sie den magischen Kräften geben wollte, und diese Formen mit dem notwendigen Nachdruck einsetzen.

Das war, überlegte sie, während sich ihre Gedanken langsam klärten, allerdings eine höchst vereinfachte Sichtweise. Ihre dordovanischen Meister hätten sie dafür zurechtgewiesen. Die Al-Drechar hätten sie gelobt.

Sie hielt das Bild der Spinne und ihrer Beine fest. Zuerst einmal musste sie verhindern, dass die chaotischen Elementarkräfte, die wie ein Sturm in ihrem Kopf tobten, in sie eindrangen. Danach konnte sie vielleicht damit beginnen, das Eine in ihrem Sinne zu beeinflussen. Aber vielleicht auch nicht. Sie blickte tief in sich hinein und sah den klaffenden Abgrund, den das Eine für den Strom der Elemente geöffnet hatte. Es war erschreckend, als stünde sie im Schlund eines Vulkans, aus dem die Lava brodelte, und als hätte sie nun die Aufgabe, den Krater zu verschließen.

Sie verzagte angesichts dieser Aufgabe, und sofort schlossen sich die Spinnenbeine enger um sie.

Nein, sagte sie ebenso zu sich selbst wie zum unwillkommenen Parasiten. *Ich werde mich dir nicht unterwerfen, du wirst mich nicht bekommen.*

Es wird dich gewiss nicht bekommen, sagte jemand. *Nicht, solange du deine Kräfte einsetzt, und nicht, solange meine Kräfte mich nicht verlassen.*

Cleresse? Entzücken durchflutete sie. Eine andere Stimme. Ein Lichtschimmer im Dunklen.

Ich bin schwach, aber ich bin da. Komm schon, Kind, wir wollen dich zu denen zurückbringen, die dich lieben. Das Eine blockiert dich. Man muss wissen, wo man drücken muss und wie man danach die Tür offen hält.

Schaffe ich das?

Das kannst nur du allein entscheiden.

Tessaya, oberster Lord der Paleonstämme und anerkannter Anführer des Volks der Wesmen, nahm in der Abenddämmerung angenehm überrascht die Reaktion der Lords und Stammesführer zur Kenntnis, die sich vor ihm versammelt hatten.

In Leder und Felle gekleidete Häuptlinge, die er allesamt beim Namen kannte, drängten sich in seinem Zelt. Schwerer, süßer Pfeifenrauch und der Hauch einer neuen Hoffnung hingen schwer in der Luft. Die Augen, die ihn aus harten Gesichtern anschauten, waren voller Tatendrang und Begehren.

Abgesandte von vierzig Stämmen waren seinem Ruf gefolgt, aufgeschreckt durch den ungewöhnlichen Weg, auf dem die Nachricht sie erreicht hatte, denn nicht durch Pferd oder Reiter war sie überbracht worden, sondern durch die Geister der Stammesschamanen. Der Kriegsrat sei einberufen, so hatte seine Botschaft gelautet. Rüstet eure Männer aus. Macht euch bereit für den Sieg über unseren ärgsten Feind. Kommt und hört meine Worte.

Sie waren gekommen, und Tessaya war erfreut. Jetzt warteten sie auf die angekündigten Worte.

»Die Stürme sind abgeklungen, und wir sind immer noch stark und vereint. Allein die Tatsache, dass Ihr euch offenbar gesund hier versammeln konntet, ist Beweis genug. In den schwierigen Zeiten haben wir nicht gekämpft. Wir haben geteilt und überlebt. Wir sind bereit, unsere Felder sind bestellt, und unsere Kinder lachen, während sie mit vollen Bäuchen spielen. Im Osten aber sieht es anders aus.«

Gemurmel erhob sich im Zelt. Riasu nickte lächelnd. Er wusste mehr als die meisten, aber immer noch weniger als Tessaya. So würde es bleiben, solange er lebte. Das Wissen war der Schlüssel zur Macht, nicht die Kraft der Waffen.

»Meine Lords«, sagte Tessaya, indem er beide Hände hob. »Die Krieg führenden Kollegien legen den Osten in Schutt und Asche. Sie werfen sich gegenseitig und einem kleinen Kind vor, die Kräfte auf den Plan gerufen zu haben, die gegen sie wüteten. Ich stelle es mir lieber so vor, dass die Geister sich gerächt haben. Nun sind wir am Zug. Ein Kolleg kämpft gegen das andere, ein Magier gegen den anderen. Die Menschen vernichten ihre eigenen Brüder. Wichtig für uns ist, dass sie damit sich selbst und die Grundlagen der Gesellschaft geschwächt haben, auf die sie so stolz sind.

Höhnisch schauen sie von den Blackthorne-Bergen herüber und nennen uns Wilde. Aber wessen Kinder sind es, die vor den schönen Häusern auf der Straße sterben? Wer hat beschlossen, Krieg zu führen, bis der letzte Mann sterbend in seinem eigenen Blut liegt? Vielleicht sind wir nicht so klug wie die Magier. Wir haben keine großartigen Städte und Häfen wie sie. Wir besitzen jedoch etwas viel Wichtigeres.« Er klopfte sich auf die Brust. »Wir haben ein Herz.«

Die vor ihm versammelten Lords brüllten zustimmend. Er wartete, bis sich der Lärm gelegt hatte, leerte seinen Kelch und füllte ihn erneut. Er kostete den Moment aus, denn von nun an würde es schwieriger werden.

»Die wahre Prüfung für ein Volk ist, dass es trotz aller Feindschaft gedeihen kann. Uns ist dies gelungen. Wir sind erstarkt aus der Prüfung hervorgegangen, und ich möchte hinzufügen, dass wir hoffentlich auch klüger geworden sind.«

Die versammelten Stammesvertreter verstummten, weil ihnen dämmerte, dass sie nun doch nicht das zu hören bekommen sollten, was sie erwartet hatten.

»Vor sechs Jahren forderten die Kriege ihren Tribut. Wir sind kein zahlreiches Volk mehr, wir können nicht mehr zehntausende williger Krieger in die Schlacht schicken. Hätten wir Balaia bei der letzten Invasion erobert, dann hätten wir es wieder verloren, sobald unsere Feinde sich gesammelt hätten. Die Wytchlords strebten nach Vorherrschaft durch Zerstörung. Ich aber habe die Vision von einem Ort, an dem die Stämme der Wesmen gedeihen können und mit jedem Tag stärker werden. Ein Ort, an dem unsere Kinder frei herumlaufen können und wo jeder von uns, die wir heute hier versammelt sind, eines Tages so geehrt wird, wie wir heute unsere Götter verehren.«

Lächelnd hielt er inne und beobachtete ihre Reaktionen.

Einige waren verwirrt, andere enttäuscht, die meisten wütend.

»Und, werden wir denn nun gegen die Kollegien kämpfen?«, wollte Riasu wissen.

Tessaya nickte. »Kein Wesmen-Krieger wird ihnen jemals die Hand zum Friedensschluss reichen. Nur ihre Vernichtung kann gewährleisten, dass wir unsere Welt aufbauen und unseren Kindern eine sichere Zukunft bieten können. Die Kollegien sind ein Fluch für dieses Land. In diesem Punkt, wenngleich sonst in keinem anderen, stimmen wir mit den Schwarzen Schwingen überein. Doch sie wollten in einem Bündnis von Ungleichen unsere Meister sein. Der Grund dafür, dass ihre Körper verkohlt im Feuer liegen, ist der, dass die Wesmen sich niemandem unterordnen. Niemandem.«

Die Gesichter entspannten sich und blickten erheblich freundlicher.

»Ich werde Euch gleich bitten, mir zu sagen, was Ihr denkt«, fuhr Tessaya fort. »Ich werde Euch auch um Unterstützung bitten. In diesem Kampf müssen wir zusammenstehen, wir dürfen nicht einmal um Haaresbreite vom vorgezeichneten Weg abweichen. Alle Spione berichten mir, Xetesk sei unter dem Angriff von Lystern und Dordover beinahe zusammengebrochen. Letztere bilden ein Zweckbündnis, das von den Elfen unterstützt wird. Die Elfen werden jedoch nach getaner Arbeit in den Süden zurückkehren.

Ich schlage vor, jetzt gegen Xetesk loszuschlagen. Wir nehmen die Stadt ein, wie wir Julatsa eingenommen haben. Wir zerstören das Kolleg, wie wir es in Julatsa getan haben. Wenn Xetesk verloren ist, wird sich das Machtgleichgewicht verändern. Dordover wird gegen Lystern um die Vorherrschaft kämpfen. Wir müssen dann nur noch warten, bis sie sich gegenseitig schwächen, während wir unsere Kräfte sammeln und unsere Pläne schmieden. Wenn der richtige Augenblick gekommen ist, werden wir nach Norden ziehen und beide Kollegien, eines nach dem anderen, erobern.

Doch wir werden nicht die Fehler der Vergangenheit wiederholen, als unsere Gier auf Siege uns immer weiter trieb und uns verleitete, unsere Kräfte immer weiter aufzuspalten. Wir werden uns nicht zersplittern, und wir werden unsere Kräfte nicht über Gebühr strapazieren. Wenn die Kollegien besiegt sind, werden wir innehalten, uns einrichten und das neue Land verteilen. Wir werden mit den Baronen und Lords im Osten von Balaia Handel treiben. Ihre Gier wird uns helfen, den Sieg zu erringen. Was sagt Ihr dazu?«

»Wir sind ein Kriegervolk«, rief einer von hinten. Es war Quatanai, ein Mann, der große Unterstützung genoss. »Es ist nicht unsere Art, als Bauern zu leben und zu verweichlichen.«

»Es ist auch nicht unsere Art, in Städten zu leben«, erwiderte Tessaya. »Aber warum sollten wir sie niederreißen, wenn sie für uns arbeiten können? Die Kollegien müssen zerstört werden, weil die Magie sterben muss. Doch davon abgesehen, ist es besser, aus einer Position der Stärke zu verhandeln und den Osten Balaias zu zwingen, zu unseren Bedingungen Handel zu treiben.« Er lächelte. »Wer unter uns wüsste Blackthornes Wein nicht zu schätzen?«

Die Männer stimmten ihm kichernd zu. Er hob die Hände.

»Wer ist hier unter uns, der besser als die Leute des Barons wüsste, wie man die Trauben keltert? Es ist ganz einfach, meine Lords. Wir behalten, was wir brauchen, und zerstören, was überflüssig ist. Alles andere würde nur unser Blut vergeuden, und ich will nicht, dass mein Volk sinnlos stirbt. Nicht jetzt und nie wieder. Nun, wollt Ihr mir folgen?«

Die lauten »Aye«-Rufe, das Klirren der Becher und der Jubel zeigten ihm, dass er sie, wenigstens für den Augenblick, auf seine Seite gezogen hatte. Doch er gab sich nicht der Illusion hin, dass sie ihm aufs Wort glaubten. Für sie reichte zunächst die Aussicht, der Magie einen tödlichen Schlag zu versetzen. Sobald die Schlacht vorbei war, würde seine Führungsrolle auf eine ernste Probe gestellt.

Tessaya fing Quatanais Blick auf und sah seine Gedanken so deutlich, als hätte er sie laut ausgesprochen.

Er musste vorsichtig sein.

Sechstes Kapitel

»Denser!« Thrauns Stimme war leise und drängend.

Es war Vormittag. Das Getöse der Schlacht am Osttor von Xetesk wehte den sanften Hang herauf und störte die Ruhe. Denser hatte im Liegen anhand der Geräusche herausgefunden, dass der Kampf hauptsächlich mit magischen Mitteln ausgefochten wurde. Irgendwann ermüdeten die Magier jedoch, und ein Patt trat ein.

Da auf der Seite von Xetesk keine Protektoren und bei den Verbündeten keine Elfen mehr kämpften, waren die Kontrahenten an Körper und Geist geschwächt. Normale Männer standen einander gegenüber, und wer den stärkeren Willen besaß und in den letzten Tagen seine Kräfte besser eingeteilt hatte, würde letzten Endes siegen.

Denser rappelte sich auf. Die Zweige über ihm regten sich kaum, die warme Sonne trocknete den nassen Boden. Während er in dem von Elfen gebauten Biwak auf Leder geruht hatte, war das Mana durch das dunkle Tor in ihn zurückgeströmt, das die Xeteskianer seit Jahrhunderten benutzten. Der Mana-Sturm war inzwischen abgeflaut.

Der Gestaltwandler saß an der Glut des Lagerfeuers, ein

Bein lang ausgestreckt. Die Hose war abgeschnitten, und er trug einen sauberen Verband, durch den ein wenig Blut gesickert war.

Neben ihm lag Erienne, bleich und wunderschön im fleckigen Sonnenlicht. Thraun strich ihr die Haare aus dem Gesicht und sah Denser an.

»Sie ist stark«, sagte er. »Ich wusste es.«

Neue Hoffnung erwachte in Denser. Er sank neben ihr auf die Knie und betrachtete ihr Gesicht. Die Augen zuckten unter den Lidern.

»Erienne?«, sagte er. Er beugte sich dicht über sie und hauchte ihr einen Kuss auf die warmen Lippen. »Kannst du mich hören, Liebste?«

»Sie kämpft«, sagte Thraun.

»Wie lange geht es schon so?«

Thraun rang mit den Worten. Denser drängte ihn weiter. »Eine Stunde? Oder erst seit gerade eben?«

Thraun nickte. »Gerade eben«, bestätigte er. »Die Sonne hilft ihr.«

Denser verstand. Thraun war nicht von ihrer Seite gewichen, als Denser gezwungen gewesen war, sein Mana wieder aufzubauen. Unter einem Schutz aus Leder und Blättern hatte sie in seinen Armen geschlafen, und er hatte seine Wärme mit ihr geteilt. Sie kannten sich schon lange. Thraun war ein guter Freund von Alun gewesen, ihrem ersten Mann, und jetzt war er, der verstörte Gestaltwandler, derjenige, der ihre Schmerzen am besten verstand. Beide waren dem Bann einer Kraft erlegen, die sie in gleichem Maße hassten und begehrten.

»Glaubst du, Cleress ist bei ihr?«, fragte er.

Wieder nickte Thraun. »Ihr Geist ist ruhig.«

»Danke, Thraun«, sagte Denser. »Was sollte ich ohne dich tun?«

Thraun zuckte mit den Achseln. »Rabe«, sagte er nur. »Du musst dich weiter ausruhen.«

Denser konnte nicht widersprechen. Er sah Thraun in die Augen und erkannte die Frustration, die in ihm kochte. Er glaubte nicht, dass Thraun sich jemals wieder völlig erholen würde. Das Schlimmste war, dass auch Thraun es wusste.

»Ich weiß, wie schwer es ist.« Mühsam richtete er sich auf und legte eine Hand auf seine Brust. »Aber da drinnen bist du alles, was du immer warst, und das werden wir nie vergessen.«

Er kehrte zu seinem Biwak zurück. Sie befanden sich mitten im Elfenlager und waren vor den neugierigen Blicken der Lysternier in der Nähe abgeschirmt. Möglicherweise ahnten die Verbündeten sogar, dass die Rabenkrieger in der Nähe waren; der Mana-Sturm hatte es ihnen sicher verraten. Doch das Lager wurde von TaiGethen und Krallenjägern bewacht, und niemand würde es wagen, seine Grenzen zu überschreiten. Die Elfen würden nicht zögern, Eindringlinge mit Waffengewalt aufzuhalten.

Er blieb bei Hirad, Darrick und dem Unbekannten stehen, die in tiefem Schlaf lagen. Sie waren bis an ihre Grenzen gegangen und zahlten jetzt den Preis dafür. Nach ihrer Ankunft im Lager der Elfen war sofort klar geworden, dass sie abgesehen von Erster Hilfe und Verbänden auch eine Behandlung mit Sprüchen brauchten. Der ursprüngliche Plan, schon am folgenden Morgen wieder aufzubrechen, ließ sich nicht verwirklichen.

Darrick hatte es am schlimmsten getroffen. Kaum dass sie angehalten hatten, war er buchstäblich vom Pferd gefallen. Sein Blutverlust war ernst, die Wunde in der Hüfte tief und durch die erzwungene Bewegung immer noch offen. Ein Spruch hatte das Fleisch geheilt, und jetzt hielten Bandagen die Wunde geschlossen, doch den Blutverlust konnte der Körper nur langsam ausgleichen. Darrick würde sich noch einige Tage schwach fühlen.

Hirads Rüstung wurde irgendwo repariert. Darunter war ein kaum noch als Hemd erkennbarer Fetzen zum Vorschein gekommen. Jetzt waren seine Arme mit Tüchern umwickelt, seine Brust war vom Hals bis zum Bauch verbunden, und auch auf der Stirn leuchtete weißer Stoff.

Dem Unbekannten war es in den Kämpfen etwas besser ergangen, doch er war völlig erschöpft, nachdem er Darrick inmitten eines Unwetters mehr als zwei Stunden lang praktisch getragen hatte. Die Müdigkeit seiner Muskeln ließ sich nur durch eine ausgedehnte Ruhephase beheben.

Eigenartig. Bevor sie die Al-Arynaar und TaiGethen getroffen hatten, hätte der Rabe niemals geruht, ohne mindestens einen aus ihrer Mitte als Wache aufzustellen. Die Welt drehte sich weiter, die Not schuf Verlässlichkeit und Vertrauen. Denser zog das Leder von seinem Biwak und legte sich in der warmen, frischen Luft hin. Er entspannte sich und suchte das Dämonentor, von dem aus das Mana zu ruhenden xeteskianischen Magiern strömte. Die Dämonen hätten es längst geschlossen, wenn sie es vermocht hätten, doch bis zu diesem Tag war dies für einen Dunklen Magier die beste Möglichkeit überhaupt, seine Reserven aufzufrischen.

Am Rande hörte er noch das leise Tappen eines Panthers, der zweifellos nach Thraun und Erienne sehen wollte. Deshalb konnte der Rabe ruhen. Denser schloss die Augen.

»Sie ist so nahe«, murmelte Vuldaroq, »und wir können nichts tun.«

Er schob sich eine Gabel voll Essen in den Mund und kaute langsam. Dabei sah er sich ausgiebig am Tisch um und blickte Heryst erst an, als er hinuntergeschluckt hatte. Er langte nach seinem Weinglas und trank.

Lysterns Lordältester Magier war am vergangenen Abend in Dordover eingetroffen, um über die nächsten Schachzüge im Krieg zu beraten. Bisher waren die Verbündeten ihrem Ziel, die Verteidigung von Xetesk zu zerschlagen, kaum näher gekommen. Die Zähigkeit des Feindes hatte sie überrascht, und sie hatten zu viele Kräfte für den Belagerungsring vor der Stadt einteilen müssen. Mit Recht fürchteten sie die Ausfälle von Hausgeistern und Meuchelmördern, die sie bisher nicht hatten unterbinden können. Auch war es ihnen nicht gelungen, die Nachschubwege des Kollegs abzuriegeln, und der Rabe war immer noch frei.

Das angespannte Verhältnis zu den Elfen war eine zusätzliche Belastung. Unbestreitbar war die Unterstützung der Elfen wichtig, wenn nicht gar entscheidend gewesen. Doch es war keine Partnerschaft, die auf gemeinsamen Zielvorstellungen beruhte. Die Elfen verfolgten ganz eigene Pläne. Inzwischen hatten sie gefunden, was sie haben wollten, und würden bald weiterziehen. Das änderte ebenso die Schlachtpläne wie der zunehmende Verfall des julatsanischen Mana.

Vuldaroq fragte sich, ob es nicht vielleicht doch von Vorteil sei, wenn Julatsa unterging. Heryst sah die Sache natürlich ganz anders.

»Wir werden uns in Geduld üben und auf die richtige Gelegenheit warten«, sagte Heryst. »Erienne und der Rabe werden von jedem Elf auf dem Schlachtfeld beschützt. Wir können jetzt nicht eingreifen. Falls sie sich überhaupt bewegt, dann geht sie nach Julatsa. Wir können abwarten.«

»Aber es ist doch sehr verlockend, oder?«, fragte Vuldaroq.

Heryst lächelte knapp. »Ihr und ich, wir können hier sitzen und auf diese Weise darüber reden. Meine Kommandanten an der Front am Osttor würden sich anders äußern. Obwohl wir den Elfen drei zu eins überlegen sind, haben wir vermutlich nicht genügend Krieger und Magier, um Erienne festzunehmen. Und selbst wenn, wir müssten dabei das Osttor unbewacht zurücklassen. Wie ich schon sagte, wir warten ab. Früher oder später wird sie uns in die Hände fallen.«

»Wir müssen uns aber einig sein, wie wir verfahren, wenn dies geschieht«, sagte Vuldaroq.

»Sie muss als ein gemeinsamer Gewinn betrachtet werden, Vuldaroq. Dies haben wir doch schon geklärt. Ihr könnt nicht die alleinige Macht über eine Frau beanspruchen, die sich keinem von uns zugehörig fühlt.«

Vuldaroq hob beide Hände. »Ein andermal, Lord Heryst. Es gibt Dringenderes zu besprechen.«

»Ich bin ganz Eurer Meinung.«

»Offensichtlich sind Eure Kräfte am Osttor vom Aufbruch der Elfen nach Julatsa am stärksten betroffen. Seit Izacks kluger Entscheidung, die Nordfront mit lysternischen Kräften zu verstärken, seid Ihr dort sogar noch schwächer geworden. Ich habe einige Reserven in Dordover, die ich Euch anbieten kann. Was wollt Ihr haben? Männer? Magier?«

Innerlich lächelte Vuldaroq über Herysts Reaktion. Wie leicht es doch war, einen Mann zu übertölpeln, der nichts von einem erwartete.

»Das ist ein äußerst freundliches Angebot, für das ich Euch dankbar bin.«

»Und überraschend kommt es wohl auch?« Vuldaroq konnte es sich nicht verkneifen.

Heryst zog eine Augenbraue hoch. »Ihr zeigt selten ein solches Entgegenkommen«, sagte er. »Ich glaube, wir stehen vor einer wichtigen Entscheidung. Meine Kommandanten haben mich ausführlich unterrichtet. Sie sind sicher, dass es im Krieg eine Wende geben wird. Zweifellos habt auch Ihr schon daran gedacht.«

Vuldaroq neigte den Kopf. Er ahnte bereits, in welche Richtung sich Herysts Gedanken entwickelten, und er sollte nicht enttäuscht werden.

»Xetesk will Julatsa auslöschen, und dieser Plan wird durch die Elfen gefährdet. Das Dunkle Kolleg darf nicht ungehindert nach Norden vorstoßen, also müssen wir entsprechend planen. Izack hat bereits die Stelle verstärkt, an der sie höchstwahrscheinlich versuchen werden, den Belagerungsring zu durchbrechen. Meiner Ansicht nach müssen wir jedoch weitere Faktoren berücksichtigen. Ich bin nicht sicher, ob wir unsere Kräfte wirklich klug einsetzen, wenn wir die Stellungen am Osttor verstärken, nicht zuletzt, weil die neuen Truppen ohnehin zu spät kämen. Schließlich wird wohl sehr bald ein Ausbruch stattfinden, und es besteht kein Zweifel daran, dass wir Mühe haben werden, ihn zu vereiteln, wenn unsere Informationen über die Stärke ihrer Reserve zutreffen.

Euch ist sicher bekannt, dass Baron Blackthorne auf unserer Seite in den Kampf eingegriffen und siebzig Schwertkämpfer und acht Magier mitgebracht hat. Dies ist fast seine gesamte ausgebildete Wache. Er ist das Risiko eingegangen, sein Land von Baron Gresse bewachen zu lassen, dessen kleine Miliz schon jetzt beinahe über den gesamten Süden verteilt ist. Warum tun sie das? Weil die Wirtschaft des gesamten Landes Tag um Tag leidet, solange dieser Krieg andauert.

Sie sind mit ihren Ängsten nicht allein. Havern schickt Männer, ebenso Orytte und Rache. Viele andere Barone können natürlich keine Truppen entbehren. Aber wie ich schon sagte, die Verstärkung des Osttors ist möglicherweise sinnlos. Vielleicht wäre es besser, gleich nach Norden zu reiten, nach Julatsa.«

»Verzeihung«, sagte Vuldaroq mit erhobenem Finger, »aber das klingt, als wärt Ihr mit dieser Entwicklung nicht unbedingt einverstanden.«

Heryst füllte sein Wasserglas. »Es macht die Dinge komplizierter. Blackthorne war bereit, seine Männer Izacks Kommando zu unterstellen. Er hat nicht die Absicht, allzu lange selbst im Feld zu bleiben, sondern zieht es vor, seine diplomatischen Fähigkeiten im Herzen des Landes einzusetzen. Wie Ihr wisst, ist er zusammen mit Gresse eine Ausnahmeerscheinung. Beide Barone arbeiten für das Wohl des Ganzen und nicht nur aus reinem Eigeninteresse. Viele, die sich aufs Schlachtfeld begeben, verfolgen jedoch durchaus eigennützige Pläne.«

»Ihr könnt aber nicht bestreiten, dass es aus unserer Sicht in jedem Falle zu begrüßen ist, wenn wir frische Truppen bekommen, die uns helfen, Xetesk niederzuringen.«

»Seid Ihr davon wirklich überzeugt, Vuldaroq? Ich schlage vor, dass Ihr Euch mit der Vergangenheit derjenigen beschäftigt, die uns angeblich zu Hilfe kommen. Wir sind hier angetreten, um das magische Gleichgewicht wiederherzustellen, indem wir den gegenwärtigen Kreis der Sieben absetzen. Dort draußen gibt es jedoch vermögende Barone, die eher darauf aus sind, die Kollegien zu unterwerfen. Wir müssen aufpassen, dass wir in diesem Krieg die führende Kraft bleiben.«

Vuldaroq lächelte nachsichtig. Manchmal machte Heryst sich unnötiges Kopfzerbrechen. Andererseits wäre es wenig sinnvoll, ohne Not sein Misstrauen zu wecken.

»Ich war in meinen Gesprächen mit den Baronen oder Lords stets offen«, sagte er. »Alle Kräfte, die ich in Dienst nehme, dienen ausschließlich unter meinen Kommandanten. Ihr müsst Euch wegen ihres Verhaltens keine Sorgen machen. Wir verfolgen alle das gleiche Ziel.«

»Tun wir das wirklich?« Heryst lächelte humorlos.

»Wer von uns wollte denn nicht, dass Frieden in Balaia einkehrt?«

»Vuldaroq, dies steht außer Zweifel. Es ist jedoch die Art des Friedens, über die ich mir Gedanken mache.«

»Dann müssen wir dafür sorgen, dass es ein Friede wird, der uns allen Gerechtigkeit widerfahren lässt.« Vuldaroq reagierte zunehmend gereizt. »Wir kommen aber von der Aufgabe ab, die wir uns heute gestellt haben. Ihr erwähntet das Osttor, bevor Ihr mir erklärt habt, wie Ihr unsere Lage seht.«

»In der Tat«, sagte Heryst. »Wenn ich jetzt nicht genug Männer habe, um das Gleichgewicht zu halten, dann ist es sowieso schon zu spät, um Verstärkungen nachzuführen. Es gibt jedoch Hoffnung. Die Elfen habe ich vielleicht verloren, aber ich habe Blackthornes Männer und Magier bekommen, und Xetesk hat die Protektoren verloren. Uns bleibt nichts anderes übrig, als dort zu kämpfen und so viele Xeteskianer wie möglich zu binden.

Wir haben keine Männer mehr, die wir rechtzeitig einsetzen könnten. Ich bin sogar der Ansicht, dass wir die ganze Zeit über niemals genügend Kräfte hatten, um Xetesks Verteidigung ernstlich zu gefährden, obwohl wir mit aller Kraft gekämpft haben.

Ihr habt die Truppen der Barone erwähnt, die Eure Reihen verstärken. Wie ich schon sagte, bekam auch ich Unterstützung von Verbänden, die sehr überlegt eingesetzt werden müssen. Allerdings gilt es nun, taktische Entscheidungen zu treffen. Die wichtigste ist diese: Nehmen wir an, dass die Xeteskianer durchbrechen werden, egal was wir tun. Wollen wir sie lieber gleich herauslassen und auf offenem Feld angreifen? Wir hätten noch genug Zeit, um dies zu organisieren, und die Pläne sind bereits fertig.

Die Frage ist jedoch, ob wir einen solchen Kampf siegreich überstehen könnten. Können wir sie auf offenem Feld wirklich besiegen? Und wenn wir es können, wo bauen wir unsere Kampflinien auf? Wer soll das Oberkommando haben? Dies ist noch nicht alles, Vuldaroq, aber als Anfang soll es ausreichen.«

Vuldaroq war gleichermaßen beeindruckt wie gereizt. Seine Kommandanten hatten diese Fragen gar nicht erst aufgeworfen, obwohl sie ganz naheliegende Schwierigkeiten betrafen.

»Seid Ihr sicher, dass keiner Eurer Leute Kontakt zu Darrick hatte?«, fragte er.

»Ich denke nicht«, sagte Heryst. »Und mir ist die Vorstellung zuwider, er sei der Einzige, der vernünftige taktische Vorschläge machen kann. Viele meiner Kommandanten haben in der Vergangenheit unter Darrick gedient. Er hat sein Wissen weitergegeben. Ich will nicht bestreiten, dass wir ihn gut gebrauchen könnten, aber er hat seine Entscheidung getroffen, mit der er leben oder für die er sterben muss.«

»Welche Vorschläge haben nun Eure Kommandanten hinsichtlich unserer nächsten Aktionen?«

»Unser erstes Ziel muss es sein, den Elfen so viel Zeit wie möglich zu verschaffen, um Julatsa zu erreichen. Sie bereiten den Aufbruch vor und wollen morgen früh abziehen. Wir hoffen, die Xeteskianer innerhalb der Stadtmauern festzusetzen. Wir dürfen es nicht riskieren, dass Xetesk uns auf freiem Feld schlägt. Wenn ihnen das gelingt, haben wir ihnen nichts mehr entgegenzusetzen.«

Vuldaroq dachte darüber nach. Es war die vernünftigste

Lösung, zugleich aber auch diejenige, mit der Xetesk rechnen würde.

»Da fehlt das Überraschungsmoment, um Xetesks Pläne zu vereiteln.«

»Umgekehrt lässt es auch ihnen wenig Raum, uns zu überraschen. Selbst wenn sie beispielsweise nach Osten ausbrechen, werden immer noch beachtliche Kräfte ihren Weg blockieren.«

»Habt Ihr auch die Überreste der Armee der Schwarzen Schwingen berücksichtigt?«, fragte Vuldaroq. »Soweit ich weiß, lagern sie in beachtlicher Zahl in der Nähe.«

»Sie sind ein führerloser Pöbel«, erwiderte Heryst. »Selik ist tot, und meine Spione berichten, dass Devun vermisst wird. Mit jedem Tag kehren mehr und mehr von ihnen nach Hause zurück. Wir sollten dies ermutigen. Sie sind auch zahlenmäßig nicht sehr stark. Ein paar hundert sind noch da, darunter viele, die kein Zuhause mehr haben. Für uns sind sie jedoch bedeutungslos.«

Heryst schob eine Ledertasche über den Tisch. »Hier sind unsere ausführlichen Empfehlungen und eine Lagemeldung der jeweiligen Stärke an allen Fronten. Besprecht Euch mit Euren Beratern. Meine Adjutanten stehen bereit, um alle Fragen zu beantworten, und ich kann über die Kommunion jederzeit Izack erreichen, falls es nötig sein sollte. Allerdings müssen wir die anstehenden Fragen umgehend klären.«

Vuldaroq nickte. »Ich komme binnen einer Stunde wieder zu Euch. Unterdessen könnt Ihr dort am Feuer ausruhen. Ich habe einen besonders guten Weinbrand, den Ihr kosten könnt.«

»Danke, Vuldaroq.«

Der übergewichtige Erzmagier stemmte sich aus dem Stuhl hoch. Es gab vieles zu bedenken. Heryst hatte einen vernünftigen Plan vorgelegt, der dem ganzen Land nützen würde. Vuldaroq war jedoch nicht sicher, ob er sich wirklich darauf beschränken wollte, einer unter vielen im Gleichgewicht der Kräfte zu sein. Dies war die Gelegenheit. Die Frage war nur, ob er sie sich rasch genug zunutze machen konnte.

Sha-Kaan war zu seinem Lieblingsplatz auf den oberen Hängen von Herendeneth zurückgekehrt. Von dort aus konnte er die Terrassen und das Haus beobachten. Ruhe herrschte jetzt auf der Insel. Die Protektoren reparierten bereits die Schäden, die durch Kampf und Überschwemmung verursacht worden waren. Cleress war wach und half Erienne, soweit ihre Kräfte reichten, und Diera und Jonas waren in Sicherheit. Außer der Al-Drechar gab es keinen lebenden Magier mehr auf der Insel.

Diera kam zu ihm, ihren Jungen, der aus Leibeskräften strampelte, unter den Arm geklemmt. Sha-Kaan konnte gerade eben seine frustrierten Schreie im warmen Wind hören. Sorge erfüllte ihn. Wie leicht es den Menschen fiel, sich fortzupflanzen. Ganz anders als den Drachen. Auf Beshara stand die Zeit der Geburt bevor. Er sollte dort sein und seine Brut in der gefährlichsten Zeit beschützen.

Er wusste, was er tun musste. Auch Diera wusste es, und deshalb kam sie jetzt zu ihm. Er wartete, bis sie ganz nahe war und ihren Sohn abgesetzt hatte. Normalerweise starrte der Kleine Sha-Kaan an, bis er sicher war, den Drachen schon einmal gesehen zu haben, ehe er sich seinen viel interessanteren Gehversuchen zuwandte.

»Er ist ein bemerkenswertes Kind«, sagte der Große Kaan.

»Ich glaube, er weiß, dass du ein Freund und keine Bedrohung bist. Du warst so gut zu uns«, sagte Diera.

»Wir haben uns gegenseitig geholfen«, erwiderte er.

»Dein Kind war in den letzten Tagen eine Quelle des Lichts, die meinen Geist erfreut hat, während ich auf die Neuigkeiten wartete, die ich so dringend hören will.«

»Nun hast du sie gehört«, sagte Diera.

»So ist es«, erwiderte er. »Ich spüre schon fast wieder die Luftströmungen über meinem Brutland. Ich rieche beinahe die Düfte meiner Welt.«

»Du verlässt uns jetzt?«

»Ich muss«, sagte der Große Kaan, nicht ohne leise Schuldgefühle. Es überraschte ihn, aber eigentlich war es doch kein Wunder. In der letzten Zeit hatte er viel über menschliche Emotionen gelernt. Warum sollte er nicht ein wenig empfinden wie sie? Er konnte sich kaum erinnern, wie er über solche Dinge vor seinem Exil gedacht hatte, und nahm sich vor, diese Erfahrungen nach seiner Rückkehr nicht zu vergessen.

»Jonas wird dich vermissen«, sagte sie. »Ich auch.«

»Auch ich werde euch vermissen«, entgegnete Sha-Kaan. »Doch ich sterbe hier. Im Morgengrauen fliege ich nach Balaia. Ich muss dem Raben helfen. Ich darf nicht zulassen, dass sie scheitern.«

»Gerade deshalb will ich doch, dass du diese Reise unternimmst.« Diera lächelte. »Die Gewissheit, dass du über meinen Mann wachen wirst, wird mir ein großer Trost sein.«

»Du wirst jedoch deine Verbindung zu ihm verlieren«, sagte Sha-Kaan.

»Ich weiß. Das ist ein Preis, den ich mit Freuden zahle, wenn er nur überlebt und wir uns wiedersehen.«

»Ich werde noch einmal mit Hirad sprechen, bevor ich aufbreche. Es gibt einige Dinge, die er über die xeteskianischen Eingriffe in den interdimensionalen Raum wissen muss. Sei hier bei mir, dann kannst du Sol eine Nachricht übermitteln.«

»Danke, Sha-Kaan«, sagte sie und streckte die Hand aus, um seinen Mund zu berühren. Durch seine dicke Haut spürte er die Berührung kaum, doch die Geste war genug.

Jonas hatte die Veränderung der Atmosphäre gespürt. Er krabbelte eilig zu seiner Mutter und zog sich an ihrem Bein hoch, um dem Drachen in die Augen zu sehen.

»Kaan!«, sagte er auf einmal, deutete auf ihn und lächelte.

Diera lachte. »Genau, mein Lieber. Und bald müssen wir Lebewohl sagen.«

»Lebewohl«, sagte Jonas.

Auf den Ebenen von Teras riefen ihn die Brutmütter. Sha-Kaan konnte es fühlen.

Siebtes Kapitel

Als sich am Horizont der erste Lichtschimmer zeigte, herrschte im Lager der Verbündeten vor dem Osttor bereits reges Leben. Die Kämpfer aus Lystern und Blackthorne waren bereit, in die Schlacht zu ziehen, die Wachen wechselten, und der Aufbruch der Al-Arynaar stand unmittelbar bevor. Izack hatte bereits den größten Teil seiner Kavallerie zur Front am Nordtor geführt und nur eine Abteilung zurückgelassen, um die Fußsoldaten zu schützen. Das musste reichen.

Der Rabe nahm ein rasches Frühstück zu sich. Die Pferde, die Blackthorne ihnen überlassen hatte, standen gesattelt bereit. So wund gerieben, steif und müde sie auch waren, die Rabenkrieger waren von einer neuen Energie erfüllt, die sich immer einstellte, wenn ein Kampf bevorstand.

Denser hatte sich zu ihnen gesellt, nachdem er sich um Erienne gekümmert, sie nach der Nacht gewaschen und sich vergewissert hatte, dass Cleress noch da war. Er saß neben Hirad, der seine geflickte Rüstung inspizierte.

»Wird sie halten?«, fragte Denser.

»Sie haben das fantastisch gemacht«, erklärte Hirad. »Man kann wirklich nicht behaupten, dass diese Elfen nicht mit Nadel und Faden umzugehen wissen.«

Auf der anderen Seite des Feuers saß der Unbekannte, starrte seine Stiefel an und massierte mit einer Hand seinen Nacken.

»Es geht ihnen gut«, beruhigte ihn Denser, der ahnte, was in dem großen Krieger vorging.

»Oh, das bezweifle ich nicht«, sagte der Unbekannte. »Ich habe nur das Gefühl, es wird lange dauern, bis ich sie wiedersehe.«

»Hauptsache, du siehst sie überhaupt wieder«, sagte Denser. Er wandte sich wieder an Hirad. »Hör mal, es war ja richtig, dass du mich nicht geweckt hast, als du gestern Abend mit Sha-Kaan gesprochen hast, aber ich muss genau wissen, was er gesagt hat.«

»Ich habe es bereits Rebraal übermittelt, und er hat mit den Lysterniern gesprochen. Die Neuigkeiten haben an allen Fronten die Runde gemacht. Sie sind so gut vorbereitet, wie es nur geht – also eigentlich überhaupt nicht, weil wir nicht wissen, was Xetesk gegebenenfalls tun wird. Jedenfalls haben sie ihre vereinten Schilde aufgebaut und gebündelt. Das ist auch schon alles.«

»Erzähl schon«, drängte Denser. »Was hat er gesagt?«

Hirad seufzte. »Also gut. Er sagte, er hätte schon vor einiger Zeit etwas Ungewöhnliches gespürt. Seit die Xeteskianer mit den Informationen der Al-Drechar heimgekehrt sind. Anfangs war er froh, weil er glaubte, sie erforschten den interdimensionalen Raum, um ihn nach Hause zu schicken. Inzwischen weiß er, dass dies nicht zutrifft, und er hat den Eindruck, dass sie die Energie da draußen verändern. Den Grund kennt er nicht, aber es fühlt sich falsch an. Er hat es mit jemandem verglichen, der einen Fluss umleitet, um einen Wasserfall zu erzeugen. Im Augenblick ist die Klippe noch nicht hoch genug, aber er spürt, dass sie wächst.«

»Gut«, sagte Denser. »Hat er sonst noch etwas gesagt?«

»Ja«, fuhr Hirad fort. »Es hat ihn zugleich glücklich und zornig gemacht. Glücklich, weil er die Dimensionen wieder spüren kann, was bedeutet, dass die Xeteskianer Erfolg damit hatten, sie anzugleichen und zu orten, was auch immer das heißt. Zornig ist er, weil er sagt, diese Eingriffe, die seit gestern viel schlimmer geworden seien, hätten offenbar die Aufmerksamkeit der Dämonen erregt. Er sagte, sie lägen auf der Lauer, und Xetesk wisse nicht, was es tut. Er sagte, wir müssten sie aufhalten.«

»Das wird schwierig«, sagte Denser.

»Das sagte er auch schon.«

»Ist das alles?«

»Reicht das nicht?«

»Nun, wahrscheinlich reicht es tatsächlich.« Densers Herz sank – als ob es überhaupt noch weiter sinken könnte. »In Laryons Verteiler habe ich Papiere und Karten gesehen, die beschreiben, wie man mit vereinten Sprüchen die ungezügelte Kraft des interdimensionalen Raumes anzapfen kann. Ich konnte nicht erkennen, wie nahe sie daran waren, tatsächlich einen Spruch zu wirken. Ich glaube aber, die Verbündeten müssen auf mehr vorbereitet sein als auf die Angriffskraft, mit der sie bis jetzt rechnen. Schade, dass wir Sha-Kaan nicht dorthin schicken können. Er könnte es vermutlich unterbinden.«

»Warum können wir das nicht?«, fragte Hirad.

»Nun, er braucht hier oben ein Tor. Er kann zwar die Energieströme spüren, aber ohne Tor hat er keinen Zugang. Sobald wir ihm einen Durchgang geschaffen haben, kann er nach Hause zurückkehren. Seine Dimension wird erreichbar sein, falls er recht hat und die Ortung erfolgreich verlaufen ist.«

Der Unbekannte räusperte sich. »Das verstehe ich nicht. Was hat Xetesks Wissen über die Position der Dimensionen mit Sha-Kaans Rückkehr zu tun?«

»Ja«, sagte Denser. »Das ist eine gute Frage, und ich muss mich für mein unvollständiges Wissen entschuldigen. Im Grunde haben die Forscher aus Xetesk Informationen von den Al-Drechar gewonnen und waren danach in der Lage, die Wege im interdimensionalen Raum zu erkennen. Frage mich nicht wie, aber es gibt solche Bahnen, die mit fließendem Mana vergleichbar sind, das stets den Weg des geringsten Widerstandes sucht. Um ein vollständiges und brauchbares Bild zu gewinnen, haben sie vermutlich gezielte und gebündelte Mana-Strahlen in den Raum geschickt, die von den Hüllen der Dimensionen abgeprallt sind. Die Signatur des Rückschlags hilft Sha-Kaan, die richtige Richtung zu erkennen, weil er weiß, wie seine Dimension sich anfühlt.

Es funktioniert nur in eine ganz bestimmte Richtung, und die Signaturen anderer Dimensionen würden seine Sinne verwirren. Deshalb ist sein Weg klar, weil es der einzige Weg ist, den er überhaupt versteht. Dies habe ich durch die Gespräche mit ihm und dank meines beschränkten Wissens über die Dimensionsforschung herausgefunden. Es tut mir leid, wenn es so unbestimmt klingt.«

»Mir reicht es«, sagte der Unbekannte.

»Dir vielleicht«, wandte Hirad ein. »Nicht zum ersten Mal danke ich den Göttern, dass ich kein Magier bin.«

Er stand auf und streckte sich, indem er die Arme zurückzog und vorsichtig die Brust vorstreckte. Denser sah ihn einige Male zusammenzucken, doch insgesamt schien der Barbar überrascht darüber, wie erholt er sich fühlte.

»Geht's dir gut?«, fragte Denser.

»Ich bin steif, aber sonst fühle ich mich nicht schlecht«, sagte Hirad. »Vielleicht kann ich sogar eher wieder kämpfen, als ich dachte. Das gilt leider nicht für den jungen General hier.«

Darrick schaufelte sich Brühe in den Mund, als sollte er nie wieder etwas zu essen bekommen. Neben ihm lag ein Stück angebissenes Brot auf dem Boden, vor seinem linken Stiefel dampfte ein Becher des köstlichen Kräutertees der Elfen. Sein Gesicht war noch bleich, und er hatte dunkle Ringe unter den Augen. Er zitterte ein wenig.

»Kannst du reiten, Darrick?«, fragte ihn der Unbekannte.

Darrick nickte. »Wir wollen ja nicht den ganzen Weg galoppieren, hoffe ich.«

»Wir werden uns bemühen. Vielleicht können wir auch Sha-Kaan überreden, dich mitzunehmen«, sagte Denser. »Wann kommt er eigentlich an?«

Hirad zuckte mit den Achseln. »Du kennst ja seinen Zustand. Er kann nicht sehr schnell fliegen. Wenn wir so schnell reiten, wie wir können, dann müssten wir ungefähr gleichzeitig in Julatsa eintreffen.«

»Das passt gut, denn vielleicht brauche ich Hilfe, wenn ich das Tor öffne. Vorausgesetzt, das Mana ist dort stark genug.«

»Gut«, sagte Hirad. »Sind wir dann alle bereit?«

Er machte einige Schritte in Richtung Xetesk. Sie hatten eine Stelle gefunden, von der aus sie durch die Bäume die Schlacht beobachten konnten. Was er gerade sah, war zweifellos die Aufstellung vor einem größeren Gefecht, das jederzeit ausbrechen konnte. Schon jetzt gingen vereinzelte Sprüche auf den vereinten Schilden nieder, während sich die Truppen sammelten und formierten.

Plötzlich wehte eine Bö durch die Bäume, zerrte an den Zweigen und riss Blätter und Blüten von den Pflanzen. Denser blickte zu Erienne, die von Thraun bewacht auf dem Boden lag. Sie runzelte kurz die Stirn, dann entspannte sie sich wieder.

»Thraun?«, fragte er.

Er schüttelte den Kopf. »Das war sie nicht. Aber sie fühlt es.«

»Denser, was, zur Hölle, ist das?«

Thraun eilte zu Hirad, und der Unbekannte und Darrick folgten seinem Beispiel. Niemand musste fragen, was Hirad gemeint hatte.

Im teilweise bewölkten Himmel klafften zwei längliche Löcher, die sich leicht bewegten wie Tang in der Dünung. Kein Zweifel, dass es sich um eine magische Waffe handelte. Eines der Löcher schwebte über dem Osttor, das zweite im Norden. Aus der Ferne konnte man nicht erkennen, wie groß sie waren, doch es mussten mehrere hundert Fuß sein.

Beide waren vom Dunkelblau der xeteskianischen Magie eingerahmt, im Innern brodelte die Dunkelheit, und gelegentlich zuckten daraus trübe rote Blitze hervor. Wieder wehte eine Bö herüber, und nun war auch ein Donnern zu hören, als die Luft von Balaia mit der ungebändigten Kraft des interdimensionalen Raumes in Berührung kam. Mit einem Krachen, das laut übers Schlachtfeld hallte, flammten die blauen Säume blendend hell auf und zogen die Löcher weiter auseinander. Die Schwärze vertiefte sich.

Unten auf dem Schlachtfeld hörten die Kämpfe auf, kaum dass sie richtig begonnen hatten. Vorsichtige Lysternier zogen sich bereits zurück, weil sie sich vor dem fürchteten, was sie da sahen. Doch die paar Schritte konnten sie nicht retten.

»Bei den Göttern, sie haben keine Chance«, sagte Denser.

Er drehte sich um und rannte zu seinem Pferd. Hirad und der Unbekannte wollten ihn aufhalten, doch er drehte sich im Laufen nur kurz um.

»Kommt schon! Sie müssen das Schlachtfeld räumen. Der Rabe, los jetzt! Steigt auf und kommt!«

»Nein, Denser!«, rief Hirad. »Du kannst dich nicht zeigen, sie werden dich schnappen.«

Denser machte kehrt, kam zurückgerannt und packte den Barbaren am Kragen. Er deutete über seine Schulter. »Siehst du die Leute da unten? Sie werden sterben. Sehr bald schon. Vielleicht können wir ein paar retten. Versteck dich nur, wenn du willst.«

Hirad brummte vor sich hin, doch seine Miene hellte sich zusehends auf. »Deshalb mag ich dich«, sagte er. »Unbekannter, wir reiten mit ihm. Thraun, Darrick, setzt die Elfen in Bewegung. Los jetzt.«

Ringsum entstand Lärm. Magier riefen, die gemeinsamen Schilde müssten verstärkt werden, Soldaten verlangten nach Befehlen. Auf dem Schlachtfeld zogen sich die Xeteskianer rasch zurück, und die Verbündeten unternahmen einen halbherzigen Vorstoß, der aber rasch zum Erliegen kam, als sich der Riss am Himmel über ihnen abermals verbreiterte und das Donnern lauter wurde. Die blauen Ränder zischten und zuckten.

Denser rannte zur behelfsmäßigen Pferdekoppel im Lager der Elfen, zog die Zügel seines Pferds vom Pfahl und stieg auf.

»Los doch!« Er versetzte seinem Pferd einen Tritt, und es rannte los und sprang übers Geländer. Elfen stoben auseinander. »Setzt euch in Bewegung! Geht sofort nach Norden!«

Er wusste nicht, ob sie ihn verstanden, aber das war ihm egal. Er galoppierte den schlammigen Weg zum Schlachtfeld hinunter und rief jedem, der ihn hören konnte, zu, er solle das Gebiet sofort räumen. Endlich war er aus dem Lager und dem Wald heraus, raste den Hang hinunter und hielt schräg auf die Position des lysternischen Kommandanten zu. Der Unbekannte und Hirad trieben ihre Pferde hinter ihm scharf an.

Der Riss, der jetzt links über ihm schwebte, war inzwischen riesengroß. Seine Ränder flackerten, und Denser konnte sich vorstellen, wie die Magier, die ihn geöffnet hatten, um den Zusammenhalt kämpften. Er betete, dass einen, nur einen, die Kräfte verließen. Das lysternische Oberkommando war in hellem Aufruhr, alle schrien durcheinander. Ein riesiger Soldat saß auf dem Pferd und brüllte seine Männer an, sich für den Angriff zu sammeln und den Vorteil zu nutzen. Ein Magier neben ihm sandte Meldegänger mit Nachrichten aus. Es würde ihnen nicht mehr helfen.

Denser zügelte sein Pferd vor ihnen.

»Räumt das Schlachtfeld!«, schrie er sie an. »Räumt es sofort, das ist eure einzige Chance. Gebt Nachricht zum Nordtor, auch sie müssen verschwinden. Tut es sofort, verdammt!«

Der Soldat deutete auf ihn und auf die anderen Rabenkrieger. »Ihr werdet gesucht.«

»Das ist mir egal, du Trottel. Deine Männer werden gleich sterben.« Er lief puterrot an. »Hört mir zu!«

»Verhaftet diese Männer«, sagte der Soldat. »Haltet sie fest.«

»Verdammt noch mal«, fauchte Denser.

Er nahm sein Pferd herum und ritt zur Front, hörte Hirad einen Fluch ausstoßen und den Unbekannten, der ihn zurückhalten wollte.

»Denser!«, rief der Unbekannte. »Bleib auf Abstand.«

»Räumt das Schlachtfeld!« So laut hatte Denser noch nie im Leben geschrien. Trotzdem war ihm klar, dass sie ihn nicht hören konnten. Das Donnern war ohrenbetäubend, die Luft schlug ihm hart ins Gesicht, und der Druck unter dem Riss nahm zu. Er raste weiter, ein Auge auf den wachsenden Riss gerichtet. Von dem, was sich dort oben zusammenbraute, wollte er nicht getroffen werden.

Er ritt direkt hinter die zersplitterten Linien, brüllte den Leuten zu, sie sollten rennen, sich verteilen und ins Lager zurückkehren, was auch immer.

Einige hörten ihn, doch sie waren unschlüssig. Die Leutnants in vorderster Front achteten auf die am Befehlsstand gehissten Flaggen und hatten Hemmungen, einfach die Befehle zu missachten. Der Mann im langen Mantel, der sie eingeholt hatte und zur Flucht drängte, war entweder verrückt oder ein Geist, der sie erlösen wollte. Sie wussten nicht, was sie von ihm halten sollten, das sah er ihren Gesichtern an.

Wieder knallte es wie ein Peitschenschlag über seinem Kopf, dass seine Ohren schmerzten. »Die Zeit wird knapp!«, rief er.

Mehr konnte er nicht tun. Ohne sich umzudrehen, wusste er, dass Hirad und der Unbekannte ihm folgten, als er sein verängstigtes Pferd herumzog und sich in gerader Linie vom Schlachtfeld entfernte. Er kauerte dicht über dem Hals des Tiers und hoffte, es sei noch nicht zu spät. Als er einige hundert Schritt entfernt war, gaben die Magier den Spruch frei.

Ein Luftstoß traf Densers Rücken. Das erschrockene Pferd bockte und warf ihn ab, war aber zu verwirrt, um sich für eine Fluchtrichtung entscheiden zu können. Er überschlug sich mehrmals, richtete sich wieder auf und musste zusehen, wie seine schlimmsten Befürchtungen Wirklichkeit wurden.

Aus der Finsternis des interdimensionalen Raumes brachen dunkelrote, blau geränderte Lichter hervor. Blitze reiner Energie zuckten durch die Öffnung, und dann ging die ganze Konstruktion mit unglaublicher Wucht auf den Boden nieder. Flammenzunge auf Flammenzunge fuhr herab; sie explodierten beim Aufschlag, wobei Lichtfinger in alle Richtungen schossen.

Große Erdbrocken flogen hoch, Männer wurden weggeweht wie Laub. Manche wurden von den Lichtfingern direkt erfasst. Sie lösten sich einfach auf, wo sie standen, oder ihre Körper gingen in Flammen auf. Denser sah Glieder und Leiber blitzschnell verbrennen, die Körper wurden zerfetzt. Wenigstens hielten die Schreie nicht lange an.

Die gemeinsamen Schilde waren nicht für einen solchen Druck gemacht. Sie flackerten grün und konnten die erste Welle abwehren, doch unter der zweiten brachen sie zusammen. Immer noch fuhren die Explosionen des Spruchs herab. Flammende Blitze trafen den Bereich vor den Toren, wo die Lysternier gestanden hatten. Überlebende rannten davon, Tote brachen zusammen, er sah Männer mit verbrannten Gesichtern blind umhertappen. Andere waren längst zu Asche zerfallen, die der Wind, der nach den Blitzen kam, verstreute.

Blauer Sturm. Das waren die Worte, die er in Laryons Verteiler gelesen hatte. Jetzt wusste er, was sie zu bedeuten hatten. Dystran steckte hinter alledem, und Denser war überzeugt, dass es am Nordtor nicht anders aussah. Xetesk hatte seinen Gegnern einen vernichtenden Schlag beigebracht. Hirads Rufe sagten ihm, dass es sogar noch schlimmer wurde.

Der Spruch endete, mit einem mächtigen Knall schlossen sich die Risse wieder. Der Blaue Sturm war vorbei, und am Morgenhimmel blieb nur ein leichtes Glühen zurück. Rauch und Staub wehten wie Nebel übers Schlachtfeld, und es stank nach einem Blutbad.

Trotz des Nebels konnte man jedoch sehen, was als Nächstes geschah. Die Tore hatten sich geöffnet. Xeteskianer stürmten heraus, um sich ihren vorgeschobenen Truppen anzuschließen und sie zu verstärken. Im Osten und Norden griffen sie in einer Phalanx an, die auch das Lager erfassen würde. Magier flogen über die Mauern hinweg, ebenso sicher vor feindlichen Sprüchen wie die Hausgeister, die sie begleiteten. Dutzende Dämonen flatterten in alle Richtungen davon, der Wind wehte ihr schnatterndes Gelächter herüber. Unüberhörbar die Vorfreude auf ihr Vernichtungswerk.

»Denser, wir müssen hier verschwinden.«

Der Unbekannte und Hirad hatten zwei fliehende Männer auf ihre Pferde gezogen. Die Glücklichen wurden jetzt heruntergestoßen, der Unbekannte trabte herbei und gab Denser die Zügel seines Pferds, damit der Magier wieder aufsteigen konnte.

»Wir müssen zu den Elfen aufschließen«, sagte der Unbekannte. »Hier können wir nichts mehr tun.«

Die lysternischen Kräfte am Osttor waren so gut wie aufgerieben. Die drei Rabenkrieger ritten scharf durch die umherirrenden Überlebenden und die anderen, die ihnen aus dem Lager zu Hilfe kommen wollten. Die Lysternier waren geschlagen und flohen in den Schutz der Bäume und weiter. Denser betete, dass sie sich neu formieren konnten.

Der Unbekannte führte sie am Fuß des Abhangs entlang, der die Grenze des in Unordnung geratenen lysternischen Lagers bildete. Der Befehlsstand war verwaist, als sie vorbeigaloppierten, nur ein paar hundert Schritte vor den Xeteskianern, die zu Fuß vorstießen. Die feindlichen Reiter blieben vorerst hinter den Linien.

Über allem kreisten die Hausgeister und stürzten sich auf jeden Feind, den sie fanden, zerquetschten Schädel mit ihren unmenschlich starken Händen, verbissen sich im Fleisch und fügten den Opfern mit den Schwänzen schreckliche Schnittwunden zu.

Kurz bevor die sie Mauern von Xetesk erreichten, führte der Unbekannte die Rabenkrieger nach Nordosten. Vom Nordtor hallte der Schlachtenlärm herüber, Rauch und Staub hingen in der Luft und wehten übers Torhaus. Denser hörte das Donnern einer Kavallerieattacke.

Als sie um die Ecke bogen, konnten sie die Lage überblicken. Die vereinten dordovanischen und lysternischen Kräfte waren verstreut, vernichtet oder im Rückzug begriffen. Jegliche Ordnung war dahin, und die xeteskianischen Truppen trieben sie rasch weiter nach Norden, hetzten die verwundeten, langsamen und schockierten Gegner. Immer mehr Hausgeister kamen herangeflogen, Magier folgten ihnen und lenkten das Kampfgeschehen aus der Luft, doch sie trafen wenigstens auf etwas Widerstand.

Izack und seine Kavallerie schützten in ihrer Mitte die Magier, die Schilde aufbauten und die Reiter unterstützten. Sie erwiesen sich als Helden in der Niederlage. Unablässig griff Izack an und brach den xeteskianischen Ausfall, nahm sich schwächere Bereiche der leicht desorganisierten Reihen vor, zog sich zurück, ehe der Feind ihn in die Zange nehmen konnte. Einer seiner berittenen Magier schoss eine konzentrierte Feuerkugel ab, die einen Hausgeist mitten in die Brust traf. Der Dämon schrie und fiel wie ein Stein, und neben ihm stürzte sein Meister ab, die Hände an den Kopf gepresst.

Denser hätte Mitgefühl empfinden sollen, denn auch er hatte die Schmerzen erlebt, die mit dem Verlust eines Hausgeistes einhergingen. Doch er empfand nichts als Freude über den kleinen Sieg gegen das Kolleg, das er so lange als seine Heimat betrachtet hatte.

Auch Izack konnte den Ansturm nicht beliebig lange aufhalten. Hinter den Soldaten und Reitern kamen Wagen, Karren und berittene Magier. Dieser Ausbruch war gut geplant und wurde mit der typischen xeteskianischen Rücksichtslosigkeit durchgeführt. Er warf alle Pläne der Verbündeten über den Haufen, und nun war Julatsa schrecklich verwundbar. Die Elfen mussten schnell rennen, um früh genug anzukommen und das Herz zu bergen. Doch selbst wenn es ihnen gelang, spielte es noch eine Rolle? Die Xeteskianer würden sich davon nicht aufhalten lassen. Irgendwie musste man genügend Verteidigungskräfte nach Julatsa bringen, um Xetesk in Schach zu halten und schließlich sogar zurückzuwerfen. Doch Denser war nicht sicher, ob dies überhaupt noch möglich war.

Er konzentrierte sich auf den Weg, der vor ihm lag. Sie ritten ein Stück vor den Überresten der lysternischen Streitkräfte, die immer noch nach Osten und Norden flohen. Der Weg vor ihnen war frei, es ging über offene Felder in Richtung der erstbesten Deckung, die sie auf dem Weg nach Julatsa finden würden.

Nicht lange, und sie hatten das Gemetzel hinter sich gelassen. Der xeteskianische Ausfall war vorübergehend ins Stocken geraten, und die Streitmacht des dunklen Kollegs musste sich neu formieren. Nach einem so überwältigenden Sieg, nachdem die Feinde hoffnungslos zersplittert waren und nicht hoffen durften, sich bald wieder zu sammeln, konnte Xetesk sich allerdings eine kleine Verzögerung durchaus erlauben.

Eine halbe Meile vom Schlachtfeld entfernt sah er, was er erwartet hatte. Schnell, diszipliniert und gut organisiert zogen die Elfen nach Norden. Die Reiter in ihrer Mitte waren Darrick und Thraun. Der Gestaltwandler, der Erienne vor sich hielt, bemerkte ihn.

Sie hatten Späher vorausgeschickt, Krallenjägerpaare liefen an den Flanken und als Nachhut, und die TaiGethen streiften frei durchs Gelände. Die Elfen bewegten sich zielstrebig und waren nun Balaias letzte Hoffnung, Xetesk in Schach zu halten. Es war schwer zu sagen, wie viele es waren. Sie bewegten sich geschmeidig, tauchten gelegentlich auf und verschwanden gleich wieder zwischen Bäumen und in hohem Gras.

Es stand zu bezweifeln, ob sie wirklich die erforderliche Zahl von zweihundert Magiern mitbrachten. Seiner Ansicht nach waren dort weniger als vierhundert Krieger und Magier unterwegs. Doch das spielte jetzt kaum noch eine Rolle. Jetzt kam es nur noch darauf an, die Magier zu beschützen, die sie hatten. Jeder, der auf dem Weg nach Norden fiel, wäre ein Schlag, der das Überleben von Julatsa unwahrscheinlicher machen würde.

Wie Hirad und der Unbekannte, der vor ihm ritt, war auch Denser entschlossen, Ilkars Traum nicht sterben zu lassen.

Achtes Kapitel

Vuldaroq schritt durch den Kreuzgang von Dordover und suchte Heryst, der sich angeblich im Spiegelsaal aufhielt, einem mit polierten Granitplatten ausgekleideten Raum voller Springbrunnen, kleiner Wasserfälle und Korbstühle. Ein wunderbarer Ort, um sich zu entspannen – oder um über eine Katastrophe nachzudenken.

Tatsächlich saß Heryst dort, das Gesicht in den Händen geborgen. Es war ein vernichtender Schlag gewesen, der das Blatt endgültig zu Xetesks Gunsten gewendet hatte. Falls sich das Schicksal den Verbündeten nicht im letzten Moment doch noch sehr gewogen zeigte, konnte Xetesk den Krieg nicht mehr verlieren.

Die Berichte vom Schlachtfeld waren mehr als lückenhaft, doch es war bereits klar, dass der Belagerungsring im Osten wie im Norden völlig vernichtet worden war. Im Süden und Westen hatten die Verbündeten aus Furcht vor einem ähnlichen Schicksal zurückweichen müssen, sodass vorübergehend jeglicher Druck von Xetesk genommen war. Die Streitkräfte von Xetesk hatten sich zunächst wieder hinter die Stadtmauern zurückgezogen und gingen vermutlich davon aus, dass die Gegner vorläufig keinen ernsthaften Angriff mehr wagen konnten. Natürlich hatten sie völlig recht damit.

Heryst schaute auf, als er das Klatschen von Vuldaroqs Sandalen auf den Marmorfliesen hörte. Der Dordovaner ließ sich auf einem Zweiersofa nieder, dessen Weidengerten unter seiner Leibesfülle bedenklich knarrten.

»Gibt es etwas Neues?« Er bemühte sich, respektvoll und leise zu sprechen. Sie waren beide verloren, doch Lystern hatte es besonders schwer getroffen, und Heryst ging jeder Todesfall unter seinen Männern nahe.

»Wir haben so große Anstrengungen unternommen. Warum nur ist uns völlig entgangen, was sie vorbereitet haben?«

»Eine Botschaft wurde übermittelt, doch niemand konnte das Ausmaß dessen ahnen, was sie gegen uns einsetzen wollten. Der Rabe wusste etwas, und es heißt, er habe zu helfen versucht.«

»Das weiß ich längst!«, fauchte Heryst. »Verzeiht. Ja, es ist mir bekannt. Und als der Spruch gewirkt wurde, versuchten sie, das Schlachtfeld zu räumen, und konnten sogar zwei Männer retten. Verdammt, es fällt mir schwer, sie jetzt noch zu verfolgen.«

»Wir dürfen nicht zaudern.«

»Ich weiß.« Heryst schwieg eine Weile. »Ich will gar nicht daran denken, wie viele Männer und Magier ich heute verloren habe«, sagte er schließlich. »Seit dem Morgengrauen habe ich drei Kommunionen durchgeführt. Zwei davon mit verängstigten Magiern, die kaum die nötige Konzentration aufbieten konnten. Sie berichteten über verstreute Gruppen meiner Leute, die von Hausgeistern und Magiern mit Leibwachen gehetzt werden und bei Anbruch der Dunkelheit zweifellos auch noch mit Meuchelmördern rechnen müssen.

Keiner konnte eine Aussage über die Zahl der Gefallenen machen, aber selbst bei einer zurückhaltenden Einschätzung würde ich sagen, dass die verstärkten Kampflinien heute Morgen achtzig Prozent ihrer Kräfte verloren haben. Im Norden dürfte es ähnlich aussehen. Somit haben wir weniger als dreihundert Kämpfer, denen nördlich der Stadt beinahe eintausend Xeteskianer gegenüberstehen. Dabei unterstelle ich, dass wir die gehfähigen Verwundeten einsetzen und uns überhaupt formieren können, um eine brauchbare Verteidigung aufzubauen. Wir sind am Ende, nicht wahr?«

Vuldaroq legte Heryst sachte eine Hand auf den Arm. Seine freundliche Geste verwunderte ihn selbst.

»Wir sind erst verloren, wenn unser letzter Soldat gefallen ist. Erst wenn Dystran hier im Herzen meines Kollegs direkt vor uns steht. Verliert nicht die Hoffnung, nicht jetzt.«

Heryst nickte. »Ich weiß, es tut mir leid. Ein verzweifelter Augenblick.«

»Schon gut. Erzählt mir lieber, welche Pläne Ihr für Eure Verbände habt, die bis jetzt südlich von Xetesk lagern.«

»Ihr müsst wissen, dass ich im Augenblick überhaupt keine Pläne schmieden kann. Wir versuchen derzeit noch, die Versprengten wieder zusammenzuführen.«

»Dann schließt Euch mir an«, sagte Vuldaroq. »Wir sind überzeugt, dass Xetesk gerade eben genug Männer in der Stadt lassen wird, um sie zu verteidigen. Sie werden von dort aus aber keinen neuen Schlag führen können. Verlegt Eure Männer mit meinen zusammen nach Norden, nach Julatsa. Dort wird die Schlacht um Balaia geschlagen. Wenn Ihr noch genügend Kräfte in Lystern habt, dann müsst Ihr dies tun.«

»Ich werde sie Eurem Kommando unterstellen«, sagte Heryst.

»Gut, das ist eine kluge Entscheidung. Ich werde Euch jetzt wieder allein lassen. Ihr müsst sicher mit vielen Menschen Verbindung aufnehmen und Ängste beschwichtigen, so gut Ihr könnt.« Er stand auf. »Noch etwas. Euer Untergebener Izack hat heute Morgen vielen Dordovanern das Leben gerettet. Das werde ich nicht vergessen.«

Heryst lächelte. »Danke.«

Vuldaroq nickte und ging hinaus. Die günstige Gelegenheit schien in greifbarer Nähe.

Sie hörte ihren Namen, konnte sich aber nur daran erinnern, dass es der ihre war, wenn ihr Geliebter ihn aussprach. Allerdings kannte sie ihre Aufgabe und wusste, wer Freund und wer Beute war. Sie spürte es, auch wenn ihr nicht klar war, welcher Instinkt ihr dies verriet. Sie wusste vieles, was gewöhnliche Menschen nicht wussten. Sie war eine Krallenjägerin, und niemand konnte das Band durchtrennen, das bei der Geburt geknüpft worden war. Niemand.

Rasch trottete sie durch das unbekannte Land. Alle Witterungen waren fremd, und ihre Pfoten traten auf Erde, die sie noch nie berührt hatte. Ein kleiner Schauder ließ ihre Flanken beben. Weit war das Meer gewesen, und das kleine Land hatte sich auf ihm bewegt, eng und stinkend und voller Menschen. Immerhin hatten die Hüter das Kommando gehabt, und ihr Geliebter war nicht von ihrer Seite gewichen.

Die Erinnerungen waren fern und zogen rasch durch ihren Geist. Jetzt war sie die Beschützerin. Die Hüter waren auf der Flucht. Überall lauerten Angreifer. Sie durften nicht zum Zuge kommen.

Sie eilte an ihnen vorbei, ihr Geliebter war in der Nähe, leitete sie, beruhigte sie und streichelte ihren Geist. Sie witterte die Gerüche, die von nah und fern auf sie eindrangen. Die Pflanzen, die Blumen und die Bäume, gesund und wachsend. Die kleinen Beutetiere, die vor Angst zitterten, wenn sie vorbeikam. Vorerst blieben sie verschont.

Windwärts drohte eine Gefahr, gar nicht weit entfernt. Sie ließ ihren Emotionen freien Lauf, und ihr Geliebter verstand die Veränderung, die in ihr stattfand. Sie konzentrierte sich und beschleunigte ihre Schritte. Er folgte ihr.

Ein kleines Tier erschien auf dem Weg. Es hatte einen schwarzen Pelz wie sie selbst und war so klein wie ein Junges, aber schlanker. Sie hätte es als Verwandten bezeichnet, doch die Witterung verriet ihr, dass es nicht zu ihrer Familie gehörte. Es strahlte Gefahr aus. Ihr Geliebter kam näher und beschützte sie, während sie das Tier untersuchte.

Es wartete dort vor ihr, bis sie sich näherte, und zuckte nicht zusammen, als sie das Maul weit vorstreckte. Dem Verhalten nach war es ein entfernter Vetter, klein und zerbrechlich. Doch es strahlte eine Kraft und Fremdartigkeit aus, die ihr neu waren. Sie hatte Angst, zog sich einen Schritt zurück und stieß ein leises Knurren aus.

Das seltsame Tier miaute, schoss vor und schlug ihr eine Tatze ins Gesicht. Es hätte spielerisch sein sollen, doch die Krallen verletzten sie. Sie bleckte die Zähne und versetzte dem Tier eine kräftige Ohrfeige. Es überschlug sich und landete im feuchten Laub unter einem Baum. Noch während es sich abrollte, verwandelte es sich. Es wurde größer und bekam Gliedmaßen wie ein Affe. Das Fell verschwand, und ein Kopf mit Reißzähnen und eine wutverzerrte Fratze kamen zum Vorschein. Ein langer, ledriger Schwanz zuckte hinter dem Tier.

Sie heulte erschrocken auf und zog sich verunsichert mit einem Sprung zurück. Ihr Geliebter eilte an ihre Seite. Das Wesen ging schnatternd auf sie los. So verwirrt und ängstlich sie war, der Instinkt übernahm nun die Regie. Sie duckte sich, wartete auf den richtigen Augenblick und sprang.

So schnell das Wesen auch war, sie war noch schneller. Es hatte sie beißen wollen, fand aber nur ihre Vorderpfoten und die ausgefahrenen Krallen, die seine Brust trafen und es rückwärts zu Boden warfen. Es kreischte und spuckte und wollte die Arme und den Schwanz befreien. Die Beine suchten ihren Bauch, konnten ihn aber nicht erreichen. Sie packte den Schädel mit dem Maul und suchte den richtigen Ansatz, um ihn zu zerquetschen. Sie spannte die Muskeln und biss und biss. Irgendetwas stimmte nicht. Das Tier wurde durch ihr Gewicht zu Boden gedrückt, es wehrte sich nicht einmal, und doch konnten ihre Zähne es nicht verletzen. Sie ließ los und biss noch einmal mit aller Kraft zu. Wieder passierte nichts.

Sie zog den Kopf zurück. Wichtig war nur, das Tier nicht wieder auf die Beine kommen zu lassen. Knurrend sah sie es an, Speichel tropfte aus ihrem Maul. Es erwiderte ihren Blick und legte den Kopf schief. Dann sprach es. Sie konnte es nicht verstehen. Und dann gab es eine blaue Explosion am Himmel, und überall war Lärm.

Sie hatten sich keine Mühe gegeben, ihr Kommen zu verheimlichen, und ihre Absicht lag sowieso auf der Hand. Hirad sah sie über die eilig nach Norden rennenden Elfen hinwegfliegen, weit außerhalb der Reichweite feindlicher Sprüche. Er zählte vier Hausgeister, hässliche Gestalten am Nachmittagshimmel, und vier Magier, ihre Meister, die hinter ihnen flogen. Irgendwo waren sicherlich auch Reiter und Schwertkämpfer unterwegs, die diese Vorhut abschirmen würden.

»Wer ist vor uns?«, erkundigte Hirad sich bei Rebraal, der mühelos neben seinem locker galoppierenden Pferd herlief.

»Krallenjäger, drei Paare. TaiGethen sind hinter ihnen.«

»Das wird nicht reichen. Die Hausgeister können nur mit Sprüchen vernichtet werden.« Er sah sich um. »Sian, steig hinter mir auf. Darrick, Thraun, ihr bleibt hier. Der Rabe, folgt mir!«

Sian'erei schwang sich hinter Hirad in den Sattel und umfasste seine Hüfte. Er ließ das Pferd die Hacken spüren. Der Unbekannte und Denser folgten ihm, die Elfen machten sofort Platz.

»Kommt schon!« Begeistert trieb er sein Pferd an, noch schneller zu laufen.

Sie ritten durch die Überreste eines Wäldchens. Die Baumstämme waren gesplittert und abgeknickt, überall lag totes Holz herum. Die Äste hingen tief herab und behinderten sie. Sein Pferd suchte sich einen Weg und zwang ihn und Sian, sich immer wieder zu ducken und seitlich auszuweichen. Frische Luft umwehte seinen Kopf, seine Zöpfe pendelten hinter ihm. Es war ein wundervolles Gefühl inmitten all der Verzweiflung.

Sie holten die TaiGethen der Vorhut ein, als die ersten Sprüche eine Viertelmeile vor ihnen einschlugen.

»Konzentriere dich auf die Hausgeister«, rief er ihr zu. »Einen nach dem anderen. Wir beschützen dich und schalten für dich die Magier und Schwertkämpfer aus.«

»Ich verstehe.« Ganz überzeugt schien sie nicht.

»Du musst der Magie vertrauen, Sian. Glaube daran, dass sie dich nicht im Stich lässt.«

Vor ihnen kamen die TaiGethen mit gespannten Bogen und angelegten Pfeilen, mit Schwertern und Jaqrui aus der Deckung gerannt.

»Hirad, einkreisen!«, rief der Unbekannte. »Wir packen sie von hinten.«

Hirad legte den linken Schenkel fester an und zog den Zügel herum, und sein galoppierendes Pferd gehorchte.

Über ihm schoss ein Hausgeist aus den Baumwipfeln herab, zwischen den wenigen noch lebenden Zweigen im toten Wald kaum zu erkennen. Der Geruch frisch verbrannter Pflanzen umfing sie, dann wehten ihnen die ersten Rauchfahnen entgegen. Rechts sah er die TaiGethen innehalten, Pfeile abfeuern und weiterlaufen.

»Zwanzig Schritt«, warnte Sian. »Vorsicht jetzt.«

Abrupt zügelte er das Pferd, das sich schnaubend und stampfend über das unsanfte Manöver beschwerte.

»Runter, runter«, befahl er und schwang das Bein über den Hals des Pferdes, um abzusteigen. Sofort war sein Schwert aus der Scheide. »Bleibe hinter mir, bleibe in Deckung.«

Er lief zum Zentrum des Waldstücks zurück. Der Unbekannte flankierte ihn links, Denser war bei ihm und formte im Laufen bereits die Gestalt eines Spruchs. Hirad war nicht sicher, ob Sian ebenso geschickt war wie der dunkle Magier.

Es war ein unwegsames Gelände. Hirad sah Gestalten, die sich zwischen den Bäumen und den geborstenen Stämmen und Zweigen bewegten, im Schatten verschwanden oder sich hinter Büsche zurückzogen. Schwerter klirrten, Männer riefen. Ein dumpfer Aufschlag, Erde spritzte hoch.

Hirad griff an. Links von ihm liefen reiterlose Pferde, also hatten auch xeteskianische Schwertkämpfer in den Kampf eingegriffen. Allmählich klärte sich die Situation. Hausgeister griffen die Krallenjäger und die TaiGethen am Rande einer kleinen Lichtung an. Hinter ihnen warteten die Magier in der Deckung, und bei ihnen waren mit Sicherheit Schwertkämpfer. Wie viele, das konnte er nicht sagen.

Geduckt rannte er und gab dem Unbekannten ein Zeichen, dicht bei ihm zu bleiben. Ohne Schild waren sie verletzlich, doch dieses Risiko mussten sie eingehen. Die

Hausgeister stellten vermutlich sowieso die größte Gefahr dar.

Während der letzten Schritte, bevor sie entdeckt wurden, konnte Hirad erkennen, dass die Gegner einander ebenbürtig waren. Eine TaiGethen-Zelle teilte sich mit atemberaubender Geschwindigkeit auf, als eine gezielte Feuerkugel in ihre Richtung flog. Zwei sprangen zur Seite, der Dritte ließ sich fallen und rollte sich unter dem Spruch ab. Alle drei waren wieder auf den Beinen und rannten weiter, bevor die Feuerkugel hinter ihnen einen verfaulten Baumstamm traf und in einem Schauer aus Mana-Feuer und brennenden Splittern zerplatzte.

Die Zelle wollte die Magier angreifen, doch zwei Hausgeister blockierten ihnen den Weg. Jaqrui flüsterten und trafen, konnten aber keinen Schaden anrichten. Die TaiGethen hatten den Dämonen nichts entgegenzusetzen und konnten nur hoffen, durchzuhalten, bis Magier sie unterstützen. Sie waren im Kampf mit den Hausgeistern zwar vorsichtig, zeigten aber keine Furcht. Hirad lächelte. Es war an der Zeit, ihre Chancen ein wenig zu verbessern.

Hirad duckte sich unter einem Zweig hindurch und spürte, wie etwas direkt über seinem Kopf vorbeiflog. Er schaute auf und sah den Hausgeist davonfliegen. Er stieß einen Warnschrei aus, und schon kamen die Schwertkämpfer gerannt.

»Zwei auf deiner linken Seite, Unbekannter. Ich bin im Zentrum. Sian, die Ziele sind über uns. Denser, du weißt Bescheid.«

Hirad hörte vor sich die Klinge des Unbekannten auf den Boden pochen. Der Hausgeist gackerte. Hirad wich gewandt aus und hob das Schwert. Seine Brustverletzung stach entsetzlich. Er spürte, wie die Klinge von der Haut des Hausgeistes abprallte. Das Wesen kläffte erschrocken, verlor das Gleichgewicht, prallte gegen einen Baum und fiel benommen zu Boden.

Hirad hatte keine Zeit, sich weiter umzusehen, und blickte nach vorn. Der Soldat, der ein schweres Kettenhemd trug, schwang mit beiden Händen eine mächtige Streitaxt. Pfeifend sauste die Klinge durch die Luft, Hirad blockte den Schlag im letzten Moment ab. Allerdings wurde seine Deckung von der Kraft des Mannes beiseitegefegt. Es knackte in seinem Handgelenk, und er taumelte zurück.

Ermutigt setzte der Xeteskianer nach. Hirad hatte keine Kraft mehr im rechten Handgelenk. Rasch wechselte er das Schwert in die linke Hand. Hinter ihm entstand auf einmal eine große Hitze, und ein blaues Licht flammte auf. Der Hausgeist kreischte und verbrannte. Irgendwo vor ihm schrie ein Mann. Hirad lächelte.

»Du hast deine Chance gehabt«, sagte er.

Der Soldat spuckte aus und schlug zu, abermals ein weit ausholender Hieb, den Hirad dieses Mal jedoch mühelos unterlaufen konnte. Er blockte den Schlag gerade stark genug mit seiner Klinge ab, um den Mann ein wenig aus dem Gleichgewicht zu bringen. Sofort suchte er sich einen sicheren Stand und stieß geradeaus zu. Sein Schwert knirschte über den glänzenden Panzer und quetschte die Rippen des Feindes, der zurückweichen musste. Hirad setzte nach und stach dieses Mal abwärts, weil er hoffte, hinter die Abwehr des Mannes zu gelangen. Der Gegner war schnell, fand mit einem einzigen Schritt das Gleichgewicht wieder und hob die Axt vor den Körper.

Er setzte jedoch ein wenig zu viel Kraft ein und streifte Hirads Schwert nur. Der Schwung seiner Bewegung ließ die Axt zu hoch fliegen, und er taumelte. Hirad hatte diesen Fehler schon oft gesehen und setzte sofort nach, mit der Schulter zuerst, um den Mann umzuwerfen. Mit der schwächeren Hand riss er einen Dolch aus der Scheide und stach ihn dem Xeteskianer in die Kehle.

Niemand sonst bedrohte ihn. Der Unbekannte rückte mit blutigem Schwert weiter vor. Denser stand bei Sian und hielt Ausschau nach Hausgeistern, die im Moment weiter vorn in Kämpfe verwickelt waren. Ein TaiGethen lag verwundet und vielleicht sogar sterbend am Boden, ein weiterer kämpfte mit einem Dämon, bis ein Panther ihm das Biest von der Brust riss und es fortschleuderte. Es fauchte vor Wut.

Ein Kraftkegel warf zwei Elfen um, er war von links gekommen. Hirad hielt Ausschau und entdeckte den Magier. Ihre Blicke trafen sich, der Xeteskianer erbleichte. Als Hirad brüllend angriff, verlor der Magier die Konzentration, gab den Spruch auf, drehte sich um und floh, laut um Hilfe rufend. Die Hausgeister lösten sich aus dem Kampf, weitere Soldaten rückten nach, zwei Magier erschienen zwischen den Bäumen, um sie zu unterstützen.

»Abbrechen!«, rief jemand.

Der Angriff wurde sofort eingestellt. Die TaiGethen und Krallenjäger rannten an den langsameren Rabenkriegern vorbei, die feindlichen Magier wirkten im Laufen Sprüche und ließen sich von Schattenschwingen in den Himmel tragen. Hausgeister folgten ihnen in die relative Sicherheit luftiger Höhen. Hirad warf seinen Dolch und verfehlte den Fuß des letzten startenden Magiers nur knapp.

Er fluchte, doch es war noch nicht ganz vorbei. Von rechts wirkten Denser und Sian Sprüche. Feuerkugeln schossen in den Nachmittagshimmel hinauf. Die blaue verfehlte ihr Ziel, die gelbe jedoch nicht. Sie traf einen Magier und setzte seine Kleidung und seine Haare in Brand.

Hilflos und voller Schmerzen stürzte er ab, sein Hausgeist kreiste verzweifelt um ihn und stieß ein durchdringendes, klagendes Heulen aus. Ein Krallenjägerpaar beobachtete den Sturz und lief zum Aufschlagspunkt. Der Magier starb beim Aufprall, und der Hausgeist flatterte geschwächt und zu niedrig in der Nähe herum. Der Panther sprang, pflückte ihn aus der Luft und warf ihn zu Boden, um das sterbende Wesen zu zerfetzen. Da sein magischer Schutz zerfiel, war es nun durch rohe Kraft verletzbar.

Hirad zuckte zusammen, als der Hals des Wesens knackte. Noch ein paar Zuckungen, dann lag es still.

»Kein schöner Tod.«

»Fast so schlimm wie das da.«

Denser deutete zu den Bäumen. Eine TaiGethen-Zelle hatte zwei Soldaten gefangen. Sie standen mit gezogenen Schwertern Rücken an Rücken und bemerkten nicht einmal den Angriff, der sie tötete. Zwei Kämpfer der Zelle lenkten sie ab, der dritte sprang hoch und versetzte einem der beiden schräg von links einen Tritt vors Kinn. Sein Hals brach, der Kopf flog herum und nach hinten und traf den Hinterkopf seines Gefährten. Mit einem grässlichen Knacken barsten die Schädelknochen.

Die Elfen waren schon wieder unterwegs, als die beiden Männer noch im Todeskampf am Boden lagen, und trotteten zu ihren Verletzten und Toten zurück. Im Wald ertönte ein tiefes Knurren, das von allen Krallenjägern aufgegriffen wurde. Elfen und Tiere trauerten um ihre Gefallenen.

Hirad und der Unbekannte Krieger gingen zu den beiden Soldaten hinüber, die von den TaiGethen ausgeschaltet worden waren. Einer atmete noch. Leidenschaftslos starrte Hirad auf sie hinab. Sie trugen Rüstungen der gleichen Machart und Zweihandklingen.

»Was hältst du davon, Unbekannter?«

Der Unbekannte zuckte mit den Achseln. »Sie gehören zweifellos zur Leibwache eines Magiers. Allerdings habe ich noch nie so schwere Rüstungen gesehen. Ich frage mich, wen wir da angegriffen haben.«

»Den Kreis der Sieben?«

»Ganz sicher nicht.« Denser gesellte sich zu ihnen. »Ohne die Protektoren sind die Dreiergruppen jedenfalls geschwächt. Ich nehme an, dies sind Elitekrieger der Kollegwache.«

»Ach, ja?« Hirad zog die Augenbrauen hoch. »Vielleicht müssen wir doch nicht so schnell rennen.«

»Wenn du kehrtmachst und sie allein angreifst, werde ich hinter dir sein«, sagte Denser. »Mehrere Wegstunden hinter dir, um es genau zu sagen, und in die andere Richtung unterwegs.«

Hirad kicherte und schlug ihm auf den Arm.

»Komm schon, Mann aus Xetesk. Wir wollen die herrenlosen Pferde einsammeln, und dann musst du zu deiner Frau zurückkehren. Außerdem brauche ich jemanden, der nach meiner Brustverletzung sieht.«

»Gute Idee«, bekräftigte der Unbekannte, der die langen Nachmittagsschatten betrachtete. »Diesen Fehler werden sie allerdings nicht noch einmal machen. In zwei Stunden wird es dunkel, und bis dahin brauchen wir einen Plan. Als Nächstes kommen die Meuchelmörder.«

Neuntes Kapitel

Kommandant Chandyr war sich darüber im Klaren, dass die Stunde der Entscheidung nahte. Sein eigenes Schicksal war unauflöslich mit dem Kolleg und der Stadt Xetesk verknüpft, er zog es jedoch vor, den Blick vor allem auf sich und seine Männer zu richten, und wollte sich nicht weiter mit dem Gedanken befassen, dass die Zukunft vieler und überwiegend unschuldiger Menschen von ihm abhing.

Die xeteskianischen Streitkräfte marschierten durch das Magierland und schlugen den kürzesten Weg nach Julatsa ein. Dabei würden sie auch den Triverne-See berühren, doch sie würden das heilige Land nicht entweihen und nicht einmal Wasser aufnehmen. Er dachte über die Ironie nach, die in dieser Geste lag. Trotz des Unglücks, das die Kollegien über Balaia gebracht hatten, gab es noch einige wenige Dinge, vor denen sie zurückschreckten.

Er ritt schläfrig zwischen seinen eng formierten, in einer zwanzig Mann breiten Kolonne marschierenden Leuten und dachte über die derzeitigen taktischen Schwierigkeiten nach. Für einen Adepten der Kriegskunst wie ihn waren sie durchaus von Interesse. Wie immer versuchte er, sich in General Darrick hineinzuversetzen. Oder musste man ihn jetzt als ehemaligen General bezeichnen? Die Lysternier waren Dummköpfe. Nur ein völlig vernagelter Eiferer war imstande, den größten Krieger des Kollegs wegen einer moralischen Verfehlung zu ächten. Hätten sie ihn eingesetzt, statt zu versuchen, ihn zu töten, dann hätte der Krieg, wie Chandyr vermutete, einen völlig anderen Verlauf genommen. Auf die Mauern von Xetesk wäre ein größerer Druck ausgeübt worden, und angesichts des Dimensionsspruchs wäre keine Panik ausgebrochen. Wie auch immer, das waren nicht seine Sorgen.

Chandyr standen etwa dreizehnhundert Männer zur Verfügung, darunter einhundert Berittene. Die Fußtruppen waren in sechs gleich große Kompanien unter der Führung von Hauptleuten aufgeteilt. Die meisten Kämpfer waren relativ gut ausgeruht, nachdem sie ständig an der Front abgelöst worden waren. Einige waren noch unerfahren, doch alle hatten wenigstens die Grundausbildung absolviert. Außerdem hatte er siebzig Magier, von denen die meisten jedoch nur wenig Gefechtserfahrung besaßen, wenn man von der Belagerung einmal absah, und sie kannten nur die einfachsten offensiven und defensiven Sprüche. Alle waren junge Absolventen der letzten fünf Jahre. Das machte ihm besondere Sorge. Verbundene Schilde, gemeinsame Angriffe und Kommunion über weite Entfernungen gingen möglicherweise über ihre Kräfte.

Erfreulicher war der gut organisierte Tross. Sie hatten nur Grundnahrungsmittel mitgenommen und waren darauf angewiesen, unterwegs zu plündern und zu jagen, um sich zu versorgen, aber verhungern würden sie nicht. Außerdem waren Hufschmiede, Stallmeister, Feldärzte und ein fähiger Quartiermeister dabei, der den Aufbau der Lager überwachte. Chandyr rechnete nicht mit einem ausgedehnten

Feldzug, doch sie waren für den Fall der Fälle gut ausgerüstet.

Vor ihm war eine zersplitterte, bisweilen aber äußerst gefährliche Guerillatruppe unterwegs. Er hatte bereits den Entschluss gefasst, den Vormarsch der Elfen nicht aufzuhalten. Schon die Begegnung mit deren Spähern hatte einen zu hohen Preis gekostet, und eine ausreichend große Streitmacht vor den Feind zu bringen, war in der verfügbaren Zeit nicht möglich. Die Elfen waren mehr als zwei Wegstunden vor ihm und rannten wie die Teufel. Mit Pferden konnte man sie noch einholen, doch seine Kavallerie war nicht stark genug, um diese Aufgabe zu lösen. So würde er sie erst in Julatsa angreifen. In der Zwischenzeit hatten seine Meuchelmörder und die von Hausgeistern unterstützten Kommandos die Anweisung, die Anführer und wenn möglich auch den Raben gezielt auszuschalten und, falls sie sehr großes Glück hatten, außerdem die Elfentexte zurückzuholen.

Seine Spähermagier überwachten unterdessen die Feinde in der näheren Umgebung. Versprengte Trupps von lysternischen und dordovanischen Soldaten waren über ein weites Gebiet verteilt. Viele kleine Gruppen von Soldaten, oft verletzt und offensichtlich führerlos, kehrten in ihre Heimatstädte zurück. Diese Kämpfer konnte er getrost ignorieren.

Andere, in deren Mitte sich Magier befanden, gehorchten zweifellos noch den Befehlen ihrer Kommandanten und waren entweder vor Chandyr nach Norden unterwegs oder taten sich mit anderen Gruppen zusammen, um sich zu verstärken. Diese Abteilungen mussten zersplittert bleiben. Seine Vorhut versuchte, sie unter Druck zu setzen, Magier griffen sie an, und Meuchelmörder sollten ihnen in der kommenden Nacht nachstellen. Er wollte sie bekämpfen, und seine Späher hielten ihn über alle ihre Bewegungen auf dem Laufenden. Da die Feinde, was Kraft und Moral anging, sowieso schon angeschlagen waren, erwartete er allerdings nicht viel Gegenwehr von dieser Seite.

Das Gleiche galt für die beiden berittenen Gruppen, die ihm die größten Sorgen bereiteten. Bei einer handelte es sich um die Überreste von Blackthornes Truppe, bei der sich auch der Baron selbst befand. Sie erwies sich als ausgesprochen lästig, weil sie die zersplitterten feindlichen Kräfte wieder zusammenführte. Die zweite, Izacks herausragende Kavallerie, etwa siebzig oder achtzig Mann stark, hatte den Angriff abgebrochen, patrouillierte aber in dem vor Chandyr liegenden Gebiet und nahm so seinen Spähern und Reitern die Bewegungsfreiheit, die sie eigentlich brauchten.

Er war sicher, dass weder Izack noch Blackthorne oder die Elfen ihn frontal angreifen würden. Gleichermaßen sicher war er aber, dass Izack durchaus in der Lage war, den xeteskianischen Vorstoß durch gezielte Angriffe und schnellen Rückzug empfindlich zu stören. Seine Magier waren erfahren, sie konnten im Reiten Sprüche wirken und waren vor Angriffen durch feindliche Magier und Hausgeister geschützt.

Die Elfenkrieger waren, das wusste Chandyr aus langen Tagen der Beobachtung auf den Wällen der Stadt, talentierte Jäger und gingen erschreckend geschickt mit dem Bogen, dem Schwert und ihren tödlichen, gekrümmten Wurfsternen um. Außerdem vermochten sie in der Nacht so gut wie bei Tage zu kämpfen. Er konnte sich nicht vorstellen, dass sie keinen Versuch unternehmen würden, den Marsch der Xeteskianer zu behindern.

Interessant. Er konnte seine Kavallerie ausschicken, um Izack zu attackieren, war aber keineswegs sicher, ob sie trotz ihrer größeren Zahl die Oberhand behalten würden. Immerhin war Izack Darricks bester Schüler gewesen. Und selbst für den Fall, dass sie siegreich blieben, es wäre angesichts der Bedrohung durch die Elfen unklug, sich des berittenen Flankenschutzes zu berauben.

Er konnte bis in die Nacht eilig weitermarschieren und lediglich kurze Verschnaufpausen einlegen, doch dann würden seine Männer ermüden, und sie hatten immer noch den großen Kampf vor sich, selbst wenn seine Vorausabteilungen die verstreuten Widerstandsnester beseitigen konnten – ganz abgesehen davon, dass die Elfen sie in Stücke reißen würden, sobald sie in der Nacht ohne feste Umlaufwege für die Wachen und ohne inneren Ring aus Feuern eine Rast einlegten.

Chandyr spielte auch mit dem Gedanken, einen Teil seiner Streitmacht in einem Bogen nach Norden zu schicken und Izack abzudrängen, doch der lysternische Kommandant war zu klug, sich in ein Gefecht verwickeln zu lassen, in dem er für Angriffe zu Pferd, mit magischer Kraft oder durch Hausgeister anfällig war.

Was würde Darrick tun? Eigentlich war es offensichtlich. Chandyr tat es bereits, und er war erfreut darüber. Er würde weiterhin alle Feinde bekämpfen, auf die er traf, und sie und ihre Kameraden hetzen und dafür sorgen, dass sie vor Angst schlotterten und ihre Bäuche leer blieben, weil sie keine Zeit für die Jagd hatten. Er konnte einen großen Teil der Truppen, die noch herumliefen, vernichten, weil sie ohnehin schon verängstigt waren. Die Elfen würde er in Ruhe lassen. Er konnte nicht verhindern, dass sie vor ihm in Julatsa eintrafen, und für den Moment war es besser, wenn er sich nicht mit ihnen anlegte.

Der wichtigste Punkt, über den Chandyr nachdachte, war jedoch der folgende. Er wusste eine Menge über die versprengten Truppen, die er jagte, hatte aber keine Ahnung, was ihn in Julatsa erwartete. Das Kolleg verfügte über Magier, Soldaten und eine Miliz. Nicht sehr stark, so viel wusste er, aber völlig wehrlos war es gewiss nicht. Es würde kein leichter Kampf werden, und er würde jeden Mann und Magier in seinem Gefolge brauchen, um die Stadtbevölkerung unter Kontrolle zu halten und in hinreichender Stärke das Kolleg zu erreichen, damit er es niederreißen konnte.

Als er tief in Gedanken nickte und die Einzelheiten seiner Strategie überdachte, keimte in Chandyr die Furcht, etwas übersehen zu haben. Das Blatt konnte sich gegen ihn wenden, wenn er auch nur einen Faktor vernachlässigte. Es arbeitete in ihm, doch er kam nicht darauf. War es denn wirklich so einfach, wie er es sich vorstellte? Darrick hatte immer gelehrt, die geradlinigste Taktik sei stets diejenige, die man als Erste in Betracht ziehen sollte, weil sie im Angesicht des Feindes am ehesten Bestand hatte.

Und er hatte sich doch die geradlinigste Strategie ausgedacht, oder nicht?

Er erinnerte sich noch an etwas anderes, das der General ihm nach einem Vortrag am Triverne-See vor einigen Jahren persönlich gesagt hatte. Er musste auf einmal darüber lachen, worauf mehrere Köpfe zu ihm herumfuhren. Er winkte, dass alles in Ordnung sei, und die Männer wandten sich wieder ab.

Die Geschichte lehrt uns, hatte Darrick damals gesagt, dass die Theorie der Kriegskunst am besten auf dem Tisch in der Burg bleibt, dreihundert Meilen vom Kampf entfernt. Denn vor allem braucht man einen Riecher für die Dinge, die man vergessen hat. Und wenn man etwas wittert, dann sollte man zu den Göttern beten, dass man genau herausbekommt, was es ist, bevor es sich gegen den Wind anschleicht und einem die Kehle durchschneidet.

Chandyr schnüffelte. Die Dämmerung kam, es würde wieder regnen.

Ausgerechnet jetzt musste der Kontakt zu den Abgesandten der Elfen an der Front vor Xetesk abreißen. Gerade in dem Augenblick, als Pheone zu hoffen begonnen hatte, sie seien gerettet, und als sie trotz ihres Kummers und einer erneuten Stockung im Mana-Strom ein wenig Freude empfunden hatte. Die Elfen hatten aus Xetesk geborgen, was sie haben wollten, und mit den Vorbereitungen für den Marsch nach Norden begonnen.

Endlich waren die Dinge in Bewegung gekommen. Gerade hatte sie die gute Neuigkeit an alle Magier im Kolleg weitergeben wollen, da war eine weitere Kommunion eingegangen. Sie hatte die Signatur erkannt und sofort die Verbindung hergestellt. In einer Spanne von weniger als zwei Stunden hatte sich die Lage völlig verändert. Die Xeteskianer rückten nun vor, die Elfen rannten vor ihnen davon, die Verteidigung der Verbündeten war zerschmettert, und niemand wusste, wer zuerst in Julatsa eintreffen würde.

Die Kommunion hatte abrupt geendet, und sie hatte den Kontakt nicht wiederherstellen können, obwohl alle Magier das Signal verstärkt hatten. Offenbar waren die Magier vor Xetesk gefallen. Eine andere Erklärung gab es nicht.

Nun stand sie da wie schon so oft in den letzten Tagen und starrte in die Grube, in der das Herz lag. Rastlose Gedanken zogen durch ihren Kopf.

»Du weißt, warum es dahinschwindet, nicht wahr?«, sagte auf einmal jemand.

Sie drehte sich um. Es war Geren, ein Magier, dem sie anfangs misstraut hatte. Vor etwa einem Jahr war er als zerzaustes, stinkendes Wrack aus den Balan-Bergen ins Kolleg gekommen, doch jetzt war er der Inbegriff des Überlebenswillens. Er war ein junger, kraftvoller Mann. Kein großer Magier, aber mit Eifer dabei.

»Nein, das weiß ich nicht. Was meinst du?« Sie verkniff sich eine gereizte Antwort.

Geren strich sich eine glatte schwarze Haarsträhne aus dem Gesicht hinters Ohr und kratzte sich an der Nase.

»Es liegt daran, dass wir so wenige sind.«

»Was?«

»Denk doch drüber nach«, fuhr Geren fort. »Der Schatten ist erschienen und vertiefte sich, als der Elfenfluch die Elfen getötet hat. Stell dir nur vor, wie viele Magier während der Seuche gestorben sind. Das hat den ganzen Orden geschwächt. Nach ihrer Ankunft auf Balaia hatten sie weitere Verluste. Weißt du noch, wie der Schatten nach dem ersten Ausfall des Mana-Stroms tiefer wurde? Ich nehme an, es liegt daran, dass bei dem Angriff der Xeteskianer, der darauf folgte, weitere Elfenmagier gestorben sind.«

»Mir ist nicht klar, worauf du hinauswillst«, erwiderte Pheone.

»Ich will damit sagen, dass es kein einseitiger Prozess ist. Ich will damit sagen, dass jeder lebende julatsanische Magier seine Kraft zum Herzen zurückschickt. Dadurch entsteht ein Kreislauf, wenn du verstehst, was ich meine. Es spielt keine Rolle, wie weit sie entfernt sind, sie tun es einfach. Jetzt aber sind wir so wenige, dass wir nicht mehr genügend Kraft zurückschicken können, und deshalb schwindet das Herz. Vergiss nicht, dass das Herz begraben ist und der normale Mana-Kreislauf nicht mehr funktioniert, sodass es von sich aus nicht mehr viel beisteuern kann.«

Pheone runzelte die Stirn. Sie sah Geren scharf an und fragte sich, wie sicher er seiner Sache war. Kein Funke des Zweifels flackerte in seinen Augen. Konnte er am Ende sogar recht haben?

»Es klingt einleuchtend, nicht wahr?«, fragte er. »Hast du heute schon den Schatten auf dem Herz überprüft? Ich wette, er ist tiefer geworden. Nicht sehr viel, aber du wirst es bemerken. Heute sind wieder Magier gestorben. Julatsaner. Überprüfe es doch.«

Pheone schüttelte den Kopf. Es war nicht der Mühe wert. Sie konnte das üble Gefühl auch so spüren, ohne sich auf das Spektrum einzustimmen; sie spürte die Stellen, wo das julatsanische Gelb stumpf wurde, als läge eine Staubschicht auf einer Farbfläche.

»Hast du mit jemand anders darüber gesprochen?«

»Nein«, sagte Geren. Er lächelte traurig. »Das spielt doch jetzt keine Rolle mehr, oder?«

»Warum nicht? Ich meine, wenn dies die Antwort ist …«

»Dann wissen wir nur, dass wir mit jedem Magier, der stirbt, schwächer werden, und dass zusammen mit uns auch das Herz an Kraft verliert. Das meiste davon wussten wir ohnehin schon, und die Schlussfolgerungen ändern sich nicht. Je weniger sich an der Bergung beteiligen, desto unwahrscheinlicher der Erfolg. Wir wollen hoffen, dass deine Elfen hier ankommen, ohne weitere Magier zu verlieren. Sonst haben wir in einigen Tagen nur noch den Schatten eines Herzens.«

Pheone starrte ihn an, und er erwiderte verlegen ihren Blick.

»Wolltest du mir sonst noch etwas sagen?«

»Ja. Der Stadtrat ist da, wie du es gewünscht hast. Was willst du ihm mitteilen?«

Pheone ging in Richtung Vortragssaal. Er stand inmitten der Ruinen der sechs Hörsäle, die von den Wesmen zerstört worden waren, und war weniger beeindruckend als jeder seiner Vorgänger. »Hör es dir an, wenn du willst.«

Achselzuckend folgte er ihr hinein.

Der Zuschauerraum war nur spärlich besetzt. Dreißig Stuhlreihen erhoben sich in Stufen bis zur Rückwand des mittelgroßen Saales, alle zur hell beleuchteten Bühne ausgerichtet, auf der ein langer Tisch, eine große, erhöhte Tafel und ein Podium standen. Das Laternenlicht wurde durch Lichtkugeln und die Nachmittagssonne verstärkt, die durch die riesigen, schrägen Fenster im Dach hereinschien.

Pheone ging geradewegs zum Podium und nickte den fünf kommissarischen Vorstehern des Kollegs zu, die bereits am Tisch saßen. Geren setzte sich zu der Gruppe auf der linken Seite. Dort waren auf wenigen Bänken die meisten Magier des Kollegs versammelt, schätzungsweise kaum mehr als fünfzig. Ein armseliger Anblick. Höchstens ein Hundertstel der Zahl von Magiern, die sich jetzt eigentlich im Kolleg aufhalten sollten. Es sah so aus, als sei Gerens Theorie nicht von der Hand zu weisen.

Rechts saß der Stadtrat von Julatsa. Anständige Leute, wie sie zugeben musste. Kaufleute, der Kommandant der Stadtwache, falls man seine Truppe so nennen durfte, ein paar einheimische Adlige und der Bürgermeister.

»Ich danke Euch, dass Ihr gekommen seid«, begann sie. Ihre Stimme erreichte dank der raffinierten Akustik und einiger verstärkender Sprüche mühelos auch die leeren hinteren Bänke im Saal. »Ich wünschte nur, ich könnte gute Neuigkeiten bringen.«

Unruhe lief durch den kleinen Kreis der Zuhörer.

»Die Belagerung von Xetesk ist zusammengebrochen. Heute im Morgengrauen setzten die Xeteskianer eine machtvolle Magie ein, die wir noch nicht richtig verstanden haben, und stießen durch die lysternischen und dordovanischen Reihen in nördlicher und östlicher Richtung vor. Unsere Informationen sind unvollständig, aber wir müssen davon ausgehen, dass Xetesk auf keinen weiteren Widerstand stoßen wird. Die Elfen, die sich heute Morgen nicht an der Belagerung beteiligt haben, sind fast ohne Verluste entkommen und werden vor dem Feind hier eintreffen, aber nicht sehr lange vor ihm.«

Sie hielt inne und lauschte dem tiefen Schweigen. Aller Augen ruhten auf ihr.

»Meine Damen und Herren, wir wissen, warum die Xeteskianer herkommen. Sie wollen dieses Kolleg und das Herz zerstören, bevor wir es bergen können. Selbst wenn uns die Bergung gelingt, sind sie möglicherweise zu stark. Als julatsanische Magier müssen wir hierbleiben, weil wir keinen Ort haben, an den wir sonst gehen könnten, und weil wir nichts zu gewinnen haben, wenn wir untätig bleiben. Hier ist alles, wofür wir gekämpft haben. Hier ist unsere Zukunft als Magier.

Ihr aber, Bürgermeister und geehrte Ratsmitglieder, seid, ebenso wie die Einwohner der Stadt, keiner unmittelbaren Bedrohung ausgesetzt.« Sie hielt inne. Es war nicht ganz richtig herausgekommen. »Ich will damit sagen, dass Ihr in diesem Konflikt Unschuldige seid. Xetesk will nicht die Stadt zerstören, wie es die Wesmen versucht haben. Das Volk von Julatsa kann sich entscheiden, und die Entscheidung muss rasch fallen.

Diejenigen, die des Krieges und des Leids überdrüssig sind, sollten die Stadt sofort verlassen. Gesellt Euch zu denjenigen, denen es in der Stadt zu gefährlich wird und die nicht bereit sind, für die Zukunft hier noch irgendwelche Entbehrungen auf sich zu nehmen. Nach all den Opfern, die sie seit dem Ende der Besetzung durch die Wesmen für das Kolleg und die Stadt Julatsa erbracht haben, kann man ihnen keinen Vorwurf machen, wenn sie gehen.

Diejenigen aber, die sich entscheiden zu bleiben, und ich

bete, dass es die Mehrheit der Waffenfähigen sein wird, bitte ich dringend, uns ihre Kraft zur Verfügung zu stellen, denn wenn Xetesk uns besiegt und das Kolleg niederwirft, wird auch die Freiheit verloren sein, die Ihr so lange genossen habt. Das ist alles. Hat jemand Fragen?«

Das Schweigen hing wie ein dicker, klebriger Nebel im Raum, bis einer der zwanzig Ratsherren eine Hand hob.

»Meister Tesack, bitte sprecht.«

»Können wir siegen, wenn wir Euch unterstützen?«

Pheone breitete die Arme weit aus. »Das weiß ich nicht. Ich glaube es, weil ich es glauben muss, aber Gewissheit, dass die militärische Stärke, die wir aufbieten können, ausreichen wird, gibt es nicht. Wir wissen nicht, wie viele Bewaffnete Xetesk noch hat, und wir wissen nicht, wie stark die noch vorhandenen Streitkräfte der Verbündeten sind, die hoffentlich vor ihnen eintreffen.

Vielleicht lachen wir am Ende, vielleicht werden wir davongefegt. Mein Gewissen gebietet mir jedoch, Euch vor den Gefahren zu warnen, die Stadt und Kolleg jetzt drohen. In unseren Straßen, Parks und auf den Plätzen wird es Kämpfe geben. Xetesk wird bis zum letzten Mann kämpfen, um das Kolleg zu erreichen, und jeder, der sich Xetesk in den Weg stellt, wird getötet.

Ihr und die Menschen dieser Stadt, ihr alle müsst Euch fragen, ob ihr uns nach allem, was geschehen ist, noch einmal unterstützen könnt, oder ob Ihr fliehen und an einem anderen Ort leben wollt. Auf diese einfache Frage läuft es hinaus.«

Eine andere Hand hob sich. Es war Geren. Pheone forderte ihn mit einem Nicken auf zu sprechen.

»Ich war nicht immer das Musterbeispiel eines loyalen Magiers«, sagte er. »Vielleicht wollt Ihr deshalb nicht auf mich hören. Ich habe nicht immer hier gelebt und meine

Kraft nicht immer dem Kolleg gewidmet. Doch jetzt könnte ich nicht fortgehen, ob ich nun ein Magier bin oder nicht. Das Herz des Kollegs ist auch das Herz der Stadt. Wenn das Herz stirbt, dann stirbt auch die Stadt. Ich wage mir nicht vorzustellen, welche Folgen der Verlust eines Kollegs für das ganze Land haben mag. Wer fähig ist, bei der Verteidigung zu helfen, ist bei seiner Ehre verpflichtet, es auch zu tun.«

»Für mich ist es ganz einfach.« Der Kommandant der Stadtwache erhob sich. »Ich bin für die Verteidigung der Stadt verantwortlich, zu der auch das Kolleg gehört. Ich habe vierzig Offiziere und Soldaten und etwa einhundert freiwillige Wachtmeister. Wir gehen nicht weg. Wir bleiben hier und kämpfen Seite an Seite mit unseren Magiern, um die Stadt zu verteidigen.«

»Danke, Kommandant Vale«, sagte Pheone lächelnd. Die Magier applaudierten laut.

Der Bürgermeister stand auf. Er war ein großer Mann mit harten Augen und einer unverwechselbaren Glatze.

»Pheone, Ihr sprecht offen und meiner Ansicht nach auch ehrlich. Ebenso alle anderen, die bisher das Wort ergriffen haben. Ich bin mir jedoch nicht sicher, wie ich reagieren soll. Mit Dankbarkeit, weil Ihr uns gewarnt und uns die Chance gegeben habt, uns in Sicherheit zu bringen? Mit Zorn, weil Ihr glaubt, wir könnten in Betracht ziehen, ein Kolleg zu verlassen, das uns so lange unterstützt hat? Oder mit Zynismus, weil Ihr uns eigentlich keine Wahl lasst, außer zu den Waffen zu greifen, um unsere Stadt zu verteidigen – und dies nur, weil wir in unserer Mitte ein magisches Kolleg haben, das den Ärger geradezu herausfordert?«

Pheone sperrte fassungslos den Mund auf. Murren erhob sich am Tisch und unter den versammelten Magiern. Sie gebot ihnen mit erhobener Hand zu schweigen. »Solltet Ihr nicht froh sein, dass wir Euch so früh wie möglich gewarnt und die Möglichkeit gegeben haben, Euch zu entscheiden? Wir haben Euch informiert, weil ich nicht will, dass Unschuldige sterben. Hättet Ihr es vorgezogen, von Xetesks Angriff erst beim Anblick der Soldaten zu erfahren, die an Eurem Haus vorbeimarschieren?«

Der Bürgermeister hob die Hände. »Pheone, bitte übertreibt es nicht. Ich drücke nur aus, was das Volk empfindet. Die Geschichte Julatsas ist allen hier bestens bekannt. Ich muss einräumen, dass wir vieles von dem, was wir hier haben, dem Kolleg zu verdanken haben.«

»Gut, dass Ihr es nicht vergesst«, murmelte Lempaar, der alte Elf.

»In der Tat«, sagte der Bürgermeister lächelnd. »Den Ruhm ebenso wie die Zerstörung. So ist es mit Städten. Korina wuchs wegen seines Hafens, wegen der Menschen, die dort arbeiteten und wegen derjenigen, die dort gewinnbringende Geschäfte machen konnten. Doch das Rad beschreibt immer eine volle Umdrehung. Natürlich wird der Hafen wieder den Menschen dienen, falls er je wieder aufgebaut wird. Und vielleicht gilt das Gleiche für das Kolleg von Julatsa. Die Welt dreht sich weiter, und meine Bürger fragen mich: Wie lange können wir dieses Kolleg noch unterstützen? Diese Versammlung einer Elite, die uns im letzten Jahrzehnt so wenig gebracht und so viel gekostet hat?«

Pheone traute ihren Ohren nicht. Der Bürgermeister hatte zweideutig begonnen, doch nun wurde sein Standpunkt völlig klar.

»Bürgermeister, wir haben nicht genug Zeit, über Theorien und Einstellungen zu diskutieren. Wir müssen wissen, was das Volk von Julatsa tun wird und was Ihr vorschlagen werdet. Wir müssen rasch planen.«

Das Gesicht des Bürgermeisters wurde hart. »Dann will

ich Euch nicht weiter aufhalten. Offenbar sind die komplizierten Gefühle der Einwohner von Euch im Grunde nicht von Bedeutung.«

»Das ist nicht …«

»Ich verstehe«, sagte er. »Das Kolleg ist wichtiger als alles andere.«

»Ich spreche über die Realität, nicht über irgendeine Theorie. Xetesk kommt.«

Doch der Bürgermeister gefiel sich in seiner Rolle. Er wandte sich an seine Ratsmitglieder, die mit Ausnahme von Kommandant Vale zustimmend nickten.

»Diese Stadt ist so viel mehr als das Kolleg. In dieser Stadt leben Menschen, und diese Menschen sind es leid, bei Kämpfen zu sterben, sie sind es leid, zum Wohl des Kollegs zu sterben, und sie sind es leid, für Dinge gehasst zu werden, die außerhalb ihrer Kontrolle liegen.

Im ganzen Land richten sich die Menschen wieder ein. Nach den durch die Magie ausgelösten Stürmen haben wir alle gelitten, nun wächst endlich wieder Korn auf den Feldern. In den Ländern der Barone werden die Städte und Dörfer wieder aufgebaut, und die Bauernhöfe arbeiten wieder. Vielleicht habt Ihr vom Leben außerhalb des Kollegландes nicht viel mitbekommen, doch ich weiß Bescheid. Niemand will diesen Krieg. Es gibt auch keinen Krieg außerhalb des Magierlandes, abgesehen von dem, was man als normale Zwistigkeiten unter Baronen bezeichnen könnte. Selbst nach Arlen, das von den xeteskianischen Kräften fast völlig zerstört wurde, ist das Leben zurückgekehrt.

Warum sollten wir Julatsaner auch nur einen einzigen Tag unter den Konflikten der Kollegien leiden? Warum sollten unschuldige Menschen in irgendeiner Kollegstadt leiden? Ich weiß, wer hierher kommt. Ich weiß, was sie wollen, und ich weiß auch, dass wir sie nicht aufhalten können.

Ich werde jedoch nicht untätig zusehen, wie sie das Wenige zerstören, das wir noch haben. Der geschätzte Kommandant unserer Stadtwache begibt sich auf einen gefährlichen Weg, wenn er Euch unterstützt.« Er drehte sich nicht einmal um, sondern konzentrierte sich ausschließlich auf Pheone. »Ich will keine Kämpfe in den Straßen dieser Stadt sehen. Wenn er Euch unterstützen will, dann kann er es innerhalb Eurer Mauern tun. Wenn Xetesk kommt, um das Kolleg niederzureißen, dann werde ich mein Volk nicht bitten, Widerstand zu leisten.«

Pheone nickte. »Verstehe ich Euch recht«, erwiderte sie, »dass Ihr eine Invasionsstreitmacht unterstützen wollt? Trifft das zu?«

Der Bürgermeister zuckte mit den Achseln. »Ich werde mich ihr nicht in den Weg stellen. Ich werde sogar versuchen, alles so zu organisieren, dass sie friedlich durch meine Stadt ziehen kann. Es wird auf diesen Straßen, in den Parks und auf den Plätzen keine Kämpfe geben. Die Botschaft, die ich den Einwohnern von Julatsa schicken werde, ist ganz einfach. Sie haben von den Xeteskianern nichts zu befürchten. Wenn sie vorübergehend die Stadt verlassen wollen, können sie es tun. Wenn sie an Eurer Seite kämpfen, müssen sie dies hier im Kolleg tun.«

»Rückgratloser Feigling«, fauchte Geren.

»Geren, sei still«, gab Pheone zurück. »Beleidigungen bringen uns nicht weiter.«

»Dann hofft mal lieber, dass Xetesk siegt.« Geren achtete nicht auf sie.

»Wollt Ihr mir drohen, Bursche?«

»Ich formuliere eine Theorie«, sagte Geren gehässig. »Über das, was mit den Machthabern dieser Stadt geschehen könnte, wenn mein Kolleg die Invasion zurückschlägt. Und wir werden sie zurückschlagen.«

»Das hoffe ich«, sagte der Bürgermeister, doch seine Stimme war kalt. »Ich hoffe, Euch immer noch als Freunde betrachten zu können. Doch ich muss mich um die Bürger kümmern. Sie dürfen nicht auf dem Altar der Magie geopfert werden.«

»Freunde?«, sagte Geren. »Freunde halten zusammen. Ihr seid kein Freund dieses Kollegs.«

»Euer Ton gefällt mir nicht«, sagte der Bürgermeister.

»Das war auch nicht meine Absicht.«

Pheone schaute und hörte zu, wie der Tumult sich ausbreitete. Sie konnte und wollte nicht eingreifen. Kommandant Vale stand auf und trat vor, dabei stieß er die Ratsmitglieder zur Seite, die ihn aufhalten wollten. Demonstrativ gab er ihr und den Ältesten die Hand, bevor er mit festen Schritten den Saal verließ.

Doch was konnte er schon tun? Der Bürgermeister war beliebt, und viele Einwohner teilten seine Ansichten. Wenn er sich durchsetzte, würden gewöhnliche Julatsaner keinen Finger rühren, um dem Kolleg zu helfen, und ihre Hoffnung, die Feinde würden an jeder Straßenecke auf Widerstand stoßen, wäre dahin. Verdammt, dieser Mann wollte Dystran praktisch bis vor die Tore des Kollegs eskortieren. Pheone kämpfte die wütenden Tränen nieder. Sie empfand es wie einen körperlichen Schmerz, als ihr bewusst wurde, dass soeben ein weiterer Nagel in den Sarg der julatsanischen Magie getrieben worden war.

Zehntes Kapitel

Es wurde Nacht im Magierland nördlich von Xetesk. Auum hatte nach den engen Gängen in den Katakomben von Xetesk den Dauerlauf als Erlösung empfunden, und sie waren rasch vorangekommen. Er und Rebraal hatten Späher, Flankenschutz und Rückendeckung eingeteilt und einige Elfen als Sammler und Jäger abgestellt. Die Magier wurden von den Schwertkämpfern der Al-Arynaar und den TaiGethen beschützt.

Die Krallenjäger taten, was sie immer taten. Sie nahmen keine Befehle entgegen, spürten aber instinktiv, wo sie gebraucht wurden, was sie bewachen und wann sie Meldung erstatten mussten. Der Verlust zweier Paare von ursprünglich einem Dutzend hatte sie sehr getroffen. Außerdem waren beim vorherigen Angriff drei TaiGethen gefallen. Am Morgen hallten die Rufe der Krallenjäger meilenweit über das öde, zerstörte Land. Doch was sie übermittelten, war wichtig und willkommen. Die xeteskianischen Streitkräfte hatten angehalten und ein Lager aufgeschlagen. Sie hatten Feuer entfacht, Zelte aufgebaut und die Pferde angeleint. Das sah nicht nach einer kurzen Rast aus.

In dem Austausch schwang auch eine gewisse Angst mit. Nicht alle Feinde hielten sich im Lager auf. Manche konnte man nur spüren, aber nicht sehen. Überall drohten Gefahren, von denen einige unverhofft aus dem Dunkel zuschlagen konnten. Die Elfen durften keinen Augenblick in ihrer Wachsamkeit nachlassen.

Auum war noch eine weitere Stunde gelaufen, bis seine Späher meldeten, dass sie eine Stelle gefunden hatten, die für ein Lager wie geschaffen war. Es war ein ebenes Gelände am Flussufer, das zu beiden Seiten von Steilklippen begrenzt wurde und von vorne und hinten nur über schmale Zugänge erreichbar war. Natürlich war ihm bewusst, dass Xetesk auch aus der Luft angreifen konnte, doch man hatte ihm gesagt, dass die Meuchelmörder zu Fuß kommen würden. In dieser Nacht sollte es ihnen schwerfallen, ihre Aufgabe zu erfüllen. Dafür wollte er sorgen.

Er sprach ein Dankgebet an Yniss für ihr Glück und führte seine Schutzbefohlenen zum Lager. Nacheinander kehrten die Jagdtrupps zurück. Fleisch hatten sie nicht im Überfluss, doch auf einem verlassenen Bauernhof hatten sie im Unkraut Wurzelgemüse gefunden, aus dem sie eine Brühe kochen konnten, ehe sie die Feuer wieder löschten.

Auum und Rebraal beaufsichtigten die Verteidigung des Lagers und positionierten Elfen am Flussufer, auf den Klippen und am vorderen und hinteren Zugang. Die Magier verteilten sich in kleinen Gruppen im Lager, damit sie von etwaigen magischen Angriffen nicht alle gleichzeitig getroffen wurden. Die Krallenjäger ruhten oder pirschten, wie es ihnen in den Sinn kam.

Zufrieden kehrten die beiden schließlich ins Zentrum des Lagers zurück, wo die Rabenkrieger saßen. Ihre Pferde hatten sie in der Nähe angebunden. Auch ihr Feuer sollte wie alle anderen bald gelöscht werden, doch solange es möglich war, genossen sie in der kühlen, klaren Abendluft das Licht und die Wärme.

Auum war immer noch nicht sicher, was er von ihnen halten sollte. Für Menschen waren sie außergewöhnlich, und es traf auch zu, dass sie sich in den Tagen des Elfenfluchs als Freunde aller Elfen erwiesen hatten. Doch er konnte nicht umhin, ihnen die Schuld an den Schwierigkeiten zuzuweisen, auf die sie in Xetesk gestoßen waren. Sie ließen sich zu sehr von ihren Gefühlen mitreißen, und Auum glaubte nicht, dass man damit im Kampf siegreich bleiben konnte. Dennoch musste er zugeben, dass die Geschichte den Rabenkriegern recht gab. Seit sechzehn Jahren kämpften und siegten sie.

Auum nahm von Hirad einen Becher Tee entgegen und ging zu Sian'erei, die sich um Evunn kümmerte. Der Elf lag neben Erienne, die noch nicht zu sich gekommen war. Wieder einmal schützte Denser alle vor der Macht ihres Geistes, während Cleress schlief und ausruhte, um ihre Kräfte zu sammeln.

»Tual hat auf ihn herabgelächelt.« Evunn sah schon viel besser aus. Sein Gesicht war entspannt, und die Lippen und Wangen hatten etwas Farbe bekommen.

Sian schaute auf. »Das ist wahr«, sagte sie. »Der lysternische Magier hat seinen Geist geheilt. Ich kann jetzt keine Verletzung mehr in ihm spüren, und seine Mana-Aura ist intakt. Wenn er erwacht, müsste er wieder der Alte sein, aber es ist möglich, dass seine Erinnerungen an die jüngsten Ereignisse unvollständig sind.«

»Er wird sich glücklich schätzen, dass Tual ihm einen neuen Tag schenkt«, erwiderte Auum. »Was ist mit der Magierin des Einen?«

Beide betrachteten Erienne. Thraun saß bei ihr, Denser war in der Nähe. Er schien müde, nachdem er seinen Spruch gewirkt hatte.

»Das weiß ich nicht«, sagte Sian. »Ihr Bewusstsein ist für mich verwirrend. Sie sagen, es gehe ihr besser, aber ich kann keine Anzeichen dafür erkennen. Ihr Körper ist warm, und sie atmet, sie ist stark, und ihre Freunde sind immer bei ihr. Wir können nur hoffen.«

Auum nickte. »Danke, Sian'erei. Die Tai stehen in deiner Schuld.«

Sie errötete und lächelte.

Auum wandte sich ab und setzte sich neben Rebraal. Die Rabenkrieger hatten ihre Sättel auf Lederbeuteln schräg gelegt und sich so halbwegs bequeme Rückenlehnen geschaffen.

»Wir wollen reden«, sagte Auum zu Rebraal. »Ich möchte die Meuchelmörder und die fliegenden Geschöpfe besser verstehen. Wir müssen uns auch überlegen, welchen Weg wir morgen einschlagen. Übersetze für mich.«

»Natürlich«, willigte Rebraal ein. »Hirad, Unbekannter, darf ich stören?«

»Warum nicht?«, entgegnete Hirad. »Wie stehen wir überhaupt da?«

»Unser Lager ist so sicher, wie wir es nur einrichten können. Auch die Xeteskianer rasten über Nacht. Wir haben Jäger ausgesandt. Sie werden zuschlagen, wann immer sie es riskieren können. Auch die Krallenjäger möchten Vergeltung üben. Auum und ich müssen jedoch mehr über das erfahren, was uns heute Nacht widerfahren kann.«

»Denser, damit kennst du dich am besten aus«, sagte Hirad.

»Eigentlich ist es nicht so schwierig«, begann Denser. Auum sah ihn scharf an. Die Belastungen der letzten Tage hatten ihre Spuren hinterlassen. Er hatte dunkle Ringe unter den Augen, und seine Stimme klang beinahe gebrochen. Er wünschte sich nichts sehnlicher, als dass Erienne wieder erwachte. »Ich glaube nicht, dass wir von Hausgeistern behelligt werden. Sie können durch Magie verletzt werden, und wir haben hier mehr als hundertdreißig Magier. Falls sie dennoch angreifen, müsst ihr daran denken, dass ihr ihnen mit Schwertern nichts anhaben könnt. Sie sind aber mit ihren Magiern eng verbunden, und wenn einer getötet wird, trifft es auch den anderen. Damit habt ihr bessere Möglichkeiten, Ziele für eure Angriffe zu finden. Wenn ich in Xetesk etwas zu sagen hätte, würde ich die Hausgeister allerdings nur über kürzere Strecken aussenden und vor allem Lysternier oder Dordovaner angreifen lassen, die keine magische Deckung haben. So stelle ich es mir jedenfalls vor.«

»Es sind keine natürlichen Wesen«, warf Auum ein.

»Nein, sie sind Dämonen. Hütet euch vor ihnen. Sie sind stark, und man muss sie fürchten.«

»Nicht die Elfen«, widersprach Auum. »So hässlich oder stark sie sind, sie sind keine Gegner für uns. Tual beschützt uns.«

Denser lächelte leicht. »Das ist mir nicht entgangen. Die Meuchelmörder sind ein ganz anderes Kapitel. Sie kommen im Tarngang, leise und zu zweit. Sie sind immer zu zweit. Wegen dieser Kämpfer müssen wir uns wirklich Sorgen machen. Sie sind mächtige Magier, sie verstehen mit Messer und Gift zu morden, und sie hinterlassen keine Spuren.« Er nickte Auum zu. »Sie sind den TaiGethen nicht unähnlich. Sie töten nicht wahllos, das ist nicht ihre Art. Vielleicht greifen sie in dieser Nacht überhaupt nicht an, sondern beobachten nur. Wenn ich Dystran richtig einschätze, dann haben sie den Auftrag, das Aryn Hiil zu bergen, den Raben bis auf Erienne zu töten und alle Elfen umzubringen, die irgendeine wichtige Rolle spielen. Das seid vor allem ihr zwei.«

Auum nickte. »Die Krallenjäger müssen unterrichtet werden«, ließ er Rebraal übermitteln. »Außerdem alle Elfen im Lager. Ein Luftzug auf der Haut kann ein Feind sein, der vorübergeht. Dies duldet keinen Aufschub.«

Er stand auf, wechselte einige rasche Worte mit Rebraal und verließ im Laufschritt den Feuerschein.

Hirad blickte ihm nach und sah Rebraal mit hochgezogenen Augenbrauen an.

»Er gibt die Meldung heraus. Sie werden die Zugänge zum Lager mit Blättern und Büschen abdecken. Das könnte helfen, aber der Wind ist gegen uns. Wir müssen wachsam sein.«

»Wir haben noch eine andere Idee«, sagte Hirad. »Wir denken, dass wir selbst die wichtigsten Ziele der Meuchelmörder sind. Wenn man berücksichtigt, wie langsam die xeteskianischen Truppen marschiert sind, muss man annehmen, dass sie euch vorerst ziehen lassen und erst am Kolleg angreifen werden. Wenn wir nicht bei euch sind, könnt ihr euch schneller bewegen, und dies sogar in der Dunkelheit, wenn ihr wollt. Wir können den Meuchelmördern, den Hausgeistern und den unterstützenden Magiern leicht entkommen. Wir nehmen die Reservepferde mit und brechen vor Einbruch der Dämmerung auf. Hoffentlich beobachtet man uns dabei, wenn du verstehst, was ich meine.«

»Ist das …« Rebraal überlegte einen Moment. »Das ist ein Risiko. Ein großes Risiko. Ihr seid bei uns viel sicherer.«

»Aber wir bringen euch in Gefahr«, sagte der Unbekannte. »Denk darüber nach, es ist vernünftig. Wir können als Köder dienen, und wir können auf uns selbst aufpassen. Hier sind wir keine Hilfe für euch, und das gefällt uns nicht. Wir fühlen uns besser, wenn wir allein sind.«

»Ihr erledigt die Dinge auf die Art des Raben, was?«, fragte Rebraal.

Hirad lächelte. »Du hast es verstanden.«

»Was ist mit Erienne?«, fragte der Elf.

»Wir nehmen sie mit«, sagte Denser.

»Sie ist eins ihrer wichtigsten Ziele«, ergänzte Darrick. Der bleiche General lehnte im Halbschlaf an seinem Sattel. Der Tagesritt hatte ihn sichtlich angestrengt.

»Ich weiß nicht«, gab Rebraal zu bedenken. »Würden wir damit nicht unsere Kräfte zersplittern? Außerdem ist nicht nur Xetesk hinter euch her.«

»Oh, ich glaube, Lystern und Dordover sind gerade mit anderen Dingen beschäftigt«, sagte der Unbekannte.

»Ich rede mit Auum«, versprach Rebraal. »Ich fürchte, es wird ihm nicht gefallen.«

»Ihr werdet euch damit abfinden müssen«, erwiderte Hirad. »Wir werden darüber schlafen, und wenn uns die Idee beim Aufwachen immer noch zusagt, dann brechen wir auf.«

Rebraal nagte an der Unterlippe. Seine Wangen hatten sich ein wenig gerötet. »Na schön.« Er stand auf. »Also gut. Aber brecht nicht auf, ohne etwas zu sagen.«

Der Al-Arynaar war offenbar sehr enttäuscht. Hirad wollte ihn nicht so bedrückt zurücklassen.

»He, Rebraal, wir würden dich wirklich gern mitnehmen. Bei den Göttern, wir könnten jemanden mit deinen Fähigkeiten brauchen. Aber dein Platz ist hier bei deinem Volk. Wir gehören nicht hierher. Außerdem sind es nur zwei Tage. Wir sehen uns in Julatsa.«

»Das will ich hoffen. Die Krallenjäger werden über euch wachen.« Der Elf verließ das Lagerfeuer.

Überall im Lager wurden jetzt die Flammen gelöscht. Hirad und der Unbekannte folgten dem Beispiel der Elfen und schaufelten Erde über ihr schon weit heruntergebranntes Feuer.

»Denser, ruh dich aus«, sagte der Unbekannte. »Ich wecke auch dich, wenn ich Hirad zur Wachablösung wecke. Darrick, du schläfst, und keine Widerrede. Du siehst schrecklich aus.«

»Wer wollte da widersprechen?«

»Gute Antwort«, sagte der Unbekannte. »Hört zu, wir wissen, was da draußen herumschleicht. Wir wissen, wie gut die Elfen sind, aber wir hatten es schon mit Meuchelmördern zu tun. Wir dürfen nicht in unserer Wachsamkeit nachlassen.«

Er stand aufrecht und nahm in der Nachtluft Witterung auf. Seine Gedanken waren in Aufruhr, weil etwas nicht stimmte. Ihre Angst und ihr Verlustgefühl drangen auch in sein Bewusstsein ein und pulsierten in seinen Adern. Er sehnte sich nach dem Blätterdach, nach der Hitze des Tages, nach der Kakophonie der Nacht. Nach dem lindernden Regen.

Doch er war hier und verrichtete Tuals Werk. Die Tai-Gethen hatten die Krallenjäger gebeten zu bleiben, und so waren sie geblieben. Er wechselte einen Blick mit seiner Kralle. Rechts neben ihm stand sie völlig reglos und spürte seine Emotionen, als wären es ihre eigenen. Ringsum wehte ein sanfter, trockener und kühler Wind die Gerüche des fremden Landes heran.

Er betrachtete die Landschaft, deren Konturen sich nur noch in Grautönen voneinander abhoben. Die Ebene mit dem hohen Gras im Südwesten, wo die Hauptstreitmacht des Feindes lag, die Hügel im Norden und das gewellte Land in der Nähe des Elfenlagers. Die Geräusche des Flusses, inzwischen schon ein Stück entfernt, waren ebenso deutlich zu hören wie das Rascheln der niedrigen Büsche und der verstümmelten Bäume vor ihm.

Sie zogen weiter nach Süden und prüften die Witterungen. Gebratenes Fleisch, frisch erlegt, Holzrauch und Asche,

Pferde, Gras. All das überlagerte jedoch der Gestank der Menschen. Überall hinterließen sie ihre Spuren und besudelten alles, was sie besaßen. Die Menschen wussten so wenig über ihr Land, sie hatten keine Ahnung, wie man es hüten musste, wie man in Harmonie mit den Reichtümern lebte, die die Götter ihnen geschenkt hatten. Dieses Land bot keinen Trost, es fühlte sich für die Krallenjäger feindselig an. Nicht im Frieden mit sich selbst.

Vor ihm, jenseits eines zerbrochenen Zauns, erstreckten sich die verwilderten Felder eines verlassenen Gehöfts. Mühelos sprang er über die Bretter und sah durch die Augen seiner Kralle die gestrüppähnliche Vegetation am Boden. Er verstand die Witterungen, die sie dort aufnahm. Ein Hauch von Leder, die starken Gerüche der feuchten Erde, verfaultes Gemüse.

Nichts regte sich in den Ruinen des Bauernhauses. Es hatte kein Dach mehr, die Holzwände waren durchlöchert und gesplittert, eine war völlig zusammengebrochen. Dahinter machte sich auf einmal eine neue Witterung bemerkbar, die der Wind zu ihnen wehte.

Wieder hielten sie inne, seine Kralle flach auf den Boden gepresst, er hinter einer geborstenen Mauer kauernd. Es war ein ungewöhnlicher Geruch, teilweise überdeckt, aber eindeutig menschlich. Irgendwie flüchtig und schwer zu fassen.

Seine Kralle war wie er ein wenig verwirrt, weil auch sie mit ihren viel besseren Sinnen Schwierigkeiten hatte, zu entschlüsseln, was der Wind herantrug. Schließlich klärten sich ihre Gedanken, und sie machte sich auf den Weg. Nach Südwesten tappte sie mit lautlosen Pfoten und erhobenem Kopf, immer wieder die Richtung prüfend. Er schritt hinter ihr, beobachtete das Land und den Himmel und war entschlossen, sich weder aus der Luft noch von verborgenen

Geschöpfen wie ihre unglücklichen Brüder und Schwestern überraschen zu lassen.

Weiter ging es, sie ließen das Bauernhaus hinter sich. Dann wandte seine Kralle sich nach Westen und schließlich nach Nordwesten. Auf diesem Weg näherten sie sich unweigerlich dem Elfenlager. Eine Gefahr drohte den ruhenden Elfen. Sie musste ausgeschaltet werden.

Das Pantherweibchen lief schneller, und auch er rannte jetzt. Stärker wurde die Witterung, und die Tarnung der Feinde versagte, je näher sie kamen. Vor ihnen stieg das offene Land allmählich zum Lager hin an. Das Gelände war verlassen, doch die anderen hatten ihnen geraten, ihrer Witterung zu glauben und den Augen zu misstrauen.

Sie rannten, spürten die Bedrohung ringsum und hatten doch nichts als ihre Witterung, um sie wahrzunehmen. Es gab kein klares Ziel, und sobald sie im freien Gelände waren, frischte der Wind auf. Er wurde langsamer und blieb auf der Anhöhe stehen. Seine Kralle umkreiste ihn und knurrte leise. Die Feinde waren nahe, das konnte er spüren. Er ignorierte die Leere und lief in einem kleinen Kreis. Ringsumher nahm er den Geruch wahr, doch an zwei Stellen war die Witterung stärker. Auch das hatte man ihnen gesagt. Diese Männer reisten niemals allein.

Geräuschlos lief er durchs nasse Gras. Er betrachtete es und suchte nach den dunkleren Spuren, die ihm verrieten, dass die Füße seiner Feinde die mehrere Handspannen hohen Halme geknickt hatten. Spuren gab es, und es waren sogar zu viele. Häufig liefen hier Tiere durchs Gras, und diese Männer waren schlau. Sie blieben in den Fährten von Fuchs oder Pferd.

Seine Kralle spitzte die Ohren und verharrte mitten im Schritt mit erhobener Pfote und zuckende Schnurrhaaren. Sie drehte den Kopf hin und her, bis sie eine Stelle direkt vor ihm anstarrte. Ihre Augen konnten etwas sehen, das den seinen entging. Er benutzte ihre Wahrnehmung und sah einige Schritte vor sich einen Geist in der Landschaft, einen leichten Hauch im Gras, der den Spuren eines Tiers folgte. Wie ein langsam ziehender Nebel, dessen Bewegung man kaum bemerkte. Doch er bewegte sich.

Er krümmte die langen, starken Finger und spürte die geschärften Nägel am Daumenballen. Der Umriss, der dank der Magie kaum zu erkennen war und sich kaum von der nächtlichen Szenerie abhob, entfernte sich langsam von seiner Kralle und näherte sich ihm.

In der Helligkeit und im Lärm des Tages wäre der Umriss vielleicht völlig unsichtbar gewesen, doch im Schwarz-Weiß der Nacht, das die Krallenjäger wahrnahmen, trat jede Verzerrung viel deutlicher hervor.

Er wartete, wandte scheinbar den Blick ab und ließ sich alles Wichtige durch die Augen seiner Kralle übermitteln. Der Mann, es war eindeutig ein Mann, ebenso so groß wie er selbst, gewandt und geduldig, näherte sich allmählich.

Er spannte beide Hände an, zog die linke Schulter rasch herum und bohrte seine Finger ins Fleisch des Gegners. Die rechte Hand folgte, tief drangen die Finger ein, klickend trafen sich die Nägel der beiden Hände im Fleisch seines Opfers. Flackernd erschien der Mann vor ihm, die Augen vor Schreck weit aufgerissen. Aus dem Mund kamen nur noch ein ersticktes Geräusch und ein Blutschwall.

Er zog die Finger aus dem Hals des Mannes und ließ ihn fallen. Mit zerstörter Luftröhre erstickte der Mann im Gras. Jetzt griff sein Partner ein, doch ein Geräusch verriet ihn, bevor auch er sichtbar wurde. Die Kralle schlug ihm die Pranke ins Kreuz, warf ihn mit dem Gesicht voran auf den Boden und biss ihm mühelos den Hals durch.

Sie leckte sich das Maul, er spürte das warme Blut und den unangenehm scharfen Geschmack. Es schmeckte nicht wie das Blut echter Beute. Ihre Blicke trafen sich. Noch mehr Gegner waren unterwegs.

Sie liefen nach Südwesten und suchten weiter.

Er flog hoch, und seine Stimmung besserte sich. Sein Herr und Meister schlief wohlbehalten im Lager. Keine Feinde waren nahe genug, um das Lager anzugreifen, und so hatte er die Freiheit, zu fliegen und zu töten, auch wenn man ihn zur Vorsicht ermahnt hatte. Die Feinde waren geschwächt, verfügten aber noch über genügend Magier, um ihn zu gefährden, falls er die falschen Ziele wählte.

So suchte er nach Männern, die Schwerter trugen und in kleinen Gruppen liefen, weil sie sich vor der Nacht und allem, was sie bringen mochte, fürchteten. Er kicherte in sich hinein, schmeckte schon das Blut auf den Lippen und fühlte die zerfetzten menschlichen Innereien unter den Händen. Er träumte davon, dass eines Tages alle von seiner Art frei sein würden, um dieses Land nach Belieben zu plündern, alles zu töten, was sie töten wollten, und das Seelenfeuer aller Menschen zu trinken. Abgesehen natürlich von seinem Meister. Abgesehen von allen anderen Meistern. Sie waren freundlich, und er liebte sie alle, weil sie ihm und seinesgleichen so viel geschenkt hatten. Am meisten liebte er seinen Meister, der auf ihn Acht gab und ihn immer beschützte.

Er aalte sich in der Luft, drehte einen Kreis, überschlug sich und ließ sich rasch fallen, breitete die Flügel wieder aus und flog im Bogen davon. Er lachte, dieses Mal laut, und hoffte, einige von denen, die sich unten versteckten, hörten ihn und bekämen es mit der Angst. Tatsächlich bemerkte er Bewegungen unter sich. Kleine Bewegungen nur, doch in der Dunkelheit waren seine Augen besonders scharf.

In einem kleinen, geschützten Wäldchen stand jemand an einem Baum. Er verstummte und sank tiefer, um es sich anzusehen. Leicht landete auf einem Ast und sah sich um. Vor dem stehenden Mann lag ein weiterer, beide waren Soldaten. Keiner war offensichtlich verletzt, und damit zählten sie zu den Glücklichen. Das sollte sich jedoch bald ändern. Niemand sonst war in der Nähe.

Er hob wieder ab, flog hoch hinauf und visierte sein Ziel an. Er wollte von der Seite kommen. Der Mann stand immer noch mit dem Rücken zum Baum und schaute nach vorn. Der Dämon leckte sich die Lippen und stürzte sich hinab. Kalt, aber belebend wehte der Wind über seinen Körper. Er hatte schon die Arme vorgestreckt, um den Schädel des Opfers zu packen. Er drang in den Wald ein, wurde ein wenig langsamer. Wenn er rasch töten wollte, musste er genau anfliegen. Jetzt roch er auch den Mann, die Ängste, die seine Poren ausdünsteten, den stinkenden Schweiß, seine feuchten, dreckigen Sachen.

Es ging viel zu leicht. Lautlos näherte er sich, und sein Opfer hatte immer noch keine Ahnung, dass er kam. Er wollte das Erschrecken sehen. Im letzten Augenblick schnatterte er entzückt, und der Mann drehte sich um.

Grünes Licht explodierte auf seiner linken Seite, und eine Hitze, eine schreckliche Hitze erfasste seine Flanke und seinen Kopf. Er kreischte und taumelte, konnte nicht verhindern, dass er auf den Boden aufschlug. Ein Flügel war zerstört, sein ganzer Körper brannte im Mana-Feuer.

»Nein, nein, nein«, heulte er, als er sich im Laub auf dem Boden überschlug. Der Spruch fraß sich in sein Fleisch, die Flammen konnten nicht gelöscht werden und raubten ihm die Lebenskraft.

Seine Gedanken flogen zu seinem Meister. Er spürte auch dessen Schmerzen über die Meilen hinweg, den schrecklichen Druck im Kopf, die furchtbaren Qualen und den drohenden Verlust. Er rollte sich herum und sah zwei Männer vor sich stehen, die ihn beobachteten, während er starb. Einer hatte einen ergrauten Bart, sein Gesicht war streng und grausam. Auch den zweiten, jüngeren Mann erkannte er. Er war der Anführer der Kavalleristen aus Lystern.

»Es tut mir leid, Meister«, murmelte er, und wusste doch, dass dies an den Schmerzen nichts ändern würde.

Er starb, und eine Träne rollte aus seinem Auge. Der Bärtige spuckte auf seinen verbrannten Körper, und er war zu schwach und konnte nicht einmal mit Rache drohen.

»Sehr gut, Izack«, sagte der Bärtige. »Lasst uns zum nächsten Sektor gehen.«

Der Kavallerist nickte, und die beiden Männer wandten sich ab. Das Gesichtsfeld des Dämons verblasste und wurde grau. Er spürte den Sog und verging.

Denser konnte nicht schlafen. Eigentlich brauchte er die Ruhe, denn der Spruch, der Eriennes Bewusstsein umhüllte, war sehr anstrengend, da das Eine sich unablässig aufbäumte und ausbrechen wollte. Er gab noch mehr Mana in die Struktur, um sie stabil zu halten, und musste zusehen, wie es vom Feind im Geist seiner Frau sofort zerfetzt wurde.

Es war eine Schlacht, zu der er nichts beitragen konnte. Er legte sich neben sie und streichelte ihr Gesicht.

»Bitte, wach auf, meine Liebste«, flüsterte er. »Gib mir ein Zeichen, das mir sagt, dass du kämpfst.«

Er stimmte sich auf das Mana-Spektrum ein und tastete nach dem Aufruhr in Eriennes Geist. Er sah die Kraft des Einen hinter seiner Abschirmung, und das dordovanische Mana, das Widerstand leistete. Die Kräfte, die in ihr tobten, waren ungeheuer stark. Er sah auch, wie der Brennstoff der

Magie in sie, in das Wesen des Einen, hineingezogen wurde. Welchen Schaden es dort in ihr anrichtete … er konnte es nicht mit ansehen.

Es gab keine Möglichkeit, diesen Abgrund zu verschließen. Das mussten Erienne und Cleress tun. Das taten sie auch, wenn Cleress wach war und Erienne unterstützte. Doch die alte Al-Drechar war jetzt allein, und sobald sie ruhen musste, wurde all ihre Arbeit wieder zunichtegemacht. Er löste sich mit einem Ruck aus dem Spektrum und schluckte schwer.

»Du schaffst es, Erienne. Du musst es schaffen. Wir wollen dich nicht verlieren«, sagte er. »Ich will dich nicht verlieren.«

Hilflos, ohne Waffe. Ohnmächtig.

»Bitte«, sagte er, und seine Stimme bebte vor Verzweiflung. Er war den Tränen nahe. »Bitte.«

Starke Hände hoben ihn, starke Arme drückten ihn.

»Lass los, Denser«, sagte der Unbekannte. »Sonst kannst du nie ausruhen, und sie braucht dich ausgeruht.«

»Aber es hilft ihr nicht«, quetschte er hervor und unterdrückte ein Schluchzen. »Ich kann ihr nicht helfen.«

»Du hilfst ihr. Wenn die Macht ungehindert herausbräche, würde das Eine immer mehr Brennstoff ansaugen. Du hilfst ihr, du hilfst uns allen.«

Denser nickte. Es klang vernünftig, war aber unendlich schwer einzusehen. Schaudernd atmete er durch und löste sich vom Unbekannten, um sich die Augen zu trocknen.

»Es tut mir leid«, sagte er. »Entschuldige.«

»Warum?«, antwortete der Unbekannte. »Jeder will den Geliebten helfen, und was haben wir noch außer Tränen, wenn es uns nicht gelingt?«

Elftes Kapitel

Sooft er es ihnen auch bei Übungen, in der theoretischen Ausbildung und jetzt, im Einsatz, gesagt hatte – das letzte Mal am frühen Morgen, als er die Wachtposten kontrolliert hatte, und am Abend zuvor, als sie ihr Nachtlager aufgeschlagen hatten –, sie hatten nicht auf ihn gehört. Sie hörten nicht, obwohl es so wichtig war. Jetzt würden deshalb Männer im Schlaf sterben.

Chandyr hatte keine Zeit mehr, seine Rüstung anzulegen. Er schnappte sein Schwert und rannte aus dem Zelt. Er hatte nicht schlafen können und war schon drauf und dran gewesen, nach draußen zu gehen und die Kochfeuer zu organisieren, da er noch im Morgengrauen aufbrechen wollte.

Der erste Angriff hatte ihn auffahren lassen, und er hatte das Zelt vor der zweiten und dritten schweren Attacke verlassen. Es hatte keine Vorwarnung gegeben, und das reizte ihn zur Weißglut.

»Lauft zur Grenze des Lagers!«, rief er, während er über eine Feuergrube sprang und zu dem Bereich rannte, wo das grüne lysternische Mana-Feuer Zelte und hilflose Soldaten verbrannte. »Die Kavallerie soll aufsitzen. Verdammt, was habe ich euch immer wieder erzählt!«

So schnell, so zielstrebig waren sie gekommen. Genau wie er es in seinen Warnungen beschrieben hatte. Seine Magier bereiteten Schilde und Angriffssprüche vor, während er dem Donnern der Hufe lauschte.

»An die Waffen!«, brüllte er. »Verdammt, wo waren die Wachen?«

Einige gescheite und wendige Kämpfer gesellten sich zu ihm. Vor ihm herrschte Chaos. Sechs Zelte brannten, Männer flohen in alle Richtungen. Viel zu viele kamen ihm entgegen.

»Kehrt zurück. Glaubt ihr denn, es wäre vorbei?«

Dann kamen sie. Vierzig oder mehr Reiter in enger Formation, zweifellos durch einen defensiven Schild geschützt. Es würde ein einziger Vorstoß werden, genau wie er es prophezeit hatte. Izack war bei ihnen; er erkannte den Anführer sofort, doch die Reiter hätten ihn nicht gebraucht. Sie ritten dreißig Längen weit in sein Lager und hackten alles nieder, was sich ihnen in den Weg stellte. Die Magier, die nicht mit dem Schild beschäftigt waren, ließen Heißen Regen niedergehen und zermalmten die xeteskianischen Kämpfer und die kostbare Ausrüstung mit Kraftkegeln. Die Hälfte der Reiter warf brennende Fackeln und setzte weitere Zelte und Wagen in Brand.

Sie hatten kehrtgemacht und verließen das Lager, ehe der erste Spruch ihren Schild flackern ließ und ehe die ersten Pfeile flogen.

Einen Mann trafen sie. Einen einzigen. Chandyrs eigene Kavallerie galoppierte zu seiner Rechten und nahm die Verfolgung auf. Sie würde die Angreifer nicht erwischen, die inzwischen hundertfünfzig Längen entfernt waren. Das war mehr, als sie brauchten. Wenigstens würde es sie davon abhalten, noch einmal anzugreifen, was Chandyr aber ohnehin für unwahrscheinlich hielt.

Er blieb stehen und warf sein Schwert auf den Boden.

»So ein Mist!«

Verzweifelt rieb er sich übers Gesicht und stemmte die Hände in die Hüften. Er kochte vor Wut und war aufgebracht wie noch nie in seinem Leben. Rings um ihn tobte das Chaos. Helfer brachten Verletzte in Sicherheit, Männer riefen Befehle und bemühten sich, die Feuer zu löschen, und die Schreie der Sterbenden stiegen zum dunklen Himmel empor, in den sich das erste graue Morgenlicht tastete.

Ein mit Ruß verschmierter Leutnant, der eine klaffende Wunde auf der Wange hatte, kam angerannt und salutierte zackig. Sein Gesichtsausdruck passte nicht zum schmissigen Auftritt, und Chandyr starrte ihn böse an.

»Versucht gar nicht erst, es schönzureden«, sagte er. »Diese Katastrophe hätte vermieden werden können, wenn Ihr Idioten mir zugehört hättet. Macht Meldung.«

»Wir haben sie nicht gesehen«, erwiderte der Offizier mit bebender Stimme. »Wir haben Wachen im Umkreis aufgestellt, aber sie haben uns im Dunklen überrascht.«

»Wohin haben die Wachen denn geschaut?«, fauchte Chandyr. »Diese Sprüche konnten unsere Zelte nur erreichen, weil die Magier am Ring unserer Wachen vorbeigekommen sind. Um das zu verhindern, hatte ich ihn eingerichtet. Wollt Ihr mir wirklich sagen, Ihr habt sie nicht gesehen? Kein Einziger? Warum gab niemand Alarm? Erklärt mir das.« Er baute sich vor dem Untergebenen auf. »Männer sind gestorben, weil Ihr nicht aufgepasst habt. Ihr wart bei Eurer Wache nachlässig, und die Männer unter Eurem Befehl haben ihre Pflicht nicht getan oder gar geschlafen. Ihr seid von Euren Aufgaben entbunden. Beim Marsch bleibt Ihr bei den gewöhnlichen Soldaten. Euer Sergeant wird befördert. Wegtreten.«

»Sir.«

Chandyr wandte sich an seine übrigen Stabsoffiziere, die sich klugerweise hinter ihm versammelt hatten.

»So etwas darf nicht noch einmal passieren. Ich kann es mir nicht leisten, wegen Eurer Unfähigkeit und Pflichtvergessenheit Männer zu verlieren. Wir machen keinen Ausflug, wir haben es mit verzweifelten Gegnern und einigen sehr fähigen Anführern zu tun. Wenn wir nicht jeden Tag und jede Stunde unser Bestes geben, können wir diesen Kampf immer noch verlieren.

Also gut, ich will einen umfassenden Bericht über unsere Verluste an Männern und Gerät, und ich will umgehend die vorgeschobenen Wachen in meinem Zelt sehen, die es geschafft haben, vierzig Kavalleristen zu übersehen, vorausgesetzt, sie leben noch. Ausführung.«

Chandyr sah ihnen nach, machte auf dem Absatz kehrt und wanderte langsam durch sein Lager.

Sobald Thraun bestätigt hatte, dass Cleress wieder Erienne unterstützte, hatte der Rabe das Elfenlager verlassen. Sie ritten in leichtem Galopp, der Gestaltwandler trug auch dieses Mal die ohnmächtige Magierin des Einen und presste sie an seine Brust. Um nicht das Gleichgewicht zu verlieren, musste er sich im Sattel zurücklehnen. Es war unbequem, aber er konnte damit leben.

Rasch legten sie, auf geradem Wege nach Norden reitend, einige Meilen zurück. Krallenjäger hatten sie eine Weile begleitet, entfernten sich aber bald wieder, um das Gelände zu erkunden. Es war ein Zweitagesritt bis Julatsa. Zwei Tage, in denen sie alles überstehen mussten, was Xetesk auf sie loslassen konnte. Außerdem mussten sie die Feinde davon abhalten, die Al-Arynaar-Magier anzugreifen, von denen nun alles abhing.

Die Rabenkrieger waren immer noch nicht ganz bei Kräften. Darrick war bleich und schwach und erholte sich nur langsam. Hirad hatte Schwierigkeiten mit dem rechten Handgelenk, und alle waren müde, nachdem sie zu wenig Schlaf bekommen hatten. Nur Thraun war wohlauf, aber sein Herz war schwer. Er wollte zuversichtlich sein und glauben, Erienne werde es schaffen, doch in Wahrheit machte er sich Sorgen. So stark sie auch war, er fürchtete, sie besäße nicht mehr die nötige Willenskraft.

Es war seltsam. Er konnte sich nicht erklären, warum ihm diese Gedanken kamen oder warum er überhaupt so viel wusste. Er hatte keinerlei magische Ausbildung genossen und verstand natürlich auch nichts von der Magie des Einen. Irgendetwas gab ihm jedoch Gefühle ein, die ihm zu verstehen halfen. Vielleicht lag es im Wesen der Einen Magie selbst. Auch er war der Natur sehr nahe und konnte ihre Kräfte wittern. Welche Verbindung aber zwischen seinem angeborenen Gespür für Gefahren und den Stürmen bestand, die in Eriennes Geist tobten, wusste er nicht zu sagen.

Seit sie in den Katakomben ohnmächtig geworden war, hatte sie sich nicht mehr bewegt, und er hatte geschworen, nicht von ihrer Seite zu weichen, bis sie erwachte. Die anderen Rabenkrieger verstanden es, und Denser war entlastet und konnte sich um andere Dinge kümmern, obwohl auch er geistig wie körperlich stark belastet war.

Thraun hatte es geschafft, Erienne zu füttern, indem er ihre Kehle streichelte und den automatischen Schluckreflex auslöste, und er hatte sie auch gesäubert. Er wollte sie nicht hilflos liegen lassen. Er und Denser hatten Eriennes Würde gewahrt und sich, jeder auf seine Weise, verzweifelt bemüht, alles zu tun, was ihr helfen konnte.

Er fragte sich, ob sie seine Gegenwart trotz ihrer Bewusstlosigkeit spüren konnte. Er hoffte es und wünschte sich, es könne ihr ein wenig Trost spenden und ihr die Kraft geben, gegen das Eine anzukämpfen. Denser ritt neben ihm, der Unbekannte und Hirad waren vorn und hatten Reservepferde an ihre Sättel gebunden. Darrick bildete die Nachhut, auch er führte ein Reservepferd.

Den ganzen Morgen über blieben sie unbehelligt. Der Himmel war seit der Morgendämmerung klar und hell gewesen, und glücklicherweise hatten sich auch nicht die Schatten der unberechenbaren Hausgeister gezeigt. Allerdings gaben sich die Rabenkrieger keinerlei Illusionen hin. Den Meuchelmördern, die zu Fuß unterwegs waren, konnten sie vielleicht entkommen, doch Chandyr war kein Dummkopf, und wenn er imstande war, Reiter auszuschicken, vor allem Magier mit Leibwachen und Meistermagier mit Hausgeistern, dann würde er es tun, um die Rabenkrieger bis zur Dämmerung zu beschatten und anzugreifen, wenn sie am verwundbarsten waren.

Sie gingen ein großes Risiko ein, waren aber der Ansicht, dass es sich nicht vermeiden ließ. Die Elfen kamen ohne sie schneller voran und wollten ohnehin einen anderen Weg nach Julatsa nehmen. Da sie bis spät in die Nacht marschieren wollten, war noch nicht einmal klar, wer von ihnen als Erster ankommen würde. Thraun fragte sich unterdessen, ob der Rabe es überhaupt schaffen würde.

Um ein Haar hätte er Erienne vor Schreck fallen lassen, als ein Schauder durch ihren Körper lief. Zweimal zuckte sie und murmelte etwas Unverständliches.

»Denser! Der Rabe muss anhalten!«

Er zügelte sein Pferd und stieg mit ihr ab, um sie in der warmen Nachmittagssonne ins trockene Gras zu legen. Die Rabenkrieger sammelten sich um ihn und starrten auf sie hinab.

»Was ist los?« Denser kniete nieder.

»Sie hat sich bewegt«, erklärte Thraun.

Jetzt lag sie wieder reglos im Gras. Denser war skeptisch. »Bist du sicher?«

Thraun nickte. »Sie kämpft. Cleress kämpft.«

»Was heißt das?«, wollte Hirad wissen.

»Rabenkrieger, wir wollen nicht das Wichtigste außer Acht lassen«, schaltete sich der Unbekannte ein. »Wir rasten und essen etwas. Es scheint ohnehin ein guter Zeitpunkt dafür zu sein. Hirad, Darrick, überprüft die unmittelbare Umgebung. Wenn wir uns hier nicht verteidigen können, ziehen wir weiter, bis wir eine passende Stelle gefunden haben.«

Thraun schaute nicht auf, während sich seine Freunde an die Arbeit machten. Er sah nur Erienne an und betete, dass sie endlich wieder die Augen öffnete.

Erienne verstand nicht, was Cleress von ihr verlangte. Es klang, als sollte sie sich dem Feuer ausliefern, das sie doch löschen wollte, oder als sollte sie sich in das Loch stürzen, das sie nicht schließen konnte. Sie begriff es nicht.

Das hieße doch, mich dem Einen zu unterwerfen, Cleress. Das ist die endgültige Niederlage.

Es könnte sein, Kind, aber ich glaube nicht, dass wir eine andere Möglichkeit haben.

Warum nicht?

Meine Kräfte schwinden, Erienne. Ich bekomme nicht genug Ruhe, und die Kraft in dir ist überwältigend. Ich sehe, wie dein Mann dir beisteht, und es muss auch ihn viel Kraft kosten. Er ist jung, aber ich bin alt und müde, Erienne. Meine Bemühungen, das Eine zurückzuhalten, sind viel anstrengender als der Schild, den er wirkt. Er tut, was er kann, aber es reicht nicht aus. Auch ich tue alles, was ich kann, aber ich schiebe doch nur das Unausweichliche ein wenig hinaus.

Erienne hätte nie geglaubt, Cleress einmal so mutlos zu sehen. Die Verzweiflung in der Stimme der Al-Drechar jagte einen entsetzlichen Schauer durch ihr Unterbewusstsein, in das sie sich zurückgezogen hatte, um den Feind in ihrem Innern zu bekämpfen.

Du darfst mich nicht allein lassen.

Ich werde bei dir sein, solange ich atme.

Erienne dachte einen Augenblick darüber nach. Das Rad hatte eine volle Umdrehung beschrieben. Lange hatte sie die Al-Drechar gemieden und sich geweigert, sie in ihr Bewusstsein eindringen zu lassen, damit sie ihr helfen konnten. Sie hatte geglaubt, sie könne das Eine allein zurückhalten und unterdrücken, bis es verging und starb. Schließlich waren die Schmerzen unerträglich geworden, und sie hatte sich gezwungen gesehen, der Al-Drechar Zugang zu ihrem Bewusstsein zu geben. Die alten Elfenfrauen hatten ihr sehr geholfen, doch die Zeit war zu kurz gewesen. Selbst als Myriell noch gelebt hatte, war es ein ständiger Kampf gewesen, und sie hatte sich davor gefürchtet, allein zu sein. Jetzt war nur noch Cleress da, und Erienne wusste inzwischen genau, warum sie die Einsamkeit in ihrem Kopf fürchtete. Die Spinnenbeine packten fester zu, sobald sie allein war.

Sie sehnte sich nach der geistigen Berührung durch Cleress und nach den beruhigenden Liebkosungen. Sie war nicht sicher, ob sie es ertragen konnte, wenn Cleress ebenfalls starb. Die Spinne allein zu bekämpfen, diese Last, die sie niederdrückte, diese Spinnenbeine, die ihr Bewusstsein umklammerten, es zerquetschen und brechen wollten. Sie schauderte heftig.

Das ist gut, sagte Cleress. *So werden deine Freunde merken, dass du hier drinnen noch lebst.*

Das ist überhaupt nicht witzig, Cleress. Es ist kein Spiel.

Das weiß ich doch, Kind! Aber du musst die Kontrolle über dich selbst zurückgewinnen. Du musst dich erinnern, dass du aus Fleisch und Blut bist. Vergiss das nie.

Was ändert das schon?

Wenn du vergisst, wer du bist, holt dich das Eine.

Du weißt doch, dass ich es nicht schaffe.

Ich weiß nur, dass du es versuchen musst, Kind. Sonst sind wir verloren. Ich beschütze dich, solange ich kann, aber du musst verstehen, dass mich die Kraft, die durch deinen Körper fließt, rasch überwältigen wird. Du musst bereit sein, wieder auszubrechen. Du bekommst nur diese eine Chance. Willst du es tun?

Aber es gibt noch so viel, das du mich lehren musst.

Du musst es allein lernen. Das ist der schwerste aller Wege.

Cleress, muss es wirklich jetzt sein? Hast du nicht noch etwas mehr Zeit?

Kind, ich bin jeden Morgen nach dem Schlaf überrascht, dass ich die Dämmerung überhaupt noch sehe. Es muss jetzt geschehen, solange ich noch genug Willenskraft habe.

Erienne ließ eine Weile ihren Gedanken freien Lauf und spürte, wie sich das Eine wand und mit aller Kraft festhielt, doch sie und Cleress widerstanden gemeinsam dem Klammergriff. Im Grunde hatte sie die ganze Zeit schon gewusst, dass es nicht ewig so weitergehen konnte. Jetzt war also der Zeitpunkt gekommen. Nur die Lösung schien ihr der reinste Wahnsinn zu sein.

Dann lass es uns versuchen.

Erienne, vergiss nicht, dass du deinen ganzen Körper einsetzen musst. Du musst dir jedes Körperteils bewusst sein. Spüre deinen ganzen Körper mit dem Bewusstsein und zwinge das Eine, sich in dir zu verteilen.

Es gefällt mir nicht, ein Stopfen in einer Flasche zu sein.

Glaube mir, wenn es funktioniert, dann wirst du erheblich mehr sein als ein Stopfen, Erienne.

Und wenn nicht?

Hoffentlich kann der Rabe schnell genug rennen.

Ich wünschte, du könntest dabei meine Hand halten.

Ah, Erienne, wie gern würde ich dich bei all deinen Qualen in den Arm nehmen, aber ich fürchte, das ist jetzt nicht mehr möglich. Merk dir eines. Wenn du tust, was ich dir sage, und erfolgreich bist, wird der körperliche Kontakt wieder möglich sein.

Dann heißt es Abschied nehmen?

Wir werden sehen, Kind. Wir werden sehen.

Danke.

Nein, du bist diejenige, der wir alle danken sollten. Du bist die Einzige, die alles retten kann, was uns lieb und teuer ist.

Warum?

Du wirst überleben, und du wirst es sehen. Der Tag ist nicht mehr fern, glaube ich.

Du kannst mich doch nicht so hängen lassen! Erienne war empört.

Mehr als dies kann ich nicht sehen. Benutze es, um deine Entschlossenheit zu stärken. Erienne, es wird jetzt wehtun. Das Eine wird gegen dich ankämpfen, und die Menschen, die dir am nächsten stehen, werden es verstehen müssen. Es ist eine Macht, gegen die du nicht mit deinem Geist allein angehen kannst, noch nicht, und deshalb brauchst du die Substanz deines ganzen Körpers. Das ist eine Technik, die wir alle gelernt haben. Für dich wird es schwierig, weil du allein bist. Vergiss nicht, du bist eine Magierin des Einen, und dazu gehört alles, was dich ausmacht.

Ich glaube, ich habe es verstanden.

Gut. Dann lass uns beginnen.

Cleress brach den direkten Kontakt ab. Erienne zog sich in ihr Unterbewusstsein zurück und sah sich um, betrachtete das Eine, das dort lauerte und entschlossen war, ihren Willen zu brechen. Auf einmal aber bäumte es sich auf, zog sich zurück und schrumpfte irgendwie, als Cleress es mit der ganzen Kraft, die ihr noch geblieben war, zurücktrieb.

Jetzt oder nie. Erienne nahm ihren ganzen Mut zusammen und brach aus ihrem Unterbewusstsein hervor. Sie spürte die Schmerzen im ganzen Körper, den sie verlassen hatte und den sie nun zurückerobern wollte. Sie schauderte, und das Eine reagierte und wehrte sich und wollte sich ausdehnen, um sie in den kleinen Raum zurückzudrängen, auf den sie beschränkt gewesen war. Nur wenn sie dort war, konnte es seine Kraft völlig entfalten. Kaum zu glauben, dass es kein bewusstes Lebewesen war, sondern nur eine Kraft, die automatisch auf ihr Bewusstsein und ihren Körper reagierte. Es war sicher nicht falsch, sich das Eine dennoch als bewusstes Wesen vorzustellen. Dies half ihr, sich zu konzentrieren.

Während Cleress sie vor dem Einen abschirmte, kämpfte Erienne sich ins Wachbewusstsein hoch. Es war, als müsste sie aus großer Tiefe nach oben schwimmen, als hätte sie die Luft angehalten, und ihre Lungen drohten zu platzen. Es musste gelingen, sie musste die Oberfläche erreichen. Das Gefühl kehrte in ihre Finger und Zehen zurück. Sie spürte die Luft im Gesicht und hörte irgendwo Stimmen. Wütend kämpfte sie gegen das Eine an, das ihr den Weg versperrte, und stieß es weiter zurück. Einen Moment spürte sie auch, wie Cleress sie unterstützte.

Dann war Cleress wieder fort, und das Eine drohte Erienne abermals zu umhüllen. Dieses Mal war sie jedoch vorbereitet, und obwohl es ihre Muskeln und ihre Gedanken quetschte, schwamm sie weiter nach oben und trotzte der

Kraft, die sie wieder hinabziehen wollte. Der Körper der Spinne flachte sich ab und breitete sich aus, und die Beine suchten erneut ihr Bewusstsein zu packen, als Erienne sich ausdehnte, bis sie alle Extremitäten ihres eigenen Körpers erreichte.

Es ging viel zu langsam. Wieder schauderte sie, dann kitzelte etwas ihre Haut, und sie spürte den leichten Druck der Kleidung. Das Wachbewusstsein war jetzt ganz nahe. Die Geräusche des Lebens drangen an ihre Ohren, sie roch Pferde und das Gras und … Denser.

Keuchend atmete sie tief ein und schlug die Augen auf.

Freude durchflutete Denser; es kam so überraschend, dass er beinahe auf sie gefallen wäre. Gerade rechtzeitig stützte er sich mit den Ellenbogen ab. Sie legte ihm die Arme um den Hals und küsste ihn leidenschaftlich, suchte seine Zunge mit der ihren. Dann ließ sie ihn sofort wieder los und legte sich hin, um ihn zu betrachten.

»Du bist zurück, Liebste, du hast es geschafft.« Sie konnte sein Lächeln nicht erwidern.

»Nein, Denser.« Sie seufzte, als hätte sie Schmerzen. »Vergiss nicht, dass ich dich liebe. Vergiss nicht, dass ich euch alle liebe. Was auch immer jetzt passiert.«

»Das verstehe ich nicht. Du bist wach, du hast gewonnen.«

»Es ist jetzt in mir«, erwiderte sie. »Es berührt mich überall. Bitte denk nicht schlecht von mir.«

»Wie könnte ich jemals …«

Ein Schatten schob sich über ihre Augen wie eine dunkle Wolke, die den Mond verdeckt. Als sie ihn wieder anschaute, waren ihre Augen kalt.

Zwölftes Kapitel

Dystran hatte persönlich mit seiner kleinen Armee nach Julatsa reiten wollen, doch Ranyl hatte es ihm ausgeredet, selbst wenn die Aussicht auf einen ruhmreichen Sieg sehr verlockend war. Auch das hatte sich als weise Entscheidung erwiesen, nachdem er am Morgen Chandyrs Bericht mittels einer Kommunion empfangen hatte. Was würde er nur ohne den alten Magier tun?

Er hatte den größten Teil des Tages in Ranyls Gemächern gesessen und mit dem sterbenden Freund gesprochen. Allzu schmerzlich war ihm bewusst, wie kurz die Zeit war, die sie noch zusammen verbringen durften. Der alte Meister hatte den Angriff auf Xetesk und das Eindringen der Angreifer in seine Kammer nicht verwunden. Er war schockiert und niedergeschlagen.

»Ich hätte mich nicht wehren können«, sagte er wohl zum zehnten Mal an diesem Tag. »Ich war ohnmächtig.«

Ranyl saß in seinem Lieblingsstuhl am Feuer, das trotz des warmen Tages heftig prasselte. Er rang die Hände, sein Gesicht war feucht vor Schweiß, und die Qualen, die ihm der Krebs bereitete, waren unübersehbar. Jeder Atemzug wurde zur Tortur. Seine Haut war fahlgelb, und er zitterte am ganzen Körper. Den ganzen Tag schon hatte er die Nahrungsaufnahme verweigert.

»Sie wollten Euch nichts antun«, erwiderte Dystran leise. »Ich war es, der Euch im Stich ließ. Es tut mir leid.«

»Ich war in meinen eigenen Gemächern, und sie sind einfach hereinspaziert.«

Dystran sah die Furcht in den klaren, klugen Augen und machte sich bewusst, dass Ranyl zwar ein großer Magier sein mochte, aber im Augenblick nur ein müder alter Mann war, der den Tod kommen sah und sich davor fürchtete.

»Ich habe Neuigkeiten für Euch«, sagte Dystran, fest entschlossen, den Alten abzulenken.

Die Neuigkeiten waren ihm bereits im Morgengrauen zugetragen worden, bisher hatte er sie Ranyl jedoch nicht offenbart, weil der alte Mann wie üblich den halben Tag gegen seine Schmerzen gekämpft hatte. In solchen Augenblicken war es am besten, über Erinnerungen zu reden. Heute aber ging ihm vieles durch den Kopf.

»Ach, ja?« Ranyl merkte auf, und Dystran fragte sich, ob es nicht doch ein Fehler gewesen war, so lange zu warten.

»Wie Ihr wisst, haben wir gestern Abend Späher ausgesandt«, fuhr er fort. »Es scheint, als hätten wir den Gegnern einen größeren Schaden zugefügt, als wir hoffen konnten. Die Lager im Süden und Westen sind verlassen. Sie ziehen nach Norden, sind aber natürlich fast einen Tag hinter uns.«

»Dieses Manöver war in gewisser Weise zu erwarten.« Ranyl richtete sich in seinem Stuhl auf. »Sie vermuten zu Recht, dass wir von hier aus keine Truppen schicken können, um sie anzugreifen, da wir sonst schutzlos wären. Umgekehrt können auch sie uns hier nicht mehr angreifen.

Können wir annehmen, dass sie nach Julatsa ziehen, oder wollen sie etwa nach Dordover und Lystern zurückkehren?«

»Das ist schwer zu beantworten«, erwiderte Dystran. »Sie haben mehr als einhundert Verletzte bei sich, die vermutlich nach Hause zurückkehren werden. Der größte Teil der Streitmacht, schätzungsweise vierhundert Kämpfer, geht aber vermutlich nach Norden.«

»Das ist interessant.«

»Was sollen wir Eurer Ansicht nach tun, um ihnen zu begegnen?«

Ranyl dachte eine Weile nach und rieb sich mit dem Zeigefinger über die Nase. »Ich verstehe nichts von militärischer Taktik«, sagte er schließlich. »Chandyr kann die Gefahr am besten einschätzen. Das Beste wäre es wohl, weiterhin Späher auszusenden und ihn auf dem Laufenden zu halten. Es sei denn ... wann sind wir wieder fähig, eine Dimensionsmagie in der gleichen Größenordnung zu wirken?«

Dystran zog die Augenbrauen hoch. »In zwei Tagen, sagte man mir. Dieses Mal ist das Zeitfenster größer, es bleibt beinahe einen ganzen Tag bestehen, ehe es nutzlos wird.«

Ranyl nickte. »Das ist doch immerhin etwas. Möglicherweise hat Chandyr andere Ideen, aber sollten wir nicht in Betracht ziehen, eine Gruppe Magier ins Feld zu schicken, die dem Feind nachsetzt? Die Distanz sollte nicht zu groß werden. Sie können unterwegs ausruhen, damit sie jederzeit fähig sind, ihre Sprüche zu wirken. Ich muss schon sagen, ich bin in Sorge, die Elfen könnten Julatsa erreichen, bevor Chandyr das Kolleg besetzt hat. Dreihundert Elfen, das ist in diesem Spiel eine nicht zu unterschätzende Anzahl.«

»Das denke ich auch.« Dystran lächelte. »Vielen Dank.«

»Ist mir immer eine Freude«, erwiderte Ranyl.

Er hustete und zuckte vor Schmerzen zusammen. Der geschwächte Hausgeist auf seinem Schoß hob den Kopf und ließ ihn gleich wieder sinken. Er sah nach nichts weiter aus als nach einer kranken Katze.

»Ihr braucht jetzt Ruhe«, ermahnte Dystran den alten Mann.

Ranyl kicherte. »Ich werde bald eine ganze Ewigkeit lang Ruhe haben, junger Spund. Eine Ewigkeit, die sehr bald beginnen wird.«

Die Menschen verließen Julatsa Richtung Norden und Westen. Die Versammlungen in der Stadt waren kurz und unerfreulich verlaufen. Der Bürgermeister hatte seine Karten gut ausgespielt und die Magier von den Treffen ausgeschlossen. Er wollte den Menschen, wie er es nannte, die unverfälschte Wahrheit nahebringen. Alle, mit denen Pheone spät am Abend nach den Treffen hatte reden können, wussten nur zu berichten, dass es beinahe zu Handgreiflichkeiten gekommen wäre.

Anschließend hatte es wütende, aber ziellose Demonstrationen vor dem Kolleg gegeben, garniert mit Drohungen an die Adresse der Magier wegen der Schwierigkeiten, die sie der Stadt eingebrockt hatten. Dann hatte der Auszug begonnen. Erste Schätzungen und eine genaue Beobachtung der Fliehenden ergaben, dass es sich größtenteils um jene handelte, die nur nach Julatsa gekommen waren, um Schutz zu suchen.

Zu ihnen waren Frauen und Kinder gestoßen, die von einer beträchtlichen Zahl bewaffneter Männer, darunter viele Berittene, bewacht wurden. Bei den Geschäftsleuten sah die Sache etwas anders aus. Hätten sie einfach die Stadt verlassen, dann hätten sie auf der Stelle ihren mühsam behaupteten Lebensunterhalt verloren. So blieben viele Bürger zwar in der Stadt, um Markstände, Bäckereien und Schmieden weiter zu betreiben, doch sie waren nicht bereit, sich offen auf die Seite des Kollegs zu stellen.

Julatsa, so hatten sie erklärt, ist meine Heimat. Meine Stadt und mein Geschäft will ich beschützen. Wenn ich dabei nebenbei auch dem Kolleg helfe, so sei es. Es war nicht gerade das überwältigende Vertrauensvotum, auf das Pheone gehofft hatte.

Einige Freunde waren gekommen und wollten das Kolleg unterstützen, doch es waren so wenige, dass Pheone schon mit dem Gedanken gespielt hatte, sie zu deren eigener Sicherheit wieder nach Hause zu schicken. Dann hatte sie es sich überlegt, sie willkommen geheißen und ihnen eine Arbeit zugeteilt.

Obwohl ständig ein erneutes Versagen des Mana drohte, überwachte Pheone mit Schattenschwingen den geordneten Abzug der Julatsaner durch das nördliche Stadttor. Die Anstrengung, die nötig war, um den einfachen Spruch zu wirken und zu erhalten, zeigte ihr überdeutlich, wie sehr das julatsanische Mana schon in Mitleidenschaft gezogen worden war, doch sie war entschlossen, sich nicht einschüchtern zu lassen und es weiter zu benutzen. Falls Geren recht hatte, half der Einsatz der Magie sogar, das Herz zu erhalten.

Eine energische Bewegung unter ihr erregte ihre Aufmerksamkeit. Jemand winkte zu ihr hinauf. Sie flog niedriger und lächelte traurig. Wieder eine Freundin, die Julatsa verließ. Die Frau winkte Pheone herab, und sie gehorchte und landete knapp hinter dem letzten Haus am leeren Wachturm an der Straße nach Norden.

»Hallo, Maran«, sagte sie. »Schade, dass du gehen musst.«

»Mir tut es auch leid«, entgegnete Maran. Ihre Tochter Maranie ging Hand in Hand mit ihr. Die Fünfjährige spürte nur die Aufregung, aber nicht die Unsicherheit. »Ich will ihr ersparen, was jetzt geschehen kann.«

»Das verstehe ich«, sagte Pheone. »Du bist ein Grund dafür, dass ich mit dem Stadtrat verhandelt habe. Du sollst sicher sein. Das wollen alle im Kolleg.«

»Der Bürgermeister hat nicht sehr freundlich über euch geredet, dabei fiel auch dein Name«, sagte Maran.

»Das kann ich mir vorstellen.«

»Die meisten wollten nicht glauben, was er gesagt hat.«

»Was hat er denn gesagt?«

Maran zögerte einen Moment, ehe sie antwortete. »Dass ihr den Krieg wollt und von uns erwartet, dass wir euch verteidigen. Dass ihr euch für etwas Besseres haltet und glaubt, ihr wärt die Herrscher der Stadt. Er hat nachdrücklich betont, wer wirklich das Sagen hat.«

»Das habe ich auch nie bestritten«, erwiderte Pheone. »Wir wollten allerdings mit ihm zusammenarbeiten, damit die Stadt wieder aufblüht.«

»Er sagte, ihr wärt ein Krebsgeschwür geworden, das herausgeschnitten werden müsse.«

Pheone blieb wie angewurzelt stehen. »Es ist auch unsere Stadt«, sagte sie. »Warum wendet ihr euch gegen uns?«

»Das tun wir nicht. Ich jedenfalls nicht. Ich muss aber an Maranie denken. Ich darf kein Risiko eingehen.«

Pheone hatte genug. Der Bürgermeister hatte sich gegen sie gestellt, so viel war klar. Er war nicht passiv, sondern aktiv und feindselig. Sie fragte sich, was er den Xeteskianern sagen würde, falls er eine Gelegenheit bekam, mit ihnen zu sprechen.

»Ich muss zurück«, sagte sie. »Viel Glück.«

Die Frauen küssten einander auf die Wangen. »Wir sehen uns, wenn wir zurückkommen.«

Auf einmal hatte Pheone das Gefühl, jemand hätte ihr

einen Eimer kaltes Wasser über den Körper gekippt. Sie taumelte und schnappte nach Luft, die Schattenschwingen verschwanden und hinterließen einen Schmerz auf dem Rücken.

»Wir sterben, und du läufst weg«, sagte sie. Der Schock über den erneuten Mana-Ausfall entlud sich als zorniger Vorwurf.

»Ich will doch nur …«

»Ich frage mich, in welche Stadt du überhaupt zurückkommen willst, Maran. Vielleicht solltest du für immer fortgehen.«

Sie drehte sich um und lief in die Stadt zurück. Die Leere dort, wo die Verbindung zum Mana sein sollte, war wie ein Riss in der Seele.

Die Verzweiflung des Vortages war einem außerordentlichen Optimismus gewichen, der freilich keinerlei Grundlage hatte. Die verbündeten Streitkräfte waren größtenteils vernichtet, und die Überlebenden fanden erst jetzt wieder zusammen. Nur wenige Stunden hinter ihnen kam eine schätzungsweise sechsmal größere feindliche Streitmacht. Dennoch schöpften sie neue Hoffnung.

Der einzige Anlass, den Blackthorne dafür erkennen konnte, war die Tatsache, dass die Männer das Gefühl bekamen, es sei doch nicht ganz so schlimm wie befürchtet, je mehr versprengte Trupps von zwei, drei oder vier Kämpfern er zusammenführte. Jegliche Feindseligkeit zwischen Lystern und Dordover war verschwunden. Fremde wurden wie verlorene Brüder begrüßt.

Trotz der gehobenen Stimmung musste Blackthorne immer wieder daran denken, wie fatal ihre Lage eigentlich war. Er hatte wichtige Instruktionen von Izack bekommen. Von dem lysternischen Kommandanten, der sich als außerordentlich tapferer Mann bewährt hatte, nahm er sie gern entgegen.

Nun ritt er mit acht Angehörigen seiner Wache, die den Blauen Sturm überlebt hatten, umher und versuchte, die Verbindung zwischen den auf der Flucht verstreuten Soldaten und Magiern herzustellen. Dank seiner schnellen Pferde konnte er rasch große Entfernungen überwinden, und dank seiner Überzeugungskraft waren diejenigen, die er fand, bald bereit, die Marschrichtung zu ändern und zu den anderen Truppenteilen zu stoßen.

Er fand Gruppen verstörter Männer, die sich aneinander klammerten, ebenso wie unversehrte Kämpfer mit schützenden Magiern. Doch unweigerlich stieß er auch auf solche, die den Angriffen durch Hausgeister, Meuchelmörder oder Gefechtsmagier nicht entgangen waren. Auf Lichtungen hatte er die Leichen von Männern gesehen, die Rücken an Rücken gestorben waren, nachdem sie sich verzweifelt, aber vergebens gewehrt hatten. Welche Schrecken mochten die leer in den Himmel starrenden Augen vor ihrem Tod gesehen haben. Die Lage war ihm so schlimm erschienen, dass er in der vergangenen Nacht allein ausgeritten war, um mit Izack zu sprechen. Nach dieser Unterhaltung waren Fallen für Hausgeister aufgestellt worden. Sie hatten einige erledigt und viele weitere abgeschreckt.

Jetzt aber war Blackthorne nur noch müde. Er hatte in der Nacht vor der Vernichtung der Belagerungstruppen das letzte Mal richtig geschlafen. Zweimal hatte er die Pferde gewechselt, und auch dasjenige, das er gerade ritt, wurde allmählich störrisch. Er traf sofort eine Entscheidung, stieg ab und führte das Pferd am Zügel. Fast schien es ihm, als mache das Tier ein dankbares Gesicht.

Er marschierte mit den Überbleibseln der verbündeten Streitkräfte. Siebenundvierzig Soldaten und sechs Magier hatte er gefunden. Eine bescheidene Ausbeute, aber immer noch besser als gar nichts. Seine Männer hatten von vier weiteren Gruppen gehört, die sich im Westen ein Stück vor ihnen bewegten, und versuchten bereits, mit diesen Kämpfern Verbindung aufzunehmen. Um die Stimmung der Männer zu heben und sie zu einem schnelleren Marschtempo anzuspornen – obwohl dies über deren Kräfte ging –, verzichtete er auch auf die gewohnten Umgangsformen des Adligen.

Er marschierte mitten unter ihnen, schmeichelte und scherzte, erkundigte sich nach ihrer Gesundheit und versprach vieles, was er nicht halten konnte. Sie marschierten willig, doch sein Herz wurde schwer. Diese Männer waren geistig und körperlich am Ende. Es war ein Dreitagesmarsch bis Julatsa. Selbst wenn er sie bis dorthin führen konnte, welchen Beitrag vermochten sie überhaupt für die Verteidigung zu leisten?

Die Antwort auf diese Frage sollte bald erfolgen und ihn veranlassen, seine Pläne zu ändern. Sie waren eine Stunde ohne jeden Zwischenfall marschiert, als ein Reiter sich näherte. Der Schreck wich rasch der Erleichterung, als die Männer den Reiter erkannten.

Er hielt im Galopp auf Blackthorne zu, stieg ab und lief neben dem Baron her.

»Mylord«, sagte er.

»Hallo, Luke«, antwortete der Adlige. »Welche Nachrichten bringst du mir von Izack?«

»Gute Nachrichten«, berichtete Luke, ein verwaister Bauernsohn, der inzwischen einer von Blackthornes wertvollsten Männern war, nachdem sie sich während des Kriegs gegen die Wesmen, der eine Ewigkeit her zu sein schien, kennen gelernt hatten. »Izack hat wie verabredet im Morgengrauen einen Überfall auf das xeteskianische Lager verübt. Er hat Zelte in Brand gesteckt, einige Leute getötet und Wagen zerstört. Auf seiner Seite ist ein Mann gefallen, und zwei wurden verwundet.«

»Habt ihr das gehört, Leute?«, rief Blackthorne. »Izack hat den Xeteskianern einen weiteren Schlag versetzt! Einen erfolgreichen!« Jubelrufe waren zu hören. »Er hält uns den Rücken frei. Lasst uns hoffen, dass er es schafft.« Dann senkte er die Stimme wieder. »Wie weit sind die Feinde entfernt?«

Er sah sich über die Schulter um. Die Landschaft würde sich bis Julatsa kaum noch verändern – sanfte Hügel mit niedrigen Gipfeln, einige tiefe Täler und Wald, der größtenteils zerstört war. Ein kluger Feind konnte ihnen sehr nahe kommen, ohne bemerkt zu werden. Blackthorne hatte keine Nachhut eingeteilt. Dort draußen wollte niemand allein sein.

Luke zuckte mit den Achseln. »Die Fußtruppen sind etwa drei Wegstunden hinter uns, doch Xetesk hat heute Morgen seine Kavallerie vorgeschickt, um Izack zu vertreiben. Wenn sie sich ins Zeug legen und schneller galoppieren als Izack, könnten sie in weniger als einer Stunde hier sein.«

»Hm«, überlegte Blackthorne. »Damit wären aber ihre Flanken ungeschützt. Jemand sollte den Elfen Bescheid geben.«

»Das hat bereits jemand getan«, erwiderte Luke lächelnd. »Er ist klug, nicht wahr?«

»Izack? Allerdings, das ist er. Er wurde vom Besten ausgebildet.«

»Von Euch, Mylord?« Lukes Augen blitzten schelmisch.

Blackthorne lachte. »Nun übertreib's nicht, junger Mann«, sagte er. »Bewahre dir deine Schlagfertigkeit, du wirst sie brauchen.«

»Ja, Mylord.«

»Also gut, ich muss noch etwas wissen«, fuhr Blackthorne fort. »Du musst zu Izack zurückkehren. Frage ihn, wie er Marschtempo und Marschrichtung der Feinde einschätzt. Werden sie einen Umweg einschlagen? Bisher gehe ich davon aus, dass sie unseren Spuren folgen.«

»Darf ich nach dem Grund fragen, Baron?«

»Die Männer hier brauchen Ruhe. Wenn sie drei Stunden vor Xetesk nach Julatsa einmarschieren, werden sie völlig erschöpft sein und genau deshalb abgeschlachtet werden. Chandyrs Männer schlafen in der Nacht, meine nicht. Ich brauche abseits der Route ein Versteck. Einen sicheren Ort, wo wir uns gegen Hausgeister und Meuchelmörder wehren können, falls sie kommen sollten. Ich glaube nicht, dass Chandyr den Kurs wechseln wird, um uns anzugreifen. Dazu ist die Bedrohung, die von uns ausgeht, nicht groß genug.

Ich würde diese Männer lieber seinen Rücken angreifen lassen, wenn die Schlacht bereits begonnen hat, als sie sinnlos in Stücke hacken zu lassen, nur weil sie zu müde sind, um Sprüche zu wirken oder das Schwert zu heben. Übermittle diese Pläne Izack und frage ihn nach seiner Meinung. Er gibt die Befehle, an die ich mich halten werde, aber bringe meinen Vorschlag dennoch nachdrücklich zur Sprache. Hast du verstanden? Nein, vergiss die letzte Bemerkung, da du es ohnehin tun wirst. Kannst du überhaupt noch reiten?«

»Ja, Mylord.«

»Gut. Dann mach dich auf den Weg, sobald du bereit bist. Je eher, desto besser. Ich möchte gern vor Sonnenaufgang eine Antwort haben.«

Lord Tessaya stand mit Lord Riasu am Eingang des Understone-Passes. Er hatte schon einmal hier gestanden. Damals hatte er die Heere der Wesmen und seine Schamanen, unterstützt von der Magie der Wytchlords, angeführt und die Streitmacht der vier Kollegien, die den westlichen Ausgang des Passes besetzt hatte, angegriffen und vernichtet. Es war ein Tag der Opfer und der Hochachtung gewesen. Seine Feinde hatten nicht kehrtgemacht, sie waren nicht in die schützende Dunkelheit geflohen, sondern sie hatten gekämpft und waren gestorben wie Männer. Heute empfand er keine Achtung für die Herrscher der vier Kollegien, die sich durch ihren Machthunger entzweit hatten.

Heute beobachtete er abermals die Versammlung der Wesmen. Riasu, zu dessen Ländereien auch der Eingang zum Pass gehörte, hatte seine Stammeshäuptlinge bereits zu sich gerufen, als Tessaya mit den Paleon-Stämmen eintraf. Die Zelte hatten sie auf die althergebrachte Weise aufgeschlagen, Flaggen und Banner wehten im Wind, und der höfliche Abstand zwischen den Stämmen blieb gewahrt. Beinahe zweitausend Krieger lagerten hier, mehr als die Hälfte der Streitmacht, mit der er gerechnet hatte, obwohl er gehofft hatte, die Zahlen würden ihn angenehm überraschen.

Die besten Kämpfer von weiteren zwanzig Stämmen, jeweils mehr als fünfzig Männer, waren bereits unterwegs. Die anderen Stämme, die durch die Angriffe des Ostens und die Mana-Stürme schwer gelitten hatten, würden sich nicht beteiligen. Nie wieder würde er zulassen, dass ein Stamm ganz und gar aufgerieben wurde. Es mussten genügend übrig bleiben, um das Überleben zu sichern.

Tessaya freute sich auf den Anblick der Banner, die seine anrückenden Stämme trugen. Heystron, Liandon, Revion und Taranon – große Namen in der kriegerischen Geschichte der Wesmen. Sie alle hatten in den letzten Kriegen ihre Kommandanten verloren, und alle sannen auf Rache.

Er atmete die Frühlingsluft ein, spürte die Wärme in der Brust und nickte.

»Spürt Ihr es, Riasu?«, fragte er.

»Ich glaube schon, Mylord Tessaya. Ich glaube, ich spüre es.«

»Eine Veränderung liegt in der Luft. Dunkle Schatten kündigen das Ende der Herrschaft der Kollegien an. Noch nie hatten wir eine so gute Gelegenheit. Noch nie. Denkt nur zurück, Riasu, wie wir auf unsere überwältigende Zahl vertraut und angenommen haben, es reiche aus. Wir eroberten Julatsa, doch der Preis war viel zu hoch. Jetzt sind die Magier dezimiert, und die Kollegien töten jeden Tag weitere Magier. Ohne es zu wissen, stärken sie damit uns.« Wieder nickte er. »Wir dürfen nicht versagen.«

»Das werden wir nicht, Mylord«, versicherte Riasu ihm. »Alle Männer dort unten spüren es ebenfalls.«

Er deutete auf das große Zeltlager. Von hundert Feuern stieg Rauch auf, das Bellen und Knurren der Destrana-Kriegshunde übertönte hin und wieder den Lärm des Stammeslebens. Bald würde die Ebene voller Krieger sein, und dann war der Zeitpunkt gekommen.

»Wann trifft der Taranon-Stamm ein?«

Alle Lords, die seinem Ruf gefolgt waren, wollten sich am Kampf beteiligen und warteten nur auf den Befehl, nach Osten zu marschieren. Die Schamanen hatten die Botschaft mithilfe der Geister verbreitet, die über sie wachten, und sie gebeten, ihnen den Sieg zu schenken.

»Wie ich hörte, in zwei Tagen«, erwiderte Riasu.

»Dann werden wir am Tag nach ihrer Ankunft im Morgengrauen aufbrechen«, entschied Tessaya.

Männer liefen zur südlichen Grenze des Lagers, stießen Jubelrufe aus und begannen zu singen. In der Ferne flatterten Banner auf langen Stangen. Die Liandon kamen und wurden mit Gesang begrüßt. Es wurde Tessaya leicht ums Herz, als er die Lieder hörte, und das Blut strömte schneller und lebhafter durch seine Adern. Er war beinahe zu alt, um ein Heer in den Kampf zu führen, doch er fühlte sich, als sei er gerade erst vom Kind zum Mann gereift.

Er führte Riasu von der Anhöhe herunter und lief ins Lager zurück. Wenn sie schnell genug waren, konnten sie in die Lieder einstimmen und ihre Brüder willkommen heißen.

Dreizehntes Kapitel

Es war der zweite Tag des Wettlaufs nach Norden, nach Julatsa. Die Abenddämmerung brach an, doch Auum und seine wieder vollzähligen Tai dachten nicht an Rast. Von neuem Mut beflügelt lief er mit Duele und Evunn an seiner Seite durch die Schatten, die ihm Sicherheit boten. Tual hatte ihnen ihr Lächeln geschenkt, und auch Yniss hatte ihnen beigestanden, denn Evunn war, wie Sian es vorhergesagt hatte, wieder aufgewacht. Körperlich war er ganz der Alte, nur seine Erinnerungen blieben verschwommen. Sobald sie Zeit dazu hatten, würden sie ihm berichten, was er verpasst hatte.

Gegen Mittag hatten sie sich vom Verband der übrigen Elfen getrennt und Rebraal die Führung überlassen, um sich in einem weiten Bogen, ungesehen von allen feindlichen Spähern, rückwärts zu bewegen. Sie hatten erst geruht, als sie die Nachhut der Xeteskianer erreicht hatten. Krallenjäger hatten sie ständig begleitet, sie vor Angriffen geschützt und ihnen ein Bild der Lage vermittelt. Jetzt liefen sie, unterstützt von zwei Paaren, etwa eine Meile hinter den letzten Wächtern oder Spähern der Feinde. Sie konnten sicher sein, dass die Hausgeister und Meuchelmörder der Feinde sich eher auf das Gebiet vor ihnen konzentrierten. Einige Meuchelmörder hatten in der vergangenen Nacht tatsächlich versucht, ins Lager der Elfen einzudringen. Ihre sterblichen Überreste hatten die Elfen in der Morgendämmerung kurz vor den äußersten Wachposten des xeteskianischen Lagers deponiert.

Auum empfand nichts für diese Leute. Die Krallenjäger wollten sich für die getöteten Gefährten rächen. Dieses Gefühl konnte er zwar verstehen, doch es war nicht die Art der TaiGethen, und auch den Al-Arynaar entsprach es nicht. Die Krallenjäger waren anders und verstanden sich darauf, ihrer Wut einen Ausdruck zu geben, ohne sich selbst zu gefährden. Die Bindung der Paare sorgte dafür, dass ihre Sinne stets scharf blieben und die Entscheidungen immer eindeutig waren. Auum konzentrierte sich unterdessen darauf, die Reihen der Xeteskianer so weit wie möglich zu dezimieren, um den Al-Arynaar zu helfen.

Vor ihnen gingen links und rechts die Krallenjägerpaare mit raschem Schritt. Die Tai-Krieger mussten sich im Dauerlauf bewegen, um nicht den Anschluss zu verlieren. Keiner von ihnen brauchte einen Fährtenleser, um den Xeteskianern zu folgen. Selbst ein Blinder hätte die Spuren der Wagenräder, Füße und Hufe erkennen können. Auch Unrat lag herum. Diese Menschen wussten nicht zu schätzen, was ihre Götter ihnen geschenkt hatten. Eine zerbrochene Gürtelschnalle, ein Stück Tuch, ein schartiger, verrosteter Dolch. Er hatte so viel gesehen, dass es ihn kaum noch überraschte.

Stetig und verstohlen schlichen sie sich an die Nachhut an. Es waren zehn Männer, jeweils zu zweit und eine halbe Meile weit ausgeschwärmt. Die Krallenjäger hatten berichtet, dass die Marschierenden ringsum von Wachen begleitet wurden, seit die Kavallerie vorausgeschickt worden war. Es war eine vernünftige Maßnahme, überlegte Auum, auch wenn er von militärischen Manövern nicht viel verstand. Das war allerdings auch nicht nötig. Ihm reichte die Gewissheit, dass die von der Hauptgruppe abgesetzten Männer die Bedrohung nicht wahrnehmen konnten und daher verwundbar waren.

Wie das lahme Reh in der Herde. Schutzlos. Leichte Beute.

Er ließ seine Zelle anhalten. Vor ihnen wand sich ein Fluss, den die feindliche Truppe gerade überquert hatte, durch sumpfige Niederungen zwischen einer Reihe kleiner Hügel, auf denen dichte Büsche, Farn und Bäume wuchsen. Sie hatten bis Sonnenuntergang gewartet, und jetzt war die richtige Gelegenheit gekommen.

Auum sprach mit ihnen ein Gebet an Yniss, der sie beschützen sollte, und an Tual, die vor allem von den Krallenjäger verehrte Göttin des Regenwaldes, die ihnen den Weg weisen sollte.

»Wir dürfen keinen Lärm machen«, ermahnte er die Gefährten. »Unsere Jaqrui-Beutel bleiben geschlossen, und die Krallen müssen ihre Stimmen dämpfen. Wir sind nur wenige. Wir können den Feinden Schaden zufügen, um unseren Brüdern, den Al-Arynaar, zu helfen, und damit die Krallenjäger Genugtuung erfahren, aber die Feinde dürfen uns nicht hören. Vor ihren Magiern und Hausgeistern gibt es kein Entrinnen.«

»Wir kennen unsere Ziele. Wir greifen an.«

Die Krallenjägerpaare gaben nicht zu erkennen, ob sie es gehört hatten und einverstanden waren. Sie blieben einen Augenblick reglos stehen, und dann rannten sie fort, ein Paar direkt nach vorn, das zweite nach rechts. So blieb es den Tai überlassen, die linke Flanke zu besetzen.

»Vorsicht mit den Bogen«, fügte Auum hinzu. »Schießt nur, wenn ihr sicher seid, dass ihr den Feind mit einem Schuss töten könnt.«

Er zog die beiden Kurzschwerter und rannte durch hüfthohes Gras zu einem von Farn überwuchertem Hügel, während Duele und Evunn mit gespannten Bogen jeweils fünf Schritte links und rechts und zehn Schritte hinter ihm folgten.

Auum ging äußerst vorsichtig, übte mit den Füßen möglichst wenig Druck auf die Erde aus und suchte bei jedem Schritt einen sicheren Stand. Der trockene Boden mochte für den Unvorsichtigen verräterisch sein, doch der im Regenwald geborene Elf konnte auf ihm stehen, als hätte er massiven Fels unter sich. Er schlich durch den Farn, passte seine Bewegungen der Wachstumsrichtung an und schob die Stängel zur Seite, statt sie zu zertreten. Hinter dem Hügel fiel das Gelände steil zu einem schlammigen Nebenfluss ab. Er schätzte die Lage ein, während er sich dem Wasserlauf näherte. Das schwindende Licht störte ihn nicht, er fand stets festen Untergrund für seine lautlosen Schritte.

Schließlich stieg er wieder auf den Hügel, hielt kurz inne und sah sich um. Links stand eine Baumgruppe, auch dort fiel das Gelände ab, und durchs hohe Gras zogen sich deutliche Fußspuren. Am tiefsten Punkt der Mulde verschwand gerade eine Gestalt in einem Wäldchen. Er hob die Hand, deutete auf die Spuren und rannte nach links los, den Abhang hinunter und die Augen nach rechts gerichtet.

Jetzt konnte er beide sehen. Sie liefen gemächlich zwischen den Bäumen einher, die nach den Stürmen, die sie beinahe zerstört hätten, endlich wieder ausschlugen. Die Männer gingen dicht nebeneinander und blickten nur nach vorn; sie freuten sich offenbar auf die nächste Rast. Da der

Himmel schon recht dunkel war, konnte es nicht mehr lange dauern. Sie würden jedoch nie mehr im Kreise ihrer Freunde ausruhen.

Auum wurde langsamer und bog wieder nach rechts ab, um sich den Feinden zu nähern. Er streckte eine Hand mit drei abgespreizten Fingern aus. Duele und Evunn verstanden den Befehl und schlossen rasch auf, bis sie auf gleicher Höhe mit ihm waren. Duele hatte den Bogen gespannt und war bereits in Schussweite, hatte aber noch kein gutes Ziel. Evunn suchte noch, vielleicht war er noch nicht ganz so angriffslustig wie seine beiden Tai-Brüder.

Auum war der Ansicht, dass er seine Brüder vermutlich nicht einmal brauchen würde. Vor ihm war das Gelände eben, und er konnte sich fast geräuschlos bewegen. Er hörte die Männer reden, ihre leisen Stimmen übertönten das Rauschen des Windes in den Bäumen, die Laute der Nagetiere und Raubtiere. Am Fuß eines Baumes, dessen dicker Stamm von Rehen geschält worden war, blieb er stehen und lauschte. Die Feinde bemerkten nicht, was um sie her im Gange war. Immerhin sahen sie sich um, sobald ihre Augen sich auf die Dunkelheit eingestellt hatten, und überprüften das Gelände hinter ihnen und auch den Weg, den sie gekommen waren.

Die Tai konnten im Dunklen sehen wie am Tage.

Auum ließ den Gegnern zehn Schritte Vorsprung, nickte Duele zu seiner Rechten zu und griff an. Inmitten der Bäume wurden alle Geräusche gedämpft und trugen nicht weit. Kein Zweig knackte unter seinem Fuß. Als er noch vier Schritte entfernt war, bekam einer der beiden eine Gänsehaut und wollte sich umdrehen.

Auum sprang, drehte sich in der Luft und streckte das rechte Bein vor. Er traf die Wange des Mannes und unterdrückte mit seinem Stiefel, der den Mund streifte, den

Schrei des Gegners. Der TaiGethen landete neben dem zweiten Mann und stieß ihm ein Kurzschwert von unten ins Kinn, um durch den Gaumen hindurch das Gehirn zu treffen. Er zog die Klinge heraus und wollte den Ersten erledigen, aus dessen Brust inzwischen jedoch schon zwei Pfeile ragten.

Duele und Evunn trotteten herbei und zogen ihre Pfeile aus dem Toten, säuberten sie und steckten sie wieder in die Köcher. Auum zeigte ihnen nickend, in welche Richtung sie gehen wollten, und die Zelle machte sich auf den Weg.

Frisches Blut besudelte die Erde. Nicht ein Vogel war erschrocken aufgeflogen.

Thraun vermisste Eriennes Nähe, ihre Haare und die Berührung ihrer Haut. Er war bedrückt, weil er ihr nicht mehr helfen konnte – und weil sie ihn offenbar nicht mehr brauchte. Sie brauchte keinen von ihnen. Er behielt die letzte Berührung im Herzen, als sie die Hand auf seine Wange gelegt und ihn leicht geküsst hatte. Dann hatte sie ihn ebenso allein gelassen wie Denser. Er war verletzt gewesen, aber jetzt tat sie ihm vor allem unendlich leid, weil er spürte, welche Qualen sie litt.

Nicht nur, dass ihre Bewegungen ruckartig und irgendwie unsicher waren. Nicht nur, dass sie sehr wenig sprach, abgesehen von Forderungen, dass sie anhalten, essen oder trinken wollte. Vor allem aber hatte er ihr in die Augen geblickt und das Toben in ihr erkannt, das sogar Denser entgangen war. Jede Zelle ihres Körpers kämpfte, um das Eine im Zaum zu halten. So blieb ihr kaum noch Kraft, um mit den Gefährten zu reden.

Andererseits ging es ihr jetzt besser, weil sie die Rabenkrieger wieder spüren konnte. Wenn Thraun sie aus der Nähe betrachten konnte, verriet ihm eine winzige Berührung oder ein kleines Zucken des Mundwinkels, dass sie immer noch zu ihnen gehörte.

Nachdem sie gegessen und das Feuer gelöscht hatten, übernahm Thraun die erste Wache. Es war dunkel, doch seine Wolfsaugen konnten die Schatten durchdringen, und seine Witterung war gut. Der starke Geruch des Holzrauchs hing als einer von unzähligen Düften in der Luft, die er unterscheiden konnte. Die Rabenkrieger schliefen, und das war ihm Kompliment genug. Stumm saß er in ihrer Mitte.

Er fragte sich, aus welcher Richtung die Bedrohung kommen würde. Der Rabe hatte als Lagerplatz eine Stelle ausgewählt, die einen passablen Sichtschutz von Land her oder auch aus der Luft bot, doch es gab keine Geländeformation, die irgendeine Himmelsrichtung wirklich gut zu decken vermochte. Die Gefahr konnte also aus jeder Richtung kommen und jeden treffen. Jeden außer Erienne. Die Gegner würden sie nicht töten, sondern gefangen nehmen. Alle anderen Rabenkrieger schwebten in Lebensgefahr.

Wen würden sie als Ersten auswählen? Immer vorausgesetzt natürlich, die Meuchelmörder, die der Herr vom Berge befehligte, trieben sich in der Nähe herum.

Thraun stand auf und lief vorsichtig durchs kleine Lager zu den angebundenen Pferden. Er blieb bei ihnen stehen, beobachtete und lauschte den Strömungen der Nacht. Bei der ersten Begegnung mit ihm waren Pferde stets nervös. Diese hier hatten sich inzwischen an ihn gewöhnt, spürten aber immer noch, dass etwas Nichtmenschliches in ihm steckte. Damit musste er leben.

Damit und mit vielen anderen Dingen, die er frustrierend fand – wie etwa seine mangelnden sprachlichen Fähigkeiten und die Lücke, die zwischen Denken und Ausdrucksvermögen klaffte. Wie die Liebe für seine wölfische

Seite, die er immer noch in sich trug, die er jedoch verleugnete, weil er die Gefangenschaft im Tierkörper fürchtete. So viele Dinge, die er nicht richtig verstand.

Eine Weile blieb er bei den Pferden stehen und genoss ihre Wärme und Unschuld. Sie verlangten so wenig, doch ihnen entging fast nichts, was sich in ihrer Umgebung abspielte. Es kam ein Moment, in dem sie alle ihre Aufmerksamkeit auf den gleichen Punkt richteten. Thraun entfernte sich von ihnen und kehrte rasch zu seinen Freunden zurück. Denser warf sich unruhig hin und her, doch angesichts seiner Ängste hätte er dies jederzeit auch ohne äußeren Anlass tun können. Andererseits …

Thraun näherte sich Denser mit sehr leisen, gleichmäßigen Schritten und beobachtete, wie der Magier mit den Armen herumfuchtelte, als wehrte er einen unsichtbaren Gegner ab. Und wirklich, Thraun sah ein Flimmern vor der Hitze des erloschenen Lagerfeuers. Er ging rasch an Densers Füßen vorbei, bückte sich und packte den Magier im Tarngang. Er erwischte ihn ein wenig zu hoch und korrigierte den Griff. Anschließend gab Thraun ihm einen Stoß, und der Meuchelmörder wurde sichtbar. Er lag mit dem Gesicht am Boden, und Thraun presste ihm ein Knie in den Rücken. Der Gestaltwandler knurrte.

»Messer«, sagte er.

Der Meuchelmörder streckte den rechten Arm aus. Der Dolch, den er in der Hand hielt, trug irgendeinen Überzug. Thraun schlug ihm aufs Handgelenk, und der Mann ließ die Waffe los.

»Du wirst dich nicht bewegen«, befahl Thraun. Er packte den Hals des Meuchelmörders fester und zog ihn hoch, den zweiten Arm legte er um ihn und fasste ihm in den Schritt. »Der Rabe!«, hallte Thrauns Stimme durchs Lager.

Sie erwachten, rollten sich herum und standen auf, schüttelten die Benommenheit ab und zogen die Schwerter aus den Scheiden, die neben ihnen bereitgelegen hatten.

»Formiert euch!«, rief der Unbekannte.

Rasch nahmen die vier Rabenkrieger ihre Positionen rings um die noch schlafende Erienne ein, die sich erst jetzt langsam regte. Thraun zog seinen Gefangenen in den Ring hinein.

»Wo ist dein Freund?«, fragte Hirad.

Der Meuchelmörder sagte nichts. Thraun zog ihn näher an sich und verstärkte mit beiden Händen den Druck.

»Rede.« Wo einer war, lauerte ein Zweiter, der sie wahrscheinlich ganz aus der Nähe beobachtete. »Rede.«

Der Meuchelmörder stöhnte leise vor Schmerz. Denser drehte sich um, und Thraun sah, wie enttäuscht er war.

»Takyn?«, sagte er. »Du?«

»Tut mir leid, Denser«, erwiderte der Meuchelmörder. »Ich habe meine Befehle.«

»Das finde ich wirklich allerliebst.« Er drehte sich wieder herum. »Jetzt schicken sie schon meine Freunde, um mich umbringen zu lassen.«

»Du hättest dir eben bessere Freunde aussuchen müssen«, meinte Hirad.

»Habe ich ja getan.«

»Ja, Denser, das hast du getan.«

»Ruf den Zweiten her«, sagte der Unbekannte. »Entweder das, oder er kann dir beim Sterben zusehen.«

»Ich mach das schon«, sagte Denser. »Gythen, ich weiß, dass du da bist. Komm heraus, komm zu uns. Lass uns die Sache klären, dann können wir alle überleben.«

»Sei nicht so naiv, Denser«, ertönte eine Stimme aus der Dunkelheit. Thraun versuchte sofort, die Richtung festzustellen. »Du könntest uns doch unmöglich ziehen lassen. Das weiß Takyn so gut wie ich.«

»Dann komm her und greif uns an«, sagte Hirad.

Ein trockenes Kichern war die Antwort. »Ich hatte wirklich nicht die Absicht, im Einsatz zu fallen.«

Denser wandte sich an Takyn. »Es sieht so aus, als stündest du kurz davor, niemals Kinder zeugen zu können. Rufe ihn, dann töten wir dich nicht.« Er hielt inne. »Wie konntest du nur diesen Auftrag übernehmen? Bedeuten dir unsere gemeinsamen Jahre in der Ausbildung denn überhaupt nichts?«

»Das ist lange her«, sagte Takyn zwischen gedehnten, schnaufenden Atemzügen. Thraun hütete sich, seinen Griff zu lockern. »Du hast deinen Weg gewählt, und ich den meinen.«

»Aber das hier?«

»Ich muss zugeben, dass ich nie damit gerechnet hätte, auf den Raben angesetzt zu werden, aber man muss auf alles gefasst sein. Du weißt ja, wie es ist. Du hättest auch einen guten Meuchelmörder abgegeben.«

»Wie schmeichelhaft.«

»Denser«, unterbrach ihn der Unbekannte scharf. »Das hilft uns nicht weiter. Gythen, dies ist deine letzte Chance, mit deinem Freund und nicht allein zurückzukehren. Zeige dich.«

Hirad wandte sich über die Schulter an Takyn, sprach aber laut genug, dass der andere es hören konnte.

»Denser mag davor zurückschrecken, dich zu töten, aber das sieht bei mir anders aus. Wer Dystran gehorcht, trägt eine Mitschuld am Tod meines Freundes. Ihr alle seid dem Tode geweiht.«

»Hirad, bitte«, sagte Denser.

»Ich sag ihm nur, wie es ist.«

Erienne regte sich wieder und erwachte endgültig. Sie sah sich von einem Ring von Männern umgeben, Spannung lag in der Luft. Thraun beobachtete ihre Verwirrung, die sich in Gereiztheit verwandelte. Das Licht, das in ihren Augen aufgeflackert war, verblasste rasch wieder.

»Meuchelmörder«, sagte er.

»Dann bringt sie um und lasst mich schlafen.« Ihre Stimme war heiser und trocken. »Ich brauche Ruhe.«

»Wir kümmern uns darum, Liebste«, sagte Denser. »Es gibt aber noch einen. Du könntest ihn für uns ausfindig machen. Du hast die nötige Begabung.«

Jetzt stand sie auf. Thraun sah ihren Ausdruck, als sie ihren Mann betrachtete: Verachtung und Ungeduld waren es vor allem, doch sie schob die fremden Gedanken beiseite. Thraun sah ihren inneren Kampf – und die Angst, als ihr Gesicht sich entspannte.

»Ich weiß nicht, ob ich aufhören kann, wenn ich damit anfange.« Ihre Stimme war leise und verzweifelt.

»Was diskutieren wir noch?«, fragte Hirad. »Ich sehe es wie Erienne. Denser, mach mal Licht, dann schlitze ich diesen Bastard auf, und anschließend reiten wir weiter. Der Feigling im Schatten kann ja versuchen, mit unseren galoppierenden Pferden Schritt zu halten. Wie gefällt euch das?«

»Immer der Diplomat«, sagte Denser.

»Wir haben einen Kodex«, ermahnte ihn der Unbekannte.

Hirad reagierte empört. »Meuchelmörder haben keine Ehre. Also werde ich ihnen auch keine erweisen.«

Er fuhr herum und war schnell genug, um sogar Thraun zu überraschen. Takyn zuckte heftig zusammen. Der Barbar setzte ihm über dem Herzen die Schwertspitze auf die Brust. »Glaubt ihr wirklich, irgendjemand wäre schnell genug, um mich davon abzuhalten?«

Erienne schaltete sich ein. »Falls es dir hilft, dich zu entscheiden: Wer du auch bist, du bewegst dich langsam zu meiner Rechten. Du hast dich gerade unter einem überhängenden Ast hindurch geduckt. Bei deinem nächsten Schritt wirst du an einem kleinen Haufen Laub vorbeikommen. Densers Feuerkugeln sind in wenigen Sekunden bereit. Du kommst nicht rechtzeitig aus der Aufschlagzone heraus. Du bist dran.«

Eriennes Kopf sank auf die Brust, und sie schlang die Arme um den Oberkörper, als hätte sie starke Schmerzen. Außerhalb des Kreises tauchte Gythen auf.

»Es tut mir leid, Takyn«, sagte er.

Takyn zuckte mit den Achseln. »Genau deshalb wollen wir sie ja haben.«

»Kein Wort mehr«, warnte Hirad.

»Gythen, lass deine Waffe fallen«, sagte der Unbekannte, als Darrick zielstrebig auf den Meuchelmörder zuging. »Sofort. Hirad, nimm dein Schwert herunter.«

»Unbek…«

»Sofort!«

Thraun verstand Hirads widerstreitende Gefühle. Seine Achtung vor dem großen Krieger rang mit seinem Wunsch, Rache zu üben. Er ließ das Schwert sinken und trat dicht vor Takyn.

»Du kannst von Glück reden.«

Erienne, die neben Thraun stand, schwankte auf einmal. Er stieß Takyn zu Hirad hinüber und fing sie auf, ehe sie zusammenbrach. Der Unbekannte überbrückte den Moment der Unsicherheit.

»Darrick, bring ihn hier herüber. Denser, du kannst die Feuerkugeln vergessen. Ich glaube, die beiden brauchen jetzt eher einen tiefen Schlaf. Wir übrigens auch. Unser Wächter kann auch sie bewachen.« Er nickte zufrieden. »Damit dürften wir für heute Nacht wohl sicher sein.«

Erienne sank in einen kurzen, von Albträumen unterbrochenen Schlaf. Sie fühlte sich einsamer als je zuvor im Leben. Seit sie sich wieder zum Wachbewusstsein durchgerungen hatte, um in ihrem ganzen Körper den Kampf mit dem Einen aufzunehmen, hatte sie immer wieder Cleress gesucht. Die alte Elfenfrau wollte oder konnte ihr jedoch nicht antworten. Gelegentlich glaubte sie, ihre Stimme zu hören, doch sie war viel zu schwach. Kaum mehr als ein Flüstern im Sturm. Vielleicht hatte das Eine die alte Elfenfrau ausgeblendet. Vielleicht war sie auch schon tot.

Es war sehr anstrengend gewesen, die Struktur des Mana anzupassen, bis sie Gythen sehen konnte, auch wenn es im Grunde ein ganz einfacher Spruch war. Das Eine davon abzuhalten, auf diesem Weg seine ganze Macht ins Spiel zu bringen, war dagegen überhaupt nicht einfach.

Die Al-Drechar hatten sie in der kurzen Zeit, die sie bei ihr gewesen waren, so viel gelehrt. Die Möglichkeiten und Gefahren, die so dicht beieinanderlagen. Die Spaltung Ihres Geistes, die notwendig war, um die Sprüche unter Kontrolle und gleichzeitig den Deckel auf dem Quell des Einen zu halten. Die wichtigste und grundlegende Lektion hatte sie jedoch nie verstanden, obwohl die Elfenfrauen vom ersten Tag an, seit sie in Eriennes Bewusstsein hatten eindringen dürfen, immer wieder darauf zurückgekommen waren. Jetzt begriff Erienne es.

In ihrer ganzen Ausbildung in Dordover hatte sie gelernt, dass die Magie ein Element sei, das ausschließlich durchs Bewusstsein beherrscht werde. Es müsse mithilfe der Vorstellungskraft in Formen gegossen werden, um die gewünschte magische Konstruktion zu schaffen. Körperliche Müdigkeit sei die Folge der geistigen Anstrengungen. Diese Lehren hatte sie auf den Umgang mit dem Einen übertragen.

Das Eine war jedoch ganz anders. Wenn man es für eine gewisse Zeit kontrollieren wollte, musste man den ganzen Körper einsetzen. Muskeln spannten und Sehnen dehnten sich, Blutgefäße schwollen an unter dem Druck des Bluts, das in ihnen pochte. Das Mana war nur ein Element einer viel umfassenderen Magie. Ihr stand nun auch alles andere offen, und das Eine zog den Brennstoff der Magie an wie das Licht die Motten. Aus Erzablagerungen, aus dem Wasser und der Luft, aus grünem Blattwerk und der lebendigen Erde kam seine Kraft – überall herrschte Leben, das man nutzen konnte.

Das Problem war nur, dass diese Magie nicht im Gleichgewicht war. Das Mana löste sich nach einem Spruch auf und kehrte in seinen natürlichen, ungeordneten Zustand zurück. Das Eine jedoch blieb erhalten und war dadurch viel gefährlicher. Es konnte nicht einfach zu Strukturen geformt werden, die man wieder auflöste, wenn man sie nicht mehr brauchte. Die Strukturen des Einen, die dessen Kraft kontrolliert entluden, mussten durch eine bewusste Anstrengung wieder zerlegt werden. Wenn dies unterblieb, nahmen sie weiterhin die Energie der Elemente aus der Umgebung auf, hielten sich damit über längere Zeit selbst am Leben und lösten sich nur widerwillig auf. Nun konnte Erienne auch verstehen, warum Lyanna so bösartige Stürme und Katastrophen entfesselt hatte, die sich so lange gehalten hatten.

Ihre arme Tochter war einfach zu klein gewesen, um die körperliche Kontrolle über das Eine zu erlangen, und ihr Geist allein hatte die Kraft, die er barg, nicht eindämmen können. Dies hatten die Al-Drechar ihr von Anfang zu erklären versucht, doch Erienne war über Lyannas Tod viel zu bekümmert gewesen, um ihnen Gehör zu schenken.

Eriennes Körper war stärker, aber immer noch war es

knapp. Sie hatte sich gefragt, warum die Al-Drechar sie nicht gebeten hatten, das Eine als Teil ihres ganzen Wesens statt nur ihres Geistes anzunehmen. Auch dies verstand sie jetzt. Zuerst musste ihr Bewusstsein trainiert werden. Das Bewusstsein war der Stopfen in der Flasche und gab beim Wirken der Sprüche zugleich den Brennpunkt vor. Der Körper konnte erst ausgebildet werden, wenn der Geist fähig war, den Korken wieder aufzusetzen.

Ihr Körper kanalisierte das Eine in einem endlosen Kreislauf. Es fand keinen Ausgang und konnte keine neue Energie hereinziehen, solange Erienne nicht die Flasche öffnete, um einen Spruch zu wirken. Ihr ganzer Körper drängte sie, diesen geistigen Korken zu entfernen, weil damit die aufbrandende Energie, die sie in sich spürte, freigesetzt wurde. Was für eine Paradoxie. Ausgerechnet in dem Augenblick, in dem sie die größtmögliche Kontrolle über die Magie des Einen ausüben musste, war es für sie und ihre Umgebung am gefährlichsten.

Jetzt endlich verstand sie ganz und gar die Herausforderung, der sie sich stellen musste. Sie würde die Energie des Einen niemals völlig kontrollieren oder beherrschen. Sie konnte diese Kraft nur zurückdrängen, und wann immer sie einen Spruch wirkte, musste sie genau das richtige Maß an Energie einsetzen, um das Ziel zu erreichen. Dieses Maß hing davon ab, wie stark ihr Körper und wie frisch ihr Geist waren. Zu viel Energie im falschen Augenblick, und sie wäre verloren. Zu wenig, und der Spruch würde versagen.

Erienne entspannte sich ein wenig, da sie jetzt den Weg überblicken konnte, der vor ihr lag. Auch war ihr bewusst, dass sie sich für das hassen würde, was aus ihr werden musste. Die Spinne würde immer da sein, würde immer einen Weg suchen, sie zu zerbrechen. Und doch konnte sie nicht dagegen ankämpfen und sie nie besiegen. Sie konnte nur einen Käfig bauen und das Untier nach ihren Vorstellungen wirken lassen.

Endlich schlief sie friedlich. Ihr letzter Gedanke, bevor sie am nächsten Morgen von den Rufen geweckt wurde, war der, dass sie sich selbst noch einmal ganz neu kennen lernen musste. Sie hoffte, ihr Mann würde es verstehen.

Vierzehntes Kapitel

Hirad hatte die letzte Wache der Nacht übernommen. Am Morgen war der Unbekannte als Erster erwacht und hatte sich selbst verflucht, weil er so dumm gewesen war, Hirads emotionale Verfassung völlig falsch einzuschätzen. Er hatte sofort gesehen, was Hirad getan hatte. Jetzt standen er und der Barbar nebeneinander, während ihre Augen sich auf das erste Morgenlicht einstellten.

Wenigstens hatte er es schnell getan und beiden Männern den Hals gebrochen. Keiner von ihnen trug Spuren, doch die Reglosigkeit der Toten war von einer Art, die jeden Gedanken, sie könnten vielleicht doch nur schlafen, Lügen strafte.

»Oh, Hirad, was hast du nur getan?«

»Ich habe daran gedacht, ihnen die Kehle durchzuschneiden oder das Herz aus dem Leib zu reißen, aber das wäre eine Schweinerei geworden.«

Der Unbekannte sah Hirad an, der seinerseits die Toten betrachtete, wie er eine Portion Fleisch bei Tisch betrachten würde. Seine Haltung und sein Ausdruck zeigten deutlich, dass er keinerlei Reue empfand. In seinen Augen hatten sie den Tod verdient, also hatte er sie getötet. Damit war die Unterhaltung über moralische Fragen, die der Unbekannte führen wollte, von vornherein sinnlos.

»Das hatten wir nicht so abgesprochen«, sagte der Unbekannte deshalb.

»Wir hatten abgesprochen, sie zu bewachen«, antwortete Hirad. »Wenn du dich damit besser fühlst, kannst du ja annehmen, sie hätten ihren Schlafspruch überwunden und zu fliehen versucht. Meinst du, wir sollten sie entfernen, bevor Erienne erwacht?«

»Oder Denser.«

»Denser ist schon wach«, meldete sich Denser zu Wort.

»Oh je«, sagte der Unbekannte leise. Der Dunkle Magier stand auf und kam zu ihnen.

»Was, zum …«

»Denser, du musst dir das Gesamtbild vor Augen halten«, sagte der Unbekannte.

Denser stand rechts neben Hirad, und sein Gesicht lief vor Wut dunkel an.

»Was, zum Teufel, ist hier passiert?« Er deutete auf die Toten und mochte nicht glauben, was er sah. Hirad erklärte es ihm.

»Ich habe sie getötet, Denser. Wonach sieht das hier wohl aus?«

Denser wich einen Schritt zurück und sperrte den Mund auf. Es sah beinahe komisch aus. Dann starrte er Hirad ungläubig an.

Hirad erwiderte seinen Blick nicht. Der Unbekannte wusste, was kommen würde, und machte sich bereit, sofort einzugreifen, falls der Streit aus dem Ruder lief.

»Sie waren meine Freunde«, sagte Denser.

»Das war einmal«, gab Hirad zurück. »Sie sind nicht gekommen, um sich nach deiner Gesundheit zu erkundigen.«

Denser deutete auf die Leichen. »Wie konntest du das nur tun? Sie stellten keine Bedrohung mehr dar.«

Endlich drehte Hirad sich um und sah ihm in die Augen. »Keine Bedrohung? Bist du noch bei Verstand? Sie wollten uns töten. Sie haben sich unsichtbar angeschlichen, und wenn sie gekonnt hätten, dann hätten sie uns allesamt abgestochen und Erienne mitgenommen. Tja, das können sie jetzt nicht mehr tun.«

»Das konntest du nicht allein entscheiden«, sagte Denser. »Wir sind eine Gruppe und entscheiden immer gemeinsam, wie du mir so oft erzählt hast.« Er wollte noch mehr sagen, verkniff es sich aber.

»Eine Gruppe, die ich nicht von Meuchelmördern zerstören lassen will. Ich kann gar nicht glauben, dass du mit diesen Bastarden irgendetwas anderes hättest tun wollen.«

»Wir hatten das nicht abgesprochen. Wir wollten später gemeinsam eine Entscheidung treffen, und es wäre nicht unbedingt diese gewesen.« Denser kniete sich vor Takyn und streckte die Hand aus, berührte ihn aber nicht.

»Was hättest du denn getan, Mann aus Xetesk?« Hirad erhob jetzt die Stimme. »Hättest du sie gebeten, es nicht wieder zu tun, und sie nach Hause geschickt?«

Denser kam wieder hoch und baute sich vor Hirad auf. »Wir hätten sie entwaffnen und irgendwo freilassen können, wo sie keine Chance gehabt hätten, uns weiter zu verfolgen. Wir hätten dafür sorgen können, dass wir vor ihnen sicher sind.«

»Tja, wir sind jetzt vor ihnen sicher, oder nicht?« Hirad zuckte mit keiner Wimper. »Ich glaube nicht, dass sie uns jetzt noch große Schwierigkeiten bereiten werden.«

»Du hast sie ermordet, du Bastard!«, rief Denser. Er versetzte Hirad einen festen Stoß, dass der Barbar zurücktaumelte. »Du hast sie kaltblütig ermordet. Was ist mit deinem Ehrenkodex? Du bist nichts als ein Mörder.«

Hirad marschierte drohend auf Denser zu.

»Hirad«, warnte ihn der Unbekannte.

Der Barbar ignorierte ihn. »Glaubst du, sie wären wirklich fortgegangen und hätten uns nicht weiter verfolgt? Glaubst du das wirklich? So dumm kannst du doch nicht sein. Sie sind Meuchelmörder. Sie haben ein Ziel, und das Ziel sind wir. Xetesk ist nur wenige Stunden hinter uns, und Julatsa hat keine Stadtmauern. Warum sollten wir dieses Risiko eingehen, Denser? Wir können es uns nicht leisten, von ihnen erwischt zu werden, und ich will nicht riskieren, dass auch nur einer von uns stirbt, weil du vor ein paar Jahren mal jemanden kanntest. Es kommt hier nur auf Ilkars Vermächtnis an, und es wird Zeit, dass du das einsiehst.« Seine Stimme war nur noch ein heiseres Flüstern. »Und komme mir nie wieder mit dem Kodex, Denser. Dies ist ein Krieg. Mord gibt es nur da, wo kein Krieg ist.«

»Sie waren unsere Gefangenen«, sagte Denser.

»Sie wollten uns töten. Ich habe diese Bedrohung beseitigt. Spielt es eine Rolle, wie ich das getan habe? Wäre es dir lieber gewesen, wir hätten sie gestern Abend sofort angegriffen und getötet?«

»Das ist ein Unterschied«, erwiderte Denser. »Dies war ein Schritt auf einem Weg, den wir nicht gehen sollten. Sei doch vernünftig.«

»Spar dir deine Moral, Denser. Ich habe getan, was getan werden musste.« Er deutete zu den anderen. Darrick, Thraun und Erienne waren inzwischen wach. »Vielleicht geben sie es nicht offen zu, aber sie wissen alle, dass es geschehen musste. Du solltest mir dankbar sein, dass meinetwegen dein Gewissen rein ist.«

Denser erstickte fast vor Wut, und dann rastete er aus. Er

hob eine Faust und wollte zuschlagen, doch Thraun fing seinen Arm ab. Der Gestaltwandler sah ihm in die Augen.

»Sein Messer war schon über dir, Denser«, sagte er.

Hirad lächelte. »Genau. Du wärst der Erste gewesen, und du wärst es auch in Zukunft geblieben. Schöne Freunde, was, Denser?« Er wandte sich ab. »Ich sattele die Pferde. Und wenn dir der Weg nicht gefällt, den ich gehe, dann reite in eine andere Richtung.«

Die Stille in Julatsa machte alle Bewohner des Kollegs nervös. Pheone war den ganzen Tag und den größten Teil der vergangenen Nacht ruhelos auf den Mauern des Kollegs umhergelaufen. Das letzte Versagen des Mana-Stroms hatte lange gedauert und sie sehr beunruhigt. Als er dann wieder einsetzte, hatten sich die Magier an der Grube vor dem Herzen versammelt, sich auf das Mana eingestimmt und voller Schrecken die Veränderung betrachtet. Der Schatten über dem Herz war tiefer geworden. Dunkelgraue Finger gingen von ihm aus, und das leuchtende Gelb, das sie suchten, war trüb und stumpf und erstickte fast unter der farblosen Decke.

Gerade jetzt konnten sie es sich nicht erlauben, Angst zu haben. Sie mussten sich mit aller Kraft darauf konzentrieren, die Mauern und Tore zu verstärken. Die Sprüche, die Stein und Holz verbanden, mussten stark sein, denn sonst würden die Xeteskianer alles auseinandernehmen. Die xeteskianischen Magier waren nicht nur zahlreicher als sie, sondern sie konnten auch gefahrlos arbeiten, sobald der Versuch, das Herz zu bergen, begonnen hatte.

Die wenigen julatsanischen Magier im Kolleg mussten sich einstweilen damit abfinden, dass ihre Mana-Reserven schnell erschöpft waren, dass es ihnen schrecklich schwerfiel, die Strukturen und Formen der Sprüche aufzubauen, und dass bei komplizierten Sprüchen inzwischen zwei die Arbeit übernehmen mussten, die sonst einer geschafft hätte. Sie kamen nur quälend langsam voran.

Am Morgen hatte Pheone die Verstärkung der Mauern beaufsichtigt, und kurz nach dem Mittagessen war sie bereits erschöpft. Die Gesichter der anderen spiegelten ihre eigenen Gefühle. Was auch immer sie taten, es würde nicht reichen. Ganz egal, wie viele Elfenmagier ihnen zu Hilfe kamen, es wären nicht genug, um das Herz zu bergen.

Statt etwas zu sagen, das sie hinterher bereuen würde, war sie zu den Mauern zurückgekehrt. Trotz ihrer Müdigkeit war sie immer wieder herumgegangen und hatte versucht, aus der Wärme des Tages und der unerschütterlichen Fröhlichkeit der Vögel, die im Frühling jubelten, etwas Hoffnung zu schöpfen.

Es hatte nichts genützt. Draußen in den Straßen herrschte eine Unheil verkündende Stille. So viele Menschen waren aus Julatsa geflohen – die Götter allein mochten wissen, wohin – und hatten in der Stadt eine Leere hinterlassen, wo der Lärm des Lebens hätte herrschen sollen.

Hin und wieder hörte sie einen Karren durch die Straßen klappern und roch frisches Brot oder den Rauch der Schmieden, die noch arbeiteten. Doch der Gemeinschaftsgeist war dahin. Der Bürgermeister hatte vielleicht recht damit gehabt, dass seine Bürger nicht kämpfen sollten, doch im Grunde hatte er vielen Menschen Angst eingejagt und sie aus der Stadt vertrieben, und damit hatte die Stadt ihre Seele verloren.

Jetzt konnten Pheone und ihre paar Aufrechten nur noch warten, wer zuerst käme. Wenn es nicht die Elfen waren, dann war sowieso alles verloren, und sie musste zugeben, dass sie in diesem Fall vielleicht nicht einmal mehr genug Kraft hatte, um zu kämpfen. Eigentlich konnte sie überhaupt nicht mehr kämpfen. Sie hatte auch mit dem Gedanken gespielt, einfach fortzugehen, doch wann immer sie daran dachte, musste sie auch an die schreckliche Leere denken, die sie ohne die Fähigkeit, das Mana zu berühren, in sich spüren würde. Das Mana gab ihr einen Grund, trotz allem weiterzumachen.

Unter ihr im Kolleg wurde immer noch gearbeitet. Kommandant Vale hatte seine Wache ins Kolleg gebracht. Die Milizionäre hatten sich ihm angeschlossen, sobald ihre Häuser vernagelt und die Angehörigen geflohen waren. Er hatte mit deutlichen Worten den Bürgermeister verurteilt und war der Ansicht, dessen Verrat an Julatsa habe ihm, Vale, keine andere Wahl gelassen, als sich allein dem Kolleg zu verpflichten.

Es war eine große Geste gewesen, die ihnen vorübergehend ein wenig Mut gemacht hatte. Das Entscheidende waren jedoch die Zahlenverhältnisse. Nicht viel mehr als einhundert Bewaffnete verteidigten das Kolleg, weniger als die Hälfte besaß echte Kampferfahrung. Xetesk dagegen warf erfahrene Soldaten in die Schlacht.

Sie drehte sich um, als jemand ihren Namen rief. Im Westen stand jemand auf dem Wehrgang und winkte. Sie winkte zurück und ging hinüber, zwei Arbeiter wurden ebenfalls aufmerksam und drehten sich um. Aus der Nähe erkannte sie schließlich Geren. Geren war überall, und sein Glaube schwankte nie. Er hatte sich wirklich bewährt. Der griesgrämige, träge Kerl, der vor einem Jahr hier eingetroffen war, existierte nicht mehr. So gab er allen ein Beispiel.

»Ich hoffe, du hast gute Neuigkeiten«, sagte sie, als sie ihn erreicht hatte.

»Das werden wir bald sehen«, antwortete Geren. »Schau nur.«

Er deutete zum wolkenlosen Himmel. Pheone betrachtete die dunklen Blackthorne-Berge und den Glanz des Sonnenlichts auf der weit entfernten Triverne-Bucht, über der ein schimmernder Dunst lag.

»Was denn nun?« Sie spreizte abwehrend die Finger. »Es ist ein schöner Anblick, aber …«

»Schau höher, über die Berge.«

Sie gehorchte. Ein Schwarm Gänse oder Enten flog in der gewohnten V-Formation hoch durch den Himmel. Pheone verfolgte einen Moment ihre Flugbahn, bis die Vögel sich plötzlich verstreuten und tiefer flogen. Wo sie gewesen waren, entdeckte sie jetzt einen schwarzen Punkt, der sehr schnell größer wurde.

»Was ist das?«, fragte sie.

»Ganz einfach«, antwortete Lempaar. Der alte Elf war unbemerkt zu ihnen getreten. »Das ist ein Drache.«

Pheone wusste nicht recht, was sie dazu sagen sollte. Sie hatte mit allem Möglichen gerechnet, aber sicher nicht mit einem Drachen. Es dauerte jedoch nicht lange, bis sie in Gedanken die nötigen Verbindungen knüpfte und zu verstehen begann. Auch gab es ihres Wissens keine anderen fliegenden Lebewesen, die so groß waren, also lag diese Erklärung nahe, zumal sie bereits wusste, dass sich irgendwo im Süden Drachen aufhielten, die mit dem Raben befreundet waren. Ilkar hatte es einmal erwähnt, und die Begegnung mit ihnen hatte ihn stark beeindruckt.

Sie empfand eine Mischung aus Furcht und freudiger Erwartung, ihr Herz raste, und ihr Mund wurde trocken.

Nicht lange, und alle konnten den Drachen sehen. Panik breitete sich im Kolleg aus, Leute riefen, einige rannten in die Gebäude, in denen sie sich sicher glaubten. Pheone hörte verängstigte Pferde wiehern, und dann kam die Frage, auf die sie keine Antwort wusste.

»Was sollen wir tun?«

»Wir können nichts tun. Er könnte uns freundlich gesonnen sein, und wenn er es ist, dann … ich weiß nicht, dann sollten wir ihn willkommen heißen. Wenn nicht, dann sind wir, so fürchte ich, nicht genug, um ihn daran zu hindern, uns alle zu töten. Ich an deiner Stelle würde zu den Göttern beten, von denen du glaubst, sie könnten dir am ehesten helfen.«

Ihr war klar, wie erbärmlich es klang, doch die Gesichter der anderen verrieten ihr, dass niemand eine bessere Lösung wusste. Also sahen sie tatenlos zu, wie sich das außerordentliche Geschöpf näherte. Erst als sein Schatten über die Stadt zog, wurde Pheone klar, wie groß der Drache wirklich war. Die mächtigen Flügel peitschten die Luft und trugen den riesigen, aber dennoch anmutigen Körper durch den Himmel. Der Kopf saß auf einem langen, gekrümmten Hals, und das Maul konnte ein ganzes Pferd auf einmal verschlingen. Die Hinterbeine mit den kräftigen Füßen und den Krallen waren unter den Bauch gezogen.

Als der Drache näher kam, streckte er die Füße nach vorn, suchte mit verblüffend blauen Augen nach einem Landeplatz und bremste mit kräftigen Flügelschlägen ab. Der Wind ließ Pheones Haare flattern, sie roch den stinkenden Atem des Drachen und hörte das Knattern der Flügel. Der Anblick ließ sie beinahe ihre Pflichten vergessen. Im letzten Augenblick wandte sie sich wieder an die anderen, um sie mit einem lauten Ruf zu warnen.

»Tut nichts! Greift nicht an, bleibt auf Distanz!«

Beinahe hätte sie gelacht. Als ob irgendjemand etwas hätte tun wollen. Sie war nervös und zitterte vor Aufregung, als der Drache einmal das Kolleg umkreiste und mit einem dumpfen Knall mitten auf dem Hof landete. Jetzt lag es bei ihr, sich ihm zu nähern.

»Bleibt hier«, sagte sie überflüssigerweise zu den anderen.

Sie lief zur nächsten Treppe, während der Drache seine Flügel auf dem Rücken zusammenfaltete und ein wenig schwankte, bevor er sich niederließ. Als sie die Treppe hinabgestiegen war, konnte sie ihn nicht mehr sehen. Eilig lief sie durch die Gebäude zum Hof und forderte die Leute dazu auf, Ruhe zu bewahren, obwohl ihr selbst überhaupt nicht danach war.

Zwischen dem Vortragssaal und der Krankenstation kam sie heraus und blieb einige Augenblicke stehen, um den Anblick in sich aufzunehmen. Ilkar hatte ihr gesagt, wie Ehrfurcht gebietend sie waren; das hatte sie aber nicht auf diesen Anblick vorbereiten können. Sie betrachtete seine Flanke. Die Sonne schimmerte auf den wenigen goldenen Schuppen, die zwischen dunkleren verteilt waren. Hoch erhob sich der Rücken, bis zu dreifacher oder vierfacher Mannshöhe, und der gekrümmte Schwanz war noch einmal fast so lang wie der Körper.

Offenen Mundes ging sie weiter, während ihr Blick über den langen Hals wanderte, der dicker war als die meisten Bäume. Im Augenblick war der Kopf nicht zu sehen, denn der Drache spähte in die Grube, in der das Herz ruhte. In einem weiten Bogen umkreiste sie ihn, weil sie ihm vorerst nicht zu nahe kommen wollte, bis sie den Rand der Grube erreichte. Er schien sie zu spüren, zog den langen Hals zurück, und der Kopf erschien über der Grube. Eine kleine Ewigkeit lang, so kam es ihr vor, starrte der Drache sie an. Sie blieb wie angewurzelt stehen.

Der Drache hielt jedoch nicht inne, sondern schob den Kopf weiter in ihre Richtung. Sein stinkender Atem schlug ihr aus den Nasenlöchern entgegen. Sie schluckte schwer, sie war ihm hilflos ausgeliefert. Dann öffnete sich das Maul, und sie sah die riesigen Reißzähne. Speichel tropfte auf den Boden. Nur einen Schritt vor ihr verharrte der Kopf, die Augen waren auf gleicher Höhe mit ihrem Kopf. Er betrachtete sie einen Moment.

»Ich spüre Freundschaft«, sagte er. Seine Stimme hallte laut über den Platz, alle anderen Geräusche erstarben sofort. »Dies ist Julatsa.«

Pheone wusste nicht, was sie darauf sagen sollte. Dieses mächtige Tier war einfach überwältigend. Man hatte die Drachen für Fabelwesen gehalten, doch es hatte immer Gerüchte gegeben, dass einige Meister ihres Kollegs mehr wussten, als sie preisgeben wollten. Einige, so hieß es, seien die Freunde oder Diener der Drachen. Wahrscheinlich hatte dieser Drache hier gerade darauf angespielt.

»Ja«, sagte sie. Ihre Stimme klang dünn nach den Worten des Drachen. »Ich …«

»Du kannst nicht recht glauben, dass ich existiere, und dass wir uns unterhalten«, sagte der Drache. »Denn schließlich bin ich nur ein Tier.«

»Nein«, widersprach sie rasch. »Keineswegs. Ich bin nur … du weißt schon.«

Sie nahm an, dass er lachte oder das empfand, was bei einem Drachen als Belustigung galt. Stoßweise schlug ihr die Luft entgegen, und ein knirschender Laut drang aus seinem Maul.

»Keine Sorge, schwacher Mensch, mein Drachenmann hat mir alles erklärt. Er ist nicht so zaghaft wie du und scheut sich nicht, jederzeit das Wort zu ergreifen.«

Pheone fasste sich. Aller Augen ruhten auf ihr, und die Panik war nur noch einen Herzschlag entfernt, falls die Unterhaltung eine unschöne Wendung nehmen sollte. Sie fragte, was sie fragen musste.

»Warum bist du hergekommen?«

»Wir wollen damit beginnen, unsere Namen zu nennen«, sagte der Drache. »Soweit ich weiß, stellen sich die Menschen einander vor. Ich bin Sha-Kaan, der Große Kaan meiner Brut.«

»Pheone«, erwiderte sie und streckte unwillkürlich die Hand aus, um sie verlegen sofort wieder zurückzuziehen. Der Drache hatte es anscheinend nicht einmal bemerkt.

»Es freut mich, deine Bekanntschaft zu machen, Pheone von Julatsa«, sagte Sha-Kaan. »Ihr seid besorgt, aber die Tatsache, dass ihr hier bleibt, verrät mir viel über euren Mut. Der Brut Kaan hat dieser Mut über die Jahre sehr geholfen.«

»Der Krieg kommt hierher«, erwiderte Pheone, die sich ein wenig entspannt hatte. »Wirst du … ich meine, bist du hier, um uns zu helfen?«

»Ah.« Sha-Kaan seufzte bedauernd. »Ich wünschte, dem wäre so. Ich habe Freunde, die hierher kommen, und würde ihnen und euch gern helfen. Doch ich bin schwach. Sie besitzen das nötige Wissen, um mich nach Hause zu schicken.«

Mit einem solchen Eingeständnis eines offenbar so mächtigen Wesens hätte Pheone nicht gerechnet. Doch irgendetwas im Blick des Drachen, der sie unverwandt ansah, verriet ihr, dass er von einem Kummer geplagt wurde, den sie nicht ermessen konnte.

»Das tut mir leid«, sagte sie, und sie meinte es aufrichtig. »Können wir etwas tun, damit du es bequem hast? Etwas zu essen oder zu trinken vielleicht?«

»Nein, Pheone, aber vielen Dank für das Angebot. Ich werde ruhen, bis es dunkel ist, und dann mein Essen jagen. Das Land in der Nähe eurer Bergkette, ihr nennt sie die Blackthorne-Berge, hat viel zu bieten.«

»Bist du nicht über das Kollegland geflogen?«, fragte sie.

»Man sagte mir, dort seien Feinde unterwegs, die mich nicht sehen durften, weil sie sonst schneller marschiert wären. Ich bemerkte keinen von ihnen, und sie sahen auch mich nicht. Ich bin sehr hoch geflogen.« Er verlagerte seine Hinterbeine. »Nun sage mir, wie es kommt, dass euer Wesen tief unter der Erde liegt und schwindet?«

Pheone seufzte und erklärte ihm so gut wie möglich, dass ein Schatten über das Herz von Julatsa gefallen war.

Es war schon lange dunkel, doch die Elfen liefen immer noch. Die Lichter von Julatsa wurden heller, je näher sie kamen, und die Erinnerungen der Al-Arynaar-Magier waren noch frisch genug, um nicht vom richtigen Weg abzukommen. In der vergangenen Nacht hatte es Angriffe gegeben. Vier Magier waren tot, und nur dem Eingreifen eines Panthers der Krallenjäger war es zu verdanken, dass nicht noch mehr gestorben waren.

Wütend und besorgt war das Lager erwacht, und man kam sofort überein, lieber ohne weitere Verzögerung den ganzen langen Weg bis zur relativen Sicherheit des Kollegs zu laufen. Auum war von seinen Angriffen im Rücken des Feindes zurückgekehrt. Er hatte die Xeteskianer gezwungen, noch langsamer zu marschieren. Ihre Späher gingen jetzt mit äußerster Vorsicht nur einige Dutzend Meter vor den Wagen. So gewannen die Verbündeten noch einige Stunden. Doch nichts und niemand konnte die Xeteskianer davon abhalten, die Stadt zu erreichen.

Rebraal rannte an der Spitze der Elfentruppe. Krallenjäger patrouillierten im Gelände vor ihm, und die aktiven TaiGethen-Zellen sicherten die Flanken und die Nachhut. Er war sicher, dass sie einen guten Vorsprung vor den Feinden hatten, und die Hausgeister hatten sich seit dem ersten Scharmützel zurückgehalten, doch sie mussten ganz sicher sein. Er war erleichtert, dass die Dämonen nicht bemerkt hatten, wie sehr die Magie der Elfen geschwächt war, denn sonst hätten sie ihnen sicher stärker zugesetzt.

Einige Meilen vor der Stadt, als es bereits völlig dunkel war, hatte er eine Gestalt bemerkt, die sich vom Boden erhob und nach Westen flog. Es musste sich um den Kaan-Drachen handeln, den Hirad oft erwähnt hatte. Er erstickte alle Befürchtungen im Keime und erklärte seinen Leuten, der Drache sei ihnen freundlich gesonnen. Glücklicherweise vermochten seine Worte auch ihn selbst zu beruhigen.

Eine Meile vor Julatsa keimten seine Ängste wieder auf. Die Krallenjäger hatten berichtet, dass sie niemanden bemerkt hatten. Keine vorgeschobenen Wachtposten, keine Späher, die den Vorstoß der Feinde beobachten sollten, keine berittenen Streifen. Es war, als wäre die Stadt nicht auf den Kampf vorbereitet. Dank ihrer feinen Witterung hatten sie jedoch gespürt, dass es eine massenhafte Bewegung nach Norden und Westen gegeben hatte. Allerdings hatten die Krallenjäger nicht den Auftrag gehabt, sich dort weiter umzusehen.

»Wo sind die Verteidiger?«, fragte Auum. Duele und Evunn blieben wie Schatten hinter ihm, während er leichtfüßig neben Rebraal lief.

»Ich weiß es nicht«, antwortete Rebraal. »Wir müssen uns darauf gefasst machen, dass die Lage schlimmer ist als angenommen.«

»Vielleicht erwarten sie auch, wir würden ihnen helfen, und sind nicht bereit, selbst etwas zu tun.«

»Wir werden sehen.«

»Bete zu Yniss, dass dem nicht so ist«, sagte Auum. »Allein sind wir nicht zahlreich genug, und der Wille muss vorhanden sein, sonst zerbrechen sie unter dem Angriff.«

Die Straßen der Stadt waren verlassen, viele Häuser verriegelt und leer. Die Straßenlaternen beleuchteten leeres Pflaster und verdunkelte Fenster. Die Atmosphäre hätte zu einer Stadt gepasst, die wenige Stunden vor der Morgendämmerung in tiefem Schlaf lag, doch in Julatsa hätte es vor Leuten wimmeln müssen, die verzweifelt die letzten Maßnahmen ergriffen, damit Xetesk nicht ungehindert einmarschieren konnte.

Rebraal wusste nicht viel über die Verteidigung von Städten, doch seiner Ansicht nach hätte jede wichtige Kreuzung verteidigt werden müssen. Wächter sollten auf allen Straßen, Wegen und Gassen zu Fuß oder zu Pferd patrouillieren. Das Volk von Julatsa sollte doch eigentlich eine viel zu große Angst vor einer Invasion haben, um einfach zu schlafen. Schließlich kleidete Auum seine Befürchtungen in Worte.

»Sie sind fort«, sagte er.

Tatsächlich sah es so aus, als sei der größte Teil der Einwohner verschwunden. Nur im Kolleg brannten helle Lichter. Auf dem Weg vom ersten verlassenen Wachtposten bis zum Tor des Kollegs waren ihnen weniger als zehn Menschen begegnet. Alle hatten untätig herumgestanden und die Elfen beobachtet. Keiner hatte etwas gerufen, niemand hatte eine Hand erhoben, um sie zu begrüßen, oder eine Faust, um ihnen zu drohen. Es war, als wäre ihnen alles egal.

Rebraal spürte Auums Verachtung, als sie vor den Kollegtoren warteten, bis sie eingelassen wurden.

»Wenn du glaubst, dann kämpfst du auch«, sagte er.

»Es ist nicht das Kolleg«, widersprach Rebraal. »Es ist die Stadt ringsumher.«

»Die gehören doch zusammen«, widersprach Auum. »Anscheinend ist ihnen aber ihre Geschichte unwichtig.

Das ist es, was sie so unbedeutend macht und was sie von ihren Göttern entfremdet, wer auch immer die Namenlosen sein mögen. Und du fragst, warum ich die Menschen nicht mag?« Er besann sich. »Die meisten Menschen.«

Die Tore öffneten sich, und die Elfen rannten hinein und versammelten sich im Hof. Magier des Kollegs kamen ihnen entgegen, begleitet von Hirad und dem Unbekannten Krieger. Der Barbar war wütend, der Unbekannte sah müde aus.

»Schön, dass ihr es geschafft habt«, sagte Hirad.

»Du wirkst aber nicht gerade glücklich«, erwiderte Rebraal lächelnd.

»Das hier ist der reinste Trümmerhaufen«, sagte er. »Entschuldige, Pheone. Die beiden sind Rebraal und Auum. Die Leute, die euch vielleicht das Leben retten. Pheone leitet das Kolleg.«

Die Frau war so erleichtert, die Elfen zu sehen, dass sie beinahe in Tränen ausbrach.

»Ich kann euch nicht sagen, wie viel es uns bedeutet, dass ihr hier seid«, sagte sie. »Bitte, lasst euch von meinen Leuten eure Schlafplätze zeigen. Wir müssen so bald wie möglich mit euren leitenden Magiern sprechen. Es gibt noch so viel zu tun, um das Kolleg zu verteidigen, und wir müssen die Bergung des Herzens vorbereiten. Ich glaube, wir haben nicht mehr viel Zeit.«

Rebraal wandte sich an Auum, der sich umdrehte und Befehle gab. Sein Zorn war unüberhörbar.

»Unsere führenden Magier werden hierbleiben, um mit dir zu reden«, sagte Rebraal. »Du hast recht, wir haben nicht viel Zeit.« Er wandte sich an den Unbekannten. »Wann seid ihr eingetroffen?«

»Am Spätnachmittag«, erklärte der große Krieger. »Wie weit sind sie hinter euch?«

»Sie werden morgen noch vor der Abenddämmerung eintreffen. Was ist denn in der Stadt passiert? Warum gibt es keine Wachen?«

»Weil sich alle, die noch da sind, hier drinnen versammelt haben«, grollte Hirad. »Das ist das erbärmlichste Zeugnis von Loyalität, das ich je gesehen habe. Beinahe bin ich froh, dass Ilkar es nicht sehen muss.«

»Es ist sogar noch schlimmer«, ergänzte der Unbekannte. »Als wir herkamen, waren die Tore weit geöffnet. Falls Xetesk unmittelbar nach dem Ende der Belagerung Meuchelmörder ausgesandt hat, könnten sie sich bereits hier drinnen verstecken.«

»Ein Chaos«, murmelte Hirad.

Rebraal nickte. »Die TaiGethen und die Krallenjäger werden das Kolleg durchsuchen.«

Hirad wandte sich an Pheone. »Sorge dafür, dass ihnen niemand in die Quere kommt und dass sie mit dem Respekt behandelt werden, den sie verdienen. Sie sind immerhin gekommen, um dein Kolleg zu retten, auch wenn die Einwohner der Stadt dazu nicht bereit waren.«

»Ich weiß, Hirad«, sagte Pheone. »Glaube mir, ich bin ebenso enttäuscht wie du.«

»Das ist ihm klar«, warf der Unbekannte ein. »Allerdings hat euch euer eigener Stadtrat den schwersten Schlag versetzt. Vergib uns, dass wir so empfinden, wenn wir euch zu Hilfe kommen.« Er wandte sich an Rebraal, zuckte zusammen und presste eine Hand auf seine Hüfte. »Hole Auum so bald wie möglich in den Speisesaal. Es ist das Gebäude da drüben.« Er nickte in Richtung eines niedrigen Gebäudes, aus dessen offenen Türen helles Licht in den Hof fiel. »Der Kommandant der Wache ist schon dort. Wir müssen reden, und dann müssen wir uns ausruhen. Viel zu viele Wunden von den Kämpfen in den Katakomben sind noch nicht richtig verheilt.« Er hielt inne und nagte an der Unterlippe. Zum ersten Mal, seit Rebraal ihn kannte, schien der große Mann mutlos.

»Wir wollen hoffen, dass eure Götter uns helfen. Ich glaube, die unseren sind mit den Julatsanern nach Norden geflohen.«

Fünfzehntes Kapitel

Pheone stand am nächsten Morgen in der Dämmerung auf. Sie war hin und her gerissen und unsicher, aber auf eine eigenartige Weise zuversichtlich. Wie bei den meisten Bewohnern des Kollegs überwog auch bei ihr der Optimismus.

Die Ankunft der Elfen hatte die Anstrengungen im Kolleg beflügelt. Die außergewöhnlichen Krieger, die TaiGethen, waren wie Geister durch die Räume und Flure gezogen und hatten auf ihrer Suche kein Versteck übersehen. Zusammen mit den geheimnisvollen, gefährlichen Krallenjägern hatten sie festgestellt, dass sich keine xeteskianischen Meuchelmörder im Kolleg befanden. Doch mit jeder Stunde, die verging, stieg die Wahrscheinlichkeit, dass diese gefährlichen Kämpfer in die Stadt eindrangen. So blieben die Tore des Kollegs geschlossen, und die Wächter beobachteten unablässig den Himmel.

Auch die Anwesenheit des Raben hatte eine durchaus vorhersehbare Wirkung auf die Stimmung im Kolleg gezeitigt. Unter den etwa hundertsiebzig Magiern, Wächtern und Milizionären herrschte die Überzeugung vor, sie könnten nicht verlieren, weil der Rabe niemals verlor. Nun waren die Rabenkrieger da und kämpften für das Kolleg. Auch Pheone spürte dieses Selbstvertrauen, mit dem sie ins Kolleg geritten waren, ihre Autorität. Wenn der Unbekannte Krieger sprach, dann hörte man zu. Wenn Hirad einen ansah, gab man sich mehr Mühe. Wenn Darrick erklärte, wie man die Verteidigung besser organisieren konnte, dann befolgte man seine einleuchtenden Ratschläge.

Später am Abend hatte sie jedoch auch am Gespräch mit Kommandant Vale teilgenommen, und nun musste sie sich fragen, ob das Kolleg nicht doch ein großer Friedhof werden würde. Sie sorgte sich um die Verfassung von dreien der sechs Rabenkrieger, was sie allerdings nicht auszusprechen wagte. Darrick war durch eine tiefe Wunde in der Hüfte geschwächt. Nachdem er drei Tage scharf geritten war, wirkte er sichtlich erschöpft. Hirad konnte sich kaum bewegen und war im Grunde kampfunfähig, auch wenn er es niemals zugegeben hätte. Sein Handgelenk war verstaucht, und auf der Brust hatte er eine Wunde, die ihn bei jeder Bewegung des Oberkörpers behinderte. Beide Verletzungen bereiteten ihm offensichtlich Schmerzen. Und dann natürlich Erienne. Pheone hatte so viel über Erienne gehört, und inzwischen wusste sie, was die arme Frau quälte. So viel Kummer hatte Erienne erlebt, so großem Druck war sie ausgesetzt gewesen, und jetzt musste sie allein mit einer magischen Kraft ringen, die sie nicht richtig kontrollieren konnte. Es war schon beeindruckend genug, dass sie überhaupt am Tisch saß. Doch sie hatte schlechte Laune und war verschlossen, als müsste sie immer wieder Impulse zurückdrängen, die nicht ihre eigenen waren. Als könnte unversehens etwas aus ihr hervorbrechen, das sie nur mühsam zurückhielt.

Pheone war nicht sicher, ob auch die anderen bemerkten, was in Erienne tobte und wie viel Kraft sie aufwenden musste, um einfach nur sie selbst zu bleiben. Pheone sah es, konnte Erienne aber wie alle anderen nicht helfen. Doch auch sie gab sich der irrationalen Hoffnung hin, sie würden letzten Endes siegen, wenn die Kämpfe erst einmal begonnen hatten.

Nach dem Frühstück ruhten die Elfen noch eine Weile, bevor sie am Nachmittag die Bergung des Herzens versuchen wollten. Pheone stieg unterdessen wie gewohnt auf die Mauern und traf dort auf Hirad, der nach Süden schaute. Er war nicht allein. Es war ein schöner Tag, und wer hinsehen wollte, konnte jenseits der Stadt die Staubwolke erkennen, in der sich die anrückenden Xeteskianer verbargen. Alle hofften inbrünstig, weitere Verbündete, namentlich Izack und Blackthorne, würden vor den Feinden eintreffen.

»Was glaubst du, wie weit sie noch entfernt sind?«, fragte Pheone, als sie neben ihm stand.

Er drehte sich lächelnd um. »Das ist schwer zu sagen. Einen halben Tag, vielleicht ein wenig mehr. Wie Rebraal sagte, werden sie vor der Abenddämmerung eintreffen. Ich nehme an, sie werden den Rest des Tages lagern und uns zur Kapitulation auffordern, um im Morgengrauen anzugreifen. Unterdessen werden sie aber bereits Meuchelmörder und Hausgeister schicken, wenn es ihnen möglich ist.«

»Das ist kein erfreuliches Bild.«

»Nein«, stimmte er zu. »Aber wir müssen wissen, womit wir es zu tun bekommen. Es hätte ja doch keinen Sinn, sich zu verkriechen, oder?«

»Ich denke nicht.«

Es gab ein langes Schweigen. Die Mauern des Kollegs waren zwar höher als die meisten Gebäude in Julatsa, doch die Verteidiger konnten wegen der Hügel vor der Stadt das Gelände nicht vollständig überblicken. Wenn und falls Izack auftauchte, würden sie keine große Vorwarnzeit bekommen.

»Pheone, es tut mir leid wegen gestern Abend. Es war ein langer Tag.«

Es war eine Entschuldigung, die sie nicht erwartet hatte. Sie bemühte sich, Entgegenkommen zu zeigen.

»Ist schon gut«, sagte sie. »Jeder fährt einmal aus der Haut.«

Hirad schüttelte den Kopf. »Nein, das ist es eigentlich nicht.« Er hielt inne. »Ich vermisse Ilkar. Mit jedem Tag, an dem ich seine Stimme nicht höre, wächst meine Wut, und die lässt mich nicht los. Es ist komisch. Als ich ihn einmal jahrelang nicht gesehen hatte, spielte es keine Rolle, weil ich wusste, dass es ihm gut ging. Jetzt ist er tot, und ich habe das Gefühl, diese Zeit vergeudet zu haben.«

Pheone fand nicht die richtigen Worte, um darauf zu antworten, und so nickte sie nur und war ein wenig verlegen, weil dieser Mann, der so kompromisslos und hart wirkte und der so viele Menschen hatte sterben sehen, auf einmal auf diese Weise mit ihr sprach.

»Er ist der Grund dafür, dass ich hier bin«, fuhr Hirad fort. »Ilkar wollte, dass wir kommen und bei der Bergung des Herzens helfen, aber jetzt ist er fort. Das kann ich nicht mehr ändern. Ich kann jedoch diese Bastarde schlagen, die jetzt herkommen. Sie tragen die ganze Schuld.«

Die Wärme und Trauer in seiner Stimme waren der Kälte gewichen. Pheone zog sich ein wenig zurück und überlegte fieberhaft, wie sie das Thema wechseln konnte.

»Wir werden es tun. Das Herz bergen, meine ich. Selbst wenn wir nichts mehr davon haben werden, es wird im Gedenken an Ilkar geschehen, nicht wahr?«

»Ihr *werdet* etwas davon haben«, widersprach Hirad. Jetzt drehte er sich ganz zu ihr herum, starrte sie mit brennenden Augen an und entließ sie nicht aus seinem Blick. »Weil wir nicht verlieren werden.«

»Ich weiß«, sagte Pheone und hoffte, ihre Antwort klänge so überzeugend wie seine Worte.

»Das will ich hoffen, denn der Glaube ist alles.«

Hirad besaß nicht das Charisma des Unbekannten Kriegers, doch sein Herz war stolz und groß. Kein Wunder, dass Ilkar ihn immer als den Mann beschrieben hatte, der dem Raben das Leben einhauchte. Jetzt verstand sie ganz und gar, was Ilkar gemeint hatte.

»Wo ist Sha-Kaan?«

Hirad kicherte, seine Augen verloren die Härte, und sein Gesichtsausdruck wurde wieder weicher. »Ja, er sagte mir schon, das ihr euch gestern kennen gelernt habt. Du brauchst keine Angst vor ihm zu haben. Ich glaube, inzwischen mag er Menschen sogar recht gern.«

»Da bin ich wirklich erleichtert.«

»Er müsste in den Blackthorne-Bergen sein und sich ausruhen. Vielleicht in irgendeiner kühlen Höhle, die ihn an seine Heimat erinnert. Wenn wir bereit sind, ihn nach Hause zu schicken, werde ich ihn rufen. Er ist schon ganz aufgeregt, was ich gut verstehen kann. Manchmal wünschte ich, ich könnte ihn begleiten.«

»Warum tust du es nicht?«

»Weil ich Ilkar nicht enttäuschen will.«

»Leben die Drachen demnach in Höhlen?« Sollte an den Geschichten, die sie gelesen hatte, wirklich etwas dran sein?

»Nein. Sie haben Orte, die sie Choul nennen. Dort ruhen sie manchmal mit ihren Brutbrüdern. Man könnte diese Räume vielleicht Höhlen nennen. Sha-Kaans Land aber ist heiß und feucht, und die Drachen leben dort in Gebäuden, die von ihren Dienern errichtet werden. Eines Tages erkläre ich es dir. Vielleicht nehme ich dich sogar mit.«

Pheone wurde nicht aus Hirad schlau. Das war ein Angebot, das man nicht ausschlagen konnte, aber so beiläufig vorgetragen, als ginge es nur darum, eine Runde Getränke auszugeben. Bei jedem anderen hätte es angeberisch geklungen, als wollte er sich mit seinen Beziehungen brüsten. Doch bei Hirad war dies nicht der Fall, und er meinte es offensichtlich ernst.

»Könntest du das denn tun?«

»Warum nicht?«

»Das wäre schön.«

»Gut. Ein weiterer Grund, warum du unbedingt an unseren Sieg glauben solltest, nicht wahr?« Hirad streckte die Arme und zuckte vor Schmerzen zusammen. »Na gut, ich muss jetzt los und mir eine Salbe auf die verdammte Brust schmieren lassen.« An der Treppe blieb er noch einmal stehen und massierte sein verrenktes Handgelenk. »Danke, dass du eine Weile bei ihm warst«, sagte er. »Du hast ihm viel bedeutet, und er war sehr glücklich. Das werden wir nicht vergessen.«

Sie sah ihm nach und weinte.

»Ich auch nicht«, flüsterte sie.

Alles in allem hätte es für Dystran kaum besser laufen können. Das Debakel in den Katakomben musste er einfach vergessen, denn wie Ranyl ihm erklärt hatte, ging immer irgendetwas schief. Ansonsten verlief aber alles wunderbar.

Ohne großen Behinderungen ausgesetzt gewesen zu sein, näherte sich seine Truppe Julatsa, um das Kolleg, die Überbleibsel der verbündeten Streitkräfte und die Elfen zu vernichten. Sie würden den Raben ausschalten und sich Erienne und die Elfentexte schnappen. Damit wäre Xetesk der unangefochtene Herrscher Balaias.

Lystern und Dordover stellten keine Bedrohung mehr dar. Eigentlich lag es jetzt bei ihm zu entscheiden, wie lange er sie noch in Ruhe ließ, ehe er auch sie zerschmetterte.

Wie sehr die beiden Städte sich nun wünschen mussten, sie hätten ebenfalls Mauern gebaut. Wie sehr sie sich wünschen mussten, einen nicht ganz so ethischen Umgang mit der Magie gepflegt zu haben. Vuldaroq sah sicherlich den Fehler ein, den sein Kolleg begangen hatte, doch ihm blieb nicht mehr genug Zeit, ihn zu beheben. Nun mussten sie alle dafür bezahlen, und Dystran würde den Preis bestimmen.

Vielleicht hätte er besorgt sein sollen, weil sein Kolleg angreifbar und verwundbar war, nachdem er den größten Teil seiner Magier und Wächter auf die paar hundert Kämpfer der Verbündeten angesetzt hatte, doch es war weit und breit kein Angriff in Sicht. Drei Tage lang waren seine Späher durchs Magierland gelaufen und hatten nichts gefunden, das sich in seine Richtung bewegte.

Die Armee der Gerechten, wie dieser Narr Selik sie genannt hatte, schwand dahin und verlor jeden Tag ein paar ihrer armseligen Zelte, weil mehr und mehr Leute erkannten, dass die Schwarzen Schwingen nicht wieder auferstehen würden. Inzwischen hatte Dystran sogar seine Spione aus dem Lager zurückgerufen, weil ihr Einsatz der Mühe nicht mehr wert war.

Einen großen Teil seiner Zeit hatte er in Laryons inzwischen wiederhergerichtetem Verteiler verbracht. Er und seine neu zusammengestellte Forschergruppe hatten immer wieder ihre Berechnungen überprüft. Noch ein Tag, dann stand ihnen für eine längere Zeitspanne ein Spruch zur Verfügung. Er hatte seinen Dimensionsmagiern befohlen, erst zuzuschlagen, wenn die Verbündeten in Sichtweite von Julatsa waren. Die Feinde sollten, wenn möglich, mit ansehen müssen, wie ihre Kameraden vernichtet wurden.

Schade nur, dass sie nicht den Blauen Sturm wirken konnten. Die Konjunktion, die dies erlaubte, würde erst in einiger Zeit wieder eintreten. Die Alternative war aber mindestens ebenso vernichtend, wenngleich nicht ganz so spektakulär.

Dystran war der Ansicht, dass der Krieg in spätestens drei Tagen beendet sein würde. Einen Augenblick zögerte er noch auf seinem Balkon, bevor er zu Ranyl hinüberflog, und nahm sich vor, gelegentlich über die neue Ordnung des Landes nachzudenken, sobald er seine Herrschaft gefestigt hatte. Die Beherrschung Balaias würde eine große Aufgabe darstellen, doch als die einzige verbleibende magische Kraft war er in der einzigartigen Position, sich zum ersten echten Herrscher des Landes aufschwingen zu können.

In gewisser Weise musste er einräumen, dass es ein erschreckender Gedanke war. Schließlich wirkte er Schattenschwingen und schwebte langsam zu Ranyls Turm hinüber. Eines nicht zu fernen Tages würde er landen und den alten Mann tot vorfinden. Den einzigen Mann, den er dringender brauchte als alle anderen.

Er hoffte, dieser Tag sei noch nicht gekommen.

Abgesehen vom Tisch in der Mitte war der Speisesaal leer. Auf ihm waren Karten der Stadt und eilig gekritzelte Zeichnungen des umgebenden Magierlandes ausgebreitet. Anfangs hatten sie gesessen, doch inzwischen waren bis auf Erienne alle aufgestanden, um die Pläne genau zu betrachten. Izack war kurz vor Mittag eingetroffen, und die Besprechung hatte sofort begonnen, denn Xetesks Truppen waren nur noch wenige Wegstunden entfernt und marschierten mit großer Zuversicht. Izack beriet sich mit dem Raben, Kommandant Vale, Pheone, Rebraal und Auum.

»Ihr sagt also, Blackthorne werde nicht vor Xetesk hier eintreffen?«, erkundigte sich der Unbekannte.

»Das ist richtig«, bestätigte Izack. »Im Augenblick sitzt er hier fest.« Er deutete auf die Karte, zwischen Xetesk und Julatsa. »Er hat die richtige Entscheidung getroffen. Er hat ungefähr fünfzig Leute bei sich, die aber nicht in der Verfassung sind zu kämpfen. Es ist besser, er ruht sich einen Tag aus und greift sie von hinten an, sobald er kann. Wir bleiben in Verbindung, so kann ich ihm weitere Hinweise geben.«

»Ich traue Eurem Urteil«, sagte der Unbekannte.

»Erfreulicher ist, dass die Verbündeten ihre Belagerungsstellungen im Süden und Westen von Xetesk aufgegeben haben und als Verstärkung kommen. Sie werden einen Tag nach den Xeteskianern eintreffen, wenn weiter nichts passiert. Xetesk weiß, dass sie kommen, und wird daher schon beim ersten Angriff sehr hart zuschlagen. Ich denke, wir müssen morgen damit rechnen. Es könnte aber auch bereits heute am Spätnachmittag geschehen, deshalb sollten wir vorbereitet sein. Alle einverstanden?«

Die Teilnehmer der Besprechung nickten.

»Na gut, General.« Der Unbekannte zwinkerte Darrick zu. »Da du gesucht wirst, Izack aber nicht sonderlich scharf darauf ist, dich in Haft zu nehmen, und nachdem seine Männer überall gesucht haben, ohne dich zu finden, möchtest du vielleicht wiederholen, was du uns gestern Abend vorgeschlagen hast.«

»Gern«, sagte Darrick. »Wenn ich darf, Kommandant Izack?«

»Ich verhafte Euch nur, wenn mir der Plan nicht gefällt.«

Beinahe hätte Darrick gelächelt. »Also, man kann leicht sehen, dass das Zahlenverhältnis unausgewogen ist. Das Kolleg ist zu groß, um ringsherum die Mauern von innen zu verteidigen. Wir haben einfach nicht genug Leute dafür. Nicht nur das, unsere Kräfte sind auch nicht unbedingt für eine solche Verteidigung geeignet. Deshalb schlage ich vor, wir teilen uns auf.

Ihr, Izack, müsst Euch mit der Kavallerie außerhalb des Kollegs verstecken. Im Norden des Hauptmarktes gibt es gute Stallungen, und es ist kaum anzunehmen, dass Ihr dort gefunden werdet. Dennoch werden wir mit den Krallenjägern, falls sie einverstanden sind, noch einmal einige Bereiche säubern, bevor der Haupttrupp der Xeteskianer eintrifft.

Zweitens: Die TaiGethen verstehen sich meisterhaft darauf, blitzschnell zuzuschlagen, sich rasch wieder zurückzuziehen und auf engem Raum Mann gegen Mann zu kämpfen. Deshalb sollten die meisten von ihnen außerhalb der Mauern unterwegs sein. Das Gleiche gilt für die Krallenjäger. Somit bleiben uns sämtliche Magier, die Bogenschützen der Al-Arynaar und die erfahrenen Krieger wie Hirad, um die Mauern und die Tore zu sichern. Es steht zu vermuten, dass die Xeteskianer versuchen werden, die Mauern mit Sprüchen zu durchbrechen, weil sie keine Sturmleitern mitbringen und nicht genug Zeit haben, welche zu bauen. Mit Seilen hochzuklettern, wäre Selbstmord. Wir müssen die Sprüche unterbinden, und ich werde gleich darauf zu sprechen kommen, wie das möglich ist. Vergesst nicht, sie müssen schnell eindringen, weil sie sonst riskieren, dass wir nicht nur das Herz bergen, sondern uns auch ausruhen können.«

Er hielt inne und schenkte sich einen Becher Wasser ein.

»Seid Ihr so weit meiner Meinung, Izack, oder muss ich mich als verhaftet betrachten?«

Izack zuckte mit den Achseln. »Nein, General, Ihr bleibt ein freier Mann. Es ist genau das, was ich auch selbst vorgeschlagen hätte. Meine einzige Anmerkung ist die, dass wir uns vor Chandyrs Kavallerie in Acht nehmen müssen. Er hat sie während des Marschs geschont, also rechnet er vielleicht mit dem, was wir beabsichtigen.«

»Das ist ein guter Einwand. Pheone, ich nehme doch an, die Sprüche, die Mauern und Türen sichern, sind stabil?«

»Sie halten. Wir hatten Glück. Allerdings stehen wir vielleicht bald vor dem Problem, dass wir sie nicht weiter verstärken können, falls das Mana erneut versagen sollte. In dieser Hinsicht gibt es keine Sicherheit.«

»Außerdem werden wir hier eine Menge müder Magier haben, die kaum noch Sprüche wirken können, nachdem sie versucht haben, das Herz zu bergen«, warf Denser ein. »Das dürfen wir nicht vergessen.«

Darrick hielt inne und schnalzte mit der Zunge. »Wann wollt ihr die Bergung versuchen?«

»So bald wie möglich«, sagte Pheone. »Wir sind seit dem Vormittag bereit, und alle sind in die Sprüche eingewiesen.«

»Warum bewegt Chandyr sich nicht schneller?«, überlegte Darrick. »Das müsste er doch tun, wenn er wüsste, dass ihr jederzeit beginnen könnt.«

»Ich glaube, er weiß es einfach nicht«, sagte Pheone. »Alle Kollegien kennen Sprüche für diesen Notfall, doch nur in Julatsa ist die Bergung in die grundlegenden Unterweisungen eingebunden. Die Schüler lernen dies vom ersten Tag ihrer Ausbildung an. In Xetesk müssten sie sich erst ganz neu einarbeiten und würden mehr Zeit brauchen. Stimmt das nicht, Denser?«

Denser nickte.

»Hier sieht es anders aus. Das hat mit unserer Geschichte zu tun. Als Julatsa gegründet wurde, waren wir jahrelang ständig bedroht. Deshalb musste die Fähigkeit, das Herz zu begraben und wieder zu bergen, ein zentraler Punkt der Ausbildung sein, um sicherzugehen. Mittlerweile ist es sogar die erste Lektion, mit der alle Schüler beginnen. Es ist eine sehr einfache Konstruktion. Das Problem ist die Menge an Energie, die wir einbringen müssen.«

»Gut«, sagte Darrick. »Und wie lange dauert es?«

»Unter normalen Bedingungen dauert es nur wenige Augenblicke. Aber heute? Ich wage nicht einmal zu raten.«

»Wenn es dir nichts ausmacht, einen Befehl von einem ehemaligen General zu bekommen, dann würde ich sagen, geh jetzt und beginne sofort. Je früher ihr beginnt, desto mehr Zeit zum Ausruhen werdet ihr anschließend haben.«

»Braucht ihr mich nicht mehr?«

»Im Augenblick nicht unbedingt«, sagte Hirad. »Geh nur, und alles Gute.«

Pheone nickte und verließ unter weiteren aufmunternden Bemerkungen den Raum.

»Also gut«, sagte Darrick. »Dann wollen wir die Besprechung abschließen, hinausgehen und beobachten. Ich finde das alles faszinierend.«

»Moment«, widersprach Hirad. »Wir haben noch eine magische Angelegenheit vergessen, die erledigt werden muss.«

»Was meinst du?«, fragte der Unbekannte.

»Sha-Kaan«, antwortete Hirad. »Es gibt einen Spruch, der ihn nach Hause bringt. Das muss vor der Schlacht geschehen. Denser?«

Denser wandte sich zu ihm um. »Warum muss das vor der Schlacht geschehen?«

»Weil die Gefahr besteht, dass wir sterben. Dann säße er endgültig hier fest. Das darf nicht geschehen, zumal wir jetzt das nötige Wissen haben.«

»Im Krieg besteht immer die Gefahr, dass alte Freunde sterben, wie du mir gestern Morgen so eindringlich erklärt hast«, erwiderte Denser. »Ich brauche meine Mana-Reserven, um das Kolleg zu schützen. Er muss warten.«

Hirad stand einen Augenblick reglos da, und Izack konnte beobachten, wie es in seinem Gesicht arbeitete. Zornig wirkte der Barbar nicht, aber sehr angespannt.

»Das ist nicht akzeptabel«, sagte Hirad.

»So ist das Leben«, erwiderte Denser. »Wenn er sechs Jahre warten konnte, wird es auf einige Tage nicht mehr ankommen.«

Hirad knallte die Faust auf den Tisch. »Nein!«, rief er. »Er muss sofort gehen, heute noch. Ich habe gestern Abend mit ihm gesprochen. Der Flug hätte ihn fast umgebracht. Er ist so geschwächt, dass ihn ein paar xeteskianische Magier mühelos ausschalten könnten. Denk doch nach, Denser. Und triff die richtige Entscheidung.«

»Hör dich doch reden, Coldheart.« Denser schüttelte den Kopf. »Die richtige Entscheidung ist anscheinend immer das, was du gerade willst. Tja, Pech für dich. Dieses Mal liegt es bei mir, und ich entscheide. Dagegen kannst du nichts machen.«

Hirad atmete tief durch, zog die Schultern hoch und entspannte sich wieder. Schließlich hob er eine Hand. »Denser, bitte. Wenn es einen Unschuldigen in alledem gibt, dann ist es Sha-Kaan. Bei den Göttern. Er ist hier gefangen, weil er uns gerettet hat, und jetzt muss er nach Hause. Er hat mit diesem Krieg nichts zu tun. Wenn du über das, was ich getan habe, wütend bist, dann lass es an mir aus, aber benutze nicht ihn als Druckmittel. Er hat etwas Besseres verdient. Er hat es verdient zu leben, und wenn du ihn jetzt nicht zurückschickst, dann verurteilst du ihn möglicherweise zum Tode. Bitte, Denser.«

Denser betrachtete Hirad skeptisch, dann drehte er sich ganz zu ihm herum. »Weißt du, Hirad, das hat mich wirklich beeindruckt, und das kann ich nicht oft über das sagen, was du von dir gibst. Also lass uns diese Besprechung beenden, und dann sehe ich die Texte aus den Katakomben durch. Wenn ich recht habe, dürfte es nicht sehr lange dauern. Schließlich muss ich ihm nur die Richtung vorgeben.«

Hirad strahlte, verkniff sich das aber sofort wieder und nickte feierlich.

»Ich danke dir, Denser.«

Denser zuckte mit den Achseln.

»Und es tut mir leid, ja?«

»Später, Hirad. Darüber können wir später reden.«

Hirad pochte auf den Tisch. »Also gut, General, wie packen wir's an?«

Sechzehntes Kapitel

Erienne hörte zu, solange sie es aushielt. Männer, die vor Karten standen und über die Zukunft anderer Männer entschieden. Wer leben und wer sterben sollte. Als ginge es lediglich um eine Apfelsine, die ein Kind auf dem Markt gestohlen hatte. Sie fragte sich, ob die Strategen sich jemals wirklich bewusst machten, was sie taten, denn ihre Befehle, diesen Mann hier und jenen dort zu postieren, konnten tatsächlich den einen verdammen und den anderen retten.

Wahrscheinlich war es ihnen nicht klar. Irgendwie konnte Erienne es ihnen nicht einmal vorwerfen, weil sie ähnliche Entscheidungen auch für sich selbst trafen. Wie Halbgötter führten sich diese Männer auf. Ohne überhaupt zu wissen, wozu sie fähig war, verfügten sie über Erienne. Die Männer erinnerten sich an ihre dordovanischen magischen Kräfte, die sie nun allerdings nicht mehr einsetzen konnte.

Erienne versuchte, es ihnen zu erklären, aber sie wollten nicht hören. Ihnen fiel dazu nur ein, dass sie ihr helfen würden, dass sie da sein würden, dass sie der Rabe wären. So ging sie schließlich ins Sonnenlicht hinaus und beobachtete die Bergung des Herzens. Die Wärme der Sonne spürte sie kaum, irgendwie fühlte sie sich ein wenig von allem entrückt. Der Grund dafür war ihr durchaus bewusst. Das Eine griff auch nach ihren Sinnen und hielt sie auf jede nur mögliche Weise von den Menschen fern, die sie brauchte. Es versuchte, ihr die Menschlichkeit zu rauben. Ihr Gehör, das Augenlicht, den Tastsinn. Alles war angegriffen.

Erienne sah den elfischen und julatsanischen Magiern zu, die sich rings um das Herz versammelten. Fast zweihundert stellten sich, mindestens vierzig Fuß von der Grube entfernt, in zwei konzentrischen Kreisen auf. Auch wenn Erienne die Wärme der Sonne nicht spürte, sie war ganz gewiss empfänglich für die Atmosphäre. Noch nie hatte sie beim Wirken eines Spruchs eine solche Spannung erlebt. Eigentlich hätten die Julatsaner zuversichtlich sein müssen, doch sie fürchteten einen erneuten Ausfall des Mana. Es käme einer Katastrophe gleich, wenn sich der Schatten jetzt verdunkelte.

Dila'heth stand neben Pheone und übermittelte deren Anweisungen an die Elfen. Erienne tastete sich zum Herz von Julatsa vor. Der Anblick brachte sie schlagartig wieder zu sich. Mit solcher Klarheit sollte sie das Mana eigentlich nicht sehen können. Es war beinahe, als wäre sie eine Julatsanerin. Dann kam ihr ein neuer Gedanke. Sie konnte sich jetzt auf jede Magie einstimmen. Die Magie war nur noch ein einziges Element, das für sie nicht mehr in die verschiedenen Kollegien und Überlieferungen gespalten war.

Mit einer beinahe voyeuristischen Erregung konzentrierte Erienne sich wieder auf das julatsanische Spektrum und erweiterte ihr Blickfeld, bis es auch die Magier erfasste, die sich rings um die Grube versammelt hatten.

Das Herz zeigte alle Anzeichen eines sterbenskranken

Organs. Seine Energie strömte nicht mehr frei, sondern es pulsierte und schickte Erschütterungen durch den Mana-Strom. Es hatte nur noch wenig Energie und wurde durch den Schatten behindert, der ihm den letzten Rest der Lebenskraft nehmen wollte.

Es hätte ein strahlend gelbes Oval sein sollen, das alle julatsanischen Magier stärkte, doch es war nicht mehr als eine einsame, schmutzige Träne. Kein Wunder, dass die Julatsaner das Herz so dringend bergen wollten. Es musste an seine alte Position zurückkehren, damit es sich nicht weiter auflöste. Einer teilweise vom Schatten verdeckten Sonnenuhr vergleichbar, musste es bewegt werden, damit es wieder seinen Zweck erfüllen konnte. Anschließend mussten genügend julatsanische Magier ausgebildet werden, um seine Kraft auf Dauer zu erhalten. Pheone hatte Erienne gefragt, was sie von Gerens Theorie halte, und sie war der Meinung gewesen, dass er es beinahe richtig sah. Die Bergung des Herzens war nur der erste Schritt auf dem langen Weg der Genesung.

Mit großem Interesse beobachtete Erienne die Auswirkung des Mana auf die Elementarkräfte ringsum. Die Magie störte ihren natürlichen Rhythmus und regte die Natur an, ähnliche Formen hervorzubringen. Rings um das Herz waren diese Auswirkungen besonders stark und schwächten die natürlichen magischen Kräfte der Luft und der Erde. Auch die festen Gebäude, die den Hof umgaben, konnte Erienne als Hindernisse im Energiestrom spüren.

Es war eine starke Kombination der Elemente. Beinahe betörend. Sie konnte eines davon oder alle gleichzeitig benutzen. Auch wenn alle Kollegien untergingen, sie würde ihre Magie nicht verlieren. Sie konnte die einzige Magierin sein und den Titel tragen, der dem entsprach, was sie in sich trug. Das Eine, die Einzige.

Erienne drängte den Gedanken zurück und spürte sofort, wie der Druck des Einen nachließ. Sie beruhigte ihren Atem, bis er beinahe wieder normal ging, und konzentrierte sich auf die Magier, die inzwischen die Struktur für die Bergung schufen.

Wie viele andere Sprüche war auch diese Form im Grunde sehr einfach. Erienne nahm sie als achteckige Röhre wahr, deren Seitenflächen durch Streben aus pulsierendem Mana miteinander verbunden waren. Im Innern befanden sich ebenso viele Verbindungen zum Herzen, wie Magier am Spruch beteiligt waren.

Das Gegenstück dieser Verbindungen waren Mana-Säulen an der Außenseite des Schachts, die ebenfalls jeweils einen beteiligten Magier repräsentierten. Rasch und fehlerlos bauten sie die Struktur auf, jeder gab so viel Energie hinein wie seine beiden Nachbarn, um das Gleichgewicht nicht zu stören.

Als sie damit fertig waren, hielten sie inne. Erienne hörte, wie Pheone einige rasche Befehle gab und hier eine ausgefranste Ecke ausbesserte, dort an einer Seitenfläche die Struktur verstärkte. Als Pheone die wenigen Unvollkommenheiten behoben hatte, warteten sie wieder und beobachteten die trübe, aber immer noch machtvolle Gestalt des Herzens und vergewisserten sich, dass alles an seinem Platz war.

Jetzt wurde es schwierig. Auf Pheones Kommando strengten sich alle Magier gleichzeitig an und verstärkten den Energiestrom. Einige ballten die Hände zu Fäusten, andere hoben langsam die Arme, während sie im Geiste zupackten und das Herz quälend langsam nach oben zogen. Es bewegte sich und hob sich zögernd. Die Magier legten sich ins Zeug.

Erienne erforschte den Geist der Magier und sah, wie

sehr sie dieser Aufwand an Mana-Energie erschöpfte. Sie mussten ihre ganze Kraft hineingeben, um die Gestalt zu halten, während der Schatten alles dämpfte, was sie taten. Ihre Bemühungen mussten genau aufeinander abgestimmt sein, jeder Magier musste mit genau dem gleichen Tempo ziehen, das Gleichgewicht durfte nicht gestört werden. Jeder musste darauf achten, dass sein Beitrag die Struktur nicht seitlich unter Spannung setzte. Wo immer dies dennoch geschah, griff Pheone helfend ein, glich die Fehler aus und glättete den Strom. Sie war ein Naturtalent.

Als sie einen Ruck in den Elementarkräften spürte, die das Herz umgaben, konzentrierte Erienne sich wieder. Tief unten im Stein des Gebäudes, aus dem die Magier das Herz mit seinen unersetzlichen Mana-Strukturen bargen, entstand ein dunkler Fleck.

Angezogen vom starken Mana strömten die Energien der Erde, der Luft und der Steine spiralförmig empor, als wollten sie helfen, und imitierten den Umriss des Schachts. Dort unten war jedoch ein Makel, der sich am Fuß des Herzens rasch ausbreitete.

Erienne konnte nicht sagen, ob es Zufall oder eine direkte Folge der Sprüche war. Jedenfalls wuchs das zuerst noch winzige Loch in den natürlichen Energien rasch heran, griff auf das Herz über und verformte es, langsam zuerst, aber dann immer schneller. Eine Art Kettenreaktion entstand, das Herz verdunkelte sich weiter, tiefe Schatten sammelten sich auf seinem sowieso schon trüben Körper. Ohne es zu bemerken, fuhren die Magier damit fort, das Herz Handbreit um Handbreit zur Oberfläche zu ziehen.

Nein, sie bemerkten es einfach nicht. Ihr gemeinsamer Brennpunkt kam aus dem Gleichgewicht, aber keiner spürte etwas. Im ersten Moment reagierte Erienne panisch und spielte mit dem Gedanken, das schwarze Loch der natürlichen Energien zu absorbieren, um den Strudel zu verschließen, der den Brennpunkt der Magier aushebelte. Einen Herzschlag später war ihr klar, dass sie es nicht konnte. Dunkle Linien wuchsen, Schatten sammelten sich über dem Herzen von Julatsa.

Weiter hoben sie es an, völlig konzentriert auf die Röhre und den Zusammenhalt der gemeinsamen Magie, auf die Energiemenge, die sie einspeisen mussten. So angestrengt arbeiteten sie, dass ihnen entging, was ihren Bemühungen zuwiderlief. Ihre Geister waren verbunden und allein auf ihre Konstruktion ausgerichtet, und in ihrer gemeinsamen Versunkenheit konnten sie nicht wahrnehmen, was sonst jeder von ihnen für sich allein sofort bemerkt hätte.

Erienne konnte nichts tun, um das Vorrücken des Schattens abzubremsen. Am Fuß des Herzens war das Gelb jetzt völlig verschwunden. Grau herrschte dort vor, das mit jedem Wimpernschlag dunkler wurde.

»Pheone«, sagte sie laut, um zu ihr durchzudringen. »Lasst die Struktur fallen, der Brennpunkt ist im Ungleichgewicht.«

»So nahe«, stöhnte die Magierin. »Wir schaffen das.«

Der Spruch hielt sie genau wie alle andere in seinem Bann.

»Nein«, fuhr Erienne sie an. »Vertrau mir, hör mir zu. Brecht die Bergung sofort ab.«

»Wir haben es fast vollbracht, es geht jetzt ganz leicht.«

»Verdammt!«, fauchte Erienne. Ohne nachzudenken, griff sie mit ihrer Magie ein und drängte die Elementarkräfte zurück, die den Schacht umgaben. Sofort verdichteten sie sich und bekamen eine harte Kante. Im Zentrum des Schachts drohte die Dunkelheit das ganze Herz zu überfluten. Sobald es völlig verdunkelt wäre, würde die Röhre zusammenbrechen, und die Energie würde auf jeden in Julatsa ausgebildeten Magier zurückschlagen. Damit wäre das Kolleg endgültig zerstört.

Erienne hatte keine Zeit, an die Schmerzen zu denken, die sie den Magiern kurzfristig zufügen musste. Sie verstärkte die Kante noch weiter und spürte, wie das Eine heftig in ihr aufwallte. Es kostete sie fast ihre ganze Kraft, das Eine zu bändigen und gleichzeitig die Kante wie ein Messer durch die Mana-Stränge zu ziehen, die von außen am Schacht ansetzten, um nacheinander alle Magier von der Konstruktion zu trennen.

Auf einmal ging es ganz leicht, die julatsanische Magie war schwach und konnte ihr nichts entgegensetzen. Das Eine blitzte hell auf und verschlang das freigesetzte, ungeordnete Mana. Erienne hatte alle Mühe, es gebündelt zu halten, und visualisierte mit zunehmender Verzweiflung ein Messer, das im Wasser unermüdlich hin und her glitt.

Sobald die Mehrzahl der Magier vom Schacht abgeschnitten war, glitt das Herz wieder hinab. Die Konstruktion, die es hatte bergen sollen, löste sich von der Spitze her auf. Erienne führte ihr Messer über die Streben hinweg, während die Schwärze sich auf das Herz stürzte. Abrupt brach der Spruch in sich zusammen, und Erienne konnte mit letzter Kraft ihre Schneide zerstören. Dann öffnete sie die Augen und suchte Pheone, die ganz in der Nähe stand. Die Magierin schwankte und war für Erienne nur verschwommen zu sehen.

Irgendwo hörte sie Menschen rennen. Anderswo ertönten wütende Rufe und schmerzvolles Keuchen.

»Was hast du getan?«, fragte jemand empört. Pheone, dachte sie. Es musste Pheone sein. »Ich habe es gefühlt, es kann niemand außer dir gewesen sein. Wir waren so nahe daran. Was hast du nur getan?«

»Was ich getan haben?« Ihre Kräfte verließen sie. »Nicht viel. Ich habe euer Kolleg und euch alle gerettet. Mehr nicht.«

Dann taumelte sie und brach zusammen.

»Wie geht es ihr?«, fragte der Unbekannte.

Denser wandte sich von Eriennes Bett in der Krankenstation ab und zuckte mit den Achseln.

»Schwer zu sagen«, antwortete er. »Nicht mehr ganz so schlecht wie vor einer Weile. Ich glaube, es ist nur die Anstrengung, aber bisher hat sie kein Lebenszeichen von sich gegeben.«

Denser stand auf und blickte zur Tür. Beide Türflügel waren geöffnet und ließen das Nachmittagslicht und eine kühle Brise in das makellos saubere Gebäude. Die Wärme erreichte auch die vier belegten Betten in der für fünfzig Patienten ausgelegten Krankenstation. Drei Elfenmagier waren verletzt worden, als Erienne die Bergung des Herzens unterbrochen hatte. Wie bei Erienne konnte man auch bei ihnen schwer sagen, was mit ihnen geschehen war, wenngleich aus ganz anderen Gründen. Die Verletzungen durch Rückschläge bei gescheiterten Sprüchen waren immer schwer einzuschätzen.

»Komm mit«, sagte er und ging los. »Ich will jetzt nicht hier drinbleiben.«

»Bleibe ruhig bei ihr, Denser«, sagte der Unbekannte. »Wir schaffen die Vorbereitungen auch ohne dich.«

»Danke«, sagte er. »Aber dieser Ort weckt so viele Erinnerungen. Ich lasse sie in unsere Zimmer verlegen.«

Der Unbekannte nickte. Ihm erging es nicht anders, wenn er sich im Kolleg bewegte. Ein altes Schlachtfeld, das sie noch einmal aufgesucht hatten. Vieles war nach der Invasion der Wesmen wieder aufgebaut worden, und kein

Blutfleck war mehr zu sehen. Doch die Erinnerungen waren frisch. In der Krankenstation hatten sich diejenigen gedrängt, die auf den Mauern und an den Toren verletzt worden waren. Dort hatte der Rabenkrieger Will Begman den Kampf um sein Leben verloren. Thraun weigerte sich strikt, sich dem Gebäude auch nur zu nähern. Nicht einmal für Erienne war er dazu bereit.

»Anscheinend hat sie die Magier gerettet, nicht wahr?«, fragte der Unbekannte.

»Sie hat alle gerettet«, bestätigte Denser. »Pheone sagte, das Versagen des Mana habe den gleichen Verlauf genommen wie bei den vorherigen Ausfällen. Sie hatten Glück, dass Erienne aufgepasst hat.«

»Ist das Mana inzwischen wieder da?«

»Anscheinend funktioniert es wieder, aber das hilft uns nicht weiter. Die Julatsaner und die Elfenmagier ruhen sich jetzt aus. Vor dem morgigen Tag kann keiner von ihnen einen Spruch wirken.«

»Das könnte uns teuer zu stehen kommen. Wahrscheinlich werden wir von Hausgeistern angegriffen.«

Die Warterei setzte allen zu. Die TaiGethen, die Krallenjäger und Izack versteckten sich in der Stadt, der Bürgermeister und der gesamte Stadtrat standen unter Beobachtung. Nachdem deren Verhalten im Grunde nur noch als Verrat bezeichnet werden konnte, wollte Darrick kein Risiko eingehen. Die Tore des Kollegs blieben geschlossen, und eine Staubwolke bewies, dass die anrückenden Xeteskianer die Stadt fast erreicht hatten.

Auf den Kollegmauern waren Späher verteilt, die meisten am Torhaus, wo Darrick, Hirad und Thraun beim unerschütterlichen Kommandanten Vale standen. Der Unbekannte und Denser stießen zu ihnen, auch sie hatten die Veränderung der Atmosphäre gespürt. Die Zuversicht des

Morgens war dahin, jetzt herrschte düsteres Brüten vor. Sie hatten den größten Teil ihrer Schlagkraft verloren, obwohl der Feind noch nicht einmal direkt vor den Toren stand. Das Herz war immer noch begraben, und ohne Schutz durch Sprüche konnten sie sich mit Schwertern und Pfeilen allein nicht lange gegen die Feinde behaupten. Deren Streitmacht würde spätestens binnen einer Stunde vor der Tür stehen. Dabei waren es nicht einmal die gegnerischen Kämpfer, die ihnen die größten Sorgen bereiteten. Die Hausgeister konnten, wenn sie richtig eingesetzt wurden, über Sieg oder Niederlage entscheiden.

Als er die Treppe zum Turm des Torhauses hinaufstieg, fiel dem Unbekannten etwas ein.

»Wie stark fühlst du dich, Denser?«

Denser bekam ein Lächeln zustande. »Dann bist du auch darauf gekommen, was?«

»In diesem Moment.«

»Glaubst du, Darrick hat es übersehen?«

»Man sollte es nicht meinen, aber selbst große Generäle machen Fehler.«

Dieser nicht, dachte Denser. Oder jedenfalls nicht in dieser Hinsicht.

»Freiwillig hätte ich diesen Plan nicht in Erwägung gezogen«, sagte Darrick, »aber uns bleibt nichts anderes übrig. Wir haben hier einen gewissen Schutz und können sie beschäftigen, solange wir Pfeile haben, aber das ist auch alles. Die Gegner werden über magische Schilde verfügen, obwohl die Soldaten womöglich nicht so gut geschützt sind wie die Magier selbst. Es kommt darauf an, wie viele Magier sie haben, und wie viele davon der xeteskianische Kommandant einsetzen will, um die Mauern niederzureißen. Unsere Leute hier sind eingewiesen und wissen, dass sie auf magische Angriffe achten und sich im Notfall sofort zurückziehen müssen. Izack und Auum kennen ihre Aufgaben. Ich musste die berittenen Magier bei Izack lassen. Solange er die xeteskianischen Reiter beschäftigt, ist er einer unserer stärksten Trümpfe.«

»Und inzwischen stehen wir bloß hier herum und geben gute Ziele ab?«, fragte Hirad.

»Nein, Hirad. Du bleibst hier und gibst uns Kraft; und den Angreifern jagst du Angst ein. Deshalb ist der Rabe hier – damit er gesehen wird. Je mehr Sprüche sie auf die Mauern verschwenden, desto lieber ist es mir. Vorausgesetzt, Pheone hat sich mit ihrer Einschätzung der Abschirmung nicht grob verschätzt.«

»Was ist mit den Krallenjägern?«, wollte der Unbekannte wissen.

»Sie sind da draußen unterwegs«, sagte Darrick. »Aber da sie nicht einmal mit den TaiGethen viel reden, konnte ich nicht viel herausfinden. Alles, was sie tun, müssen wir als zusätzliches Geschenk nehmen.«

»Du weißt doch, was die Xeteskianer tun werden, sobald ihnen klar wird, dass wir keine Sprüche haben, oder?«, meinte Denser.

Darrick nickte. »Das ist mir bewusst. Ich habe die schnellen Bogenschützen der Al-Arynaar auf den Mauern postiert. Izack weiß, worauf er achten muss. Jede Ansammlung von konventionell abgeschirmten Magiern ist ein wichtiges Ziel.«

»Und wenn sie, sagen wir mal, vier Gruppen bilden?«, fragte Hirad.

»Um die Mauern ernsthaft zu gefährden, müssen mindestens zwanzig Magier gleichzeitig Sprüche wirken. Ich glaube nicht, dass sie noch genug haben, um vier solcher Gruppen zu bilden.«

»Sagen wir lieber, du hoffst es.«

»Hirad, wenn es nur *eine* Unbekannte in dieser Schlacht gäbe, wäre ich sehr glücklich.«

»Wenn du meinst.«

»Wir stehen hier über dem Schwachpunkt. Wir sind, wo wir sein müssen, und hier werden sie angreifen.«

Wie vorhergesagt, waren die Feinde tatsächlich binnen einer Stunde da. Sie marschierten durch die Straßen, die Kavalleristen sorgten für Ordnung. Kein Triumphgeschrei erhob sich bei ihrer Ankunft. Keiner der Bürger, die aus den oberen Stockwerken zuschauten, winkte, jubelte oder verfluchte die Eindringlinge. Es gab keine Lieder, keine Schmähungen und keine Jubelrufe. Beide Seiten hatten zu viel verloren, um unbeschwert ihren Gefühlen Luft zu machen. Doch die Eindringlinge kamen zielstrebig und siegesgewiss, und das versetzte den Unbekannten in Sorge. Die nächsten Augenblicke würden alles entscheiden.

Das Kolleg von Julatsa war eine Insel, umgeben von einem Meer aus Pflastersteinen. Vom Platz vor dem Kolleg führten Straßen zum Zentralmarkt, dem Kornspeicher, dem Händlerviertel und den Wohnbezirken im Norden. Ohne großes Aufhebens umzingelten die Xeteskianer unter den wachsamen Augen der Rabenkrieger, des Kommandanten Vale, seiner kleinen, aber treuen Garde und einer Handvoll Freiwilliger ihr Ziel. Die Al-Arynaar sahen mit unverhohlener Verachtung zu.

Darrick richtete sich unwillkürlich auf, als der feindliche General zum Torhaus geritten kam. Zwei Reiter mit weiß und dunkelblau geviertelten Parlamentärsflaggen begleiteten ihn, hinter ihm kam ein Schildmagier. Dieser General befehligte eine disziplinierte Truppe. Kein Getuschel gab es in seinen Reihen, die Kämpfer starrten nur auf ihr Ziel, und ihr Vertrauen in ihre überlegene Zahl war nicht zu übersehen.

»Ich dachte, wir sollten uns an Kommandant Vale oder eine Magierin namens Pheone wenden«, erklärte der Xeteskianer. »Jetzt aber, und dies ist keineswegs herabsetzend gemeint, stehe ich vor viel berühmteren Persönlichkeiten. General Darrick, es ist mir eine Ehre, die Bekanntschaft mit Euch zu erneuern.«

»Ich erinnere mich gut an Euch, Kommandant Chandyr«, erwiderte Darrick. »Allerdings spreche ich nicht für das Kolleg von Julatsa. Kommandant Vale steht hier rechts neben mir.«

»Ich bin Vale«, sagte der Kommandant. »Worüber wünscht Ihr mit mir zu sprechen?«

»Kommandant Vale, ich habe eine einfache Bitte. Öffnet Eure Tore. Führt alle, die dort drinnen sind, vom Gelände des Kollegs herunter. Euch wird nichts geschehen, Ihr sollt nur entwaffnet werden. Wir sind hier, um die Kontrolle über Julatsa zu übernehmen.« Chandyrs Stimme hallte weit durchs Kolleg. Vales Antwort war nicht minder energisch.

»Ihr müsst verstehen, dass es uns unmöglich ist, Eurer Aufforderung zu entsprechen« erwiderte Vale.

Der Unbekannte beobachtete den Wortwechsel. Dieser Mann würde sich keine Blöße geben. Bei den Beratungen hatte sich gezeigt, dass er genau wusste, was auf dem Spiel stand – nicht nur für Julatsa, sondern für ganz Balaia. Eine Schande, dass seine ehemaligen Ratsherren weit weniger gut im Bilde gewesen waren.

»Wer die Geschichte der Magie kennt, weiß genau, wie wichtig es ist, das Gleichgewicht zwischen den Kollegien zu erhalten«, fuhr Vale fort. »Jede Spielart der Kunst unterstützt alle anderen und schafft einen Ausgleich zwischen ihnen. Würden wir unser Kolleg verlassen, dann würde dies das Gleichgewicht unwiderruflich zerstören.

Unsere Gegenforderung ist ebenso einfach. Wir rufen dazu auf, diesen Konflikt zu beenden, und bitten alle um Hilfe, unser Kolleg wieder auf eine solide Grundlage zu stellen. Wir bitten für uns selbst darum, aber auch für unser ganzes Land, das, wie uns allen schmerzlich bewusst ist, wahrlich genug gelitten hat. Wenn wir nicht zusammenarbeiten, wie wir es bis vor gar nicht so langer Zeit noch getan haben, dann wird die Magie in unserem Land letzten Endes sterben.

Schließlich möchte ich auch alle xeteskianischen Magier an die persönlichen Konsequenzen für jeden julatsanischen Magier erinnern, falls Ihr das Herz des Kollegs zerstört. Ich spreche nicht aus eigener Kenntnis, doch ich habe die bedrückten Gesichter derjenigen gesehen, die sich ein Leben ohne Magie vorzustellen versuchten. Fragt Eure Magier, was sie am meisten fürchten. Es ist für alle das Gleiche. Können sie denn sehenden Auges ihre magischen Brüder diesem schrecklichen Schicksal ausliefern?«

Chandyr antwortete nicht sofort. Er war sich seiner Stellung als Kommandant sicher, aber dennoch klug genug, stets ein offenes Ohr für die Stimmung unter seinen Männern zu haben. So drehte er sich im Sattel um und wollte sehen, wie seine Magier reagierten. Als er sich wieder nach vorn drehte, verriet sein Gesicht nicht, was er dachte. Er zuckte mit den Achseln.

»Der Krieg ist brutal, Kommandant. Die Sieger bekommen, was sie haben wollen, und die Besiegten müssen leiden. Manchmal erleiden sie den Tod, manchmal Gefangenschaft oder Sklaverei. Was die an diesem Konflikt beteiligten Magier angeht, so wird es der Verlust ihrer Lebensaufgabe oder gar Schlimmeres sein.

Ich kann es mir nicht erlauben, sentimental zu werden. Ein Krieg wird immer von mindestens zwei Parteien geführt. Keine ist frei von Schuld, keine begrüßt die Schmerzen, die sie einander zufügen, doch beide erkennen, dass es keinen anderen Ausweg gibt. Der Krieg beginnt, wenn alle anderen Möglichkeiten ausgeschöpft sind. Kommandant, ich wiederhole mein Angebot. Übergebt uns das Kolleg. Niemand muss sterben. Der Konflikt wird enden, und Julatsa wird sich selbst regieren können.«

»Wir werden uns nicht ergeben«, erwiderte Vale. »Das können wir nicht.«

»Ich weiß, dass Ihr es nicht könnt, Kommandant. Aber ich wäre kein ehrenhafter Soldat, wenn ich Euch keine ehrenhafte Kapitulation anbieten würde. Ich kann Euch noch etwas anbieten. Eine Stunde bekommt Ihr, um zu reden und nachzudenken. Wenn die Tore bis dahin nicht geöffnet sind, greifen wir an.«

Vale nickte. »Schärft Eure Schwerter, Kommandant Chandyr. Ihr werdet sie brauchen. Falls wir dieses Kolleg überhaupt aufgeben müssen, so wird es um den höchsten Preis geschehen, den wir Euch dafür auferlegen können. Und wir haben Verbündete. Seid Ihr wirklich sicher, dass Ihr Euch auch gegen sie verteidigen könnt, nachdem Ihr unseren Preis bezahlt habt?«

»Eine Stunde«, sagte Chandyr.

Er zog sein Pferd herum und kehrte mit seinen Begleitern zu seiner Truppe zurück. Der Unbekannte sah ihm nach, dann stieg er mit Vale und den Rabenkriegern zum Innenhof hinunter.

»Wir könnten etwas Kühles zu trinken gebrauchen«, sagte Vale, während er sie zum Refektorium führte.

»Das war ein beeindruckender Auftritt«, lobte ihn der Unbekannte. »Jetzt hat er Stoff zum Nachdenken.«

»Noch mehr als das«, ergänzte Darrick. »Eure Bemerkung über seine Schwierigkeiten, nachdem er gesiegt hat, war ein kluger Schachzug. Das wird ihn vorsichtig machen.«

»Es fiel mir erst im allerletzten Augenblick ein«, gab Vale zu.

»Solche Einfälle können Schlachten entscheiden«, sagte Darrick.

»Nun, General«, schaltete sich Hirad ein. »Wie gut hast du ihn eigentlich ausgebildet?«

»Er war ein guter Schüler«, sagte Darrick. »Aber die lysternischen Soldaten bekommen immer einige zusätzliche Lektionen. Es wäre ja nicht gut, den anderen alles zu verraten, nicht wahr?«

»Und ob«, stimmte Hirad zu. »Also wirst du sie doch nicht ganz so bekämpfen, wie du es sie gelehrt hast.«

»So ist es, Hirad«, bestätigte Darrick und schob ihn ins Refektorium. »Außerdem lernen wir etwas über ihre Schwächen. Chandyr wird uns bald eine zeigen.«

»Welche denn?«

»Ungeduld.«

Siebzehntes Kapitel

Darrick hatte sich gerade ein letztes Mal umgesehen, als Chandyrs Geduldsfaden riss. Die Kräfte der Verteidiger waren viel zu weit auseinandergezogen. Wenn die Xeteskianer das erkannten, würde das Kolleg noch vor der Abenddämmerung fallen. Darrick hatte seine Karten ausgespielt, musste nun auf die hoffen, die sich außerhalb des Kollegs befanden, und darauf vertrauen, dass sie das Kolleg retteten, wenn es zum Schlimmsten kam.

Auf den Wällen war die Wartezeit fast vorbei. Er hatte vierzig Bogenschützen unmittelbar am Torhaus, dem einzigen Zugang zum Kolleg, auf den Mauern postiert. Die übrigen hatte er in fünf Gruppen von jeweils fünfzehn Schützen auf den Mauern verteilt, verstärkt durch eilig ausgebildete Flaggenmänner aus den Reihen der julatsanischen Wächter und durch Krieger der Al-Arynaar.

Denser, der einzige einsatzfähige Magier, stand mit den anderen Rabenkriegern bei ihm. Im Augenblick hatten sie nichts zu tun, doch falls die Feinde das Tor oder die Mauern durchbrechen sollten, würde nur noch der Rabe zwischen Xetesk und der Niederlage stehen. Es würde keine konventionelle Belagerung werden. Xetesk musste ins Kolleg eindringen, bevor das Herz geborgen wurde, weil die Julatsaner sonst genügend magische Kräfte aufbieten konnten, um die Eindringlinge abzuwehren.

Darrick war nicht überrascht, dass Chandyr sich schon am Abend zum Angriff entschloss, hielt es jedoch für einen Fehler. Die Xeteskianer hatten dreieinhalb Tage lang im Eilmarsch eine weite Strecke zurückgelegt. Auch ihre Pferde mussten müde sein. Chandyr hatte Hausgeister und Magier eingesetzt, die hoch droben und außerhalb der Reichweite von Sprüchen die Lage erkundeten. Sie hatten es jedoch versäumt, sich auch weiter draußen in der Stadt umzusehen, wo weitaus gefährlichere Feinde lauerten.

Möglicherweise hatte der xeteskianische Feldherr bemerkt, dass die Kavallerie der Verteidiger nicht gesattelt und kampfbereit im Hof wartete, doch Darrick bezweifelte, dass er an die Möglichkeit dachte, die kleine Streitmacht der Verbündeten könne sowohl innerhalb wie außerhalb des Kollegs lauern. Bald sollte er eine der Lektionen lernen, in die Darrick nur die Lysternier einweihte.

»Er wird bald losschlagen«, sagte Darrick. »Melder, signalisiert Alarmbereitschaft.«

»Ja, Sir«, erwidert der junge Gardist, der ganz aufgeregt war, weil er nicht nur mit General Darrick, sondern auch mit dem Raben auf den Wällen stehen durfte. Er hob mit beiden Händen die leuchtend gelbe Flagge quer über den Kopf. Die anderen Melder gaben das Signal auf den Mauern rasch weiter.

Chandyr hatte seine Kavalleristen, es waren etwa einhundert, hinter seinen Linien mit Blickrichtung auf das Tor zusammengezogen. Für Darrick war dies ein klarer Beweis dafür, dass der Xeteskianer keine Ahnung hatte, wo sich Izack aufhielt. Genau darauf hatten er und sein ehemaliger

Stellvertreter gebaut. Allerdings warf Chandyr nicht alles in die Schlacht, was er hatte. Seine Fußsoldaten waren in einem losen Kreis um das Kolleg postiert, doch die Magier waren nirgends zu sehen.

Chandyr ritt vor seinen Männern hin und her, beobachtete die Mauern des Kollegs, wartete und hoffte. Er hätte bis zu seinem Todestag warten können, und die Tore hätten sich nicht für ihn geöffnet.

»Gleich geht es los«, warnte Darrick noch einmal. »Melder, wenn sie angreifen, müsst Ihr genau auf meine Befehle hören. Wir müssen blitzschnell reagieren.«

»Ja, Sir.«

Chandyr hielt inne, nahm sein Pferd herum, bis er die Verteidiger sehen konnte, nickte ihnen zu und hob das Schwert zum Gruß. Dann gab er seinem Pferd einen Tritt in die Flanken und zog die Zügel zurück. Das Tier stieg hoch, er senkte das Schwert, und die Schlacht begann.

Draußen wurden Befehle gerufen, und Chandyrs Soldaten formierten sich. Schildträger bauten sich an den Spitzen zweier großer Gruppen direkt vor den Toren auf, Armbrust- und Bogenschützen folgten direkt hinter ihnen. Im Zentrum der Abteilungen sammelten sich unbewaffnete Männer, bei denen es sich um Magier handeln musste. Darrick zählte mindestens zwanzig in jeder Gruppe. Schwertkämpfer sicherten die Flanken. Als sich die Truppe in Bewegung setzte, erkannte er, dass die Kämpfer keine ausreichende Rückendeckung hatten.

»Bogenschützen, wählt eure Ziele sorgfältig aus«, rief er. »Ich will nicht sehen, dass auch nur ein Pfeil einen Schild trifft. Melder, gebt weiter, dass die Feinde angreifen. Eure Antwort will ich hören, sobald Ihr sie habt, und verschwendet keine Zeit auf Höflichkeiten.«

»Sir.«

»Wir warten noch«, befahl Darrick. »Wir warten. Vergesst nicht, was wir geübt haben, wenn die Sprüche abgefeuert werden.«

Sofort wurde die Meldung links und rechts auf den Mauern weitergegeben. Die Bogenschützen der Al-Arynaar waren bereit, die julatsanischen Wächter trugen dazu bei, den Anschein einer großen Zahl von Verteidigern zu erwecken. Darrick legte jedoch Wert darauf, dass nie zu viele Männer beieinanderstanden. Im Notfall mussten sie sich rasch verteilen können. Über dem Torhaus boten die Steinplatten des Dachs einen guten Schutz, der an anderen Stellen der Mauer nicht vorhanden war. Bei den Göttern, die Julatsaner hätten nie geglaubt, solche Befestigungen noch einmal zu brauchen, und selbst dort, wo Darrick stand, war der Stein eher Dekoration als Bollwerk.

Vierzig Schritte vor dem Tor wurden weitere Befehle gegeben, und die Angreifer blieben stehen. Links neben Darrick summte eine Bogensehne, der Pfeil fiel jedoch ein ganzes Stück vor den Gegnern auf den Boden. Der General sah den Wächter böse an.

»Orientiert euch an den Elfen«, zischte er. »Winkel, Zeitgefühl, alles. Wir dürfen keine Pfeile verschwenden.«

Zwei Reihen Schilde schützten die Gegner. Die erste Reihe wurde in Bodenhöhe gehalten, die zweite kopfhoch. Es war eine recht gute Deckung, doch die Feinde hatten nicht genug Schildträger. Ein guter Bogenschütze konnte die Lücken zwischen den Schilden nutzen. Wieder ein Ruf, und die Pfeile und Armbrustbolzen flogen, prallten gegen die Mauer und flogen hoch über die Brustwehr hinweg. Eine erbärmliche erste Salve, aber das würde sich ändern.

»Erwidert das Feuer«, befahl Darrick. »Und erschreckt nicht, sie werden gleich Sprüche wirken.«

Sein Befehl wurde übersetzt, und vierzig Elfenbogen wurden angelegt. Pfeile mit Metallspitzen flogen den Feinden entgegen, bohrten sich in Rüstungen, Schilde und ungeschütztes Fleisch und zwangen Chandyrs Bogenschützen, die Köpfe einzuziehen. Eine weitere Salve der Elfen schaltete noch einmal einige Kämpfer an den Flanken aus, doch die Magier waren gut abgeschirmt. Die dritte Salve prallte von harten Schilden ab, kein einziger Pfeil drang durch.

»Komm schon, Auum, wo steckst du?«, flüsterte Darrick.

»Sir, eine kleinere Gruppe greift uns auf der anderen Seite an«, meldete der Flaggenmann.

»Danke. Zwei Abteilungen Bogenschützen sollen sich darum kümmern.«

»Sir.«

Ein dunkelblaues Glühen war zu sehen, einen Sekundenbruchteil bevor der Spruch gewirkt wurde. Es war eine einzelne Feuerkugel in der Größe eines Planwagens. Sie erschien über den Köpfen der linken Gruppe, gleich darauf produzierte die rechte Gruppe eine zweite Feuerkugel. Einen Moment lang schwebten die Kugeln in der Luft, dann flogen sie zum Torhaus. Eine war auf die Verteidiger gezielt, die andere auf das Holz.

»Aufpassen!«, brüllte Darrick. »Passt auf!«

Die untere Feuerkugel kam schnell heran und ließ die Wände beben. Blaues Feuer loderte vor dem Tor.

»Los!«

Die Verteidiger des Torhauses rannten wie befohlen nach links und rechts und räumten in wenigen Augenblicken den ganzen Bereich. Sie verteilten sich auf den Wällen, duckten sich hinter die geschmückten Zinnen und sahen zu, wie der Spruch einschlug. Er zerplatzte wie ein voller Wasserschlauch, Feuer ergoss sich über das Dach, schoss hoch in den Himmel hinauf und drang bis zu den Stellen vor, wo sie gerade noch gestanden hatten. Die Sprüche, die das Mauerwerk verstärkten, knisterten zwar, hielten aber mühelos dem blauen Mana-Feuer stand, das rasch wieder erstarb, da es keinen Ansatzpunkt fand.

»Formiert euch!«, befahl Darrick. »Stellt euch wieder auf!«

Er führte die Verteidiger zurück ins Torhaus, Hirad und der Unbekannte waren neben ihm.

»Macht Spaß, was?«, knurrte Hirad.

»Das halten sie nicht lange durch«, erklärte Darrick.

»Müssen sie auch nicht«, erwiderte der Unbekannte. »Sie können es anders angehen. Sobald sie erkennen, dass wir keine Schilde haben, werden sie ihre Taktik ändern.«

»Ich weiß«, sagte Darrick. »Ich weiß. Wo sind die ...«

Ein Spruch schlug weiter hinten im Kolleg ein, eine Rauchwolke und blaues Feuer stiegen in die Luft. In der relativen Stille, die danach folgte, hörte Darrick Hufe auf Pflastersteinen, in der Nähe brüllte ein Panther.

»Wir sind am Zug.«

Während die Xeteskianer sich auf die Schlacht vorbereiteten, hatte Izack die Pferde so nahe herangeführt, wie er es nur wagte. Chandyr war tatsächlich, wie Darrick gehofft hatte, so dumm, alle Verteidiger innerhalb des Kollegs zu vermuten. Die Tatsache, dass die Stadt kapituliert hatte, war dieser List natürlich entgegengekommen. Chandyr fühlte sich nun relativ sicher, da er nicht mehr damit rechnen musste, aus jedem Fenster einen Pfeil in den Rücken zu bekommen.

Dennoch hatte er im Umkreis Wachen aufgestellt, und bevor sie den Gegnern zu nahe gekommen waren, hatte Izack die Lappen von den Hufen genommen und seine Männer aufsitzen lassen. Es waren genau sechzig, fünfzig

Schwertkämpfer und zehn Magier. Er kannte den Weg zur Rückseite des Kollegs und wusste, dass die Straße dort den Gegnern dreißig Schritte Raum bieten würde, sich auf seinen Angriff einzustellen, wenn er um die letzte Ecke bog. Andererseits wollte er in vollem Galopp angreifen, und die Gegner wären ohnehin mit anderen Dingen beschäftigt.

Er blieb noch einmal stehen, drehte sich um und nickte seinen Männern zu. Magische und harte Schilde waren aufgebaut, seine Schwertkämpfer warteten diszipliniert in Reih und Glied und würden auf die ganze Breite ausschwärmen, sobald sie die Straße erreichten. Die Befehle für den Angriff waren gegeben und sollten beim ersten Kontakt mit dem Feind in Kraft treten. Er blickte wieder nach vorn, hob den Schwertarm und ließ ihn sinken. Gleichzeitig ließ er sein Pferd die Hacken spüren. Das Tier sprengte los, und die lysternische Kavallerie donnerte durch Julatsa. Siegesgewiss stießen seine Männer laute Rufe aus.

Izack umrundete die letzte Ecke, seine Kavallerie schwärmte nach links und rechts aus und bewegte sich rasch in Richtung Kolleg. Sprüche schlugen bereits in hohem Bogen gegen dessen Mauern und zwangen die Verteidiger, sich in Sicherheit zu bringen. An einer Stelle fiel Heißer Regen wie ein Gewitterschauer, und direkt vor den Mauern, in denen sich ein Riss gebildet hatte, waren im Pflaster die zackigen Ränder eines Lochs zu sehen, das ein Erdhammer aufgerissen hatte. Die Al-Arynaar wehrten sich nach Kräften und suchten ihre Ziele genau aus, doch die meisten Pfeile prallten von stabilen magischen Schilden ab.

Schon aus dreißig Schritten Entfernung bemerkte sie der vorgeschobene Posten. Er gab sofort Alarm. Rasend schnell überwand die lysternische Kavallerie die Distanz und machte die viel zu schwache rückwärtige Deckung nieder, für die jede Hilfe zu spät kam. Izacks Pferd war für den Kampf ausgebildet und ließ sich nicht beirren, als hin und wieder Armbrustbolzen vom harten Schild abprallten, der sie schützte. Der Kommandant hielt das Schwert tief auf der rechten Seite, er duckte sich im Sattel und fegte die Abwehr des ersten Wächters mit einem Schlag beiseite, der den Mann von den Füßen riss.

Er brauchte sich nicht umzudrehen. Unter den Hufen seiner Kavallerie hatte der Mann keine Chance. Vor ihm rannten von beiden Seiten Xeteskianer herbei, und die eng stehenden Magier, die die Mauern angriffen, mussten ausweichen, als die Bogenschützen sich umdrehten und die Schwertkämpfer sich zu formieren suchten, um Izacks Kavallerie anzugreifen und die Magier zu verteidigen, die noch die Mauern des Kollegs bearbeiteten.

Izack schrie seinen Männern zu, sie sollten sich beim Angriff beeilen, und versetzte seinem Pferd abermals einen Tritt mit den Hacken. Erschrocken stieg es hoch. »Ein einziger Angriff, dann brechen wir ab!« Allerdings hätte es ihn überrascht, wenn sie ihn hätten hören können. Sie würden ihn jedoch beobachten und seinem Beispiel folgen.

Ein Schauder durchlief ihn, überall waren ängstliche Rufe zu hören, in der Luft hing der Geruch von Pferden und Leder, dazu der beißende Gestank von magischem Feuer. Er orientierte sich kurz und stieß mitten in die erst halb formierten Xeteskianer hinein, sein Pferd sprang und trat und keilte aus und kam hart wieder auf. Izack trieb seine Klinge durch die Brust des ersten Soldaten, ließ sich vom Schwung weitertragen und zog sie wieder heraus. Der nächste Hieb erwischte den Arm eines Bogenschützen. Dann bremste er sein Pferd ab, während seine Männer hinter ihm ausschwärmten und die Flanken der Gruppe angriffen.

»Achtet auf eure eigene offene Flanke«, brüllte Izack. Sie hörten die Warnung und gaben sie weiter.

Er blockte einen Schlag von rechts ab, der Reiter zu seiner Linken schmetterte sein Schwert auf den Helm eines Gegners, ein dritter Xeteskianer packte zu und riss den Lysternier aus dem Sattel. Wieder spornte Izack sein Pferd an, drang zwei Schritte weiter vor und stieß einem Feind die Klinge von oben in die Schulter. Der Mann ging sofort zu Boden. Direkt vor ihm hatten die Magier ihren gemeinsamen Spruch abgebrochen, einige rannten nach links, andere wirkten einen neuen Spruch.

»Nachsetzen!«, rief Izack. »Nachsetzen!«

Sein nächster Schwertstreich wurde abgewehrt, doch er beugte sich im Sattel zur Seite, um den Winkel zu verändern, zog von rechts nach links das Schwert zurück und brachte dem Gegner mit einem Rückhandschlag eine tiefe Schnittwunde im Oberarm bei. Ein weiterer Schritt, und er hatte die Verteidiger hinter sich gelassen und die Magier erreicht. Viel Zeit blieb ihm nicht, und so schlug er mit aller Kraft um sich und traf hier eine Brust, da einen Arm, dort eine Schulter und einen Rücken.

Alles in allem hatte der Ansturm der Kavallerie die xeteskianische Gruppe weitgehend aufgerieben. Einige reiterlose Pferde rannten verwirrt herum, doch insgesamt war der Angriff ein großer Erfolg. Es gab keinen Grund, länger zu verweilen und den Sieg zu gefährden. Die Xeteskianer rückten jetzt in großer Zahl von links und rechts an, und auf der rechten Seite kam die xeteskianische Kavallerie um die Ecke des Kollegs.

»Abbrechen!«, rief er.

Ein letztes Mal schlug er zu und traf ungeschütztes Fleisch, dann nahm er die Zügel herum und drängte wieder nach draußen.

»In Formation bleiben, und los.«

Die lysternische Kavallerie donnerte aus dem Gemetzel heraus, das sie angerichtet hatte, und floh. Ein einsamer xeteskianischer Schwertkämpfer stellte sich ihnen in den Weg und stach sein Schwert durchs Bein eines Kavalleristen bis in den Leib des Reittiers. Beide kreischten, das Pferd stieg noch und galoppierte davon, der Reiter wurde hin und her geworfen, drehte sich um das Schwert wie um eine Achse und kippte aus dem Sattel. Ein kleines Stück wurde er noch mitgeschleift, bis sich die Klinge löste. Das Pferd, aus dessen Wunde das Blut nur so spritzte, rannte panisch seinen Artgenossen hinterher.

Izack galoppierte jetzt und erledigte den feindlichen Schwertkämpfer, bevor dieser sich umdrehen konnte, dann eilte er den Weg zurück, auf dem sie gekommen waren. Mit aufmunternden Rufen trieb er seine Kavallerie an und sah sich über die Schulter um. Die Xeteskianer folgten ihnen. Jubelrufe von den Mauern drangen bis zu ihm, und er konnte sich vorstellen, wie jetzt die Pfeile der Elfen flogen, da die xeteskianischen Schilde zusammengebrochen waren.

Die feindliche Kavallerie reagierte überlegt und setzte die Verfolgung fort, kam niemals zu nahe, ließ Izack andererseits aber auch nicht aus den Augen. Der lysternische Kommandant drängte sich durch seine Männer nach vorn, um wieder die Führung zu übernehmen. Durch leere Straßen und einen schönen Park voller Blüten galoppierten sie, dann ging es zwischen hohen Gebäuden hindurch aufs offene Land hinaus. Die xeteskianische Kavallerie hielt an der Stadtgrenze an.

Izack zügelte sanft sein Pferd und hob die Schwerthand. Auch seine Männer hielten an, stellten sich in einer Reihe auf und machten kehrt. Er zählte rasch durch. Acht seiner Männer waren gefallen, vier reiterlose Pferde waren ihnen gefolgt.

»Gut gemacht!«, rief er. »Das war ein Handstreich, den wir nicht wiederholen können, aber Ihr habt euch so wacker geschlagen, wie ich es erwartet habe. Xetesk wird sich nicht noch einmal überrumpeln lassen, deshalb müssen wir mit den TaiGethen Verbindung aufnehmen, ehe wir noch einmal zuschlagen. Jetzt müssen wir zuerst ausruhen, unserer Toten gedenken und unsere Verletzten versorgen. Im Kolleg sitzen Freunde von uns fest, darunter General Darrick. Gerade haben wir vielleicht einen kleinen Sieg errungen, aber es gibt noch viel mehr zu tun. Meine Herren, ich ziehe den Hut vor Euch.«

Die Rufe, die ihm antworteten, wärmten sein Herz. Er führte seine Kavallerie hinaus, zwischen die Hügel.

Auum reagierte auf den Ruf des Krallenjägerpanthers und führte seine kleine Truppe von TaiGethen in den Rücken der Feinde. Von allen Zellen, die nach Balaia gekommen waren, existierten nur noch vier, und er führte die einzige, die noch aus den ursprünglichen Mitgliedern bestand. Sie hatten einen entsetzlich hohen Preis gezahlt und würden auch auf Calaius verwundbar bleiben, falls es ihnen nicht gelang, ihre Feinde hier zu besiegen.

An der Kreuzung vor dem Platz hatten die Feinde Wachen postiert. Es waren nur sechs, die keine große Gefahr darstellten, doch er zögerte den Angriff noch hinaus. Es lag auf der Hand, wie der xeteskianische Kommandant auf den Kavallerieangriff reagieren würde. Sie warteten.

Auf ähnliche Weise wie in Xetesk versteckten sich die TaiGethen in schmalen Gassen in der Nähe von Straßen, über die sie leicht die Hauptzufahrt des Kollegs erreichen konnten. Die Krallenjäger standen reglos bei ihnen. Sie hatten gerufen, als die Kavallerie mit ihrem Angriff begonnen hatte. Andere Paare beobachteten die Feinde, doch Auum war sicher, dass er es selbst hören würde, wenn die unausweichliche Reaktion kam.

Er sollte nicht enttäuscht werden. Gleichzeitig mit dem Brüllen von vier Panthern ertönte auch Hufgeklapper, das weit durch die Stadt hallte.

»Möge Yniss euch beschützen und Tual euch führen«, sagte er zu ihnen. »Tai, los jetzt.«

Sie rannten zur Straße und bogen nach links zur bewachten Kreuzung ab. Duele und Evunn flankierten ihn wie immer, die anderen vier Tai folgten dicht dahinter, und schließlich kamen die Krallenjäger.

Im Laufen spannten sie die Bogen und schossen Pfeile ab. Zwei fanden ihre Ziele, vier weitere verfehlten. Auum öffnete seinen Jaqrui-Beutel, tastete nach einem Wurfstern und zählte, wie wenige es noch waren. Er bekam einen zu fassen, zog ihn heraus und warf ihn mit einer einzigen geschmeidigen Bewegung. Das schrille Pfeifen der Klinge half dem Opfer nicht, denn der Gegner konnte die Waffe vor dem dunklen Hintergrund der Gebäude nicht erkennen. Sie traf seine Stirn, der Soldat kreischte, fasste sich an den Kopf und ging zu Boden. Blut strömte über sein Gesicht.

Die TaiGethen fielen über die drei noch lebenden Wachen her wie eine Welle, die sich am Strand bricht. Die Zelle, die rechts neben Auum lief, kam als Erste an. Schwerter blitzten, Männer stürzten. Nur einer widerstand den ersten Schwertstreichen und wich ängstlich zurück. Einen weiteren Schlag konnte er noch abwehren, doch dann versetzte ihm der Anführer der Tai einen Tritt gegen die Brust, und der Mann verlor das Gleichgewicht und taumelte zurück. Jetzt mussten ihm nur noch die Tai an den Seiten ihre Klingen durch den Hals und den Bauch ziehen.

Auum zögerte keine Sekunde und rannte mitten auf der Straße weiter zum Tor des Kollegs. Oben im Torhaus standen die Rabenkrieger und die Elfen der Al-Arynaar. Vor ihnen hatten sich mindestens dreihundert Mann in zwei dicht gedrängten Gruppen versammelt. Sprüche hämmerten gegen das qualmende Tor, das bis jetzt noch hielt. Niemand sah in ihre Richtung, aber das würde sich bald ändern. Auum war es egal. Diese Feinde hatten das Schicksal verdient, das Shorth ihnen zugedacht hatte, und ob sie ihn sahen oder nicht, sie mussten sterben.

Die Straße war breit genug, sodass die TaiGethen nebeneinanderlaufen konnten. Krallenjäger gesellten sich zu ihnen, drei Paare trabten leichtfüßig mit. Sie waren höchstens noch zehn Schritte entfernt, als ein Feind die Gefahr spürte, die sich lautlos von hinten näherte. Er drehte sich um und bekam einen Pfeil in die Gurgel, bevor einen Warnschrei ausstoßen konnte. Viel zu wenige Xeteskianer waren am Eingang des Platzes postiert, sie boten keinen nennenswerten Widerstand. Als ein Kamerad in ihrer Mitte keuchend zu Boden ging, fuhren sie herum, und die Stimmung auf dem Schlachtfeld wechselte blitzschnell von Zuversicht zu Panik.

Auum warf einen weiteren Wurfstern und traf den Arm eines Gegners. Noch zwei Schritte, dann sprang er und streckte ein Bein vor. Die beiden Kurzschwerter hatte er bereits gezogen. Sein Fuß traf das Gesicht des Feindes. Er spürte, wie dessen Nase und Zähne unter dem Aufprall brachen.

Weich landete er auf dem anderen Bein, drehte sich um und stach dem Mann das Schwert in die Brust, um ihm den Garaus zu machen. Mit einem Sprung nach rechts wich er einem Schlag von der linken Seite aus. Auf der Hacke wirbelte er herum und traf mit einem Rückhandschlag das Ohr des nächsten Gegners. Duele hatte einem Dritten die Beine weggefegt und dem Liegenden mit dem Knie die Kehle zerquetscht, war aufgesprungen und sofort weitergerannt.

Die vor ihnen gruppierten Magier waren immer noch gut geschützt. Deren Leibwächter drehten sich gerade um und hoben Bogen und Schwerter. Rechts von Auum knurrte ein Pantherweibchen der Krallenjäger und sprang los; der Partner war zwei Schritte hinter ihr und stach einem Bogenschützen die Finger in den Hals, duckte sich unter einem ungenauen Hieb hindurch und biss einem anderen ins Gesicht. Er zerrte den kreischenden Mann zu Boden und riss ihm mit den Fingernägeln das Fleisch von den Wangen.

Auum rief Evunn und Duele zu sich. Auch die anderen Zellen folgten seinem Ruf, bedrängten die Flanke der Xeteskianer und warteten auf den Ruf der Krallenjäger, sich zurückzuziehen.

Denser beobachtete den mit atemberaubender Geschwindigkeit vorgetragenen Angriff der TaiGethen. Mit fließenden, schnellen Bewegungen drangen sie tief in die xeteskianischen Verbände ein, ehe die Gegner auch nur die leiseste Idee hatten, wie sie sich gegen diese Kämpfer verteidigen konnten. Für Bogenschüsse waren die Elfen viel zu nahe, die Magier konnten nichts ausrichten, und die Schwertkämpfer wurden in Stücke gerissen und wussten nie, woher der nächste Schlag kommen würde.

Die zweite Gruppe hatte ihren Angriff eingestellt. Keine Sprüche schlugen mehr gegen die Tore und Mauern, und die Kämpfer warfen nervöse Blicke nach links. Die Hauptleute drängten sie, sich zu konzentrieren, doch der Ansturm der TaiGethen und der Krallenjäger zog sie in ihren Bann.

Wie alle Rabenkrieger beobachtete auch Denser vor allem Auum. Er war so anmutig und präzise, und mit Duele und Evunn an seiner Seite schien er unbesiegbar. Natürlich fürchteten sie sich vor der Geistschmelze, die Evunn schon einmal getroffen hatte, doch das hielt sie nicht davon ab, ihren Angriff fortzusetzen. Denser wusste allerdings auch, dass dieser Spruch nicht eingesetzt werden konnte. Nur die Magier, die von den TaiGethen angegriffen wurden, waren nahe genug, hatten aber nicht genug Ruhe, den Spruch zu wirken.

Hin und wieder fiel es ihm schwer, Auums Bewegungen zu verfolgen. Er zählte mit. Der Anführer der TaiGethen duckte sich und schlug zu, sprang hoch, um einem Hieb auszuweichen, und war sogar noch aufmerksam genug, im Fallen ein Bein zu strecken, um das Kinn eines Feindes zu zerschmettern. Er landete auf einem Bein und wirbelte herum, zog dem nächsten Gegner die Klingen über die Brust, stieß mit fast der gleichen Bewegung dem dritten den Ellenbogen in die Kehle und versetzte dem vierten Feind einen Kopfstoß, bevor er den nächsten Schritt machte und die nächsten Xeteskianer angriff.

Denser hatte bis sechs gezählt.

Doch nicht alles verlief nach Plan. Hinter dem Kolleg wurde die lysternische Kavallerie vertrieben. Ihre Hufschläge verhallten in der Ferne. Einige Verteidiger jubelten noch über den erfolgreichen Angriff, doch bald waren schon wieder Warnrufe zu hören. Als er sich von den spektakulären Kämpfern unter ihm abwandte, sah er den Grund. Die Hausgeister kreisten nicht mehr, sondern stießen herab, und weder die Elfen, die in der Nähe standen und warteten, noch die Wächter, die sich verstreuten, konnten ihnen etwas anhaben.

»Der Rabe!«, rief er. »Es gibt Ärger!«

Er wartete nicht, ob sie folgten, sondern rannte auf der Mauer entlang zur anderen Seite des Kollegs. Er war nicht der Einzige, der die Gefahr bemerkt hatte. Elfen liefen vor ihm, Wächter brachten sich in Sicherheit. Hinter Denser brüllte der Unbekannte, sie sollten die Stellung halten, doch von unten flogen Pfeile, Armbrustbolzen und Sprüche gegen die plötzlich unverteidigten Mauern.

Denser schützte im Laufen den Kopf mit einer Hand und hörte, wie rings um ihn Pfeile gegen den Stein schlugen. Einmal spürte er sogar einen Luftzug, als ein Pfeil sein Gesicht nur knapp verfehlte. Heißer Regen fiel, ging jedoch harmlos hinter ihm nieder. Wieder wurde eine Feuerkugel abgeschossen.

»Runter!«, brüllte Hirad.

Denser warf sich auf dem Wehrgang zu Boden. Die Hitze der Feuerkugel versengte die Haare auf seinem Handrücken, als sie unten in den Hof fiel. Sofort sprang er wieder auf, blickte nach vorn und sah den ersten Hausgeist zuschlagen. Er prallte schwer gegen einen Bogenschützen der Al-Arynaar und brachte ihn aus dem Gleichgewicht. Der Elf hob die Hände, um den Dämon von seinem Gesicht abzuhalten, doch das Biest war schnell herabgestoßen und verfügte über enorme Kräfte. Beide stürzten von der Mauer. Nur der Elf schlug unten auf, während der Hausgeist kichernd und lachend sofort wieder emporstieg.

»Wir müssen sie fangen und festhalten«, rief Denser über die Schulter zurück. Inzwischen war er nur noch zwanzig Schritte vom Kampfgeschehen entfernt. »Ich bereite die Sprüche vor.«

Vier Hausgeister nahmen am Angriff teil und flatterten um die Elfen herum. Fast alle Al-Arynaar, unter ihnen auch Rebraal, hatten die Bogen fallen lassen und sich mit Kurzschwertern oder Messern bewaffnet. Die übrigen Bogenschützen mussten sich unterdessen um die Gefahr von unten kümmern und darauf vertrauen, dass ihre Gefährten die Hausgeister davon abhielten, sie über die Mauer zu werfen.

Thraun, Hirad und der humpelnde Unbekannte, alle mit

Dolchen bewaffnet, überholten ihn und gesellten sich zu den Al-Arynaar. Hirad rief einige Anweisungen zu Rebraal hinüber, der mit seiner kurzen Klinge komplizierte Manöver über dem Kopf ausführte, um die dicht über ihnen kreisenden Hausgeister abzuhalten. Denser baute eine Flammenhand auf.

»Einen nach dem anderen«, rief der Unbekannte den Rabenkriegern zu. »Zuerst den mit dem roten Abzeichen auf der Stirn.«

Denser stellte sich in die Mitte der Rabenkrieger, die einen losen Kreis um ihn gebildet hatten. Hirad war der unbefestigten Kante auf der Hofseite gefährlich nahe, machte sich aber, wie es seinem Wesen entsprach, größere Sorgen um seine Freunde als um seine eigene Lage. Er stach nach oben und traf die ausgestreckte Kralle eines Hausgeists, der sich in der Luft überschlug und erschrocken kläffte. Verletzen konnten sie die Hausgeister zwar nicht, aber das hieß nicht, dass die Dämonen keine Schmerzen empfanden.

»Bleibt dicht zusammen«, warnte der Unbekannte.

Er griff nach oben und wollte einen Fuß packen, verfehlte ihn aber. Neben ihm sprang Thraun hoch und versuchte es ebenfalls. Der Schwanz des Hausgeistes zuckte und zerkratzte ihm den Handrücken.

»Vorsicht, Thraun.« Denser hatte Mühe, seine Konzentration zu halten.

Thraun knurrte, stieß das Messer nach oben und packte ein zweites Mal zu. Dieses Mal erwischte er den peitschenden Schwanz und zerrte den tretenden, kratzenden und kreischenden Hausgeist herunter.

»Halte ihn fest, halte ihn!«, rief der Unbekannte.

Die Rabenkrieger warfen sich auf das affengroße Wesen und versuchten verzweifelt, eine Hand oder eins der zuckenden Beine festzuhalten, den Kopf mit dem schnappenden Maul, die bebende Brust oder die Flügel, die gegen den Boden schlugen. Denser konnte nur zuschauen, weil er sonst die Konzentration verloren hätte. Der Dämon, der viel stärker war, als man es seiner Größe nach vermutet hätte, kämpfte um sein Leben und um das seines Meisters.

Der Hausgeist verpasste Hirad einen Kratzer auf der Innenseite eines Arms, doch der Barbar wehrte sich sofort und versetzte dem Hausgeist einen Faustschlag mitten ins Gesicht, sodass dessen Schädel gegen die dicke, hölzerne Brustwehr prallte. Der Unbekannte kniete bereits auf den Beinen des Dämons und versuchte, einen Flügel zu packen, während Thraun, den Schwanz in einer Hand haltend, zusätzlich den rechten Arm zu erwischen versuchte.

»Lasst ihn ja nicht los«, ermahnte Hirad sie. Er schlug noch einmal zu, obwohl seine Brustverletzung stark schmerzte. Das unermüdliche Biest knurrte wütend.

Die anderen drei Hausgeister wollten ihrem gefangenen Artgenossen zu Hilfe kommen. Die Elfen, die jetzt außer Gefahr waren, sammelten sich jedoch rasch wieder, um sie abzuhalten oder noch einen zu fangen. Eine Kralle fuhr durch Densers Haare, der Angriff konnte seine Konzentration aber nicht stören. Der Rabe hatte den Hausgeist beinahe im Griff, der unablässig Gift und Galle spie und ihnen allen den Tod verhieß.

Hirad verdrehte ihm einen Arm, der Unbekannte hielt den Flügel fest, und Thraun legte ihm eine Hand auf den Schädel, um den Kopf ruhig zu halten.

»Festhalten«, schnaufte Denser. Rasch kniete er nieder und versuchte, den freien Gliedmaßen zu entgehen, die zuckend ein Ziel suchten.

»Denser«, leierte der Hausgeist. »Eines Tages werde ich dich töten. Lass mich los. Deine Rabenseele wird mich mit Kraft erfüllen, und du sollst leiden …«

»Gib Ruhe.« Denser presste dem Hausgeist eine Hand auf den Mund, schickte die Flammenhand in seinen Schädel und hielt fest, während das Mana-Feuer dem Leben des Dämons ein Ende setzte. »Einer erledigt, ein Magier dazu. Der nächste.«

»Denser!«

Es war Rebraal. Nur wenige Schritte entfernt hatten sie einen Hausgeist an den Flügeln gepackt. Er konnte sich nicht drehen, um die Elfen anzugreifen, entwand sich aber langsam ihrem Griff. Wieder wirkte Denser einen Spruch, allerdings hatte er nicht genug Zeit, noch einmal eine Flammenhand einzusetzen.

»Da drüben an die Wand.« Er zeigte auf die betreffende Stelle.

Die Al-Arynaar warfen den Dämon mit dem Gesicht zuerst gegen die Zinnen. Er prallte schwer dagegen, stürzte, drehte sich sofort um und schüttelte den Kopf, um wieder zu sich zu kommen. Denser fing seinen Blick auf, lächelte und wirkte seinen Spruch. Eine genau gezielte Feuerkugel hüllte den kleinen Körper ein. Der Hausgeist kreischte und wollte wegfliegen, konnte gerade noch über die Mauer flattern und stürzte vor den Xeteskianern auf den Boden. Die anderen beiden waren inzwischen geflohen. Signalhörner ertönten, und die Xeteskianer zogen sich zurück.

Denser setzte sich, um sich zu sammeln. Hirad hockte sich vor ihn. Unten waren jetzt Rufe und eilige Schritte zu hören.

»Gute Arbeit, Mann aus Xetesk«, lobte ihn der Barbar. »Hast du noch Luft für meinen Drachen?«

Denser nickte. »Das müsste gehen«, sagte er. »Aber ich würde lieber noch bis morgen warten. Ich bin noch nicht dazu gekommen, die Texte zu lesen. Die Ereignisse haben uns heute Nachmittag überrollt.«

Hirad nickte, stand auf und streckte eine Hand aus. Denser ergriff sie und ließ sich hochziehen.

»Ich kann warten. Xetesk müsste für heute bedient sein.«

»Was ist mit den TaiGethen?«

»Tja, sie haben ihre Sache gut gemacht; die Xeteskianer haben sich schnell zurückgezogen.«

Lächelnd kehrte Denser mit Hirad zum Torhaus zurück. Die Xeteskianer räumten auch den Platz vor dem Kolleg und nahmen ihre Verwundeten mit. Die Al-Arynaar sahen mit gespannten Bogen zu und ließen sie ziehen. Darrick nickte zufrieden, als die anderen Rabenkrieger zu ihm kamen.

Das Pflaster unten war glitschig vor Blut. Denser entdeckte zwei tote Elfen zwischen den Dutzenden und Aberdutzenden toten Xeteskianern. Auch ein Panther war tot, der Elfenpartner lag neben ihm. Er hatte es vorgezogen, neben der gefallenen Kralle zu sterben, statt mit den anderen weiterzuleben. Die Xeteskianer wichen weit zurück und sammelten sich an einem Ort, der vom Kolleg nicht einzusehen war.

»Heute ist es gut gelaufen«, sagte Darrick. »Morgen wird es schwieriger werden. Ich frage mich, ob wir die Bergung des Herzens nicht noch hinausschieben können. Wir brauchen die Magier, denn mit ihnen können wir meiner Ansicht nach die Oberhand behalten.«

»Morgen werden wir dann mehr wissen«, sagte Denser. »Erienne sollte bald aufwachen, und dann kann sie uns berichten, was sie gesehen hat. Sonst geht es weiter wie heute. Ich nehme doch an, wir können noch einen ganzen Tag durchhalten?«

»Tja, das Überraschungsmoment ist jetzt verloren«, erklärte Darrick. »Sie werden die Kavallerie ebenso wie die

TaiGethen nicht mehr aus den Augen lassen. Es dürfte Izack schwerfallen, sich noch einmal unbemerkt anzuschleichen. Chandyr ist kein Dummkopf.«

»Aber wir können durchhalten?«

Darrick überlegte einen Augenblick. »Ohne Hilfe aus dem Süden? Nein. Wir werden jedoch so viele von ihnen mitnehmen, wie wir nur können.«

»Der Rabe, folgt mir«, sagte Hirad. »Lasst uns essen.«

Achtzehntes Kapitel

Erienne erwachte mitten in der Nacht, fuhr hoch und unterdrückte einen Schrei. Sie hatte von schrecklicher Magie geträumt, und die Schreie der Magie hallten in ihrem Kopf nach. Eine herankriechende Schwärze hatte sie gesehen, die alles verzehrte, was sie berührte, die auch die hellsten Farben dämpfte und die Lieder der jungen Leute erstickte. Sie hatte sich selbst vor den Toren des Kollegs gesehen, wie sie den Niedergang der Magie überwachte und auf die zu ihr gewandten Gesichter hinablachte.

Zu ihren Füßen waren ihre Kinder gewesen, die sie aus dem Tod zurückgeholt hatte. Jetzt befanden sie sich an einem Ort, wo sie für immer in Sicherheit waren. An ihrer Seite, wo sie sein konnten, was sie selbst war. Das Eine.

»Still, Liebste, es ist schon gut.« Densers Stimme trug nicht dazu bei, sie zu beruhigen.

»Das kann ich nicht versprechen«, sagte sie. »Niemand kann das versprechen.«

»Was denn?«

»Das würdest du nicht verstehen.« Ihre Stimme klang verbittert. »Lass mich, ich schaffe das schon.«

»Verschließe dich nicht vor mir«, drängte Denser sie. »Lass mich die Bürde mit dir teilen.«

»Was könntest du mir schon abnehmen?«, fauchte sie. »Es ist alles in mir. Ich kann es nicht abgeben, ich kann es nicht von anderen tragen lassen. Es ist in mir. Es versucht, mich zu besiegen.« Sie unterbrach sich, drehte sich zu ihm um und sah seinen verletzten Blick und das besorgte Gesicht. Leise sprach sie weiter. »Es verhöhnt mich, Denser. Aber wie kann es das tun? Es ist nicht intelligent. Wie kann ich etwas besiegen, das überhaupt nicht da ist?«

»Was du in dir einen Kampf erlebst, dann zeigt dein Geist dir zugleich das, was du besiegen musst. Es ist auch ein Kampf um die Kontrolle über deinen eigenen Körper. Ich weiß, dass ich dir eigentlich nicht helfen kann, aber sperre mich bitte nicht aus. Bitte tu das nicht.«

Sie streichelte sein Gesicht. »Ich will es versuchen«, sagte sie. »Es ist nur so schwer. Ich fühle mich, als wäre ich der einzige Mensch, der eine Flutwelle aufhalten kann, die uns alle ertränken will. Es ist so schwer, einen Raum für irgendetwas anderes zu finden.«

»Dann tu es nicht.« Denser lächelte, aber seine Augen blickten bekümmert wie zuvor. »Ich werde es verstehen.«

»Sag mir das in einem Jahr«, erwiderte sie. »Oder in ein paar Monaten.«

»Vorausgesetzt, wir leben überhaupt so lange«, antwortete Denser. »Vielleicht überstehen wir nicht einmal mehr einen weiteren Tag.«

Er rutschte im Bett zur Seite, richtete sich auf und stützte sich mit beiden Armen ab.

»Sag mir, was du heute gesehen hast«, bat er sie. »Warum hast du die Bergung unterbrochen?«

»Ihr eigener Spruch hat das Problem verursacht«, erklärte sie sofort. »Da bin ich jetzt ganz sicher. Ihr eigenes

Mana hat im Stein rings um das Herz irgendetwas ausgelöst, als sie ihre Energien gebündelt haben. Es war wie ein Schmutzfleck, der sich nach oben ausgebreitet hat. Es kam mir vor, als hätten sie ihn selbst gezwungen, das Herz zu bedrängen und zu verdecken. Es wird wieder geschehen, wenn sie es noch einmal versuchen.«

»Darrick will sie mindestens bis morgen noch davon abhalten«, sagte Denser. »Er meint, wenn die Julatsaner keine Sprüche wirken, um Xetesk aufzuhalten, dann überstehen wir keinen weiteren Tag.«

»Sie können nicht warten«, entgegnete sie, ein wenig verärgert über sein mangelndes Verständnis. »Ist das nicht offensichtlich?«

»Nein«, gab Denser zu. Sie seufzte ungeduldig, beherrschte sich und verkniff sich eine scharfe Antwort.

»Entschuldige.« Sie beruhigte sich wieder. »Der geballte Einsatz der Magie verursacht das Problem. Wenn sie morgen alle da draußen sind und Schilde wirken, dann wird das Mana abermals versagen. Daran habe ich überhaupt keinen Zweifel. Geren hatte nur zur Hälfte recht. Die einzige Chance ist, das Herz zu bergen und an seinen alten Platz zu stellen, damit es den Mana-Fluss wieder in Gang bringt. Wir müssen hoffen, dass der Schatten während der Bergung unterdrückt werden kann.«

»Wie?«

Sie zuckte mit den Achseln. »Tja, da muss ich mir wohl was einfallen lassen, oder?«

»Woran denkst du?«

»Woher soll ich das wissen? Bei den Göttern, Denser, ich bin doch kein Orakel.«

»Das stimmt, aber du bist die Einzige, die überhaupt helfen kann. Niemand sonst sieht das Problem, und erst recht kann niemand etwas dagegen unternehmen.«

Abrupt wandte sie sich ab und stand auf. Der Stein war kalt unter ihren nackten Füßen. »Wundervoll. Erienne, die Retterin von Julatsa. Erienne, die Retterin der ganzen verdammten Welt.« Sie drehte sich wieder zu ihm um. »Das Problem ist nur, dass ich keinen blassen Schimmer habe, wie ich das anfangen soll.«

»Also, vielleicht kann ich …«

»Nein!«, rief sie. »Niemand kann das.« Sie schlug sich die Hände vor das Gesicht. »Entschuldige, Denser. Bitte schlaf weiter. Du musst dich für den morgigen Tag ausruhen.«

»Komm wieder ins Bett«, sagte er mit der sanften Stimme, in die sie sich damals verliebt hatte.

»Ich kann nicht schlafen. Ich muss nachdenken.«

»Wann werden die Al-Arynaar wieder Sprüche wirken können?«, fragte Denser nach einer Weile.

Sie zuckte mit den Achseln. »Sie waren erschöpft, wie du weißt. Dagegen konnte ich nichts tun. Vielleicht am Nachmittag, vielleicht erst später.«

»Ich verstehe«, sagte er. »Erienne, willst du etwas für mich tun?«

»Ja, wenn ich kann«, versprach sie ihm.

»Erzähle alles, was du mir erzählt hast, auch Darrick. Ich glaube, er wird heute Nacht sowieso kaum schlafen, und er sollte es erfahren. Er müsste im Refektorium oder im Gästehaus sein.«

»Ich gehe am besten sofort zu ihm.« Sie suchte nach ihren Schuhen und einem Schal, den sie sich um die Schultern legen konnte.

»Ich liebe dich, Erienne.«

»Vergiss das ja nicht.«

Die Neuigkeiten waren so gut, wie Blackthorne es sich nur hätte wünschen können. Die Kommunion zwischen den dordovanischen Magiern hatte ihm Gewissheit verschafft, dass etwa zweihundertfünfzig Kämpfer nach Julatsa marschierten. Mit denen, die er bei sich hatte, waren sie dreihundert und konnten den Gegnern den entscheidenden Schlag versetzen.

Ein Magier der lysternischen Kavallerie hatte in den frühen Morgenstunden außerdem die Nachricht übermittelt, dass das Kolleg noch stand und Izack so bald wie möglich einen weiteren Angriff auf die Xeteskianer wagen wollte. Deren Kavallerie war zwar stärker, aber die Xeteskianer hatten am vergangenen Tag die Schlacht verloren und lagerten im Süden außerhalb der Stadt. Daher sollten die Verbündeten von Norden oder Westen her in die Stadt eindringen.

Die Morgendämmerung hatte noch nicht begonnen, als Blackthorne die müden, aber willigen dordovanischen und lysternischen Kämpfer und Magier weckte. Mit ihnen ritten seine paar eigenen Männer, deren Kampfgeist erheblich gestiegen war, seit ihre Wunden verheilt waren und die Schmerzen nachgelassen hatten. Einen besseren Augenblick, den Marsch zu beginnen und anzugreifen, würde es nicht geben. Er wollte den Treffpunkt eine Meile westlich der Stadt pünktlich erreichen.

Sie marschierten leise und näherten sich der schlafenden Kollegstadt, während die Sonne über den Horizont stieg. Die Feinde mussten nahe sein. Doch die Freunde waren noch näher und mussten bald in Sicht kommen.

»Es könnte ein großer Tag für uns werden, Luke«, sagte Blackthorne. »Falls der Rabe es schafft, das Kolleg den Morgen über zu halten, können wir die Feinde angreifen. Noch ist der Krieg nicht verloren.«

»Ich habe gebetet, dass wir nicht zu spät kommen, Mylord«, sagte Luke. Er lächelte, sein junges Gesicht strahlte und war voller Leben.

»Irgendwann wird jedes Gebet erhört. Vielleicht sind heute wir die Glücklichen.«

Blackthorne führte seinen bunt zusammengewürfelten Haufen einen sanften, bewaldeten Abhang hinauf. Von der Hügelkuppe aus sollten sie Julatsa sehen können. Er hoffte auch, sie könnten erkennen, wo die Verbündeten lagerten, denn er sehnte sich danach, zur Abwechslung mal wieder eine verbündete Armee vor sich zu haben.

Je weiter sie gingen, desto häufiger ermahnte Blackthorne die Männer, leise zu sein. Mit einer Hand hielt er das Zaumzeug seines Pferds, mit der anderen drückte er das Schwert an die Hüfte, damit es nicht klirrte. Es wäre gefährlich, unversehens auf einen Feind zu stoßen, mit dem sie nicht rechneten. Seine Späher, die wenigen, die er entbehren konnte, hatten jedoch berichtet, in einer Meile Umkreis drohe keine Gefahr, seit sie vom letzten Rastplatz aufgebrochen waren.

Inzwischen waren die Späher zurückgekehrt und nur noch hundert Schritte voraus. Den letzten konnte Blackthorne sogar noch sehen, als er die Hügelkuppe erreichte. Plötzlich duckte sich der Mann und ging eilig in Deckung. Sofort ließ Blackthorne seine Truppe anhalten. Die Männer kannten ihn gut genug, um seinem Befehl augenblicklich Folge zu leisten. Er musste nicht lange warten, bis der Späher wieder auftauchte, den Abhang herunterrannte und schlitternd vor ihm anhielt.

»Mylord«, keuchte der Mann.

»Immer mit der Ruhe«, antwortete Blackthorne. »Was hast du gesehen?«

»Die Verbündeten sind nicht weit vor uns, sie befinden sich höchstens eine Meile entfernt am Ufer des Flusses Talaat. Die Stadt ist nahe. Doch andere Truppen nähern sich ihnen. Ich bin nicht sicher, würde aber sagen, dass es sich um xeteskianische Magier handelt. Es sind nicht viele, sie bewegen sich jedoch sehr zielstrebig. Mylord, ich würde mein Leben darauf verwetten, dass sie angreifen wollen.«

»Sind unsere Verbündeten zahlenmäßig überlegen?«

»Zehn zu eins, Mylord.«

»Dann …« Blackthorne sprach nicht aus, was er dachte. Es lag auf der Hand. Er wandte sich an seine Männer. »Die Verbündeten sollen mit einem Spruch angegriffen werden. Teilt euch der Einfachheit halber nach Kollegien auf. Dordovaner, lauft hin und warnt sie, aber kommt ihnen nicht zu nahe. Luke, du begleitest sie. Nimm vier von unseren Leuten mit und reite, so schnell du kannst. Vielleicht sehen sie dich nicht früh genug, deshalb müssen hinter dir Dordovaner folgen, die ordentlich Lärm machen. Lysternier, ihr kommt mit mir. Wir müssen einige Magier erledigen.« Er drehte sich im Sattel um. »Oh, und auch wir werden uns schnell bewegen und rufen. Die Zeit der Heimlichkeit ist vorbei. Los jetzt!«

Die Truppe rannte den Hang hinauf, Blackthorne galoppierte an der Seite mit. Luke und die anderen Reiter waren schon über die Kuppe hinaus und hielten eilig auf die Dordovaner zu. Blackthorne folgte ihnen und sah bestätigt, was der Späher berichtet hatte. Die Verbündeten bemerkten die Gefahr nicht, die sich von Südosten näherte. Es waren Xeteskianer, die rasch zu ihrem Ziel aufschlossen und von hoch fliegenden Hausgeistern eingewiesen wurden.

»Auf geht's!«, rief Blackthorne und galoppierte den langen Abhang hinunter auf die xeteskianischen Reiter zu.

Bald war er mit dreien seiner eigenen Leute den Fußsoldaten ein gutes Stück voraus. Es kümmerte ihn nicht, wenn er getötet wurde, solange er nur die Sprüche stören konnte, die seiner Ansicht nach bald aufgebaut würden. Er holte rasch auf, doch die Xeteskianer waren noch weit vor ihm, ihre Hausgeister flogen hoch am Himmel und kreisten über den Verbündeten, die offenbar allmählich unruhig wurden und sich umdrehten.

Links von ihm raste Luke mit flatterndem Haar dahin und wedelte wild mit einem Arm. Blackthorne glaubte sogar, die Rufe des Burschen zu hören.

»Komm ihnen bloß nicht zu nahe«, sagte er zu sich.

Die Xeteskianer stiegen nun ab und stellten sich dicht beisammen auf. Die Schwertkämpfer blieben im Sattel und ritten zum Schutz rings um die Magier herum. Die Lysternier hinter ihm bemühten sich nach Kräften, nicht zurückzufallen, doch er war bereits fünfzig Schritte vor ihnen und entfernte sich weiter.

Plötzlich hatte er ein starkes Druckgefühl in den Ohren, sein Pferd wurde schlagartig langsamer und drehte den Kopf hin und her, während seine Flanken heftig bebten. Am Himmel erschien eine schwarze Linie, die sich rasch in ein halbes Dutzend Fäden aufspaltete. So entstand ein Stern, der die Wolken anzog und einen dichten, dunklen Wirbel erzeugte.

»Nein, nein!«, rief Blackthorne und trieb sein scheuendes Pferd weiter an.

Ohne auf die Schmerzen in den Ohren zu achten, stieg Blackthorne ab und rannte auf die Reiter zu, deren Pferde sich ebenso unwohl fühlten wie sein eigenes. Die Pferde der Magier waren längst durchgegangen und hatten sich in Sicherheit gebracht.

Blackthorne konnte unten am Hang das Lager der Verbündeten beobachten. Männer rannten in alle Richtungen oder sprangen auf scheuende Pferde. Die Menschen stoben auseinander. Eine halbe Meile von ihnen entfernt hatte auch Luke anhalten müssen.

Über ihnen öffnete sich der Stern wie die Blüte einer bösen Blume. Einen Herzschlag lang hoffte Blackthorne, der Spruch habe versagt. Kein Blitz zuckte, kein interdimensionaler Energiestoß fuhr herab. Dies war jedoch kein Blauer Sturm, und im nächsten Moment zwang ihn ein schrilles Pfeifen in die Knie. Es nahm ihm jede Kraft und trübte seinen Blick.

Er presste die Hände auf die Ohren, konnte das Geräusch aber nicht dämpfen. Ein Blick nach vorn zeigte ihm, dass er noch zu den Glücklichen gehörte. Das Lager der Verbündeten war das Hauptziel gewesen, und dort entfaltete der Spruch seine ganze entsetzliche Wirkung. Der Fluss wallte auf und schäumte, Blumen und Büsche wurden zu Boden gedrückt, die Blätter und Blüten flogen davon, als risse sie eine unsichtbare Hand ab.

Und erst die Männer und Pferde. Oh, ihr guten Götter, die Männer und Pferde. Sie fielen um wie die Bäume, vor denen sie standen, und wanden sich vor Schmerzen am Boden. Wer noch dazu in der Lage war, schrie und kreischte. Es schien unmöglich, doch es sah aus, als wüchsen sie und blähten sich in ihren Kleidern auf. Männer heulten und keuchten, Pferde keilten aus, Bäume bekamen Risse, ihre Blätter fielen wie im Herbst, und wenn der innere Druck zu stark wurde, zerplatzten sie.

Als würde alles von innen heraus explodieren, flogen Fleischstücke, Knochen, Holzspäne und Hautfetzen herum. In einer rosa gefärbten Wolke schossen die Trümmer umher, und der Spruch brach immer noch nicht ab, sondern riss jetzt sogar den Boden auf und warf Steine und Erdklumpen hoch in den Himmel, ehe er endlich nachließ.

Sofort ebbten auch die Schmerzen ab, und Blackthorne wurde von wilder Wut gepackt. Er richtete sich auf und rief seine Männer zu sich. Sobald sie standen und bereit waren, griff er an. Sie brüllten ihren Zorn und ihren Unglauben über die Tat der Xeteskianer hinaus und ließen die Schwerter kreisen, auf denen das Sonnenlicht glänzte.

Die berittenen Soldaten vor ihnen richteten die Pferde neu aus und kamen ihnen entgegen. Blackthorne war von einer Kraft beflügelt wie seit seiner Jugend nicht mehr. Er rollte sich unter dem Schlag eines Reiters ab, kam auf die Knie und traf mit seiner Klinge die Beine des nächsten Tiers. Ohne einen weiteren Blick richtete er sich ganz auf und rannte weiter, schlitzte einen Reiter auf und spürte, wie seine Klinge immer und immer wieder traf. Nur ein Ziel hatte er, ein einziges Ziel.

Die Magier waren nicht mehr in der Verfassung, einen weiteren Spruch zu wirken oder sich zu verteidigen. Es hätte ohnehin nichts geändert, denn Blackthorne und seine Männer fielen wie die wilden Tiere über sie her, schnitten Hände von den Armen, die Köpfe schützen wollten, spalteten Schädel, schlitzten Bäuche auf und durchbohrten Brustkörbe, Bäuche und Rücken. Über ihnen kreischten die Hausgeister, die den Angriff dirigiert hatten, und stürzten ab, sobald ihre Meister gestürzt waren. Keiner wurde verschont, keiner entkam. Das Blut tränkte das grüne Gras und färbte es schwarz wie die Gewänder der Toten.

Aber Blackthornes Angriff war nichts gegen das, was die Xeteskianer angerichtet hatten. Als er sich wieder beruhigte und die Erschöpfung und der Schock sich über ihn legten wie ein viel zu schwerer Mantel, ging Blackthorne zum Zielpunkt des Spruchs und sah sich um. Er ließ den Schrecken nicht an sich heran, denn das war die einzige Möglichkeit, dort stehen zu bleiben, ohne auf die Knie zu sinken und sich in den Fluss zu übergeben.

Überall lagen Fleischfetzen. Es war unmöglich, die Überreste der Reittiere von denen der Reiter zu unterscheiden. Blackthorne hatte einmal eine Abdeckerei besucht. Die Abfalleimer waren voller Fleischstücke gewesen, ungefähr so groß wie diese hier. Knorpel und Knochen, mit denen man nichts mehr anfangen konnte, außer sie als Hundefutter klein zu mahlen. Er konnte kaum glauben, dass dies hier jemals Menschen gewesen waren.

Schließlich drehte er sich zu seinen Männern um, die sich hinter ihm versammelt hatten. Vielen war übel, andere hatten die Schwerter aus den tauben Händen gleiten lassen, während sie fassungslos starrten. Sie konnten nicht mehr kämpfen. Nicht in diesem Augenblick, vielleicht nie wieder. Deshalb bot er ihnen eine andere Möglichkeit an.

»Wir müssen dies hier Dordover und Lystern berichten«, sagte er mit belegter, zitternder Stimme. »Xetesk muss aufgehalten werden. Nicht nur in Julatsa, sondern in seinem Herzen, im Kolleg selbst. Diese Kräfte dürfen nie wieder eingesetzt werden. Seht nur, was sie getan haben. Hunderte von Männern, die keine Chance hatten. Vergesst nicht, was ihr hier gesehen habt. Vergesst es nicht, bis ihr wieder vor den Toren des Dunklen Kollegs kämpft.«

Er drehte sich um und führte sie fort.

»Wir können den Kontakt nicht herstellen«, sagte Dystran, als er am Bett seines alten Freundes Ranyl saß.

Der Meister schwand jetzt rasch dahin und würde vielleicht nicht einmal mehr bis zum Ende der Schlacht durchhalten. Seine Stimme war brüchig, er spuckte Blut, und sein Gesicht war grau und eingefallen. Seit zwei Tagen hatte er nichts gegessen, und selbst ein Schluck Wasser bereitete ihm schon Schmerzen. Doch er hielt verbissen am Leben fest, und seine scharfen Augen zeigten, dass in seinem hinfälligen Körper immer noch ein kluger Geist wohnte.

»Aber sie haben die Druckglocke gewirkt?«, fragte er.

Dystran musste sich dicht über ihn beugen, um das heisere Flüstern überhaupt zu verstehen.

»Ja, sie wurde gewirkt. Wir haben es von hier aus überwacht«, erklärte Dystran. »Allerdings wissen wir nicht, wie gut sie gewirkt hat. Anscheinend haben nicht genügend überlebt, die stark genug sind, eine Kommunion mit mir aufzubauen.«

Ranyl nickte. »Geht besser davon aus, dass sie alle tot sind, junger Spund.«

»Und wir sollten beten, dass die Verbündeten vernichtet wurden. Gestern mussten wir schwere Verluste hinnehmen. Die Wände und Tore sind jedoch geschwächt, und wie es scheint, sind die Julatsaner nicht fähig, Sprüche zu wirken. Wir können heute durchbrechen. Es muss uns einfach gelingen.«

Dystran blickte durch Ranyls Balkontür hinaus. Es versprach ein schöner Tag zu werden, die Schäfchenwolken lösten sich bereits in der Sonne auf. Ein schöner Tag für einen Sieg.

»Wir stehen so dicht vor dem Ziel.« Eine Träne quoll aus einem Auge, als ihn eine neue Schmerzwelle durchflutete. Er hustete und spuckte Blut auf das Tuch, das er sich vor den Mund hielt. »Allerdings lebe ich vielleicht nicht mehr lange genug, um es zu sehen.«

»Das werdet Ihr, alter Knochen, Ihr werdet leben«, sagte Dystran. Allmählich begann er sogar selbst zu glauben, dass die Schlacht noch an diesem Tag gewonnen werden konnte.

Jemand klopfte vorsichtig an die Tür.

»Ich hoffe, es ist wirklich wichtig«, murmelte Dystran. Er stand auf und schritt zur Tür, riss sie auf und sah Suarav vor sich stehen. Der Hauptmann der Wache schien besorgt. »Ja, bitte?«

»Es tut mir leid, Mylord, aber Ihr müsst zu den Mauern der Stadt kommen.«

»Gibt es dafür einen bestimmten Grund?«, fragte Dystran. »Eine seltsame Wolkenformation vielleicht oder ein paar Rehe, die über das gestrige Schlachtfeld springen?« Er senkte die Stimme und flüsterte scharf. »Seht Ihr nicht, dass ich mit einem sterbenden Mann rede?«

Auch Suarav sprach jetzt leiser. So leise, dass Dystran ihn kaum verstehen konnte. Nur ein Wort schnappte er auf und wünschte sich sofort, er hätte sich verhört.

»Wie bitte?«, sagte er.

Die Gesänge der Wesmen hatten einen neuen Höhepunkt erreicht, nachdem die Krieger im Osten den Understone-Pass verlassen hatten. Beflügelt von ihrem erstarkten Glauben an den Sieg, hatten sie die Schritte beschleunigt. Understone hatte in Trümmern gelegen, der Gestank des Todes war schon aus hunderten Schritten Entfernung zu ihnen herübergeweht. Aasvögel hatten sich kreischend um verwesendes Fleisch gezankt.

Wie die Späher berichtet hatten, war niemand mehr da, der gegen die Wesmen kämpfen konnte. So erhoben die viertausend Krieger unter der Führung Tessayas, des Lords der Paleonstämme und Herrschers aller Wesmen, ihre Stimmen und schlugen den Weg nach Norden ein, wo der ruhmreiche Sieg auf sie wartete.

Tessaya spürte die Kraft in jedem Muskel, als er rannte. Auch er sang, und sein Bass ergänzte das Stimmengewirr, das seine Ohren entzückte und jeden Feind, der es hörte, in Angst und Schrecken versetzte. Die Wesmen waren wieder im Osten Balaias, und dieses Mal würden sie bleiben. Er konnte es fühlen.

Nur sechs Meilen vor den Mauern von Xetesk lagerten

sie und tanzten in Erwartung des Ruhmes am Feuer. Ihre Destranas heulten und gingen auf die Jagd, und die Schamanen übertrugen die Kraft der Geister auf alle versammelten Krieger. Sie waren geeint und bildeten ein Heer, das niemand aufhalten konnte.

Vor Beginn der Morgendämmerung erhoben sie sich wieder voll Eifer, zufrieden mit wenigen Stunden Schlaf. Sie hörten Tessayas Ansprache und rannten weiter, schneller als je zuvor, weil sie glaubten, hinter der nächsten Hügelkuppe das Ziel zu erblicken.

Endlich kam es in Sicht. Drunten konnten sie einige Häuser ausmachen – Bauernhöfe, die zweifellos ihnen dienen würden, wie sie zuvor Xetesk gedient hatten. Sie würden die Häuser nicht beschädigen und den Bewohnern nichts antun, denn so hielten es die Wesmen jetzt. Sie hatten nur ein Ziel und wollten ihre Kräfte nicht verschwenden.

Die Armee sammelte sich etwa zwei Meilen vor den beeindruckenden Mauern und Türmen der Kollegstadt. Rauch stieg im Morgennebel auf, die Sonne glänzte auf den sieben Türmen, dem Machtzentrum des Kollegs. Es war ein Ehrfurcht gebietender Anblick, der die Wesmen früher eingeschüchtert und an viele Niederlagen in vielen Jahrhunderten erinnert hatte.

Diesmal jedoch war es anders. Dieses Mal waren die Felder vor der Stadt schon mit xeteskianischem Blut getränkt, und die Erde war zertrampelt und so tot wie der Geist hinter den Mauern. Tessaya stieg auf einen abgestorbenen Baum in der Nähe und stellte sich, eine Hand an den Stamm gestützt, auf einen nackten Ast. Alle Wesmen-Krieger sahen ihn erwartungsvoll an.

»Meine Brüder aus den Stämmen, nun sind wir am Ziel.« Ohrenbetäubende Schreie antworteten ihm. Tessaya bat mit erhobener Hand um Ruhe. »Vor euch seht ihr den Berg, auf den wir steigen müssen. Ihr seht die hohen Mauern und die starken Tore. Auf diesen Mauern werden Magier, Bogenschützen und Schwertkämpfer stehen. Doch es sind nicht viele, und auch wir haben Bogenschützen. Sie können uns mit ihrer Magie nicht mehr vernichten.

Wir werden nicht versuchen, die Wälle zu erstürmen, denn das wäre unser sicherer Tod. Wir werden warten, und wir werden töten, und wenn die Mauern geräumt sind, werden wir unsere Enterhaken auf die Zinnen und Tore werfen, und dann werden wir hinaufsteigen. Fällt die Bäume, die ihr hier seht. Das Holz ist noch stark. Wir können Leitern bauen und die Tore einschlagen. Die Natur schenkt uns alles, was wir brauchen, und die Geister beschützen uns und spenden uns ihren Segen.

Meine Brüder, in den nächsten Tagen werden wir die Früchte unserer Pläne ernten. Der Tod unserer Brüder soll gerächt werden, und wir werden dafür sorgen, dass die Wesmen den ihnen gebührenden Platz als die Herrscher ganz Balaias einnehmen werden!«

Dystran beobachtete die Angreifer von der Südmauer des Kollegs aus. Eine halbe Meile entfernt verstreuten sich die letzten Aufrechten aus der Armee der Schwarzen Schwingen. Dystran konnte sich gut vorstellen, wie sie sich fühlten. Dann sah er, wie Baum um Baum gefällt wurde. Einhundert Fuß hohe Eichen, Kiefern mit dicken Stämmen. Alles, was den Stürmen widerstanden hatte, wurde abgeschlagen. Und als sie fertig waren, marschierten die Wesmen auf Xetesk zu.

Es waren tausende.

»Ihr macht wohl Witze«, schnaufte Dystran.

Neunzehntes Kapitel

Chandyr nahm sich die Niederlage des vergangenen Tages sehr zu Herzen. Nichts war wie geplant gelaufen. Darrick hatte ihn überlistet, und Izacks Kavallerie und die außerordentlichen Elfenkrieger hatten ihn besiegt. Nachdem er die Kavallerie verscheucht hatte, war er zum Tor zurückgekehrt, nur um dort ein Blutbad vorzufinden. Hundert seiner Männer waren tot oder verwundet, darunter fünfzehn Magier. Seine Untergebenen hatten lediglich drei Elfen und einen Panther erledigt.

Sie waren gut, das wusste er, aber er musste sich eingestehen, dass er sie nicht für so gut gehalten hätte. Die Streifen von jeweils zehn Mann, die er in die Stadt geschickt hatte, um sie zu suchen, waren spurlos verschwunden. Jetzt stand er mit seiner demoralisierten und dezimierten Truppe wieder vor den Toren, und die Sieger starrten zu ihnen herab.

Heute würde es anders laufen. Seine Kavallerie war bereit und hatte sich um das Kolleg verteilt. Es war ihm egal, wie schnell die Elfen rannten, denn ein galoppierendes Pferd war in jedem Fall schneller und stärker und konnte sie ohne Gnade niedertrampeln. Deshalb hatte er seinen Männern gesagt, sie sollten sich nicht fürchten; Rückschläge gebe es in jedem Krieg. Er hatte ihnen gesagt, ihre Anstrengungen seien nicht vergeblich gewesen, der Feind könne keine Sprüche mehr wirken, und die Tore seien bereits geschwächt. Außerdem seien die Kräfte der Verbündeten in ihrem Rücken vernichtet worden.

Er hoffte inbrünstig, dass die letzte Behauptung auch der Wahrheit entsprach. Im Grunde wusste niemand etwas Genaues. Der Spruch war gewirkt worden, über die Auswirkungen gab es jedoch keine Berichte. Falls sich seine Hoffnungen nicht bestätigen sollten, so hatte seine Behauptung wenigstens dazu gedient, seine Männer zur Ordnung zu rufen. Bis zur Mittagsstunde wollte Chandyr im Kolleg stehen.

Er dachte über den Angriff nach. Zwei Fronten wie am Vortag, auch die Magier wurden eingesetzt, aber dieses Mal hatte er keine Reserven eingeteilt. Seine freien Magier liefen rings um die Mauern und beschworen Heißen Regen auf die Köpfe der ungeschützten Verteidiger herab, vertrieben Bogenschützen von den Wällen und erlaubten es den anderen Magiern, sich zu verbinden, zu konzentrieren und weitere Sprüche zu wirken. Feuerkugeln knallten gegen die Tore, Kraftkegel donnerten gegen die Balken, Erdhämmer unterminierten das Fundament.

Wieder und wieder schlugen die Sprüche ein, denen die Verteidiger anscheinend nichts entgegensetzen konnten. Nur wenige Pfeile kamen geflogen, und besonders wichtig war, dass es keine magische Gegenwehr gab. Er beobachtete alles vom Pferdesattel aus und wusste, dass sich das Blatt nun wenden würde. Er gab Befehl, die Wehrgänge mit Todeshagel einzudecken, und sah Männer und Elfen sterben. Er befahl, dass ein Verbund aller Magier einen weiteren Erdhammer einsetzte, und endlich gaben die Tore nach.

Seine Magier ermüdeten, doch sie konnten es schaffen. Eine weitere Feuerkugel, die so groß war wie sein Haus in Xetesk, traf die Balken. Dieses Mal konnte er sehen, dass die Flammen einen Ansatzpunkt fanden und nicht erloschen. Seine Soldaten brüllten begeistert.

»Kommt schon!«, rief er. »Noch einmal, die Bindungen lassen nach.«

So war es. Männer rannten von den Wällen herunter, zweifellos, um Verteidigungspositionen im Hof dahinter einzunehmen. Nur der Rabe stand noch im Torhaus. Rauchwolken zogen vor den Gesichtern der Rabenkrieger vorbei. Sie waren der Faktor, der ihm die größten Sorgen bereitete. Solange sie Widerstand leisteten, würde Julatsa nicht fallen, und bisher waren seine Angriffe auf die Rabenkrieger stets wirkungslos verpufft. Noch schlimmer, sie hatten sogar genug Zeit gehabt, einige Hausgeister zu töten, was ihn veranlasst hatte, die anderen zurückzuhalten. Er konnte es sich nicht erlauben, noch mehr Magier zu verlieren.

Der Kraftkegel fegte auf das Tor zu. Die brennenden Balken knarrten bedenklich, einige schwächere brachen sogar. Das Tor wölbte sich nach innen, und eines der großen Eisenscharniere ging entzwei. Doch es war immer noch nicht geöffnet.

»Noch einmal« befahl er. »Noch einmal. Haltet euch bereit. Hauptleute, Eure Männer sollen sich vorbereiten!«

Auf dem Vorplatz formierten sich seine Kompanien. Es konnte nur noch wenige Augenblicke dauern, er stand ganz kurz vor dem Ziel.

Ein Ruf auf der rechten Seite, der all den Lärm übertönte, erregte seine Aufmerksamkeit. Inmitten der Flammen und des Rauchs deuteten Männer nach oben, und er folgte ihrem Blick. Auch er sah es jetzt. Der Schatten wurde größer und größer, riesige Flügel schaufelten die Luft und trugen das mächtige Tier näher. Er hatte angenommen, sie seien alle tot, doch dem war nicht so. Ein Schauder durchlief ihn. Die Drachen waren die Freunde der Rabenkrieger.

»Neues Ziel!«, rief er den Magiern zu. »Rechts über Euch. Schnell!«

Er sah es ihren Gesichtern an, als sie sich umdrehten. Ihre Konzentration war dahin. Der Drache stürmte heran, sein Bellen übertönte alle anderen Geräusche. Er war riesig. Bei den guten Göttern, er konnte sie ganz allein erledigen. Chandyr kämpfte seine Panik nieder und beruhigte sein Pferd, das unter ihm bockte. Die ersten Männer lösten sich bereits aus der Formation. Jetzt flogen auch wieder Pfeile von den Mauern herüber, auf denen plötzlich jede Menge Elfen-Bogenschützen standen. Männer starben. Seine Männer.

»Bleibt stehen!«, schrie er. »Haltet durch! Magier, eine Feuerkugel! Haltet die Stellung!«

Sein Pferd stieg hoch, und er wurde aus dem Sattel geworfen und prallte schwer auf den Boden. Benommen kam er auf die Knie hoch und sah durch den Rauch vor dem Tor, dass seine Magier die Köpfe neigten, um einen Spruch zu wirken.

Sha-Kaan hatte in einer kühlen Höhle hoch oben in den Blackthorne-Bergen weit entfernt von den neugierigen Blicken der Menschen ausgeruht. Er hatte erfolgreich gejagt, und die kühle Höhle war nach der warmen Sonne eine angenehme Abwechslung gewesen. Die Schmerzen nach dem langen Flug waren etwas abgeklungen, und die Flügel waren nicht mehr ganz so steif. Jetzt war er bereit, nach Hause zurückzukehren.

Hirad Coldhearts Geist war jedoch nicht ruhig. Die Schlacht im Kolleg hatte plötzlich begonnen und war brutal gewesen. Er hatte noch eine Nacht für Denser erbeten, damit dieser sich erholen und den Spruch wirken konnte. Widerwillig hatte Sha-Kaan zugestimmt. Nach so vielen Jahren kam es auf eine Nacht mehr oder weniger nicht mehr an.

Als am nächsten Morgen das erste Tageslicht in seine Höhle drang, wurde jedoch deutlich, wie dumm diese Entscheidung gewesen war. Der Feind hatte ungestüm angegriffen, und die äußeren Verteidiger, die Elfen und Kavalleristen, hatten nicht zurückgeschlagen. Den Grund dafür wusste er nicht, aber es war ihm auch egal. Alles, was er aus diesem kurzen Kontakt wusste, war, dass Hirad und damit auch Denser in großer Gefahr schwebten. Er wollte nicht untergehen, nur weil sie starben, während er sinnlos wartete.

So flog er, und Hirads Proteste hallten noch lange in seinen Gedanken nach. Er flog niedrig und schnell und spürte, wie der Wind an ihm vorbeistrich. Seine Flügel waren stark, und seine Krallen spannten sich. Er hatte kein Feuer mehr, aber das würde er auch nicht brauchen. Wenn er sie lange genug zurückdrängen konnte, hatte Denser genug Zeit, den Spruch zu wirken. So gern er auch bleiben und dem Raben helfen wollte, er musste nach Hause zurückkehren. Die Geburten standen unmittelbar bevor, und außerdem musste er herausfinden, welchen Schaden die interdimensionalen Sprüche der Xeteskianer angerichtet hatten. Erst am Morgen hatte er einen weiteren Spruch gespürt. Mit ihrem mangelnden Wissen zerstörten sie die Grenzen und den Raum zwischen den Dimensionen.

Sha-Kaan dachte an sein Zuhause. Der Geruch des Brutlandes, die Rufe seiner Brut und die Vestare, die ihnen so selbstlos dienten. Das Gefühl der warmen, feuchten Luft auf den Schuppen, der Geschmack des Flammengrases, die Umarmung der Wolken. Heute würde er zurückkehren, um das alles wieder zu erleben, oder er würde auf Balaia sterben.

Er sah die Sprüche auf einer Seite gegen die Tore und auf der anderen gegen die Mauer schlagen. Er sah versprengte Elfen, die ein Ziel suchten, und andere, die reglos lagen, nachdem sie von Sprüchen oder Pfeilen getroffen worden waren. Schließlich blickte der erste Feind hoch, und dann folgten viele weitere seinem Beispiel, nachdem der unvermeidliche Warnruf ertönt war. Ihre Disziplin war dahin, einige ergriffen sogar die Flucht. Er bellte laut, das Geräusch hallte weit über das Land, und dann stieß er hinab.

Dabei zog er die Flügel zurück und legte sie an, um ein möglichst kleines Ziel zu bieten. Er konnte eine Gruppe Magier ausmachen, die sich still verhielten, und wusste, was sie planten. Pfeile flogen an ihm vorbei, einige trafen ihn sogar, prallten aber harmlos von seinen Schuppen ab. Diese Männer konnten ihm nichts tun. Wieder bellte er, riss das Maul weit auf und atmete tief ein. Mit einem Knall, der eine Meile weit zu hören war, schloss er den Mund wieder und stürzte entschlossen hinab, bis der Spruch losgelassen wurde.

Eine blaue Feuerkugel, größer als sein Kopf, flog ihm mit wehender Rauchfahne entgegen. Er ließ sie nahe herankommen, dann breitete er die Flügel aus; der schlagartig erhöhte Luftwiderstand bremste ihn ab und ließ ihn weit über die Flugbahn der Kugel steigen.

Anmutig wendete er in der Luft und stürzte sich erneut hinab. Drunten rannten die meisten Männer schon um ihr Leben. Nur die Magier, die sich in mehrere Gruppen aufgeteilt hatten und von den Mutigsten beschützt wurden, hielten noch stand. Er kam knapp über den Hausdächern herein und glitt auf den Platz vor dem Kolleg hinunter.

Er landete hart, zerquetschte Männer unter seinen Krallen und dem Körper, rutschte weiter und riss das Pflaster auf. Mit den Flügeln bremste er ab und startete wieder, ehe er gegen die Gebäude auf der anderen Seite prallte. Dann wendete er scharf und flog noch einmal an, sein Bellen hallte zwischen den Wänden wider. Er stürzte sich hinab, bremste und trampelte mit den Hinterbeinen abermals Männer nieder, während sein Hals nach vorne schoss und einen Magier nach dem anderen schnappte und zerquetschte.

Sha-Kaan warf sie zu Boden, biss sie in Stücke und spuckte die Reste aus. Schwer schritt er über den Boden und spürte die Nadelstiche von Schwertern. Mit den Vorderpfoten schlug er um sich, riss Köpfe von Schultern und zerfetzte Brustkörbe und Bäuche. Körper flogen in alle Richtungen, sie konnten ihm nichts entgegensetzen. Er stürmte weiter und startete wieder, stieg steil hoch, wendete und nahm einen weiteren Anlauf.

Unter ihm flohen die Menschen kriechend oder rennend vom Platz. Er hatte sie gebrochen. Er röhrte triumphierend und stieß wieder hinab, sank bis fast zum Boden und schnappte sich einen weiteren Mann. Hirads Warnung kam zu spät, und er hatte es selbst nicht bemerkt. Von der Ecke des Kollegs kam ein Hagelsturm, getrieben von Mana-Wind. Er ließ den Soldaten fallen und wollte wieder aufsteigen, doch der Hagel prasselte gegen seinen Bauch, erfasste seinen Flügel und traf auch seinen langen Schwanz.

Sha-Kaan heulte gequält, die Schmerzen fraßen sich tiefer und tiefer in ihn hinein. Die feindlichen Magier hatten schnell reagiert. Zu schnell für ihn, und er hatte sich von seinem eigenen Erfolg blenden lassen. Er musste rasch aufsteigen und einen sicheren Ort erreichen, an dem er sich um seine Wunden kümmern konnte. Der Hagel hatte jedoch die Flughaut beschädigt und den Flügel geschwächt. Lange konnte er ihn nicht mehr tragen. Die Muskeln am Flügelansatz waren schwer verletzt, und das Blut strömte herab wie Regen.

Er blickte hinab. Es gab nur einen Ort, zu dem er jetzt fliegen konnte, nur eine Hoffnung blieb ihm noch. Er wendete scharf und fiel eher, als dass er flog, ins Kolleg hinab.

»Nein!«, brüllte Hirad. Er schob sich an den anderen Rabenkriegern vorbei und rannte zur Treppe des Torhauses.

Er wusste, wo Sha-Kaan landen wollte. Die Schmerzen vom Todeshagel hatte er gespürt, als hätte der Spruch ihn selbst getroffen. Er jedoch war unverletzt, während der Große Kaan schwer, wenn nicht lebensgefährlich verwundet war. Er war geschwächt von den langen Jahren im Exil und nicht mehr unbesiegbar. Warum hatte der Drache nicht auf ihn gehört?

Hirad rannte zum Hof und dann den breiten Weg hinauf, der sich durch das ganze Kolleg zog und im Zentrum auch die Grube mit dem Herzen berührte. Die Magier der Al-Arynaar und aus Julatsa versammelten sich gerade für den zweiten und hoffentlich letzten Versuch, das Herz zu bergen. Denser und Erienne waren bei ihnen, und alle blickten in den Himmel zum getroffenen Drachen, der seinen Sturz zu kontrollieren versuchte.

»Macht Platz da«, rief er im Rennen. »Räumt diesen Bereich, bewegt euch! Verschwindet!«

Er wedelte hektisch mit den Armen. Es dauerte eine Ewigkeit, bis sie ihn sahen, und als sie endlich auf ihn aufmerksam wurden, rannten sie weg und brachten sich im Refektorium, in der Krankenstation oder im Vortragsaal in Sicherheit. Als er sah, dass Denser auch Erienne wegführte, atmete er erleichtert auf und rannte mit unvermindertem Tempo weiter.

Sha-Kaan fegte das Dach vom Vortragssaal, seine Hinterbeine bohrten sich durch Stein, Holz und Schiefer, bis das halbe Gebäude einstürzte. Die Wucht des Aufpralls trug ihn noch ein Stück weiter, bis er die Flügel zusammenfaltete und auf den Boden prallte. Dann gaben seine Beine nach, und er rollte und taumelte über die Grube mit dem Herzen hinweg. Sein Schwanz fegte über die Wände des Refektoriums und der Krankenstation und schlug Steine heraus, sein Hals war stark gekrümmt, um den Kopf zu schützen, als er sich überschlug, und kurz bevor er endlich still lag, prallte er mit dem Rücken gegen ein Gebäude, dass die Erde bebte und die Mauer sich nach innen wölbte.

Hinter ihm wallte Staub hoch in die Luft, sodass Hirad sich im Rennen eine Hand vor den Mund halten und mit der zweiten die Augen vor dem Sand schützen musste. Er war halb blind, konnte aber schließlich sehen, dass sich Sha-Kaans riesiger Körper und der Hals noch bewegten. Der Kopf kam herum, bis sich die Augen auf den Drachenmann richteten.

Hirad blieb schlitternd stehen und blickte in ein langsam blinzelndes Auge. Er musste nicht fragen, in welcher Verfassung der Drache war, er konnte es fühlen. Sha-Kaan konnte ihm nicht verheimlichen, wie sehr er litt. Der Spruch hatte ihn schwer getroffen, der kalte Hagel hatte Schuppen aufgebrochen, die beim Aufprall endgültig abgerissen worden waren. Er blutete aus unzähligen Wunden.

Hirad legte eine Hand an den Kopf des Drachen und kämpfte seine Panik nieder. Ringsum hörte er Menschen rennen, und einige, die sich am falschen Ort versteckt hatten, schrien. Er sprach ein stummes Stoßgebet, dass hoffentlich niemand schwer verletzt worden war, und richtete seine Aufmerksamkeit wieder auf das leidende Tier.

»Das war keine besonders gute Landung.« Sha-Kaans Stimme klang erstickt und gequält. »So landen Drachen, wenn sie flügge werden.«

»Dies ist nicht der richtige Augenblick zum Scherzen«, wandte Hirad ein. »Du musst jetzt durchhalten.«

»Du selbst hast mir gesagt, es sei immer Zeit für einen Scherz«, erwiderte Sha-Kaan.

»Nicht jetzt, nicht jetzt«, sagte Hirad. »Ich will tun, was ich kann, aber bei den Göttern, es steht schlimm um dich.«

Das erstaunliche blaue Auge blinzelte sehr langsam, als hätte das Augenlid Mühe, den Weg nach oben zu schaffen. »Du kannst nicht viel tun«, sagte er. »Ich habe mich viel zu lange in deiner Dimension aufgehalten.«

»Dann werden wir dich jetzt sofort nach Hause schicken. Jetzt gleich.« Hirad drehte sich um. »Denser! Denser, komm hier rüber!«

»Hirad, ich habe nicht einmal die Kraft, auf meinen Beinen zu stehen, ganz zu schweigen vom Flug durch den interdimensionalen Raum bis Beshara. Lass deinem Magier seine Kräfte, du brauchst sie dringender als ich.«

»Kommt nicht infrage«, sagte Hirad. »Das kommt nicht in Frage. Halte durch.«

Er spürte die Schmerzen, die durch Sha-Kaans Körper liefen, am eigenen Leib. Rippen waren gebrochen, die Flügelmembran war gerissen, der Hals verrenkt und der Schwanz abgeknickt. Er drehte sich um und wollte durch die Staubwolke hindurchrufen, die noch um die Grube mit dem Herzen wallte.

»Den …«

»Ich bin da«, sagte Denser. Er kam gerannt und brachte Erienne mit. »Bei den Göttern, wie geht es ihm?«

»Du siehst doch, wie schlecht es ihm geht, verdammt. Er stirbt.« Hirad schluckte. »Bitte, Denser, es muss jetzt sofort sein. Eine weitere Chance bekommen wir nicht, ehe die Xeteskianer sich neu formieren. Bitte.«

Doch die Xeteskianer griffen schon wieder an. Darrick gab Befehle, und ein rascher Blick verriet ihm, dass jeden Augenblick der nächste Spruch am Tor einschlagen würde. Sogar der General selbst räumte das Torhaus, und ein Stück weiter hinten, außerhalb des Gefahrenbereichs, hatte sich bereits eine weitere Verteidigungslinie formiert, falls die Tore nachgaben.

»Tu es nicht, Denser«, sagte Sha-Kaan. »Beendet, was ich begonnen habe. Werft sie zurück. Bergt das Herz. Ich werde warten.«

Er schloss die Augen.

»Denser, bitte, hör nicht auf ihn.« Hirad packte ihn an den Schultern und schüttelte ihn, während er sprach. »Wir könnten hier alle sterben, es sieht sogar sehr danach aus. Aber wenn es nur einen gibt, den wir retten können, dann dürfen wir diese Gelegenheit nicht verpassen. Sha-Kaan ist dieser eine. Für alles, was er getan hat. Bitte.«

Denser nickte, Hirad zog ihn an sich und küsste ihn auf die Wange.

»Bitte …«, wollte Sha-Kaan sagen.

»Jetzt hör mal zu, Sha-Kaan.« Hirad drehte sich zu ihm um. »Du wirst hier nicht sterben. Ich habe es versprochen, und ich halte, was ich versprochen habe. Es darf nicht auf diese Weise enden. Du hast eine Aufgabe, wir haben eine Aufgabe, und du musst nach Beshara und die Brut Kaan anführen.

Du hast dich ausgeruht, und jetzt ist es Zeit, wieder aufzustehen, die Flügel zu erproben und zu fliegen. Kapiert?«

Sha-Kaans Nüstern blähten sich. »Kleines Menschlein,

ich bin nicht so schwach, dass ich dich nicht auf der Stelle auslöschen könnte.«

Hirad grinste. »Das wollte ich hören. Aber du solltest lieber vorher aufstehen, sonst renne ich weg. Denser, pass auf, dass du das, was du da öffnest, direkt vor seiner Nase öffnest.«

»Kein Problem.« Denser hatte sich schon voll konzentriert und konnte nur leise antworten.

»Hirad!«, rief Darrick auf einmal. Der General kam zu ihm gerannt.

»Bin gleich da.«

»Sofort, Hirad. Sie brechen jeden Augenblick durch.«

»Bin gleich da«, wiederholte Hirad. »Erienne, das Herz muss geborgen werden.«

»Ich weiß«, fauchte Erienne. »Wir waren dabei, bis er daraufgefallen ist.«

»Wir haben keine Zeit zum Streiten, beeilt euch«, sagte Hirad. Er sah sie an. »Du kannst schreien, wie du willst, aber uns läuft die Zeit davon.«

»Geht das denn überhaupt?«, fragte Darrick. »Kann das Herz geborgen werden?«

»Natürlich geht das.« Erienne blickte wieder zur Grube, zu der die Elfen und Julatsaner zurückkehrten. Einige wurden von Freunden gestützt.

»Aber werden sie noch etwas Kraft haben, wenn sie damit fertig sind?«, drängte er. »Ein bisschen wenigstens?«

Endlich lächelte Erienne. »Genug«, sagte sie. »Vielleicht.«

Hirad hatte kaum zugehört. Darrick rannte schon zu seiner Verteidigungsposition zurück; gleichzeitig bebte der Boden, und die Balken brachen.

»Beeil dich, Denser«, sagte er leise.

Er legte noch einmal eine Hand auf Sha-Kaans Kopf. Das Auge öffnete sich und sah ihn unverwandt an.

»Mach Platz.«

Hirad bewegte sich und mit ihm auch Sha-Kaan. Langsam und unter Schmerzen rollte sich der Drache herum, stieß sich mit einem verrenkten Hinterbein ab und flatterte schwach mit dem freien Flügel. Doch er kam hoch, auch wenn sein Hals noch herabhing und ihm die Kraft fehlte, den Kopf zu heben. Als er aber endlich die Beine auf dem Boden hatte, drückte er sich weiter hoch und entlastete seine Brust und den verwundeten Bauch. Blut rann aus hunderten Stichwunden. Er seufzte.

»Deine nächste Landung wird in deinem Brutland stattfinden«, sagte Hirad. »Vergiss das nicht und sei stark.«

Sha-Kaan schwieg dazu und konzentrierte sich vor allem darauf, trotz der Schmerzen gleichmäßig zu atmen.

Denser war ganz in Konzentration versunken und machte kleine Handbewegungen in der Luft. Nicht zum ersten Mal wünschte Hirad sich, er könnte sehen, was für einen Magier so selbstverständlich war – den Strom des Mana und die Formen, die aus ihm gebildet wurden, die Wunder der Magie. Sha-Kaan zuckte unterdessen heftig zusammen und hob endlich auch den Kopf.

Hirad fuhr auf und wollte fragen, was passiert sei, doch dann erkannte er es. Rings um Densers Kopf war ein kleiner Spalt entstanden, aus dem blaues Licht drang. Es war ein dünner Lichtstrahl, der am fernen Ende zu flattern schien.

»Folge deinem Weg, Sha-Kaan«, sagte Denser mit belegter Stimme. »Der Strahl führt dich nach Hause.«

Der Große Kaan setzte sich in Bewegung, mit dem Kopf gab er Hirad zum Abschied einen kleinen Stoß, der den Barbaren fast von den Beinen geworfen hätte. Dann drehte er den Kopf herum und blickte in die dunkelblaue Öffnung.

»Wage ja nicht zu sterben«, sagte Hirad. »Nicht jetzt, im letzten Augenblick.«

»Danke«, sagte Sha-Kaan, und das eine Wort brannte sich tiefer in Hirads Gedächtnis ein als die Dankbarkeit von tausenden.

Der Große Kaan sprang aus Balaia heraus.

Hinter Hirad brachen die Tore von Julatsa.

Zwanzigstes Kapitel

Izack hatte seine Kavallerie verlegt und wollte an diesem Morgen von Süden her in die Stadt eindringen. Die Hälfte seiner defensiven Magier war in der Luft und hielt Ausschau, einer hatte von Sha-Kaans Angriff berichtet. Einige wundervolle Augenblicke lang hatte Izack gehofft, der Drache habe im Alleingang die Feinde bezwungen, doch dann hatten sich die Magier gesammelt, die hinter dem Kolleg gelauert hatten, und ihn vertrieben, und jetzt griffen sie wieder die Tore an.

Er wartete auf die Zeichen am Himmel. Darrick hatte ihm eingeschärft, wie wichtig es war, nicht voreilig anzugreifen, und dieser Rat hatte sich auch heute wieder bewährt. Seine Späher waren von Hausgeistern gehetzt und von Xeteskianern angegriffen worden, hatten aber genug gesehen, um ihn davon abzuhalten, sich in der Morgendämmerung vor den Mauern sinnlos zu opfern. Auch die TaiGethen hatten sich noch nicht wieder blicken lassen. Allerdings würde sich die Lage bald ändern.

Izack wartete auf den richtigen Augenblick. Er und seine Männer waren weitgehend auf sich selbst gestellt und konnten nicht mit Unterstützung rechnen. Die Xeteskianer hatten die Entsatztruppe völlig vernichtet, und jetzt war nur noch Blackthorne übrig, der seine Ziele auf eigene Faust verfolgte. Hoch droben kreisten die drei Späher, tauchten weg und stiegen wieder, um den gefährlichen Hausgeistern zu entgehen. Nachdem vermutlich alle verfügbaren xeteskianischen Magier vor den Toren des Kollegs versammelt waren, stellten die Dämonen die einzige ernsthafte Gefahr für sie dar.

Auf einmal änderte sich das Verhalten der Späher. Sie kreisten nicht mehr, sondern bogen scharf ab und hielten, jeder auf einer anderen Flugbahn, aufs Kolleg zu. Ihre Aufgabe war erledigt, und nun wollten sie die Verteidiger unterstützen. Gleichzeitig stieg in der Stadt eine neue Rauchwolke auf.

»Lysternier, los jetzt!«, rief Izack. Er riss an den Zügeln, und die Kavallerie ritt an. Zwei Meilen mussten sie überwinden, die Tore des Kollegs waren bereits zerstört. Jetzt hing alles vom Raben ab.

Die schweren Torflügel hatten in den Scharnieren gewackelt, und schließlich hatte die linke Hälfte nachgegeben und war umgestürzt. Splitter stoben hoch in die Luft, und nun stürmten die xeteskianischen Soldaten brüllend durch die Lücke und wurden von Kriegern der Al-Arynaar, julatsanischen Wächtern und den Rabenkriegern im Zentrum empfangen.

Hirad rannte los, sobald Sha-Kaan im interdimensionalen Raum verschwunden war, zog das Schwert aus der Scheide und stieß seinen barbarischen Schrei aus, den Denser noch nie richtig verstanden hatte. Der Magier brauchte noch einen Augenblick, um sich zu sammeln und einen harten Schild aufzubauen. Dann rannte er hinter Hirad her, um den Verteidigern beizustehen.

Auf den Wällen feuerten die Bogenschützen der Al-Arynaar ihre letzten Pfeile in die Rücken der Angreifer, die vorübergehend ohne Schild kämpfen und schreckliche Verluste hinnehmen mussten. Dann aber explodierten an drei Stellen gleichzeitig Feuerkugeln auf dem Wehrgang. Elfen wurden in einer Wolke aus Steinbrocken, Holzsplittern und Staub schreiend in die Luft gewirbelt und stürzten hinter den Verteidigern schreiend in den Hof.

Der Angriff stockte vor der massiven Abwehr, doch die Xeteskianer drängten weiter und versuchten, für einen Kavallerieangriff den Weg freizuräumen. Chandyr stellte bereits seine Reiter auf. Armbrustbolzen flogen über die ersten Linien hinweg, um die Elfen-Bogenschützen im Hintergrund zu treffen, die ihrerseits das Feuer erwiderten. Denser musste sich um sich selbst kümmern und rannte zu einer freien Stelle, wo er genug Übersicht hatte, um einen Spruch zu wirken.

»Schild steht«, meldete er.

Hirad nickte, ließ aber die Feinde vor ihm keinen Moment aus den Augen.

»Der Rabe, vorstoßen!«, brüllte er.

Hirads Klinge, so schnell wie immer geführt, zerschnitt einem Feind das Gesicht, zuckte noch einmal und schlitzte die Rüstung auf. Sofort nahm der Barbar sie wieder zurück und wehrte den Hieb eines Gegners ab. Der Unbekannte war neben ihm schon ein Stück weit in die feindlichen Linien eingedrungen, er führte den Dolch mit der linken Hand so schnell, dass man die Bewegungen kaum mit dem Auge verfolgen konnte. In der Rechten hielt er das lange Schwert, mit dem er anmutig focht, blockte, schlug und stieß.

Er entwickelte ungeheure Kräfte, jeder Hieb mit einer seiner Waffen ließ die Feinde zurücktaumeln, und so hatte er immer wieder genug Zeit, zu einem tödlichen Stoß anzusetzen. Ein Mann bekam die Dolchklinge ins Auge und starb, nachdem er einen Moment vorher noch geglaubt hatte, er habe den großen Mann getroffen. Ein zweiter Hieb brachte ihm in der Seite eine klaffende Wunde bei. Sein Bauchraum war geöffnet, er stürzte, und sein Gedärm ergoss sich auf das blutige Pflaster.

Links neben dem Unbekannten arbeiteten Darrick und Thraun blind und gut eingespielt zusammen. Der erfahrene Schwertkämpfer Darrick übernahm die Verteidigung, während Thraun, der jeden Schlag mit großer Wucht führte, seine Klinge mit beiden Händen gleichzeitig in die Gesichter der Feinde trieb.

Allerdings machte sich Denser wegen ihrer Flanken Sorgen. Dort drangen die Xeteskianer weiter vor. Die Elfen waren zwar sehr schnell, aber kaum geschützt, und ihre kurzen Klingen hatten keine große Reichweite. Viel zu oft wagten sie sich einen Schritt zu weit vor und fingen sich eine Schnittwunde, einen Stoß oder gar einen tödlichen Stich ein.

»Die Flanken sind geschwächt«, warnte Denser. »Die Kavallerie wartet schon auf den Befehl.«

»Bogenschützen!«, rief Darrick und stieß einen Mann fort. Der Unbekannte streckte den Gegner mit einem mächtigen Schlag auf den Schädel nieder. »Unterstützung an der Flanke, Feuer frei!«

Rebraal stand an der linken Flanke. Er hatte einen frischen Schnitt im Gesicht und schonte seinen linken Arm, dessen Ärmel rot gefärbt war. Er rief etwas in der Elfensprache, dann hörte Denser, wie hinter ihm die Bogen gespannt wurden. Ein weiterer Ruf, und alle Elfen links von Thraun ließen sich fallen und rollten sich rückwärts ab. Die Pfeile flogen über sie hinweg und trafen die Feinde. Dann standen sie wieder auf, doch eine Armbrustsalve der Gegner streckte mindestens vier von ihnen nieder.

»Wir brauchen mehr Schilde!«, rief Darrick. »Holt mir einen Julatsaner von der Grube her.«

Doch niemand war frei, um den Botengang zu übernehmen, und Denser vermutete, dass momentan sowieso kein Magier abkömmlich war. Die Feinde bedrängten sie auf beiden Seiten, kamen im Zentrum aber nicht voran.

Auf einmal vernahm er einen Ruf und das Donnern von Pferdehufen. Die hinteren Reihen der Xeteskianer teilten sich, und die Kavallerie, immer zwei Reiter nebeneinander, galoppierte herbei.

Ohne Rücksicht auf die eigenen Leute, die unter den Hufen zermalmt wurden, führte Chandyr seine Pferde zur geschwächten linken Flanke, trieb die Al-Arynaar auseinander und warf Thraun von den Beinen.

»Abbruch!«, rief der Unbekannte. »An der Grube neu formieren. Los, los!«

Denser ließ den Spruch fallen, drehte sich um und rannte. Die Rabenkrieger blieben dicht beisammen, ihnen folgten die Al-Arynaar, die im Augenblick noch die Kavallerie daran hindern konnten, einen organisierten Angriff einzuleiten. Sprüche detonierten, Pfeile zischten durch die Luft, und die Hufschläge hallten laut im Hof.

Während er zu der Grube lief, die zwischen der Bibliothek und dem langen Raum lag, den Sha-Kaan beschädigt hatte, konzentrierte Denser sich auf einen neuen Spruch. Es ging nicht mehr um Verteidigung, er musste eingreifen und die Feinde aufhalten.

»Achtung, Denser!«, warnte Hirad ihn.

Denser blieb stehen und drehte sich um. Ein Dutzend Kavalleristen griffen an. Dahinter herrschte Chaos auf dem Hof. Die Al-Arynaar kämpften in kleinen Gruppen, xeteskianische Soldaten und Magier schlossen ihre Reihen, und dann donnerte eine weitere Abteilung von Chandyrs Kavallerie durch das zerstörte Tor. Der Unbekannte tippte mit der Klinge auf den Boden, doch dieses Mal war Denser schneller. Er führte seine Arme vor der Brust zusammen und drückte die Fäuste gegen die Schultern, während er sich auf das Zentrum der noch zehn Schritte entfernten Angreifer konzentrierte. Ruhig und klar sprach er das Befehlswort.

»Höllenfeuer.«

Mehrere Säulen von überhitztem blauem Mana schossen aus dem klaren Himmel herab und suchten die Seelen der Kavallerie. Das Zentrum der feindlichen Truppe war auf der Stelle ausgeschaltet, der Anführer löste sich unter der Kraft des Spruchs förmlich auf, sein Pferd wurde zu Boden gedrückt, und die Beine des Tiers brachen. An den Flanken suchten sich die Flammensäulen ihre Ziele, die Opfer kreischten kurz auf, bevor sie starben. Überall loderte das Feuer, die Reiter wichen seitlich aus und ritten im Kreis, die brennenden Pferde blieben benommen stehen oder brachen unter Qualen zusammen. Eine Woge heißer Luft umwehte auch den Raben. Die Krieger taumelten zurück.

»Zu nahe«, keuchte Denser. Der mächtige Spruch hatte ihn angestrengt.

»Gute Arbeit«, sagte der Unbekannte, dessen Schwert immer noch auf den Boden tippte.

Al-Arynaar kamen zu ihnen gerannt, um ihre Reihen zu verstärken. Auf dem Hof gewannen die Xeteskianer dank ihrer größeren Zahl allmählich die Oberhand. Doch die Rabenkrieger durften nicht versagen. Sie mussten durchhalten. Hinter ihnen kämpfte Julatsa um seine letzte Chance.

Dann hörte Denser das unverwechselbare irre Lachen der Hausgeister, und direkt danach die Rufe der Krallenjäger.

Erienne hatte beobachtet, wie die lysternischen Magier herbeigeflogen kamen und mit lauten Rufen erklärten, zu welchem Kolleg sie gehörten. Eine rasche Erkundung im Mana-Spektrum hatte bestätigt, dass sie die Wahrheit sagten. Sie hatte Pheone gebeten, die Vorbereitungen fortzusetzen. Glücklicherweise hatte Sha-Kaans Notlandung im Kolleg nur einige Magier verletzt und niemanden getötet. Auch die Verletzten waren wieder auf dem Posten und halfen bei der Bergung.

»Kannst du den Schatten eindämmen, Erienne?«

»Das werden wir bald wissen«, erwiderte sie. »So oder so, wir werden es herausfinden. Beginnt mit dem Spruch.« Sie wandte sich zum ersten lysternischen Magier um. »Bewacht uns«, befahl sie. »Egal, was da draußen passiert, der Rabe kommt damit zurecht. Ich mache mir vor allem wegen der Hausgeister Sorgen. Wir dürfen nicht abgelenkt werden, und Ihr dürft keine Angst zeigen. Sie können durch Magie erledigt werden. Glaubt an Euch selbst.«

»Ich verstehe.«

»Und jetzt lasst mich.«

Erienne versenkte sich ins Spektrum der Elemente und nahm deren Farben war. Sie erkannte das Dunkelblau der xeteskianischen Magie, vermischt mit dem trüben Gelb, das für Julatsa stand, darum herum verschiedene braune und dunkelbraune Farbtöne und das Dunkelgrün, aus dem der grundlegende Energiestrom bestand. Die Kräfte brandeten aus dem Stein der Gebäude, aus der Erde vor ihren Füßen und aus jedem Lebewesen. Sie konnte jeden Magier erkennen, der am Herzen stand, und weiter draußen alle Krieger und Magier, die an den Toren kämpften.

Sie verengte ihr Blickfeld und fand das Herz. Es war viel dunkler als gestern vor dem Versagen der Magie. Die dunklen Fäden waren zu dicken Seilen angeschwollen, die sich miteinander verflochten und die graue Masse verstärkten, die den Kern der Struktur überdeckte. Dort unten am Fuß des Herzens fand sie einen pulsierenden Riss, der flackerte, sobald die julatsanische Magie angewendet wurde. Dort musste sie ihren persönlichen Kampf ausfechten, während die julatsanischen Magier den Schatten zurückdrängten.

Sie wartete und sah zu, wie der Schacht mit seinen Verstrebungen aufgebaut wurde, die den Schatten durchdrangen, um den Kontakt zum Herzen herzustellen. Einen Moment lang geriet sie in Panik. Die Julatsaner hatten keine andere Wahl, als ihr blind zu vertrauen. Falls sie versagte, und falls die Dunkelheit das Herz abermals überkam, würde es keinen Ausweg mehr geben. Dann wäre die julatsanische Magie für immer zerstört.

Ringsumher strengten sich die Magier an, und das Herz begann zu steigen. Sie achtete kaum auf den behutsamen Aufstieg, sondern nahm sofort den Verschluss vom Quell des Einen und formte es zu einer Gestalt, mit der sie die Dunkelheit unterdrücken konnte. Gleichzeitig beobachtete sie, wie die Schwärze in die Basis des Herzens eindrang.

Erienne griff mit ihren Gedanken hinaus und berührte die Finsternis. Es kam ihr vor, als ströme die ganze Kraft der kalten Erde durch ihren Körper. Sie zuckte zusammen und zog sich zurück. Die Finsternis wuchs und wuchs und breitete sich nach oben aus. Sie hatte keine Wahl. Sie ließ ihren Geist frei schweifen, zog die lebendigen Ströme aller Elemente an sich, stürzte sich in die Dunkelheit und kreischte, als die kalte Kraft ihr entgegenschlug.

Abermals führte Auum die TaiGethen in den Kampf. Vor ihm waren Krallenjäger unterwegs. An den Toren drängten sich die Feinde, die ins Kolleg eindringen wollten. Er hörte den verzweifelten Kampf im Innern. Er durfte nicht länger warten.

»Rechte Seite«, sagte er. »An einem Punkt gemeinsam angreifen.«

Die Tai stießen vor, Jaqrui und Pfeile trafen die Männer rechts neben dem zerstörten Torflügel. Die Überlebenden reagierten sofort, drehten sich um und wichen zurück, als die Elfen über sie herfielen. Keiner wollte sich dem Tod stellen.

Auum warf seinen letzten Jaqrui und traf den Hals eines Feindes, zog das zweite Kurzschwert aus der Scheide und löste, wie immer im Kampf, seinen Geist vom Körper. Jemand warf eine Klinge nach ihm. Er wich nach links aus, und das wirbelnde Metall flog vorbei. Rechts wirkte jemand einen Spruch, der am Rande seines Gesichtsfeldes blau flackerte. Er warf sich zu Boden, rollte sich ab und kam, ohne sein Tempo vermindert zu haben, gleich wieder auf die Beine.

Noch ein Schritt, und er hatte sie erreicht. Links neben ihm zerfetzte ein Krallenjägerpaar einen anderen Gegner. Duele und Evunn folgten ihm wie Schatten. Er hielt beide Schwerter gestreckt vor sich, eines etwas höher als das andere. Das obere traf in einem Rückhandschlag das Gesicht des ersten Gegners, mit dem zweiten stach er nach unten, und beim nächsten Schritt räumte er den Mann mit einem Tritt aus dem Weg.

Unter einem Schwertstoß duckte er sich hindurch, einen zweiten blockte er ab, und den dritten Mann tötete er, bevor dieser seinen Schlag ausführen konnte. Er drang weiter vor, spürte die Panik unter den Gegnern, obwohl diese den Elfen zwanzig zu eins überlegen waren. Tual führte ihn und entfesselte seine Kräfte. Er drehte eine Klinge um, schlug einem Feind das Heft ans Kinn und durchbohrte ihm gleich danach das Schulterblatt. Dann ließ er sich fallen, um dem

Mann auf der rechten Seite die Beine wegzufegen, und schnitt ihm im Abrollen die Achillessehnen durch.

Ein Panther sprang über seinen Kopf hinweg und trieb die Angreifer zurück. Er musste nur noch einen Gegner ausschalten, dann hatten sie den Raum, den sie brauchten. Duele, der eine Schnittwunde auf der Wange abbekommen hatte, stieß dem Gegner die gestreckten Finger in die Luftröhre. Dann konnten die TaiGethen zum Hof durchbrechen.

»Nur die Magier!«, rief Auum.

Er rannte hinein und überblickte das Durcheinander des Nahkampfes. Die Al-Arynaar kämpften Mann gegen Mann in kleinen Gruppen, während die feindlichen Kavalleristen immer wieder größere Elfentrupps angriffen, die von Rebraal angeführt wurden. Rebraals Gesicht war eine blutige Maske, doch seine Augen strahlten hell wie immer.

Auum nickte ihm zu. Rebraal erwiderte das Nicken und deutete zur Grube des Herzens. Im gleichen Augenblick bebte der Boden, und ein lautes Knirschen dröhnte durch das ganze Kolleg. Sofort löste sich eine Gruppe feindlicher Magier aus der Deckung unter der Brustwehr und rannte auf die Grube zu. Der Rabe stellte sich ihnen in den Weg.

»Folgt mir!«, rief Auum.

Er drehte sich um und lief über den Hof. Die ersten Kavalleristen drehten bereits um und wollten ihm den Weg abschneiden. Sie stellten sich auf, doch er war nicht in der Stimmung, gegen sie zu kämpfen. Drei Schritte vor ihnen sprang er hoch, überschlug sich in der Luft und ließ im Flug die Klinge herabsausen, stieß sie dem Kavalleristen von oben in den Schädel. Dann kam Auum wieder auf, landete und rannte weiter. Er blies die Wangen auf, als ihm klar wurde, was er gerade, ohne nachzudenken, getan hatte. Evunn und Duele hatten sich unter den Pferden durchgerollt, wie auch er es eigentlich hätte tun müssen. Von beiden Seiten näherten sich Soldaten. Vor ihnen hielten die Magier inne, um einen Spruch zu wirken. Die Rabenkrieger rannten ihnen entgegen.

Auum schätzte, dass sie es nicht rechtzeitig schaffen würden.

»Denser, geh!«, rief Hirad. »Kümmere dich um Erienne.«

Sie hatten alle das Schnattern und ihren Schmerzensschrei gehört, konnten sich aber nicht umdrehen. Vor ihnen waren die TaiGethen und Krallenjäger in den Hof durchgebrochen und arbeiteten sich schnell in ihre Richtung vor. Doch die schiere Überzahl der Feinde forderte ihren Tribut. Einer der bemalten Krieger ging mit einem Armbrustbolzen im Rücken zu Boden, ein Panther wurde mitten im Sprung von einer konzentrierten Feuerkugel getroffen. Die Al-Arynaar gerieten ins Hintertreffen und wurden nach und nach aufgerieben.

Hinter dem Raben bebte der Boden heftig, als das Herz quälend langsam emporstieg. Hirad blickte zum Unbekannten.

»Bete, dass sie es schaffen«, sagte er.

»Sie schaffen es, wenn wir Xetesk aufhalten«, erwiderte der Unbekannte.

Magier und Soldaten rannten auf sie zu. Viel zu viele, um sie alle zu bekämpfen. Weiter hinten sprangen Auum und die übrigen TaiGethen buchstäblich über die Reiter hinweg und kamen ihnen zu Hilfe.

»Jetzt ist der Augenblick gekommen«, sagte der Unbekannte. Er tippte einmal mit der Klinge auf den Boden. »Der Rabe zu mir!«

Die Rabenkrieger und die wenigen Al-Arynaar, die bei ihnen waren, liefen los und hofften, die TaiGethen in der

Mitte zu treffen. Vor ihnen waren die Magier stehen geblieben und wirkten einen Spruch. Es waren acht – genug, um den Raben auf einen Schlag auszulöschen.

»Rechts gibt es Ärger«, sagte Hirad. Die Wunde in seiner Brust war wieder aufgeplatzt, das Blut lief ihm am Körper hinab und tränkte das Hemd.

»Das sehe ich.« Der Unbekannte hatte den Dolch fallen lassen und führte das Langschwert jetzt mit beiden Händen. Er humpelte, weil ihm diese Kampfweise große Schmerzen bereitete, doch für ihn ging es jetzt wie für die anderen um alles oder nichts.

Auum raste auf die feindlichen Magier zu, Duele und Evunn waren bei ihm. Sie hatten bereits die Bogen vom Rücken genommen und gespannt. Die Kavallerie machte kehrt, verfolgte sie und holte rasch auf. Hirad wechselte die Richtung.

»Wir wollen ihnen etwas helfen!«

Thraun knurrte zustimmend, und der Rabe griff an, während die Al-Arynaar die Fußsoldaten frontal attackierten. Die Zeit wurde knapp, die Magier hatten ihren Spruch fast gewirkt und würden ihn, was es auch war, dem Raben entgegenschleudern. Davon durften sich die Rabenkrieger aber nicht beeindrucken lassen.

Dann schien alles gleichzeitig zu passieren. Duele und Evunn schossen Pfeile ab, beide fanden ihr Ziel und warfen Magier von den Beinen. Der Spruch wurde für einige Augenblicke unterbrochen. Ein Panther zerfetzte einen Soldaten mit den Krallen, der Elfenpartner sprang hoch und riss einen weiteren aus dem Sattel. Wieder bebte der Boden direkt unter Hirads Füßen, und er stürzte wie die anderen Rabenkrieger und rollte sich ab.

Etwas desorientiert rappelte Hirad sich wieder auf. Staub und Rauch stiegen aus der Grube, ringsum wurden

Sprüche abgefeuert. Es war Denser, der zusammen mit einigen lysternischen Magiern aushalf und die Hausgeister erledigte.

Hirad hörte den Warnruf etwas zu spät und fuhr automatisch herum, doch der Huf traf ihn in die Seite, und er flog rückwärts durch die Luft und prallte hart aufs Pflaster. Mühsam setzte er sich wieder auf. Sein Blick war getrübt, und da sich so viele Gegner näherten, kroch er vorsichtshalber ein Stück zurück und packte sein Schwert.

Erienne hatte ganz außerordentliche Schmerzen. Sie bemühte sich nach Kräften, nicht die Konzentration zu verlieren, und kanalisierte die Kraft des Einen in ihrem Körper. Es fiel ihr schwer, das Eine im Zaum zu halten und es gleichzeitig mit der Kraft ihres Bewusstseins auf die Schwärze auszurichten, die nichts anderes war als eine Leere, in der es kein Mana gab. Schlimmer noch, es war die Antithese des Mana und ein Element, das in keiner Lehre erwähnt wurde. Sollte es sich über das ganze Herz ausbreiten, dann wäre die julatsanische Magie für immer dahin. Noch schaffte sie es, die Finsternis zurückzudrängen, aber die Anstrengung erschöpfte sie sehr rasch. Das Herz stieg empor, und sie musste durchhalten.

Das Eine tobte in ihrem Kopf, es verhöhnte sie mit Bildern von ihrer Tochter, die unbeschwert durch Wiesen und Wälder lief. Lass einfach los, sagte es, und du kannst sein und haben, was immer du willst. Du kannst das Eine sein und über allem anderen stehen. Du kannst die einzige Magierin sein. Lass mich Julatsa haben.

Es zerrte an ihr, die Versuchung untergrub ihre Kräfte, doch sie machte weiter und zog die kalte, schwarze Dunkelheit aus dem Herzen in sich selbst hinein, wo die Macht des Einen sie auslöschte. Die Belastung für ihren Körper war unerträglich. Ihre Beine zitterten, und sie wäre längst zusammengebrochen, wenn nicht etwas sie aufrecht gehalten hätte. Sie forschte kurz, wer oder was es war, und die Gewissheit verlieh ihr neue Kraft.

»Du wirst mich nicht bekommen«, sagte sie zum Schatten. »Du wirst meine Tochter nicht gegen mich einsetzen.«

Sie zog noch mehr Kraft in ihr Bewusstsein und zwang den Schatten zurückzuweichen.

Denser hatte die Hausgeister den lysternischen Magiern überlassen, die sie mit gezieltem Todeshagel und gebündelten Feuerkugeln auf Distanz hielten. Einer der Dämonen lag bereits verkohlt tief unten in der Grube. Denser hatte Erienne schwanken sehen, als ihre Beine versagten, und war zu ihr gelaufen, um sie aufzufangen, bevor sie stürzte.

»Es ist gut, Liebste«, sagte er, obwohl sie ihn nicht hören. konnte. »Ich halte dich.«

Wie eine Tote hing sie in seinen Armen, doch was er sah, vertrieb jeden Gedanken, sie einfach wieder loszulassen.

Das Beben wurde stärker, lose Steine hüpften und rollten. Unerschütterlich standen die Magier, völlig eingestimmt auf die Bewegungen in der Erde. Aus der Grube ertönte ein Knirschen von Stein auf Stein, und die Erschütterungen verrieten, dass das Herz sich hob.

Eine Staubwolke wallte aus der Grube hoch, dann flogen Funken. Wieder bebte der Boden, und Denser hörte ein dumpfes, mächtiges Grollen. Die Kanten der Grube fielen nach innen, auf dem Pflaster erschienen Risse, einige Steine zerbrachen und splitterten sogar. Schließlich tauchte das Herz selbst auf. Seine Hülle war eine hundert Fuß dicke Säule, um die dunkler Rauch schwebte. Die Außenseite war mit Schnitzereien geschmückt, die zum Leben zu erwachen schienen, sobald das Sonnenlicht sie traf.

Ehrfürchtig sah Denser zu, wie der Stein Handbreit um Handbreit aus seinem Grab aufstieg und dabei den Staub abschüttelte.

»Macht schon, macht schon«, keuchte er. »Ihr schafft das.«

Die alten julatsanischen Runen schimmerten auf der Oberfläche, vielfältige Gravuren, die den Bau des Kollegs und die Kriege zeigten, welche das Gleichgewicht herbeigeführt hatten, und schließlich den Aufstieg der julatsanischen Magie. Ilkar hatte sie oft erwähnt. Normalerweise befanden sie sich im Innern des Turms und waren den Blicken von Magiern anderer Kollegien nicht zugänglich. Denser genoss ein seltenes Privileg.

Weiter stieg das Herz, bis es zwanzig Fuß hoch war. Das Knirschen bekam eine fast musikalische Qualität. Dann auf einmal hielt es inne. Die Zeit schien einen Moment still zu stehen, und dann sank Erienne in seinen Armen in sich zusammen und stöhnte leise.

»Komm schon, Liebste, komm schon«, flüsterte er.

Sie bewegte sich in seinen Armen, sah das Herz und lächelte.

»Pheone«, murmelte sie. »Nicht den Glauben verlieren.«

Wieder ruckte das Herz nach oben. Denser spürte, wie sehr sich die Magier anstrengten, und sah sich um. Auch ihre Gesichter zeigten, wie sehr sie sich bemühten. Ihre Arme bebten, sie bissen die Zähne zusammen, und aus den geschlossenen Augen rannen Tränen.

Sie würden es schaffen. Wenn sie nicht gestört würden, dann würden sie es schaffen. Die Entschlossenheit strahlte beinahe wie eine körperliche Kraft von ihnen aus. Doch nur wenige hundert Fuß entfernt griffen die Xeteskianer an wie noch nie. Denser war nicht sicher, ob die Julatsaner und Elfen die Zeit bekommen würden, die sie brauchten.

Einundzwanzigstes Kapitel

Thraun war fest entschlossen, Hirad zu retten. Er knurrte laut, um die Aufmerksamkeit der Rabenkrieger zu erregen, die schon zum liegenden Barbaren rannten. Er war Hirad näher als die anderen. Vier Feinde stürzten sich auf den Barbaren, jeder wollte Hirad den tödlichen Schlag versetzen und sich damit rühmen können, den legendären Rabenkrieger getötet zu haben.

Das konnte er nicht zulassen.

Thraun rannte wie noch nie im Leben. Er hatte den Geruch der Wälder in der Nase, er roch die Nähe des Rudels und das warme Blut der Beute. Die Schlachtgeräusche nahm er nur noch gedämpft wahr, aber irgendjemand rief seinen Namen. Jedenfalls glaubte er, es sei sein Name.

Er wollte das Schwert heben und es nach ihnen werfen, hatte aber nichts mehr in der Hand. Er verwarf den Gedanken, knurrte, schnappte und sprang.

Die Beute kreischte unter ihm, aber er kannte keine Gnade. Er trieb dem Mann die Zähne in den Hals und biss die Knochen durch. Heißes Blut sprudelte in seinen Mund, er ließ die sterbende Beute liegen und wandte sich zu den an-

deren drei um, die vor ihm zurückwichen. Ein Sprung, und er hatte den Nächsten gepackt, hämmerte ihm die Pfoten auf die Brust und warf ihn zu Boden. Eine Kralle reichte, um ihm die Kehle zu zerfetzen. Gleich darauf schlug er dem dritten die Zähne in den Unterschenkel. Während der Mann noch um Hilfe rief, ging der Letzte neben ihm tot zu Boden. Er hatte eine tiefe Wunde am Bauch und eine andere im Gesicht. Auch derjenige, den er gepackt hatte, stürzte jetzt, und seine Schreie erstarben.

Thraun ließ das Bein los und drehte sich um. Zwei standen vor ihm. Keine Beute. Er wich zurück zu dem einen, den er retten musste, und hockte sich hin, jederzeit bereit zu springen, falls jemand ihn bedrohen sollte.

Er heulte.

Izack führte seine Kavallerie im Galopp durch die Straßen von Julatsa und hoffte, es werde das letzte Mal sein. Sie stießen auf keinerlei Widerstand. Chandyr hatte, nachdem das Tor zerstört war, alle Männer zur Schlacht im Kolleg beordert und sogar seine vorgeschobenen Posten abgezogen.

Izack ließ sein Pferd laufen und stieß einen Kampfschrei aus, um seinen Kopf zu klären. Vierzig Schwertkämpfer und Magier folgten ihm. Vor dem Kolleg warteten einige Gegner, die wegen des Gedränges noch nicht hineinkommen konnten. Überall lagen Tote, die offenbar einem Angriff der TaiGethen zum Opfer gefallen waren, und über den Wällen und dem zerstörten Tor standen Rauchwolken.

Die Xeteskianer bemerkten sie erst, als es zu spät war. Izack preschte vor und hackte mit dem Schwert in der rechten Hand einem Mann ein Ohr ab. Die Klinge drang von oben tief in die Schulter ein und verletzte sogar die Rippen und lebenswichtige Organe. Izack hob das Schwert und schlug noch einmal zu. Der Helm des Gegners bekam eine tiefe Beule, und der Mann ging bewusstlos zu Boden. Eine Klinge wurde gegen Izack erhoben, einer seiner Männer sprang dazwischen und wehrte sie ab. So rückten sie an der linken Flanke energisch vor, und unweigerlich wichen die Xeteskianer zurück.

Allerdings gaben sich die Gegner nicht kampflos geschlagen. Auf der linken Seite holte eine Gruppe von Soldaten drei seiner Männer vom Pferd. Armbrustbolzen und Pfeile zischten durch die Luft. Einer pfiff knapp an seinem Ohr vorbei und traf die Schulter des Reiters hinter ihm.

»Wenden!«, befahl er. »Neu formieren! Magier, wir brauchen Schilde.«

Er zog die Zügel herum, hackte die ganze Zeit weiter auf seine Feinde ein und trat zu, ohne die Füße aus den Steigbügeln zu nehmen. Jemand zog ihm eine Klinge über den rechten Oberschenkel. Ein Mann, der eigentlich hätte tot sein müssen, weil sein halber Unterkiefer fehlte, versuchte immer noch zu kämpfen. Er empfand Achtung für die Tapferkeit des Mannes und stieß ihm das Schwert durch die Brust.

Mit einem Tritt in die Flanken ließ er das Pferd aus dem Gedränge herausspringen. Seine Männer folgten ihm. Er galoppierte bis zum Rand des Platzes, machte kehrt, versammelte die Männer und griff abermals an.

Der Gestaltwandler hatte Verwirrung und Panik verbreitet. Xeteskianer, Julatsaner und Elfen waren davongestoben. Sein Heulen hatte den Schlachtlärm übertönt und die Feinde verunsichert.

Diesen Vorteil wollte der Unbekannte nicht ungenutzt lassen. Thraun selbst schritt vor dem liegenden Hirad auf und ab und war bereit, jeden zu verscheuchen, der dem

Barbaren nach dem Leben trachtete. Niemand forderte ihn heraus.

»Lass ihn«, sagte der Unbekannte und hielt Darrick fest. »Du kannst ihm vertrauen. Hier entlang.«

Xeteskianische Soldaten versuchten, sich bis zur Grube und dem Herz vorzuarbeiten. Hinter ihnen kam die Kavallerie, die ihrerseits von einer Gruppe Al-Arynaar von hinten angegriffen wurde. Rebraal war unter ihnen, immer noch verbissen kämpfend. Eigentlich hätte der Rabe den Elfen helfen müssen, doch es gab Dringenderes zu tun. Auum steckte mitten in der Schlacht um die Kontrolle über den Zugang zu den hilflosen Magiern, die hinter ihm das Herz bargen, wurde jedoch langsam zurückgedrängt. Nur vier TaiGethen waren noch bei ihm.

Der Unbekannte stürzte sich wieder in den Kampf und versuchte, sich damit abzufinden, dass Hirad nicht an seiner Seite war. Er wagte sich nicht auszumalen, was Thraun sich selbst angetan hatte, als er nach so langer Zeit wieder seine Wolfsgestalt angenommen hatte. Der Rabe war im Kolleg weit verteilt, und das gefiel ihm nicht. Am besten holte er die Gefährten wieder zusammen.

Er tippte einmal mit dem Schwert auf den Boden, trieb es dann einem Xeteskianer ins Kreuz. Es waren jetzt noch gut dreißig übrig, die sich zu organisieren versuchten. Darrick nutzte die Verwirrung, schlug einem anderen die Beine weg und stieß ihn gegen seine Kameraden. Auch der Unbekannte schlug wieder zu und spaltete einem Soldaten den Schädel. Der Schlag warf den Mann um, und zwei Kameraden fingen ihn auf.

Die beiden Rabenkrieger wichen einen Schritt zurück, und die Xeteskianer formierten sich wieder. Der Unbekannte keuchte schwer, seine Hüfte tat schrecklich weh. Auum und die TaiGethen bewegten sich unterdessen schneller, als das Auge folgen konnte. Ihre Klingen zuckten durch die Luft, und auch ihre Füße und Hände waren tödliche Waffen. Den Xeteskianern blieb nichts anderes übrig, als weiter vorzustoßen. Die Männer direkt vor den Elfen zögerten jedoch, weil sie wussten, dass sie nur mit viel Glück am Leben bleiben würden. Glück spielte allerdings bei dem, was die TaiGethen im Kampf vollbringen konnten, keine Rolle.

»Dicht zusammenbleiben, Darrick«, sagte der Unbekannte. »Schräg zurückziehen, achte auf die Flanken. Es kommt nicht auf Eleganz an, schlage mit aller Kraft zu.«

»Alles klar«, bestätigte der General.

Drei Gegner gingen frontal auf sie los, weitere rückten an den Flanken vor. Der Unbekannte versuchte, sie alle im Auge zu behalten. Darrick hatte sein Schwert inzwischen mit beiden Händen gepackt, verzichtete auf Raffinesse und verließ sich allein auf seine Schlagkraft. Er zog das Schwert schräg nach links oben, zerschmetterte die Verteidigung des ersten Gegners und zog die Klinge sofort wieder zurück, um ihm den Schädel wie eine Kokosnuss zu spalten und den Toten zurückzustoßen.

Der Unbekannte ergriff die günstige Gelegenheit, schlug präzise zu und traf den Bauch eines Gegners. Sofort riss er die Klinge zurück und zerschnitt einem weiteren den Schenkel, wobei er allerdings einen Moment das Gleichgewicht verlor. Drei hatten sie im Handumdrehen erledigt, doch immer mehr drängten nach. Bald musste der Unbekannte Hiebe auf zwei Seiten gleichzeitig abwehren und die Klinge ständig über Kreuz führen. Seine Verteidigung wurde immer verzweifelter.

Auch Darrick geriet in Bedrängnis, er musste stechen und schneiden und bot immer wieder Blößen für Gegenstöße. Der Unbekannte änderte die Taktik. Als immer mehr

Gegner herandrängten, täuschte er eine Abwehrbewegung an, schlug jedoch tief zu, duckte sich und stieß mit beiden Händen kräftig nach. So schuf er sich ein wenig Raum, und nachdem er die Feinde überrascht hatte, konnte er die Klinge hochziehen und den Unterleib eines Xeteskianers treffen. Dann wich er sofort wieder zurück und hörte ein Schwert über seinem Kopf vorbeisausen.

Er richtete sich etwas zu schnell wieder auf, und seine Hüfte protestierte mit kreischenden Schmerzen. Wieder verlor er fast das Gleichgewicht, dennoch ließ er einen wilden Hieb nach links los. Er brüllte, um wieder zu sich zu kommen.

Der Laut wurde von zwei Tierkehlen aufgenommen. Ein Panther und Thraun schalteten sich in den Kampf ein. Der Unbekannte hatte sich überrascht halb von einem Mann abgewandt, der mit erhobenem Schwert angerannt kam, und vorübergehend keinen sicheren Stand. Die Klinge näherte sich bedrohlich seinem Kopf, erreichte ihn jedoch nicht. Hirads Schwert fegte sie weg und trennte dem Mann im Nachsetzen den Kopf vom Rumpf.

»Der Rabe, zu mir!«, brüllte Hirad.

Der Unbekannte konnte es nicht glauben. Schon entfernte sich der Barbar halb rennend und halb stolpernd in Richtung der Grube, mit blutüberströmtem Kopf und trotzig erhobenem Schwert. Thraun hielt sich dicht neben ihm. Kein Feind wagte sich auch nur in ihre Nähe. Der Unbekannte schätzte die Lage ein. Er und Darrick hielten die Xeteskianer auf einer Seite zurück, und auf der anderen setzten ihnen die TaiGethen zu.

In seinem Rücken kam knirschend das Herz ans Tageslicht, Rauch stieg von seinen Seiten auf, die Runen schimmerten im Sonnenlicht. Es war klar, warum Hirad es so eilig hatte. Als die Xeteskianer sahen, dass sich das Blatt zu ihren Ungunsten wendete, hatten sie ihre Magier mit Schattenschwingen in die Luft geschickt. Sie überflogen die blockierte Stelle und landeten zwischen den Julatsanern und Elfenmagiern, die noch mit dem Spruch beschäftigt waren. Auch Denser und Erienne waren dort, schutzlos den Feinden ausgeliefert.

»Verdammt«, keuchte er. »Darrick los!«

Er drosch sein Schwert durch die Abwehr des nächsten Soldaten und umging die Angreifer, um Hirad zur Grube zu folgen. Zwischen ihnen und ihren Freunden waren bereits genug Xeteskianer, um sie längere Zeit aufzuhalten.

Hirad konnte sich kaum noch konzentrieren. Sein Kopf, seine Brust und seine Beine schmerzten, und das Schwert war ihm viel zu schwer. Bei jedem Schritt musste er blinzeln, weil ihm das Blut in die Augen tropfte, doch immer noch rannte er weiter. Thraun, der neben ihm lief, wusste genau, was zu tun war. Er sprang einem Xeteskianer in den Rücken, der ihnen den Weg zur Grube versperren wollte. Der Mann schrie, und die Gefährten in seiner Nähe wichen instinktiv zurück. Sie hatten keine Lust, die nächsten Opfer des Wolfs zu werden.

Vor ihm schlug Auum, der jetzt nur noch ein Schwert trug, seine Klinge einem Gegner ins Gesicht und drosch ihm danach die Handfläche auf die Nase, um den Mann von den Beinen zu werfen.

»Auum!«, rief Hirad. »Wir müssen durchbrechen.«

Er stieß einen Feind zur Seite, rammte einen zweiten mit der Schulter und versetzte dem dritten einen Schwerthieb. Auum hatte seinen Ruf gehört, und auf sein Kommando konzentrierten sich die TaiGethen auf Hirads Flanke. Die Feinde nahmen sie in die Zange. Der Barbar brüllte, stach dem letzten Mann, der ihm noch im Weg stand, die Klinge in den Hals und rannte in den Hof. Er betete, dass er nicht zu spät kam.

Auf schwankenden Beinen lief Hirad weiter und wischte sich das Blut aus dem Gesicht. Thraun sprang an ihm vorbei und verschwand zwischen den Magiern, die Sprüche wirkten. Überall herrschte Chaos. Im Zentrum schob sich das Herz weiter nach oben. Siebzig Fuß hoch erhob es sich jetzt, und immer noch stieg es auf.

Ringsum standen die Magier mit erhobenen Armen und hauchten Julatsa neues Leben ein. Sie gaben alles, um sich selbst zu retten, und bemerkten nicht, dass die Feinde schon in ihrer Mitte landeten und sie nacheinander ausschalteten.

Die Magier der lysternischen Kavallerie waren in der Unterzahl und starben rasch. Hirad stolperte zu Denser, der Erienne hielt und sich nach den rasch anrückenden Xeteskianern umsah. Sie wollten nicht nur die Bergung des Herzens vereiteln, sondern auch Erienne schnappen.

Das kam nicht infrage. Hirad folgte Thraun in den Kreis der Magier und knallte einem xeteskianischen Magier das Schwert auf den Schädel. Drei weitere hielten auf Denser zu, andere töteten Julatsaner. Das Herz bebte und blieb stehen.

»Nein!«, schrie er. »Nein! Gebt nicht auf. Strengt euch an, ihr Bastarde, strengt euch an!«

Es war ihm egal, ob sie es hören konnten oder nicht, aber das Herz bewegte sich immerhin weiter. Er rannte schneller, rutschte aus und fiel hin. Die Schmerzen waren kaum zu ertragen. Die Wunde in der Brust riss weit auf, sein Kopf prallte aufs Pflaster. Es wurde dunkel um ihn.

»Noch nicht«, keuchte er. »Noch nicht.«

Irgendwie kam er wieder hoch und hörte Schritte in der Nähe. Der Unbekannte und Darrick stürzten an ihm vorbei,

Darrick rennend und der Unbekannte stark hinkend. Sie erledigten einige xeteskianische Magier, und der Weg für ihn war wieder frei. Er torkelte weiter. Denser hatte inzwischen sein Kurzschwert gezogen, konnte aber Erienne nicht loslassen. Sie hing ohnmächtig in seinem freien Arm.

Sie näherten sich. Hirad atmete tief durch und raffte sich auf, um zu rennen. Der erste Xeteskianer, der Denser angreifen wollte, spürte gleich darauf Thrauns Fänge im Rücken. Der zweite schaffte noch einen weiteren Schritt, dann hielt der wutentbrannte Hirad ihn auf. Ein letztes Mal hob der Barbar sein Schwert. Es durchstach den Rücken des Mannes und kam zwischen den Rippen wieder zum Vorschein.

»Denser, da ist noch einer«, sagte er.

Doch er sah nicht mehr, ob der Xeteskianer tatsächlich angriff. Erschöpft sank er auf die Knie.

Der Unbekannte trieb einem xeteskianischen Magier das Schwert in die Seite und blickte auf Denser hinab. Er wollte sich keinen Schritt mehr bewegen. Seine Hüfte tat höllisch weh, und er konnte kaum noch atmen.

»Alles klar?«

»Geht so.«

Erienne entspannte sich in Densers Armen und stieß ein gedehntes Seufzen aus. Gleichzeitig blieb das Herz stehen, drehte sich um neunzig Grad und stand still. Die letzten Rauchwolken stiegen in den Morgenhimmel.

Der Unbekannte sah sich zu den Magiern um, die nicht ganz glauben konnten, was sie geleistet hatten. Einige lysternische Magier bewegten sich zusammen mit Darrick zwischen ihnen, um die letzten xeteskianischen Eindringlinge auszuschalten.

Mehrere Julatsaner hatten die Hände vor den Kopf geschlagen, andere weinten, manche starrten nur stumpf ins Leere. Der Schlachtlärm schien sie nicht zu erreichen.

»Pheone«, sagte er. Sie drehte sich nicht um. »Pheone.«

»Ich …« Sie deutete zum Herzen. »Sieh nur, was wir getan haben.«

»Das ist eine höchst erstaunliche Leistung, für die ihr alle in die Geschichte eingehen werdet«, sagte der Unbekannte so behutsam wie möglich. »Aber wir haben Schwierigkeiten im Hof. Habt ihr noch etwas Kraft übrig? Dort sterben Menschen.«

Sie lächelte und nickte energisch. »Das Herz ist geborgen, unsere Energie fließt wieder. Ja, wir haben noch etwas Kraft übrig.«

Weiter musste sie nichts sagen. Überall kamen jetzt die Magier zu sich, konzentrierten sich zusammen mit den Elfenmagiern auf die Schlacht und rannten los, um die Al-Arynaar zu unterstützen.

Im Durchgang von der Grube zum Haupttor kämpften immer noch Auum und seine Tai. Der Unbekannte konnte sie nicht im Stich lassen. Er klopfte Hirad auf die Schulter, ließ den Barbaren sitzen, wo er war, und trottete trotz seiner protestierenden Hüfte, so schnell er konnte, zu den Elfen hinüber. Mit jedem seiner Schritte schalteten sich mehr und mehr Magier der Al-Arynaar in den Kampf ein, und schon flogen die ersten Sprüche. Gebündelte Feuerkugeln trafen einzelne Kämpfer, Kraftkegel fegten Gruppen von Feinden von den Beinen. Im Handumdrehen war der Durchgang frei, und Auums Tai machten sich auf den Weg, um Rebraal und die anderen Al-Arynaar zu unterstützen.

»Na bitte«, keuchte der Unbekannte.

Er war erledigt, völlig erschöpft. Auch die anderen Rabenkrieger konnten nicht mehr kämpfen. Was jetzt auch geschah, es lag nicht mehr in ihrer Hand. Er lehnte sich an eine Wand. Thraun stupste mit der Schnauze seine Hand, und er schaute zu ihm hinab.

»Bei den Göttern, ich hoffe wirklich, du weißt, was du tust.« Thraun blickte zu ihm auf, in seinen Wolfsaugen lag ein sehr menschlicher Ausdruck. »Du kommst aber wieder zurück, hast du verstanden?«

Neuer Lärm erhob sich am Tor, und die Xeteskianer purzelten förmlich übereinander, als sie mit Gewalt in den Hof getrieben wurden. Ein Pferd wieherte laut, Izack setzte über einen gefallenen Kämpfer hinweg und galoppierte in den Hof, gefolgt von seiner Kavallerie. Sein Schwert war rot und nass vor Blut.

Die Männer, die vor der Kavallerie gestürzt waren und überlebt hatten, standen auf und rannten fort. Auf dem ganzen Hof lösten sich die Xeteskianer aus dem Kampf und flohen zum Tor. Magier sprachen Schattenschwingen und flogen davon, räumten die Wälle und zogen sich aus der Gefahrenzone zurück. Der Unbekannte sah ihnen nach und nickte zufrieden. Auum stieß einen Kampfschrei aus, und die Al-Arynaar und die noch lebenden TaiGethen griffen abermals an. Am Tor von feindlicher Kavallerie und ringsum von den Elfen in die Enge getrieben, rief der xeteskianische Kommandant seine Leute zur Ordnung und wollte einen neuen Angriff befehlen, doch seine Männer suchten längst ihr Heil in der Flucht. Sie waren zwar zahlenmäßig überlegen, doch da jetzt die Elfenmagier und die Julatsaner auf den Wällen standen und über die Wehrgänge gerannt kamen, um Sprüche ins Zentrum der Xeteskianer abzufeuern, mussten sie aufgeben.

Chandyr brüllte wütend, drehte sich um und begegnete dem Blick des Unbekannten. Widerstrebend nickte er, zog sein Pferd scharf herum und ritt zum Tor hinaus. Seine Männer folgten ihm. Izack war jedoch noch nicht zufrieden, rief seine Kavallerie zur Ordnung und hetzte den fliehenden Gegnern hinterher. Die Al-Arynaar folgten ihm.

Jemand legte dem Unbekannten eine Hand auf die Schulter. Er drehte sich um und sah Hirad, der sich an ihn lehnte. Blut lief dem Barbaren übers Gesicht und tropfte aus Nase und Ohren, und doch lächelte er, auch wenn sein Blick etwas getrübt war.

»Was soll das denn jetzt?«, fragte der Unbekannte.

»Ich wollte doch unseren Sieg mit eigenen Augen sehen«, erwiderte Hirad.

Er schwankte leicht, und der Unbekannte stützte ihn unter den Achseln.

»Komm schon, alter Junge, du musst verarztet werden.«

Überall im Kolleg waren jetzt Jubelrufe zu hören. Auf den Mauern umarmten sich Elfenmagier und Julatsaner, unten auf dem blutigen Schlachtfeld schüttelten sich Krieger der Al-Arynaar und Magier die Hände. Sie waren zu erschöpft, um auch nur ein Wort zu sagen. Auf dem Weg zur Krankenstation gesellte sich Auum zum Unbekannten und Hirad. Er führte den benommen dreinschauenden Rebraal, Duele und Evunn gingen neben ihnen. Beide hatten blutende Schnittwunden davongetragen. Bei den Göttern, war nicht buchstäblich jeder verletzt worden?

»Wir haben es geschafft«, sagte Rebraal.

»Hast du daran je gezweifelt?«, fragte Hirad.

»Aber natürlich«, gab Rebraal zu.

Hirad lächelte. »Das muss sich ändern, falls du jemals zum Raben gehören willst.«

Thraun saß vor der Krankenstation und starrte hinein. Hirad löste sich vom Unbekannten, kniete sich neben den Wolf und zauste seinen Pelz.

»Danke, Thraun. Da hast du mich wohl mal wieder gerettet, was?«

Der Wolf starrte ihn an, Verstehen glomm in seinen Augen. Er leckte Hirads Gesicht.

»Du bist ein großes Risiko eingegangen. Du kannst doch zurückkommen, hoffe ich?« Er legte beide Hände an den Kopf des Wolfs und sah ihm in die Augen. »Hör zu, Thraun. Erinnere dich.«

Thraun wich jaulend zurück. Dann knurrte er, legte den Kopf schief und trottete davon.

Hirad sah ihm noch einen Augenblick nach, dann ließ er sich nach drinnen führen.

Vuldaroq beendete die Kommunion mit Heryst und lehnte sich auf seinem Stuhl zurück. Die Sonne wärmte seinen feisten Leib. Gute und schlechte Nachrichten waren im Laufe des Morgens eingegangen, und er war aufgeregt. Zuerst einmal hatten Izacks Kavalleriemagier an Heryst gemeldet, dass die Entsatztruppen völlig aufgerieben worden waren. Nur eine Handvoll verbündeter Krieger befand sich, abgesehen von Izack, noch auf dem Schlachtfeld. Sie standen jetzt unter Blackthornes fragwürdigem Befehl.

Die Warterei auf neue Nachrichten war unerträglich gewesen, und als die Meldungen dann endlich gekommen waren, just in dem Augenblick, als er sich zu einem frühen Mittagessen begeben wollte, waren sie besser gewesen, als er gehofft hatte. Izack, die Elfen und der Rabe hatten gesiegt. Das Herz von Julatsa war geborgen, und die Xeteskianer zogen sich zurück.

Es war nicht der Sieg, der seine Stimmung so sehr gebessert hatte. Wäre Julatsa gefallen, er hätte es nicht einmal unbedingt bedauert. Doch das Kolleg stand, und noch besser war, dass sich der Siegespreis noch dort befand. Mehr noch, Heryst hatte gesagt, dass er keine weiteren Truppen mehr entbehren konnte, und es war völlig klar, dass Izack nicht der Mann war, der den Raben festnehmen würde.

Nun gut, dann lag es bei Dordover, das Richtige zu tun. Vuldaroq läutete mit der Schelle, die neben seinem Stuhl bereitstand, und wartete auf den Diener.

»Die Reserve«, sagte er. »Schickt sie mit Höchstgeschwindigkeit nach Julatsa. Ich schreibe einen Brief an die amtierende Hohe Magierin. Eine der Unsrigen muss in den Schoß des Kollegs zurückgeführt werden.«

Dystran konnte immer noch nicht glauben, was er sah. Er starrte das Heer der Wesmen an, das sich vor seinem Kolleg sammelte. Sie achteten sehr darauf, außerhalb der Reichweite von Sprüchen zu bleiben, schlugen Zelte auf, zündeten Lagerfeuer an und bauten Rammböcke und Sturmleitern. Er schüttelte den Kopf, stützte die Ellenbogen auf die Mauer und rieb sich mit den Händen übers Gesicht.

Nicht nur die ungeheure Anzahl der Männer, die sich dort draußen versammelt hatten, versetzte ihn in Erstaunen, sondern auch die Art ihres Angriffs. Sie hatten nicht wie in früheren Jahren auf einen Schlag ihre gesamte Kraft in die Schlacht geworfen, um mit Sprüchen und Pfeilen zurückgeschlagen zu werden.

Vielmehr hatten sie eine Weile Beleidigungen herübergebrüllt, und jetzt dies. Sie feierten vor seinem Südtor ein Fest. Viel schlimmer hätte es kaum kommen können, zumal seine Kommunionsmagier ihm soeben von der endgültigen Niederlage in Julatsa berichtet hatten. Seine Truppen waren aufgerieben worden und flohen nach Süden.

»Vielleicht sollte ich für jede kleine Gunst des Schicksals dankbar sein«, sagte Dystran.

»Wie bitte, Mylord?«, fragte Suarav.

»Wenigstens bringt Chandyr ein paar Leute mit zurück.«

»Wir können sie von unseren Wällen fernhalten, Mylord«, versicherte Suarav ihm.

»Wie viele kampfbereite Männer haben wir jetzt in der Stadt, Hauptmann?«

»Zweihundert, höchstens dreihundert.«

»Und wie viele erfahrene Magier?«

»Etwa vierzig, Mylord.«

Der Hauptmann war sichtlich besorgt, sein Gesicht hatte nichts Aufmunterndes. »Sie haben dort draußen drei- oder viertausend Kämpfer. Sie fürchten die Magie, lassen sich davon aber nicht aufhalten. Wenn sie unsere Mauern bezwingen oder unsere Tore aufbrechen, und ich zweifle nicht daran, dass sie sich sehr viel Mühe geben werden, es zu schaffen, dann werden sie die Stadt heimsuchen wie der Tod in Person, versteht Ihr? Ich schlage vor, Ihr lest die Aufzeichnungen über ihre normale Taktik nach. Das könnte Euch etwas sagen.«

»Ja, Mylord.«

»Ein Glück, dass in den Katakomben noch eine Gruppe Dimensionsmagier arbeitet. Ich frage mich, wann die nächste Konjunktion kommt.«

Sie waren in Feierstimmung, auch wenn die große Zahl der Gefallenen ihre Fröhlichkeit dämpfte. Sechzig Krieger und zwanzig Magier der Al-Arynaar waren tot. Weitere zwanzig würden den Heimweg nach Calaius nicht mehr schaffen. Auch Kommandant Vale war am Tor gefallen. Er hatte sich über einen Elf geworfen, als ein Spruch eingeschlagen war, und die volle Wucht der Magie mit seinem Körper abgefangen. Die Al-Arynaar würden ihn dafür immer in Ehren halten. Auum, Duele und Evunn hatten nur überlebt, weil sie außerordentlich gut aufeinander eingespielt waren. Sie waren drei der fünf noch lebenden TaiGethen. Nur ein einziges Krallenjägerpaar hatte die Kämpfe überstanden. Es hatte sich zurückgezogen und trauerte um die Toten.

Dennoch herrschte am Tisch im Speisesaal ein Gefühl von großer Zufriedenheit. Hirad saß dort in der Mitte der Rabenkrieger – nur die schlafende Erienne fehlte – mit Verbänden auf Kopf und Brust und einem Becher Wein in der Hand. Rebraal war anwesend, der unter dem Verbandmull kaum zu erkennen war, außerdem Auum mit seiner Zelle und Pheone.

»Ilkar sieht uns zu«, sagte Denser.

»Das will ich doch hoffen«, sagte Hirad. »So was mache ich nicht für jeden.«

»Fühlst du dich besser, nachdem es jetzt überstanden ist?«, fragte der Unbekannte. »Oder bist du immer noch wütend?«

Hirad kicherte. »Irgendwie schon. Ich bin jedenfalls froh, dass wir hier die Xeteskianer verprügelt haben. Das waren wir ihnen schuldig.«

»Sie haben bezahlt«, sagte Thraun unvermittelt.

»Ich bin fast bereit, dir jedes Wort zu glauben«, entgegnete Hirad. »Kannst du dich noch an alles erinnern?«

Thraun sah ihn beunruhigt an und schüttelte den Kopf. »Nicht genau«, erklärte er. »Aber es ... es kam mir richtig vor.«

Der Unbekannte zog die Augenbrauen hoch. »Wirklich? Ich dachte, diese Seite sei dir verschlossen. Warum hast du es getan?«

»Hatte keine Wahl.« Thraun sah wieder Hirad an. »Manchmal müssen wir tun, was wir fürchten, um die zu retten, die wir retten müssen. Und wir müssen mit den Schmerzen zurechtkommen, die wir in uns spüren.«

»Was siehst du mich dabei an?«, wollte Hirad wissen.

»Sie haben bezahlt«, wiederholte Thraun.

Hirad hob beide Hände. »Ich will sehen, was ich tun kann.«

»Was wird jetzt aus den Al-Arynaar und den TaiGethen?«, warf Darrick ein. Alle sahen ihn an.

»Heim«, erklärte Auum. »Ich hasse dieses Land.«

Kein Lächeln hatte um seine Lippen gespielt, doch Hirad lachte. »Wie immer kurz und bündig. Und du, Rebraal?«

»Es gibt so viel zu tun, so viel in Ordnung zu bringen. Denk nur an die Krieger und Magier, die wir verloren haben. Wir müssen unseren Orden wieder aufbauen, sonst kann es noch einmal geschehen.«

»Das glaube ich nicht.«

»Wir haben auch beim ersten Mal geglaubt, es könne nicht wieder geschehen«, wandte Rebraal ein.

»Ich hab's kapiert«, erwiderte Hirad. »Unbekannter? Wie wär's mit einer Reise nach Süden?«

»Versuch mal, mich davon abzuhalten, Barbar. Ich habe eine Frau und einen Sohn, die ich bald wiedersehen will.«

»Dann sollten wir alle auf die Reise gehen«, sagte Denser. »Erienne wird Lyannas Grab auf Herendeneth besuchen wollen, genau wie ich.«

»Wie geht es Erienne?«

Denser schnitt eine Grimasse. »Ich habe nicht die geringste Ahnung. Hat sie ihre Schlacht mit dem Einen gewonnen? Ich bezweifle es. Ist ihr bewusst, was sie heute getan hat? Vermutlich schon. Aber wer weiß schon, wie sie sich fühlen wird, wenn sie erwacht?« Er sah traurig in die Runde. »Einige Teile ihres Bewusstseins sind mir verschlossen. Uns allen. Wie Thraun schon sagte, wir müssen uns mit den Schmerzen abfinden, die wir in uns tragen. Ich glaube, jetzt ist sie an der Reihe.«

»Was ist da eigentlich mit ihr und dem Herzen passiert?«, fragte Hirad.

Pheone schaltete sich ein. »Als das Herz in der Grube steckte, wurde es … infiziert, könnte man sagen. Das Mana bei der Bergung war das Einzige, was die Infektion aufhalten konnte, es hat sie aber zugleich aufblühen lassen. Erienne hat die Infektion zurückgedrängt und durch sich selbst geleitet, um sie auszulöschen, während wir das Herz geborgen haben. Julatsa wird für immer in ihrer Schuld stehen. Und in eurer auch.«

»Nein, sag das nicht. Wir haben nur getan, was Ilkar wollte«, wandte Hirad ein. »Das ist uns genug.« Er hielt inne. »Also gut, wenn es keine Gegenstimmen gibt, wird der Rabe nach Süden reisen. Du wirst wohl keine Einwände haben, General. Schließlich wollen dir hier alle den Kopf abreißen.«

»Nicht nur mir, sondern uns allen. Ich geb's zu, es ist eine verlockende Aussicht zu schlafen, ohne das Gefühl zu haben, dass die Axt schon über mir schwebt.«

Hirad schob den Stuhl zurück und stand auf. »Ist das nicht seltsam? Wir haben die letzten – wie viele waren es noch? – sechs oder sieben Jahre damit verbracht, dieses lächerliche Land vor allem zu retten, was es vernichten wollte, und zum Dank dafür wollen sie uns hinrichten. Vielleicht sollten wir überhaupt nicht mehr zurückkommen.«

»Ihr wärt auf Calaius willkommen«, sagte Rebraal.

»In einer Stadt«, fügte Auum hinzu, und endlich einmal zog er die Mundwinkel leicht nach oben. »Ich bin nicht sicher, ob der Regenwald schon für euch bereit ist.«

»Wir denken drüber nach«, erwiderte Hirad. »Aber jetzt brauche ich etwas frische Luft.«

Damit schlenderte er aus dem Refektorium. Er war völlig erschöpft, und seinem Gefühl nach hätte es später Abend sein können, doch es war noch früh am Nachmittag. Er wanderte zur Hülle des Herzens und betrachtete die Gravuren. Stolz erhob sich die etwa achtzig Fuß hohe Säule in den Himmel. Traurig dachte er daran, dass Ilkar die Wiedergeburt seines Kollegs nicht mehr hatte erleben können, doch irgendwie war er sicher, dass sein Freund es wusste. Julatsa würde ihn nie vergessen.

»Das ist für dich, alter Freund«, sagte er. »Wir haben es für dich getan. Hoffentlich gefällt es dir.«

Hirad kratzte sich am Verband und wanderte zum Tor, um zu sehen, ob er noch etwas tun konnte. Den Grund wusste er selbst nicht, aber er hatte das Gefühl, es sei richtig. Izacks Kavallerie und die Überreste der Stadtwache patrouillierten auf den Wällen, einige Al-Arynaar passten bei den zerstörten Toren auf, falls doch noch ein Angriff kommen würde. Hirad bezweifelte es allerdings. Izack hatte die Xeteskianer aus der Stadt gejagt, und die Streifen hatten berichtet, dass die Gegner sich formiert hatten und nach Süden zogen, zurück nach Xetesk.

Die Stadt da draußen musste unterdessen mit dem zurechtkommen, was sie sich selbst aufgebürdet hatte. Es wäre interessant zu beobachten. Allerdings würden die Elfen wohl nicht eigens bleiben wollen, um die Abrechnung mitzuerleben.

Das dumpfe Pochen im Kopf ließ etwas nach, als hätte ihm jemand Balsam übers Gehirn gegossen. Wärme, der Geruch von feuchter Luft und der Anblick von weißem Stein erfüllten seine Sinne. Er spürte die Luft auf einem Flügel und die Berührung der Verwandten nach der langen Abwesenheit. In der Ferne hörte er die Begrüßungsschreie. Er hätte nicht gedacht, dass er das noch einmal würde hören können.

Hirad lächelte und wandte sein Gesicht der warmen Sonne zu.

»Endlich daheim, alter Freund«, sagte er. »Endlich daheim.«

Lesen Sie weiter in:
JAMES BARCLAY: Drachenlord

HEYNE
STAN
NICHOLLS DER
MAGISCHE
BUND
ROMAN

HEYNE
STAN
NICHOLLS DAS
MAGISCHE
ZEICHEN
Vom Autor des Bestsellers
›Die Orks‹
ROMAN